Fuera
de línea

Fuera de línea

Brian Adams

Translated by Sofia Belen Gorgol

GREEN PLACE BOOKS | *Brattleboro, Vermont*

Printed in the United States

10 9 8 7 6 5 4 3 2 1

Green Writers Press is a Vermont-based publisher whose mission is to
spread a message of hope and renewal through the words and images we
publish. Throughout we will adhere to our commitment to preserving and
protecting the natural resources of the earth. To that end, a percentage
of our proceeds will be donated to environmental activist groups and
The Southern Poverty Law Foundation. Green Writers Press gratefully
acknowledges support from individual donors, friends, and readers to
help support the environment and our publishing initiative. Green Place
Books curates books that tell literary and compelling stories with a focus
on writing about place—these books are more personal stories/memoir
and biographies.

GREEN
PLACE
BOOKS

GREEN
wRiTers
press

Giving Voice to Writers & Artists Who Will Make the World a Better Place
Green Writers Press | Brattleboro, Vermont, USA
www.greenwriterspress.com

ISBN: 979-8-9870707-0-3

COVER DESIGN: Asha Hossain Design, LLC

Agradecimientos

Muchas gracias a:

Morgan Phippen, Kate Gallagher, Carla Haddow, Casey Adams (la mejor hija del mundo!), Mairead Blatner y Skye Young—mis gloriosas lectoras, que de buena gana sufrieron mi primer borrador semi-coherente de Fuera de Línea y señalaron minuciosamente las muchas inconsistencias, estupideces, chistes malos (que no eran para nada graciosos), argumentos, fracasos . . .(la lista sigue y sigue). No pueden imaginar cuán importante fue su opinión para mí. Audrey Bruell y Joanna Wilson, por darme la oportunidad, pavorosa así como suena, de navegar por sus sitios de citas con ellos. Gracias a Dios no estoy soltero! Las mujeres echarían un vistazo a mi perfil y me bloquearían más rápido que un tweet desde el infierno.

Donna y Will 'Earth Badger' Elwell, quienes, en un valiente acto de desafío y descontento de la comunidad, construyeron una réplica de la cabaña Thoreau, directamente en el camino de una tubería de gas fracturada. ¡Qué idea tan maravillosa fue esa! Su trabajo inspiró a los personajes de mi novela a intentar algo similar. ¡Se acabaron los días de los combustibles fósiles! ¡Acción climática ahora!

Dede Cummings, mi extraordinaria editora, que ha trabajado incansablemente para convertir este libro en un libro internacional de superventas y gran éxito en Hollywood, protagonizado por Lupita Nyong'o y Chadwick Boseman. Esperen un momento ... mala mía. Creo que quizás confundí mi libro con algún otro.

Michael Fleming, mi extraordinario editor, me dijo: "Sí, tenemos una novela aquí, y ¡está viva!" Fue a través de su magia de que este libro realmente se concreto. Nunca me dejes, hermano.

Sarah Ellis, mi maravillosa editora de línea, por atrapar a los gremlins que podrían colarse en el manuscrito. Asha Hossain por captar el fabuloso diseño de portada y Ben Tanzer, por trabajar con su magia en la promoción y marketing.

Liza Harrington, la bibliotecaria de Greenfield Commaniny Callee, por introducirme al mundo de las redes sociales, sobre el cual no tengo idea. Por supuesto, para cuando entendí algo, ya había cambiado por completo, así que . . . qué demonios. Nunca entenderé lo que sucede en Cyberland.

Taylor Adams (¡el mejor hijo del mundo!), por sus incesantes mensajes durante las comidas, que me llevó al borde de la locura y sembró la idea de esta brillante novela.

Karen Gardner, Dale Samoker y a todos los técnicos de Verizon & Staple que han hecho todo lo posible para mantener funcionando mi computadora de mierda, mientras escribía todo lo negativo que tiene que ver con las computadoras. ¿Hipocresía? ¿Moi? ¡Cómo te atreves!

Kirkpatrick Sale, cuyo maravilloso libro Rebels Against the Future: The Luddites and Their War on the Industrial Revolution inspiro mi interes en los Luditas. Las canciones de mi personaje Sheila sobre los luditas fueron directamente tomadas de su trabajo.

Green Writers Press, por su buen trabajo en el mundo y sus continuos esfuerzos por publicar libros que difundirán un mensaje de esperanza y renovación. ¡Apoyando a sus pequeños editores!

Broadside Books en Northampton, Amherst Books en Amherst, Jabberwocky Books en Newburyport, Everyone's Books en Brattleboro y todas las otras librerías independientes que abren sus corazones y tiendas a los escritores locales. ¡Apoyando la compra local!

Mi maravillosa esposa, la propia reina Ludita, Morey Phippen. Oh. Mi. Dios. No puedo imaginar vivir con un escritor y soportar toda su angustia continua, berrinches y tonterías. Gracias a Dios que ella puede y lo hace. ¡Te amo!

El Rey Ludd, por inspirar a la gente común en Inglaterra en la década de los años ochenta, enfurecerse contra las máquinas, librar una feroz guerra de sabotaje económico, aplastar los telares industriales, incendiar fábricas y amenazar a la nueva clase de industrialistas. Aunque su rebelión contra el futuro fue de corta duración, ha inspirado a muchos otros en sus continuas protestas contra el llamado progreso. ¡Luditas del mundo, uníos!

Donald J. Trump. ¡Es una broma! A pesar de sus tweets ofensivos, incesantes, narcisistas y aterradores que alimentaron aún más mi deseo de escribir un libro destrozando la tecnología, no puedo y no dedicaré nada a el más repugnante de los presidentes. A menos que, por supuesto tuitee sobre esté libro. ¡Dios mío, piense qué haría eso con las ventas! ¡Tuitea, bastardo!

Fuera
de línea

Capítulo 1

Era un miércoles por la tarde a principios de junio, y las ventanas del departamento de Caleb estaban abiertas de par en par. Una brisa cálida y salada soplaba desde el puerto de Boston, susurraba las cortinas y me susurraba al oído.

No tenía ni idea de si Caleb era o no su verdadero nombre. Los chicos de mi sitió de citas inventaban mierda todo el tiempo, así que, quién sabía cuál era realmente la verdad. Tal vez su nombre era Boris o Ernest o Fletcher. Quizás alguno incluso más raro que esos.

Pero quién quiera que fuese, claramente había hecho todo lo posible para romantizar la habitación—velas, en la mesita de noche, en lindos vasos para que las llamas no se apagaran con la brisa. Flores recién cortadas sobre la cómoda. Música suave, romántica, Indie-pop de fondo.

Indudablemente no había mentido sobre cómo él era. El chico era incluso más atractivo en persona que en su foto en línea: alto, de hombros anchos, cabello rizado, con labios grandes y carnosos. Labios de estrella de rock. Labios y una lengua dulce e hiperactiva que sabía exactamente dónde ir y qué hacer.

Estábamos sentados en la cama de Caleb besándonos. Todavía no había decidido dónde trazar un margen, cuando se trataba de hacer algo más que eso. Los condones estaban exhibidos prominentemente en su mesita de noche, era una clara indicación de que, en lo que respectaba a Caleb, no había márgenes que trazar. Mis márgenes estaban borrosos, cambiando de posición por segundo, me provocaba un terrible caso de vértigo. Toda la habitación daba vueltas y vueltas.

Y *maldición* si no fuera tan persuasivo con su lengua. Todo lo que tenía que hacer era decir la palabra.

Me sentía confundida. Mareada y con miedo a morir.

Nunca había estado con un chico antes. Por *estado* quiero decir, ya sabes, hecho. En realidad, nunca había hecho nada con un chico, y mucho menos. No me malinterpreten—tuve muchas oportunidades. Prácticamente todos los tipos que entran a mi perfil en *Pasión,* van directo a mi sitió de citas en línea, en un abrir y cerrar de ojos. Pero está era la primera vez que conocía a alguien fuera de línea. Definitivamente me estaba moviendo en aguas desconocidas.

Los besos de Caleb comenzaron a desviarse al sur de mis labios, y sus dedos estaban jugueteando con la parte posterior de mi sostén, cuando de repente . . .

¡Ping!

Mi celular. Me incliné brevemente, para una rápida mirada.

¡Oh Dios mío! Era otro éxito en *Pasión.* Tres mensajes más desde la última vez que lo revisé, justo antes de que Caleb y yo empezáramos a perder el tiempo.

Me gustaba Caleb. Al menos, eso pensaba. Lo conocí en línea y habíamos coqueteado cibernéticamente durante un par de semanas (todo un récord para mí), antes de tomar mi primera decisión verdaderamente trascendental de juntarme con un chico de verdad.

"¡No lo hagas!," Mi mejor amiga Sheila me había enviado un mensaje de texto. "A las chicas les pasan cosas malas fuera de línea. Tienes que mantenerte a salvo. ¡Tienes que mantenerte virtual!"

Pero no había escuchado. Y ahora, aquí estaba, sentada en la cama de un tipo al azar con sus manos sobre mi, y la habitación girando como loca.

No sé de qué había hecho Caleb, para convencerme de abandonar mi estricta regla de rechazar todas las interacciones fuera de línea. En el pasado, cada vez que un tipo comenzaba a ponerse insistente en línea para que nos conozcamos, solo lo ignoraba hasta que dejaba de hablarme para siempre. Pero Caleb, él y los mensajes más persuasivos de la historia, me habían atrapado en un momento vulnerable. Había estado enviando mensajes de texto en mi sitió de citas, sin dormir durante días y lo que quedaba de mi cerebro estaba borroso y confundido, y realmente no estaba en mi sano juicio. Después, sin darme cuenta, aquí estaba. Fuera de línea. Sola. Con un chico. ¡En su habitación!

Oh. Dios. Mío.

Tenía que admitir que Caleb era una buen partido. Estudiante de segundo año en la universidad, tenía un trabajo de verano decente, dinero para gastar, un auto deportivo rojo brillante, su propio departamento. (Al menos eso fue lo que me envió un mensaje de texto. Pero, una vez más, quién sabía cuál era realmente la verdad).

Esto era definitivamente cierto: ese chico si que sabia cómo usar su lengua. No es que supiera mucho sobre lenguas. Y no es que supiera mucho de nada relacionado con los chicos.

Yo no le había mentido tanto a Caleb sobre mí. De acuerdo, tal vez le *había dicho* que tenía diecinueve años, no diecisiete y que era estudiante de primer año en la universidad en lugar de estudiante de secundaria. Que había perdido mi virginidad hace años. Eso y un montón de otras tonterías—pero bueno, eso lo que haces en un sitió de citas en línea, ¿verdad? Inventar cualquier cosa que quieras. Esa era la parte entretenida. Y nunca se me paso por la cabeza, ni en un millón de años, que realmente me juntaría con él.

¡Ping!

Ahí estaba mi teléfono otra vez.

Caleb era muy lindo, pero mi teléfono . . . bueno . . . ¡Era mi teléfono! *Tenía* que prestarle atención. Dada mi relación a largo plazo, me di cuenta de que estaba celosa de ser ignorada, desesperada por llamar la atención. Mi corazón moría por ese humilde objeto.

¡Y tres mensajes en los últimos diez minutos! Una chica tiene que mantener sus opciones abiertas, ¿verdad? El escenario de citas en red se mueve rápido y furioso. Si te duermes, pierdes. Si dejara pasar un perfil podría desaparecer para siempre. Solo así. El chico más sexy del mundo, *por arte de magia*, desapareció, es historia. Tenía sentido estar al día sobre quién estaba disponible, solo para cubrir mis bases. Debemos tener un Plan B, eso es lo que mis abuelos siempre decían.

Suavemente saqué las manos de Caleb de abajo de mi suéter y me puse en una posición en la que podía enviar una respuesta rápida a uno de los chicos en línea. No fue gran cosa. Solo tomaría un momento.

Caleb se detuvo y me miró.

"¡Stephanie!," Dijo, con una mirada de cachorro lastimado en su rostro. "¿En serio? ¿Vas a enviar mensajes en un momento como este?"

Para honesta: Stephanie no era mi nombre real. Meagan es. Pero bueno, no necesitaba saber eso, ¿verdad?

"Lo siento," dije. "Dame un segundo. Déjame hacer una cosa rápido"

No estaba tratando de ser grosera o irrespetuosa. Realmente no lo era. Era que tres tipos me habían contactado en los últimos minutos. ¿Que se suponía que debía hacer? ¿No enviarles un mensaje? ¿Dejarlos colgados? ¿Qué tan grosero e irrespetuoso sería *eso*? Definitivamente no era ese tipo de chica.

Y, a decir verdad, todo este asunto del chico peculiarmente me estaba volviendo loca. Sextear era una cosa. ¿Pero *sexo*? Eso era algo completamente distinto.

Caleb se sentó y balanceó sus largas piernas en el borde de la cama.

"¿A dónde vas?," Le pregunté nerviosamente.

"Al baño," dijo. "No te preocupes. Vuelvo enseguida." Se inclinó y me besó de nuevo, luego se acercó a la mesita de noche y abrió hábilmente el paquete de condones.

"Me vuelves loco," dijo, susurrándome al oído.

"Um . . . gracias?," respondí.

Yo era un absoluto desastre. ¿Por qué había venido aquí? ¿en que estaba pensando? ¿Qué podría haberme poseído para aparecer en el departamento de un chico solo porque me lo rogó?

¿Qué tan estúpida era?

Ansiosamente revisé mi teléfono nuevamente. Cada chico al que acababa de enviarle un mensaje me respondió de inmediato. Y ahora había dos éxitos más, dos nuevos perfiles para revisar. Y para colmo, ¡Sheila me estaba inundando de mensajes exigiéndome que salga, salga, salga! ¡Abandonen la nave! ¡Salí de ahí! ¡Informe a su casa de inmediato!

¡Ping! ¡Ping! ¡Ping! Dos, tres e incluso cuatro pensamientos rebotaban en mi cerebro como pelotas de ping-pong. Todo esto fue un gran error. Un completo desastre. Sheila tenía razón. Tenía que salir de aquí. Rápido. Era ahora o nunca.

Caleb salió caminando del baño, balanceando sus caderas y sonriendo. Me echó un vistazo y se detuvo en seco.

"¿Qué pasa?," Preguntó, con cara caída. "¿Está todo bien?"

"No sé," dije. Estaba sentada al borde de la cama, con las rodillas apretando mí pecho. "Estoy pensando que tal vez debería . . ."

Se inclinó y presionó suavemente sus labios a un lado de mi cuello.

"Estoy pensando que quizás tú también deberías." Empezaban esos besos que se desviaban hacia el sur nuevamente.

¡Ping!

Ahí estaba mi teléfono haciendo ping de nuevo.

"Mira," dije, poniéndome firme y empujándolo, esta vez un poco menos gentil. "Me gustas, Fletcher. Quiero decir Caleb. Realmente. Pero me tengo que ir."

"¿Irte?" Él respiró hondo y exhaló suavemente en mi oído. "¿Por qué? Recién estábamos empezando."

"Lo sé. Lo siento. Mala mía."

"¿Es algo que dije? ¿Algo que hice?"

"No, no." Mi boca se secó y mi voz tembló. Me aferré a un lado de la cama para no girar directamente. "No es nada de eso. Es solo . . ."

¡Ping! ¡Ping! ¡Ping!

"No lo entiendo," dijo Caleb. Hubo esa mirada de cachorro lastimado de nuevo. "Pensé que teníamos algo acá. Pensé que estábamos—"

"Lo hicimos. Estábamos. Pero . . ." Me tengo que ir. Solo tengo que hacerlo." Estaba prácticamente temblando en mis zapatos. Ya ni siquiera podía mirarlo a los ojos.

"¿Puedo llamarte?," Preguntó Caleb.

"¿Llamarme? Um . . . bueno . . . No estoy tan segura de eso. Llamar es así . . . ya sabes. . . . Solo envíame un mensaje. ¿Esta bien?"

Me puse de pie y rápidamente me dirigí hacia la puerta.

"¿Estás segura de esto, Stephanie?" Preguntó.

"Caleb," le dije, esta vez mirándolo directamente los ojos. "No estoy segura de nada."

Capítulo 2

"¿Dónde está mi teléfono?," Pregunté, entrando en pánico. "¡No puedo encontrar mi maldito teléfono!"

"Justo donde lo dejaste al lado del zucchini, cariño," dijo Udder.

Lo creas o no, allí estaba desherbando el jardín de mis abuelos. Yo. Sacando las malas hierbas. ¿Quién sabía que eso era posible?

Habían pasado dos semanas desde que había dejado a Caleb por mi celular. Mi tercer año de secundaria había oficialmente terminado el viernes anterior.

¡Huzzah y hurra por mí!

Udder estaba matando a los escarabajos de frijol y Gramps estaba atando las plantas de tomate a sus jaulas de alambre, usando unas tiras de tela hechas con camisetas viejas. Muy agujereadas y desgastadas como para tener un uso práctico, fueron resucitadas y se les dio un nuevo propósito de vida, uniendo a pepinos, frijoles y tomates a sus estacas y jaulas. El jardín de Udder y Gramps estaba lleno de estas tiras desgasta-das, sus frases políticas aún gritaban mensajes fragmentados.

Detener la guerra en, en uno leías.

Estados Unidos fuera de Afganistán, gritaba otro.

Además de un montón de verduras de las que nunca había escuchado hablar, una extraña colección de rarezas variadas cubría el jardín de una manera mágica y mística. Colocaron tres botellas de whisky al revés en postes para frenar y atrapar a los espíritus malignos del jardín que evidentemente acechaban las plantas de calabacín, espíritus que dieron a luz a un santo anfitrión, de plagas y pestes, que causaron estragos en el hermoso jardín de Udder y Gramps. Instalaron tuberías oxidadas en el suelo, una forma de células libre para que Udder y Gramps se comunicaran con el subsuelo ofreciendo palabras de aliento a los gusanos, desde la raíz y los beneficiosos microbios. *Crece, nena, crece,* los oía

7

susurrar por las tuberías, con los ojos cerrados en silencio, suplicándole a la vegetación. Sartenes de aluminio con cabezas pegadas de figuras políticas revolucionarias Él Che, Malcolm X y Gandhi, colgaban de un alambre, un ruido metálico golpeando con el viento en un infructuoso intento de ahuyentar cuervos y arrendajos, entré otros calificados ladrones de jardines. Y en el centro de todo, observando el jardín con una mirada benévola, depositaron a un Buda sonriente en una roca, sereno, tranquilo y gordo como un luchador de sumo, innumerables capas de mierda de pajaritos salpicaban toda su cabeza calva y agrietada.

A decir verdad, apenas conocía la planta de sandía y, para ser sincera, no me importaba una mierda. La vegetación simplemente no era lo mío. Odiaba desherbar el jardín. Odiaba estar afuera. Era demasiado… similar a la naturaleza. Demasiado tiempo fuera de línea. En cambio la jardinería era cosa de Udder y Gramps, y, dado que mis padres me habían exiliado allí durante el verano, realmente no tenía otra opción.

Udder dejó de matar escarabajos y me miró directamente.

"No quiero ser crítico," dijo, "pero creo que tus padres podrían tener razón. Realmente tienes un problema."

"Tierra a Udder," le dije. "Mis padres nunca han tenido razón. Nunca la tuvieron y nunca la tendrán."

"No obstante," continuó Udder, "en este caso creo que tienen razón."

Jugué con mi celular y me preparé para: Otro sermón que detallaba la intensidad lamentable de mi adicción a la tecnología. Un monólogo sobre la gravedad de mi trastorno por déficit de naturaleza. Una queja sobre la degradación moral de la cultura, mensajes de texto-si, hablarno. Incluso más tonterías psicópatas sin sentido sobre el peligro desvirtuando mi vida en línea y fuera de línea.

"¿Cuántas relaciones reales has tenido en el último año?," Preguntó Udder.

"¡Oh, Dios mío!" Sacudí la cabeza y rodé los ojos. "¡No puedo creer que me preguntes eso!"

"No quiero entrometerme, pero . . ."

"Sé exactamente a dónde va esta conversación. Tu definición de 'real' es totalmente diferente a la mía."

"Cuando tenía tu edad—" comenzó a decir Udder.

Lo corté. "Cuando tenías mi edad no había teléfonos celulares, computadoras portátiles o sitios de citas en línea. Tú y tu generación de Amor Libre solo se trataba de porros, protestas y penes. Las tres P."

"¿Qué pasa con las tres P?," Preguntó Gramps, terminando de rolar otro porro. "Su actitud todavía era simpática con migo."

Gramps le guiñó un ojo a Udder y estiro la mano para acariciarle el muslo.

Cerré los ojos y miré para otro lado.

Personas mayores y sexo. Qué asco. Me dio ganas de vomitar.

Gramps se recostó en su silla de jardín para tomar un respiro y terminar rolar. Debido a sus problemas médicos, Gramps tenía la codiciada tarjeta de marihuana medicinal, que le permitía comprar hierba en un dispensario certificado. Si bien el uso de marihuana en Massachusetts se había legalizado en las últimas elecciones, los dispensarios de marihuana recreativa aún no se habían abierto. Mi abuelo tenía muchas dolencias físicas que soportar, pero también estaba perfectamente claro que, la naturaleza recreativa de la droga le parecía atractiva.

"Mi punto es este, cariño . . . ," Continuó Udder.

Me encantó cómo Udder me llamó "cariño." Una vez un chico me envió un mensaje usando esa misma palabra. Respondí de inmediato con un "WTF!!!!!" y sesenta emojis de habla con la mano y la carita vomitando. Sin embargo, cuando Udder la usó, parecía tan genuino. Muy creíble. Realmente era, después de todo, su *cariño*.

". . . Parece que, con cada chico que te conectas lo deshaces. Todo por la misma razón. Aquí estás—hermosa, inteligente y bastante divertida cuando quieres serlo—pero parece que no te puedes separar de tu maldito teléfono el tiempo suficiente como para llegar a las cosas buenas."

"¿Qué es lo bueno otra vez?," Pregunté.

"Amor. ¿Qué más? Una relación real."

"Por quincuagésima vez, tengo relaciones reales."

"Enviar mensajes a tipos aleatorios que encuentras en línea no cuenta como relaciones reales."

"Si para mí."

"Meagan! ¡Querida! Para tu abuelo y para mí, cada vez es más claro que has dejado que las redes sociales triunfen, actualmente, siendo *social*. Facebook ha reemplazado estar cara a cara. Estás atada a Internet de una manera increíblemente poco saludable."

"¡Oh, Dios mío, Udder!" Arranqué una hierba particularmente larga y repugnante, y la tiré con fuerza en la pila de compost. "¿Qué acabas de hacer? ¿Google`clichés para Y2K (año 2000)?."

"No seas grosera con tu Udder," dijo Gramps.

Les había contado a los dos toda la triste historia de mi colapso con Caleb, sin siquiera lagrimear. Le conté todo a mi Udder y a mi abuelo. Junto con Sheila, eran mis confidentes. Mi otra mitad. Por alguna razón, descubrí que podía compartir cosas con ellos que nunca hubiera soñado compartir con mis padres. De alguna manera, una generación omitida marcó la diferencia.

No había forma de contarles a mis padres algo sobre chicos, en línea o fuera de línea. Estaban ridículamente desorientados cuando se trataba de algo sobre mi vida, demasiado preocupados con sus propias inútiles y patéticas existencias, al parecer, incluso para darse cuenta de que yo era su propio engendro. Mientras no abandonará totalmente la escuela, me alejará de las drogas, limitará mi música de baile a mis auriculares y me mantenga fuera del registro policial, siempre había sido bastante buena para eso.

Pero ahora, por cualquier ridícula e insondable razón, a mi madre y a mi padre se les había metido en la cabeza que yo tenía "problemas."

¿Yo? ¿Problemas? ¡Huía con audacia de todo eso!

"Sos una adicta," me dijo mi padre, con su sabiduría infinita, en el desayuno una mañana.

"¿Qué?," Pregunté, sin siquiera levantar la vista de mi teléfono. Aprendí desde el principio que establecer contacto visual con un padre era el beso de la muerte. Debía evitarse a toda costa.

"No creo haberte visto levantar la vista desde tu teléfono en el último año y medio," dijo él parloteando.

Duh! ¿Por qué cambiaría una captura de pantalla por la cara de mi padre?

"Me he olvidado de cómo te ves," continuó.

"¿Pareces quién?," Respondí, enviando mensajes. ¿El hombre alguna vez iba a dejar de hablar?

De todos modos, ¿con quién demonios iban a hablar? La única vez que *ellos* levantaron la vista de *sus* teléfonos celulares fue para criticarme a *mí* sobre cuánto uso *el mío*. Pasaban tanto tiempo como yo frente a la pantalla.

Apenas podía recordar un único y solitario momento en toda mi vida cuando alguna vez había recibido toda su atención. Me recogerían de la escuela sin levantar la vista de sus teléfonos. Miraba a la audiencia durante la obra de teatro de mi escuela y los veía con la cabeza baja y enviando mensajes. Nunca peleamos en la cena porque nunca hablamos, demasiado ocupados con nuestros teléfonos, como para saber con quién estábamos comiendo. Mi madre tardó un año y medio en darse cuenta que mis pechos habían empezado a crecer porque nunca me miraba.

¿Y ahora, aquí estaban, enfrentándome a mí como un adicto en línea? ¿En serio? Que montón de porquería. Hipocresía con una H mayúscula. El muerto se ríe del degollado.

No era como si mis padres y yo tuviéramos una mala relación, viendo la relación en que Sheila tenia con sus padres. Era más como si no tuviéramos ninguna relación en absoluto.

Desde que llegué con Udder y Gramps, no los extrañé ni un poco, pero había estado pensando mucho en ellos. No tanto por lo que hicieron, sino más bien por lo que no hicieron.

Tomemos por ejemplo, la palabra A. Ni una vez, en toda mi vida, recuerdo que mis padres me hayan dicho que me amaban.

"Amor," escupió mi padre, en una de nuestras pocas conversaciones sobre la más extraña de las palabras de cuatro letras. "Nadie *ama* a nadie. Pueden decirlo, pero en realidad no lo dicen en serio. Puede que te encante cómo te hace sentir alguien, pero no amas a *esa persona*. Odio decírtelo, Meagan, pero este mito del amor no tiene ningún sentido. Amate a ti misma, eso es todo lo que puedo decirte, porque nadie más lo hará."

¿En serio? ¡Gracias Papá! Por esas palabras de consuelo para una chica que acaba de expresarse.

Mi padre y mi madre ciertamente no fueron modelos positivos a la hora de amar. Su propia relación claramente no estaba destinada a ser. Después de una serie de míseros asuntos por ambas partes que nos traumatizaron a los tres, finalmente se divorciaron, cuando yo tenía once años. Dada su custodia compartida, me balanceé de un lado a otro entre sus dos casas en Boston, testigo de una serie de intentos fallidos de nuevas relaciones. Monogamia en serie era el nombre del juego, y no puedo recordar cuántos "novios" y "novias" habían tenido mis padres cuando yo estaba en la secundaria.

Sus dos casas tenían puertas giratorias y, rápidas como un *ping* en mi teléfono, estaba afuera con lo viejo y con lo nuevo, una y otra y otra vez. Me di cuenta de que no me molestaba, como si no me importara, pero el hecho es, en realidad pensé, que era bastante retorcido. No sé qué demonios estaban buscando, y tampoco estoy segura de que hacían, pero parecía bastante claro que el amor no tenía absolutamente nada que ver.

"¿Lo amabas?," Una vez le pregunté a mi madre después de que ella había terminado con otro supuesto novio.

"¿Amar?," Preguntó, poniendo sus brazos a mí alrededor y dándome un abrazo incómodo. "Por supuesto qué no, Meagan. ¿Por qué pensarías algo así?."

¿Afectada o qué? Tal vez esta era solo su forma de tranquilizarme de que todo estaría bien, pero aún así—*por supuesto qué no?* De Verdad? ¿Eso fue lo mejor que se le ocurrió? No es de extrañar que yo estuviera tan desilusionada, tan cínica, tan totalmente confundida sobre todo el asunto del amor.

Dado el caos y la confusión de sus vidas, no debería ser tan dura con ellos. Probablemente hicieron lo mejor que pudieron. Así que me quedé un poco corta en la división de amor. ¿Qué más hay de nuevo? Cuando escuché historias sobre la infancia de otros niños con sus padres helicópteros monitoreando cada uno de sus movimientos, supongo que debería haber contado mis bendiciones.

Pero aún así, fue mucho más satisfactorio culpar a mis padres por todos mis problemas. Hacerlos ser los chivos expiatorios. Dejar que se hagan cargo. Después de todo, ¿no es para eso que están los padres? Mi mamá y mi papá fueron los responsables de mi predisposición genética a rechazar el yo real, por el virtual. Fueron sus genes *y* su crianza los que me hicieron conectarme a la red inalámbrica.

Cuando era pequeña y mis padres no podían ponerse de acuerdo, lo que pasaba la mayor parte del tiempo, me decían, "¿Por qué no te conectas y juegas?"" Nunca un " anda a jugar afuera" o " invita a un amigo" o "dibuja algo" o incluso " anda a mirar televisión." Solo decían "haz algo en línea." Fui preparada para ser una chica de la red desde el principió.

Aprendí desde chica que las muñecas reales no tenían comparación alguna con sus equivalentes en computadora. ¿Por qué jugar con una Barbie cuando la versión en línea de los *Juegos Barbie Dreamtopia Adventure* que eran mucho más emocionante? Las muñecas reales eran aburridas, sin vida, estúpidas. *Pearl Princess Puzzle Party* o *Tutu Star*, fácilmente descargables, era para lo que vivía. Para el segundo grado, ya estaba consultando la versión en línea de *Barbie's First Date Dress Up* y *Princess Barbie Facial Makeover* para obtener inspiración.

No era que no tuviera amigos. Era que a veces envejecían y obstaculizaban gran parte de mi tiempo que podría haberse disfrutado mucho más en línea.

El peor castigo que mis padres pudieron darme fue un tiempo fuera de línea. Lo recuerdo claramente como el día de la cena de Acción de Gracias en cuarto grado. Hice un berrinche terrible y, por alguna extraña razón, le di un puñetazo a mi primo en el ojo y le froté el pelo con puré de papas. Mis padres me mandaron a mi habitación y me quitaron la computadora. Estaba fuera de mí. Lloré, abrí un agujero en mi almohada, cubrí la habitación con las plumas y tiré todos mis peluches por la ventana. Finalmente, me las arreglé para salir y, aún llorando, llamé al 911. Después de todo, ¿qué mayor emergencia podría existir que alguien sea privado de su derecho, otorgado por Dios, a estar en línea?

Ese glorioso día cuando mis padres me dieron mi primer teléfono inteligente, un iPhone 4, fue amor a primera vista. En cuestión de minutos no podría vivir sin él. Con ese teléfono en la mano, me sentí invencible, completa, uno con el universo, feliz y realizada. Me conmovió de una manera que nada más lo hizo. Cuando salían al mercado nuevos celulares y se me permitía una actualización, me sentía en la luna, pero aún así, separarme del que ya tenía era como perder a un ser querido.

Tal vez, solo tal vez, una parte de mí sabía que tenía problemas, pero podía racionalizarlo fácilmente. Después de todo, todos los demás estaban haciendo exactamente lo mismo que yo. Todos éramos *preadolescentes de pantalla* y luego, cuando llegamos a la mayoría de edad, *adolescentes de pantalla*. ¿Cómo podría ser un adicto si todos los demás que conozco son iguales a mi?

No era como si estuviera condenada al aislamiento, ridiculizada o intimidada por mi obsesión. Justo lo contrario. Eran los niños que no poseían lo último en tecnología, quienes no estaban enterrados en sus teléfonos, los más molestados.

"¡Oh Dios mío! ¡Mírala!" Un niño en la escuela le sonreía a alguien que caminaba por el pasillo enviando mensajes con un teléfono anticuado. "Ella todavía tiene un iPhone 6. ¿Hola? ¿En qué siglo estás viviendo?"

De todos modos, ¿qué, y si fuera *una* adicción? No era como si me estuviera drogado o algo así.

Historia real: había un estudiante de último año en nuestra escuela secundaria que salió de fiesta una noche y, por cualquier jodida razón, probó heroína. ¡instantáneamente! Solo así, era un adicto a los opioides. Una sola dosis fue todo lo que hizo falta. Drogas fuertes era todo lo que le importaba, todo lo que quería hacer. Todo lo demás se volvió irrelevante. La vida se trataba de conseguir esa próxima dosis.

La semana antes de la graduación murió de una sobredosis.

Oye, había adictos y había *adictos*. En el gran esquema de las cosas, mi aflicción, incluso si realmente tenía una (que no tenía), no era un gran problema. Al menos no moriría de sobredosis. ¿Y bajas dosis? Todo lo que tenía que hacer era salir y cambiar de sitió.

Armada con una computadora y un teléfono celular, en realidad solo había un arma crucial adicional que necesitaba en mi arsenal: un compañero con ideas afines para enviar mensajes obsesivamente. No un juguete anónimo de la red, sino alguien realmente real.

¡Voilá! Como la Diosa de la Fortuna tendría, Sheila apareció.

Era la clase de ciencias de séptimo grado con el señor Gimitri, quien era quizás el ser humano más aburrido que haya caminado por el planeta. Era el tipo de maestro que hacía que un calabacín pareciera clínicamente hiperactivo. Hubo momentos en que, inmóvil frente al aula, era difícil saber si el hombre estaba vivo o no.

Un lunes en particular por la mañana (incluso recuerdo el día de la semana), el señor G estaba encorvado como siempre, casi en estado de coma en su escritorio. Se suponía que íbamos a leer el libro de texto y, como siempre, estaba navegando por las redes sociales en mi teléfono.

"Meagan, dame tu teléfono."

No había visto venir al señor G. Me sorprendió que tuviera la energía para no solo darse cuenta de lo que estaba haciendo, sino qué mucho menos llegar físicamente a la esquina trasera del aula. Pero allí estaba, extendiendo su mano, exigiendo que le entregara mi tesoro más preciado.

"¿Qué?" Pregunté incrédulamente. "¿Qué hice?"

"Te he pedido repetidamente que dejes de enviar mensajes en clase, y claramente no has entendido."

Esto puede o no haber sido cierto. Cada vez que ese hombre hablaba, generalmente no estaba prestando atención.

"No estoy enviando mensajes," le dije. "Estoy actualizando mi perfil."

"Meagan, dame tu teléfono."

"¡Profesor!," Gritó una voz desde el otro lado de la habitación. "¡No puede hacer que le dé su teléfono!"

Me di vuelta y vi a una chica que apenas conocía desafiante agitando su teléfono en el aire.

"Es como, ya sabes, contra la ley o algo así," continuó. "Tenemos nuestros derechos."

Era Sheila! Viniendo a mi rescate. Defensora de todas las cosas de mano. Indignada en mi nombre ante esta grave tragedia tecnológica.

"Y tenemos nuestras reglas," el señor G insistía. "Tomaré tu celular ahora, Meagan. El tuyo también, Sheila. Pueden recogerlos al final de la clase."

"Eso está mal," dijo Sheila. "Es una violación total de, como, la Cuarta Enmienda. Nuestro derecho a la privacidad. Esto es como una búsqueda e incautación irrazonable. Estás violando la ley, amigo."

"La última vez que revisé, los mensajes de texto en el medio de una clase, no estaban cubiertos por la Cuarta Enmienda."

"Entonces, ¿qué pasa con la primera? ¿Eh? ¿El derecho a la libertad de expresión?," Exigió Sheila. "¿Vas a quitarnos esa libertad también? Así es como Hitler llegó al poder. Primero quita un derecho, luego otro, y antes de que te des cuenta, el mundo está sumido en la guerra y el caos y—"

"Sheila! Meagan! Sus celulares. ¡Ahora!"

Toda la clase estaba fascinada. ¡Nadie había visto al señor G tan animado sobre nada!

"¡Está vivo!," Quería gritar. "¡El hombre está vivo!" Afortunadamente, mis cuerdas vocales se desconectaron justo a tiempo.

"Ese tipo necesita relajarse," dijo Sheila después de la clase cuando, luego de una severa reprimenda, recuperamos nuestros teléfonos y nos dirigimos a inglés.

"Gracias," le dije. "Por, ya sabes, defenderme a mí y todo eso."

"*De nada*," dijo Sheila. "¿Puedo ver tu perfil?"

Y el resto, como dicen, es historia.

♥

Mi última semana de clases, cerrando mi tercer año, no había terminado exactamente con una nota alta. Fue una especie de repetición del fiasco de séptimo grado, solo que está vez el resultado fue un poco peor.

Mi profesora de ciencias me había acusado de usar mi celular para hacer trampa durante el último examen.

¿Yo? ¿haciendo trampa? ¡Cómo se atreve a acusarme de tal cosa! No había forma de que me importe tanto la ciencia como para rebajarme a eso.

Después de un malentendido que fácilmente podría haberse resuelto amigablemente, me dieron unas vacaciones tempranas.

La escuela se refirió a una suspensión.

Lo que sea.

Lo mas estúpido de todo no fue el fabuloso trato que hicieron. Apenas merecía una detención, no un permiso de ausencia involuntario. Después de todo, todo lo que había estado haciendo era lo habitual —revisando lo nuevo en mi sitió de citas, algo que hacía en la escuela cien veces al día—hasta qué la Sra. Ciencias comenzó a enloquecer por completo. Ella exigió que le diera mi teléfono y me emocioné un poco (lo llamó "beligerante"), pero después de todo, era *mi teléfono* y yo estaba justo en medio de un *mensaje de texto importante*. Bien, tal vez hice algunos comentarios inteligentes que probablemente no debería haber hecho. Y tal vez golpear su mano cuando trató de agarrar mi teléfono no fue mi mejor momento. Pero aún así, habla de perder tus cosas sin ninguna razón.

Una suspensión? ¿Por eso? De verdad?

Para llegar al punto—todo el desafortunado incidente no me ayudo mucho con mis padres. Tampoco ayudó que, por error, haya subido contenido un tanto erótico en mi cuenta en *Pasión* (¡UPS! Mala mía) y que había venido un tipo a tocar a la puerta a las tres de la mañana, claramente mirando a lo que ya sabes. Él debía tener unos cuarenta años y tenía más tatuajes que ropa. Esto no le agradó exactamente a mi padre, y después de leerle el manual antidisturbios, y amenazar con llamar a la policía, prácticamente me persiguió cuando volvía a mi habitación. Una vez acordaron algo, mis padres, me exigieron que fuera a vivir con mi abuelo durante el verano, un exilio digital completo a un lugar olvidado de Dios con una recepción celular irregular en el mejor de los casos. Y no se permite laptop. Debía estar a las órdenes de mi abuelo, atender su jardín, limpiar su casa, hacer lo que fuera necesario. Por todo el verano. No hay vacaciones. No hay días libres. No nada.

Propuse una idea alternativa de esconderme en el sótano y no hacer absolutamente nada fuera de línea durante dos gloriosos meses, pero eso no funcionó.

Padres! *¡Arghhh!*

Capítulo 3

Siendo un niño de las edades no ilustradas, cuando la homosexualidad todavía se consideraba un trastorno psicológico, *lo de encontrar quién realmente era*, le había llevado a Gramps bastante tiempo para afrontarlo. Después de dos matrimonios totales de naufragios de trenes con mujeres—el primero para mi abuela, que resultó en (¡hurra para mí!) Mi padre—Gramps finalmente lo resolvió todo, logró actuar y se estableció con el gran amor de su vida, Udder.

Udder no era el verdadero nombre del esposo de Gramps. Su nombre de pila era Francis Bacon Nightingale Tercero, que le quedaba casi tan bien como zapatillas a un águila.

Cuando era pequeña, mi padre se refería a Francis como "tu otro abuelo," pero con mis pequeños labios no podía decir la palabra *otro* y lo que surgió fue *Udder*. Todo el mundo pensó que era tierno, particularmente el mismo Francis Bacon Nightingale Tercero, quien desde ese día insistió en que todos lo llamaran Udder.

El nombre le quedaba bien, particularmente ahora que lucía impresionantes senos masculinos.

Así fue Udder y Gramps, aunque ocasionalmente, solo para confundirlo un poco, me referiría a Gramps como la ubre de Udder, o U-cuadrado, o incluso solo U-U.

Fue hasta que un día, estaba en la guardería y me di cuenta de que no todos los abuelos eran homosexuales. Antes de eso, había asumido que ese era el camino del mundo.

"¿Dónde están tus otros abuelos?." Recuerdo haberle preguntado a uno de mis amigos cuando estaba en su casa para una cita de juegos.

"¿Qué quieres decir?," Preguntó mi amigo.

"Quiero decir, ¿por qué tu abuelo se toma de la mano con esa anciana arrugada? ¿Dónde está su Udder?"

A mis dos abuelos les gustó mucho esa historia.

♥

Los viejos vivían en una granja desarreglada en cinco acres en Hayden-ville, en una de las pequeñas y adormecidas colinas de Berkshires en la zona rural del oeste de Massachusetts. Eran un par de horas al oeste de donde vivía en Boston, prácticamente en el medio de la nada.

Antes de retirarse, Udder había sido terapeuta con una práctica privada y Gramps, escritor de becas en la Universidad de Massachusetts. Ahora me doy cuenta, pasaron tres temporadas trabajando en el jardín y el cuarto invierno, encerrados en esa vieja granja con corrientes de aire haciendo Dios sabe que.

Desde el primer momento quedó claro que Udder y Gramps podrían usar y obtener todo lo que necesitaban para subsistir desde la casa y jar-dín. Envejecer es una mierda. Recuérdame, que nunca lo haga. Ambos tenían problemas importantes con la artritis, y algunos días estaban más rígidos que los postes de madera en su jardín. Era una maravilla que se pudieran mover por completo. Solo levantarse del sofá era una de las pequeñas victorias de la vida. No los culpo.

Habían dejado de lado la limpieza durante el último año, o quizás durante los últimos dos. El viejo lugar necesitaba una limpieza profunda urgente de arriba a abajo.

Y su jardín. ¡Oh Dios mío! Se había convertido en una jungla enreda-da e impenetrable a la que era casi imposible entrar, y no es que tuviera el mínimo deseo de entrar en ella de todos modos.

Tenía sentido para ellos tener a alguien allí, para ayudar a poner las cosas en orden. Alguien a quién pudieran mandar gratis. Alguien como yo.

Por lo tanto, sentarme en el maldito parche de zucchini, cubierto de tierra, maldiciendo mi mala suerte y sacando la mala hierba.

Había desenterrado una lombriz terriblemente asquerosa, y el pequeño insecto se estaba volviendo loco. Se retorcía de un lado a otro, tratando desesperadamente de averiguar que final le esperaba. Lo recogí junto al calabacín y arrojé un montón de tierra sobre él. Pensando que los gusanos eran malos para el jardín, había lanzado el último que había encontrado sobre la cerca del jardín, pero ahora, después de una larga reprimenda de Gramps, sabía que eran buenos.

"Gusanos," dijo Gramps, mirándome. Se dio un golpe en la articu-lación y soltó el humo de su porro en forma de gusano.

"Sí," dije. "Totalmente asquerosos. Son muy tristes, moviéndose siempre de manera extraña y retorcida."

"No sé que tan tristes," dijo Gramps. "Tienen una vida sexual bas-tante activa, ya sabes."

"¿Verdad?"

"No, es broma."

Udder puso los ojos en blanco. "¡Por el amor de Dios, Meagan, no hagas que el hombre comience!"

Gramps se creía un naturalista aficionado, un científico ciudadano, un entomólogo autodidacta. Siempre lamentaba el hecho de que no era un tipo inglés fabulosamente rico del 1800 como Charles Darwin, que vivió en una época en la que la discusión sobre las propensiones reproductivas de los gusanos no se consideraba tan excéntrica.

Para su crédito, Gramps realmente parecía saber sobre toda esa mierda. Se iba un poco por las nubes, por las rarezas sexuales del mundo natural, pero si le dieras media oportunidad y un poco de hierba, él era realmente fascinante. Mucho más que mi profesora de ciencias de la escuela secundaria, que era una IDIOTA completa y absoluta(¿recuerdas el incidente con mi teléfono?) Y podía aburrirte con solo caminar por la puerta del aula. Si alguna vez surgiera la cuestión del sexo (que hizo todo lo posible para evitar), se pondría toda roja, con los labios cerrados y revelaría a toda la clase que tan estúpida era.

"Hermafroditas," dijo Gramps.

"Hermafro, ¿quién?," Pregunté.

"Gusanos. Son hermafroditas. Son hombre y mujer al mismo tiempo. Cada pequeño gusano tiene su propio esperma y óvulo."

"Estas bromeando. ¿Es eso posible? ¿Realmente lo *hacen* ellos/as mismos?"

"No, no, no," dijo Gramps, sacudiendo la cabeza. "Se juntan. Literalmente. Ambos obtienen esperma del otro y fertilizan sus propios óvulos. Hacen estos pequeños capullos viscosos y sale la siguiente generación."

"Espera un minuto," dije con ansiedad, desenterrando el gusano para verlo más de cerca. No había nada que pudiera encontrar que se pareciera a algún tipo de parte reproductiva, así que lo enterré nuevamente en el suelo y volví a frotar mi teléfono como una piedra, por mi preocupación. (Aunque no había cobertura digital en el jardín, mantener mi teléfono a mi lado en todo momento seguía siendo absolutamente esencial. Sin el *me* sentía triste y sola.) "¿Por qué me estás diciendo esto? Por favor, no digas que tiene algo que ver con *mis* relaciones." Estaba empezando a creer que Gramps quería llegar a algún punto con la cuestión de la vida sexual de los gusanos, y no se veía bien.

Gramps solo se río.

"Imagina el perfil de citas de un gusano en *Pasión*," dije. "*¿Qué onda? ¿Quieres ponerte sucio esta noche? Paquete flexible de músculos que busca a esa persona especial con quién jugar. Me das el tuyo. Te daré el mío. ¡empecemos a revolcarnos!*"

Uddre tenía razón en una cosa: Podía ser muy divertida de vez en cuando.

♥

Sin embargo, no había ni un gusano que valga la pena sobre la mierda psicópata que Udder estaba hablando constantemente. Su vida pasada como terapeuta podría ser realmente molesta. Junto a Sheila, amaba a mis dos abuelos más que a nada en el mundo entero y, en general, atesoraba las perlas de sabiduría que me impartían. Pero en este tema, estaban completamente equivocados.

¿Yo?

¿Una adicta?

¡Humm!

Las vidas de los adictos estaban fuera de control. Las vidas de los adictos estaban totalmente jodidas. El hecho de que me sintiera mucho más cómoda en línea que fuera, como todas las personas de mi edad en el mundo, no significaba que fuera una adicta.

No me malinterpreten: No digo que todo en mi vida haya sido perfecto. No digo que no tuve problemas. Todos tienen problemas. Pero hay una gran diferencia entre un *problema* y una *adicción*. Mi vida en línea no estaba nada cerca del problema que los adultos en mi vida parecían distinguir.

Esta bien, quizás no dormí tan bien por la noche. A decir verdad, no dormí para nada, excepto (si no estaba enviando mensajes) durante la mitad de la clase, que nunca parecía ir tan bien con mis maestros.

"¡Meagan!" Gritaban, parándose enfrente mío y sacudiéndome bruscamente por los hombros. "¡Te estás quedando dormida de nuevo!"

"¿Qué?" Me sobresaltaba despierta, totalmente desorientada, confundida sobre en qué planeta estaba. "¿Dónde esta mi teléfono? ¿Quién me envió un mensaje de texto?

Estaba destinada hacer reír a los demás, en general, pero no a mis maestros. ¿Cuán injusto fue que mis calificaciones sufrieran tanto solo por ese pequeño detalle? Tal vez todos los demás lograron mantenerse despiertos en clase con los ojos medio abiertos, pero ¿eso significaba que estaban prestando atención a las tonterías de las que hablaban los maestros? No lo creo. Y en serio, ¿cuándo se suponía que iba a dormir un poco? Todos sabían que la verdadera acción en línea empezaba después de que se pusiera el sol, por lo que perderse la locura de medianoche claramente no era una opción.

Y tal vez *acababa* de ir al médico por un dolor crónico, espasmos y ocasionales sensaciones de ardor que hacían que mis manos parecieran estar pendidas fuego TODO EL TIEMPO.

"Tenosinovitis de Estiloides radial" me había dicho el médico.

"¿Tifoidea?," Pregunté, completamente asustada. "¡Oh Dios mío! ¿Voy a morir?"

El doctor se empezó a reír.

"Estiloides" dijo. "No es tifoidea. También conocido como pulgar de mensajes de texto. Solo tienes que dejar el teléfono un poco."

Sí. Claro. Como si *eso* fuera a suceder.

Y tal vez no estaba en forma. Me gustaría ir al gimnasio para hacer ejercicios y terminar parada quieta en la máquina elíptica durante una hora y media sin mover una sola parte de mi cuerpo que no sean mis pulgares. Cuando llegaba a casa, continuaba enviando mensajes de texto compulsivamente con una mano mientras comía en exceso helado con la otra. Ninguna de estas actividades hizo mucho para mejorar mi relación músculo, masa y grasa.

Y tal vez era cierto que, aparte de un par de incidentes incómodos a tientas en sótanos oscuros en las fiestas de cumpleaños, la única relación romántica fuera de línea que había tenido fue, con ese chico Caleb o Fletcher o como sea que se llamaba, y todos sabemos cómo terminó eso, ¿no? Pero bueno, cada relación personal que tuve inevitablemente terminó en un completo desastre. Los chicos en línea constantemente enviaban mensajes de texto para invitarme a salir, pero ¿por qué iba a *pensar* en decir que sí? Una vez me quemaría, dos, no. ¿Por qué perder mi valioso tiempo con un tipo real cuando sabía cuál sería el resultado final? Simplemente no tenía ningún sentido.

Los chicos eran mucho más atractivos en sus perfiles en línea que en la vida real. Los chicos de la vida real, como los perdedores de mi escuela, pasaron la gran mayoría de su tiempo fuera de línea en combate cuerpo a cuerpo, luchando entre sí por el título de macho alfa, demasiado hiperactivos o narcisistas o con muerte cerebral, no eran nada útiles para mí.

Es un hecho científico comprobado: los hombres tardan más en madurar. Es como si fueran infrahumanos o algo así, más neandertales que el *homo sapiens*. Incluso la chica de segundo año la más tonta es mucho más madura que cualquier persona mayor con un pene.

Podría haber hecho fácilmente un exitoso Reality show en mi escuela secundaria. Yo lo llamaría *El infierno de las Adolescentes* o *Los chicos más tontos* o *En serio cuatro años de esto?* Solo había que dejar la cámara prendida y que los chicos hagan lo suyo. Los críticos delirarían.

"Que vergüenza." – *The New York Times*

"Una mirada triste y patética de lo que es ser hombre." – *People Magazine*

"¡Guau! Gracias a Dios que *no soy* un adolescente." – *Teen Vogue*

¿Pero en línea? ¡Oh Dios mío! En línea era una historia diferente.

Deslice hacia la derecha si lo desea, deslice hacia la izquierda si no lo hace. Las relaciones estaban a solo un toque con el dedo.

No más charlas en tiempo real, tristes y patéticas, con esas largas e incómodas pausas que me ponen nerviosa. No más conversación espontánea con frases sin editar que salen de la nada de las que sabía que después me arrepentiría. No más contacto visual, lenguaje corporal y tono de voz tan difícil de descifrar. No más angustia sobre cómo terminar una conversación en tiempo real sin actuar como idiota.

Las conversaciones en tiempo real eran como conducir sin Siri ni GPS. No tenía ni idea dónde demonios terminarían, de tan perdida estaría. Quiero decir, en serio, ¿qué tan aterrador era eso?

En línea, puedes ser quien quieras, cuando quieras. Era mucho más conveniente.

Además, en línea, podría conectar a varios chicos a la vez, con la suerte de que uno de ellos, lo suficientemente ingenioso llamara mi atención. Y si me aburriría enviando mensajes de texto, simplemente los ignoraba hasta que me olviden y eso sería el final. *Adiós*, amigo. Hasta mas tarde. Como en: nunca.

Por supuesto, la otra cara en este asunto era que, los chicos que coqueteaban en Cyberland me atacaban. No solo era el cazador, sino también el cazado. El depredador y la presa. El rechazador y el rechazado.

No era que, no tuviera ni idea de como entretenerme con tipos reales. Mis cinco minutos de diversión con Caleb, dolorosamente incómodo como había sido, me habían abierto los ojos. Pero los contra de estar fuera de línea superaron por completo a los pro. Cualquiera con una pizca de sentido común, podría ver que, cara a cara era demasiado complicado.

Los mensajes coquetos de un lado a otro con chicos que nunca conocería en realidad parecían tan excitantes como hacer el acto. Y mucho menos aterrador. Yo era una profesional en usar mis pulgares para sextear y mis dedos para hacer el resto. En línea – lo último en sexo seguro.

Además, mis padres me habían enseñado desde chica a nunca tener esperanzas con los tipos de la vida real, porque esas esperanzas seguramente se desvanecerían rápidamente. *"La expectativa es la raíz de toda angustia,"* decía con cariño mi madre, citando a Shakespeare o Buda o algún otro tipo muerto. "Especialmente cuando se trata de hombres," se aseguraba de agregar.

Aprendí esa lección desde el principio. Cuando estaba en cuarto grado había un chico dulce en mi clase llamado Jared, de quien estaba realmente enamorada. Todos los otros chicos se burlaban de él porque jugábamos juntos en el recreo.

"Ewww," reclamaban. "¡Estás jugando con una niña!"

Cuando él estaba cumpliendo diez años, me invitó a su gran fiesta, el fin de semana de Halloween. Se suponía que todos iban disfrazados.

"Tengo una idea increíble," me susurró detrás de la estructura de escalera durante el recreo, de pie tan cerca que casi nos tocamos. "Me vestiré como un rey y tú te vestirás como mi reina."

Eso seria elemental, puedes imaginar como se sentiría este pequeño corazón.

¡Mierda! Pasé toda la semana volviéndome loca con mi atuendo, y el día de la fiesta me presenté con una falda rosa brillante hasta el suelo y una corona de cartón con borlas brillantes en cascada a los lados. Estaba lista para casarme con ese chico en el acto.

Entré en la fiesta y allí estaba él: vestido como zombie, sangre falsa deslizándose sobre él y fingía que las tripas brotaban de su camisa rasgada, sin un rey a la vista. No me habló. Durante la fiesta o después, inclusive en la escuela. Nunca más volvimos a jugar juntos en el recreo. Sin explicación. Ni nada.

Estaba destrozada.

Esa fue mí primera introducción a los niños y las expectativas.

"Echa un vistazo a esto," dijo Gramps, una vez más dejando su silla y poniéndose de rodillas para ayudarme a sacar la maleza. Podía escuchar sus huesos crujir con el esfuerzo. "Francis encontró esto en el gallinero." Inhaló profundamente y sopló una nube de humo de cannabis lentamente sobre los calabacines (¡no es de extrañar que crecieran tanto!) Y me entregó un volante.

A veces, Gramps llamaba a la Udder por su verdadero nombre: Francis. El verdadero nombre de Gramps, por cierto, era Curtis. Juntos sonaban como dos hipopótamos en un zoológico.

"Nunca se sabe," continuó Gramps, "podría ser una buena idea."

¡ADOLESCENTES DE PANTALLA! Se podía leer en el volante. *¿La tecnología está controlando tu vida? ¿Quieres dejar de estar en línea?* (Me reí de eso. ¿En serio? ¿El escritor del volante era realmente tan despistado?) *¿Mandar mensajes de texto con los pulgares doloridos por el abuso? ¿Te ha atrapado el mundo cibernético? Únase a nosotros los miércoles por la noche en la Iglesia Unitaria en Northampton. Nomofóbicos Anónimos para adolescentes. ¡Nosotros podemos ayudarlos!*

¡Oh Dios mío! ¿Era esto una especie de broma?

¿Nomofóbicos Anónimos? ¿Adolescentes de pantalla? ¿La gente realmente se tomaba esta mierda en serio?

Gramps comenzó a cantar una estúpida canción de oro de la década de 1950, cambiando la letra de una manera en que él y Udder consideraron histéricamente divertida:

Ángel de pantalla, ¿puedes oírme?
Ángel de pantalla, ¿puedes verme?
¿Estás en algún lugar allá arriba?
Mensajeando con tu verdadero amor?

Alejé a la tierra del calabacín donde lo había tirado, buscando a mi elusiva amiga hermafrodita que había reubicado tan groseramente. El gusanito no se veía por ningún lado. Desapareció. Se fue para siempre.

Gusanos

Muchachos.

Quién sabe, tal vez realmente hubo una conexión.

"Podría valer la pena intentarlo." Udder y Gramps me estaban mirando, poniéndome nerviosa. "¿Qué piensas?"

"En tus sueños", le dije, levantándome, sacudiendo la cabeza, rodando los ojos y volviendo furiosa a la casa.

Capítulo 4

"¡Me estás tomando el pelo!," Dijo Sheila, riéndose al otro lado del teléfono.

Llamé a Sheila al teléfono fijo en lugar de caminar para tratar de encontrar servicio. Udder y Gramps habían sido empujados al garaje para que yo pudiera tener al menos un poco de privacidad.

"¿Nomofóbicos Anónimos¡?," Dijo, resoplando. "¿En serio? Eso es lo más tonto que he escuchado."

"¿Lo se, verdad? Totalmente ridículo."

"Probablemente sea algún tipo de, regreso a la Biblia, escuadrón de Dios, cultura lunática. Ya conoces el ejercicio: te chupan con esta basura de 'adictos a las redes', y antes de que te des cuenta, estás encadenada por los tobillos, colgada boca abajo en el sótano de una iglesia, mientras que un extraño de cara pálida, con una gran bata, con una cuerda en vez de un cinturón te recita la sagrada escritura."

Sheila no era de las que consideraban la religión en alta estima. Sus abuelos eran del Líbano y había escuchado demasiado sobre el daño que la religión había hecho a su país, para querer tener algo que ver con eso. Musulmana, judía, cristiana—estaba bastante harta de todas.

"Exactamente," le dije. A veces, incluso cuando no estaba de acuerdo con Sheila, era más fácil estarlo .

"O, peor aún—realmente *son* serios," continuó. "¿Puedes imaginar personas que realmente piensan que estar en línea es un problema?"

"Lo sé. Es más que absurdo."

"Hace que lo absurdo, parezcan interesante."

"Totalmente."

"Entonces, ¿qué dijiste?," Preguntó Sheila. "¿Váyanse a mierda? De buena manera, espero."

"Bueno . . . um . . . no exactamente."

24

Hubo una larga pausa en el otro extremo del teléfono. "¿Qué quieres decir con, no exactamente? ¿Qué *dijiste*?"

"Es que solo . . . Lo ves . . ."

"Meagan! ¡No puedes hablar en serio! ¡Por favor no me digas que realmente vas a ir!"

♥

¿Conoces la clásica: *Houston, tenemos un problema?*

Bueno, definitivamente tenía un problema.

El lunes por la noche, tomé prestado el auto de Gramps para conducir a la ciudad en una búsqueda desesperada de más café y algo de acción en línea. Tenía mi plan de juego zumbando en mi cabeza. Primero, entrar a mí sitio de *Pasión*, deslizar sobre un montón de chicos, echar un vistazo a Facebook, enviar mensajes a algún que otro tipo; hacer un sitió web o dos (Sheila me había enviado mensajes delirantes sobre un increíble montaje fotográfico de Celebrity Fashion Faux Pas que decía que era absolutamente histérico), coquetear un poco más, volver a Facebook, hacer una docena de videos en YouTube y luego para cerrar la noche sextear hasta perder la conciencia. Seria como estar en el cielo.

Lamentablemente, nada de eso sucedió. Apenas había salido del camino de entrada cuando de alguna manera terminé estrellando el auto contra un maldito árbol. Aparte de un corte desagradable en mi pierna (quién sabe cómo sucedió eso) que requirió un par de puntos en la sala de emergencias, estaba bien. Pero el auto? Esa fue una historia diferente.

"Estabas enviando mensajes de texto, ¿no?," Preguntó Gramps, aliviado de que mi lesión no era demasiado grave, pero aún así estaba bastante enojado por la estúpida situación.

"Por *supuesto* que estaba enviando mensajes de texto," le dije. "El viaje al pueblo toma casi treinta minutos. ¿Realmente pensabas que esperaría tanto tiempo para estar en línea?"

Arghhh! La maldición de ser una nieta honesta. Malditos sean George Washington y el cerezo—¿En qué estaba pensando, diciendo la verdad?

De ahí, el ultimátum: Nomofóbicos Anónimos o no más uso del automóvil. No más automóvil significaba, no más viajes sin supervisión a la ciudad. No más viajes sin supervisión a la ciudad significaba, no más mensajes de texto y juegos en línea. Me volvería lunática.

"Así que en realidad . . . *¿vas a ir?*" Oí a Sheila susurrando en el fondo.

"Supongo."

"Esto apesta."

"Cuéntame."

"Realmente es una mierda."

"Te escuché la primera vez."

"Realmente, verdad, verdad . . ."

"Sheila! ¡Basta! En serio. No me dejaron otra opción."

"Ya era suficiente con que me hayas abandonado en Boston duran-te dos meses completos," dijo Sheila, "¿pero Nomofóbicos Anónimos? ¡Eso es patológicamente loco! Tus abuelos, sin ofender, son dinosaurios fosilizados. Todavía viven en el siglo XX. Piensan que la red es algo so-bre lo que golpeas una pelota. Quiero decir, no tienen ni idea de cómo lidiar con el mundo real. Sí, es una lástima que destrozaras su auto, y lamento lo de tu pierna, es una mierda. Todo este asunto de *"Ado-lescentes de pantalla"* es demasiado extremo. Incluso *ellos* tienen que saber eso."

"Lo sé. Pero tengo que ir. Solo para quitarme a Udder y a Gramps de la espalda. Han escuchado demasiado a mis padres, y ahora, con todo este accidente del auto, también tienen un palo en el trasero."

"¿Te he dicho cuánto apesta esto?," Preguntó Sheila.

Puse los ojos en blanco. "Créeme, será una vez y listo, luego me curaré milagrosamente. No es la gran cosa. Y de todos modos, piensa lo maravilloso que será burlarse de todos los imbéciles y perdedores que aparecen en este tipo de espectáculos de mierda."

"Hmm . . ." Dijo Sheila. "Buen punto. Envíame un mensaje cuando llegues al lugar."

♥

"Deja tu teléfono en casa," me dijo Udder mientras agarraba las llaves de su auto. El auto de Gramps todavía está en el mecánico.

"¿Qué?" Le dije. "¡Tienes que estar bromeando!"

"Aquí mismo." Udder acarició la mesa de la sala. "Ponlo aquí mismo. Prometo que no lo perderé de vista."

"No puedo estar sin mi teléfono," le dije, mi voz sonaba cada vez más aguda y estridente. "Eso es ridículo. ¿Qué pasa si el auto se descompone? ¿Qué pasa si me pasa algo malo?"

Udder suspiró y sacudió la cabeza. "Querida, recuerda lo que pasó la última vez. Es cuando tienes tu teléfono que te pasan cosas malas. Mientras no envíe mensajes de texto y conduzcas, tenemos total confi-anza en ti. Y la mejor manera de no enviar mensajes y conducir es dejar tú teléfono aquí mismo."

Gemí en voz alta. "Prometo ser una buena chica y no hacer nada estúpido nunca más. De verdad. Lo juro con el meñique. He aprendido mi lección. Pero solo para estar segura . . ."

"No."

"¿No qué?"

"Nomofobia."

"¿Huh? ¿De qué estás hablando, Udder?"

"Nomofobia. Eso es lo que tienes, cariño. Afronta los hechos, Mea-gan. Eres una nomofóbica. Realmente espero que esta reunión ayude."

"Tener sexo con un chico una vez no me convierte exactamente en un adicto al sexo. Y de todos modos, ¿pensé que esta reunión era sobre Internet?"

"Nomofobia, no ninfomanía. La nomofobia es el miedo a estar sin tu teléfono. Eso es todo para ti. No es solo conducir distraída lo que nos preocupa a tu abuelo y a mí, es *vivir* distraída."

"¡Oh, Dios mío, aquí vamos de nuevo!" Había rodado los ojos tantas veces que estaba mareada.

"No envías a un alcohólico a una reunión de AA con una botella de alcohol, ¿verdad? Ahora dame el teléfono y nadie saldrá herido."

"Esto. Es. Ridículo." Estaba enojada. ¿Por qué los adultos tenían que reaccionar exageradamente por cada cosa que hago?

Udder volvió a acariciar la mesa. "El viaje de mil millas comienza con un solo paso," dijo.

"¿En serio?," Le respondí. "Pobre de mí. Todo este tiempo pensé que solo era un mensaje texto."

Nunca había conducido un automóvil sin mi celular. De hecho, no podía recordar la última vez que había estado *en algún* lugar sin mi teléfono. Solo la idea de dejarlo atrás era aterradora. Me sentí como una de esas personas a las que le amputan una extremidad, con el síndrome del miembro fantasma. Tuve la vívida sensación de que mi teléfono todavía estaba conectado a mi mano, aunque, horrorizada por los horrores, no lo estaba.

Al retroceder por el camino de entrada, seguí mirando con nostalgia por el espejo retrovisor, desesperada por echar un vistazo a la ventana de la habitación donde sabía que estaba mi teléfono. Podría imaginarlo allí sin mí, triste y solo. Mi corazón estaba prácticamente roto.

Luché contra el impulso de dar una vuelta en U y regresar con Udder y Gramps. Toda esta idea de ir a una reunión de Nomofóbicos Anónimos era absurda. Más que ridículo. Un paso debajo de lo estúpido.

Nomofobia. *¡Humph!*

No tenia un problema *con* la tecnología. Tenia un problema *sin* tecnología.

Y de todos modos, si alguien fuera a esta reunión, debería haber sido Sheila. Sheila estaba en una liga en línea propia, tan pegada al mundo virtual como cualquiera podría estarlo. Junto con su computadora portátil y iPad, tenía dos teléfonos—Por las dudas, Dios no lo permita, debería perder uno.

"Copia de seguridad," dijo. "Para poder dormir por la noche."

¡Incluso la imagen de escritorio de apertura en su computadora portátil era una selfie de ella y su teléfono!

¿Y Udder pensó que *yo* era un nomofóbica?

Una noche, cuando Sheila era dueña de un solo iPhone, estábamos de compras en el centro comercial y de alguna manera perdió su teléfono. Hubiera preferido que le diagnosticaran un tumor cerebral inoperable. Estaba llorando desconsoladamente.

Había estado obsesionada con encontrar esa marca exacta de zapatos de plataforma, con cordones de color blanco, suela única y esa dulce hebillita en la parte posterior. Ya habíamos ido a cinco millones de tiendas en un intento infructuoso de encontrar un par, y ahora Sheila no tenía idea de en qué tienda había dejado su teléfono. Para empeorar las cosas, cuando nos dimos cuenta de la magnitud del error, todas las tiendas estaban cerrando. ¡No es broma! ¡Los guardias de seguridad tuvieron que arrastrar prácticamente a Sheila, pateando y gritando, fuera del centro comercial! Después de una noche dolorosa e insomne, salimos de la escuela a la mañana siguiente para ser las primeras en la fila cuando abrieran las tiendas y nos pusimos a llorar, corriendo por el lugar como si nuestras faldas estuvieran en llamas, entrando y saliendo de las tiendas, terror en nuestros ojos. Cuando, gracias a Dios, finalmente lo encontramos en (¡duh!) La última tienda en la que habíamos estado, ella empezó a llorar y acunó su teléfono como un bebé perdido, frotando suavemente la pantalla, acariciándolo, besándolo.

Ese mismo día, salió y compró un segundo teléfono, un increíble iPhone X plateado donde su rostro era su contraseña. Me sentí como un dinosaurio con mi anticuado iPhone 7. Estaba consumida por los celos.

El punto es que no estaba ni cerca de ser como Sheila. Por otra parte, nunca había perdido mi teléfono por más de catorce minutos. En realidad, catorce y medio. Catorce, horribles y terribles, minutos y medio. Me estremecí al pensar en esa catástrofe.

¿Pero Nomofobia? No lo creo.

♥

Todavía sintiendo la sensación del teléfono fantasma en mi mano, conduje desde las colinas hacia Northampton y me estacioné en el estacionamiento de la Iglesia Unitaria en la calle principal, donde se suponía que debía ser la reunión. Bajé las escaleras traseras, con la esperanza de acabar con esta tontería de pesadilla nomofóbica lo más rápido posible.

Capítulo 5

"Hola," dijo un chico de mi edad. "Mi nombre es Derek y soy un adicto a la tecnología."

Derek era alto y delgado, con cabello largo y grandes ojos marrones, con pestañas que duraban para siempre. Se limpió nerviosamente los labios con sus largos y delgados dedos. Pestañas, dedos y labios. Reubiqué mi cuerpo despreocupadamente, un tanto molesta porque este tipo, muy probablemente un perdedor total, me estaba dando esa sensación de hormigueo.

"Bienvenido, Derek," respondió el grupo en un espeluznante unísono.

Oh Dios, gemí en silencio por dentro, tratando de no mirarlo. *¿En qué tipo de espectáculo de mierda me he metido?*

Me había ubicado cerca de la puerta trasera, en caso de que tuviera que salir corriendo. El lugar me estaba dando un ataqué de nervios - ansiedad: sillas plegables que rompen el trasero, ese olor húmedo y triste del sótano de la iglesia, el café marrón aguado que sabía peor que el agua de los platos sucios. Además, había un culo de trescientas libras de manteca sentado al lado mío, tan anaranjado como Trump, que parecía que no había salido del sótano de su madre en décadas. Y quién no se había bañado valla saber por cuento tiempo.

Toda esta farsa fue idea de Udder y Gramps, no mía. Por el dedo meñique lo juro o no, si tuviera que correr, iba a salir de allí lo más rápido posible. ¿Nomofobia? Lo que tenia era no-mo-fob-ia. Ese lugar sagrado en la palma de mi mano donde mi teléfono debería haber estado descansando cómodamente, ahora me picaba como si hubiera agarrado un puñado de hiedra venenosa.

Una por una, todas las personas en el círculo se presentaron de la misma manera nauseabunda. "Hola. Mi nombre es (quien sea) y soy un adicto a la tecnología." Todos menos yo. Cuando llegó mi turno, me moví con mis manos sin teléfono y me miré los pies, desesperada por evitar el contacto visual.

"Hola," finalmente dije. "Mi nombre es Meagan y estoy aquí para ver este grupo. Ya saben, mirar de qué se trata. Esto no es como, yo, ya saben . . ." Mi voz se apagó torpemente.

"Bienvenida, Meagan," respondió el grupo, un poco menos entusiasta, tal vez olfateando el olor a mierda.

Derek fue el tipo designado para esta reunión. El monstruo de la semana. Al frente y por el centro, él fue el bateador inicial que tuvo que derramar sus entrañas sobre nosotros.

Tenía dieciocho años, un año mayor que yo, acababa de graduarse de la escuela secundaria y tenía un trabajo definitivo. Adicto al béisbol de fantasía en línea, era dueño de cinco equipos (¡cuenta cinco!), Su obsesión enfermiza con las estadísticas de las grandes ligas consumía todo su tiempo libre. Durante los últimos dos años, corría a casa desde la escuela, entraba en línea, pasaba toda la tarde y la mayor parte de la noche en negociaciones prolongadas para un lanzador zurdo y un jugador de cuadro de servicios públicos, enganchando a un par de horas de sueño, torturándose con pesadillas llenas de fantasías por béisbol, y finalmente tambalearse de regreso a la escuela. Y así sucesivamente. Noche tras noche. ¡Durante dos años! Incluso en el invierno, cuando los equipos reales ni siquiera juegan, él buscaba en la red, la posibilidad de reforzar su lista.

Había dejado su equipo de béisbol de la escuela secundaria después de su segundo año porque interfería con su béisbol de fantasía en línea.

Mis pulgares sin teléfono enviaron un mensaje de texto a Sheila. *Béisbol de fantasía!* ¡DIOS MIO! *¿Qué tan malo es eso?*

A su favor, Derek en realidad era razonablemente divertido de una manera autocrítica. Lamentando su falta de vida social fuera de línea, divulgó que su idea de un sueño húmedo era un retraso de la lluvia. Su fantasía de un ménage à trois (trío) era un jonrón contra los Minnesota Twins.

Había estado "limpio" (como lo llamaban) durante exactamente tres meses. Por eso fue él quien consiguió presumirse. Lo que "limpio" en realidad significaba, era un poco misterioso para mí. ¿Portátiles solo para el trabajo escolar? ¿Enviar mensajes de texto solo en días alternos? Derek estaba diciendo, no.

Pero tres meses haciendo, lo que sea qué estaba haciendo, o no haciendo, fue descomunal. Al terminar de despotricar, incluso consiguió una especie de moneda con "Tres meses" escrito en ella, y todos aplaudieron como locos. Un poco de brillo recorre un largo camino. Las lágrimas brotaron de sus grandes ojos marrones.

Mis pulgares se retorcieron por otra *descarga total* en mi teléfono fantasma.

Karen, la segunda en hablar, estaba celebrando el regreso de su licencia de conducir después de seis largos meses llenos de autobuses. Mi desafortunado incidente con el árbol (¿por qué tenía que estar allí de todos modos?) No fue nada comparado con el de ella. Su licencia fue revocada después de su tercer accidente en una semana, matando a un gato y chocando contra un automóvil estacionado, dos buzones de correo y una boca de incendios. Los mensajes de texto y conducir no funcionaron bien para Karen. Tampoco los mensajes de texto y caminar. Se había roto la nariz estrellándose con una señal de alto.

Karen la asesina de gatos había estado "limpia" durante medio año. Ella consiguió una moneda aún más grande y brillante.

Después de otra ronda de aplausos, el resto de la reunión se ocupó de los detalles de la cena compartida que estaban planeando a un par de viernes a partir de ahora, el seis de julio. El grupo estaba por todas partes, delegando con entusiasmo quién debía traer cada plato.

¿Una comida monofóbica? Estaba realmente lista para vomitar.

PERDEDORES, se me retorcieron los dedos.

Y luego, gracias a Dios, la sesión de tortura terminó.

Justo cuando intentaba pasar desapercibida y salir corriendo por las colinas, el tipo a cargo que había estado dirigiendo la reunión me tocó el hombro.

"Hola," dijo, tendiéndome la mano y sonriendo. "Soy Jonathan. Estoy muy contento de que nos hayas acompañado esta noche."

Buen señor, pensé para mí misma. Así es como todo comienza. Un golpe en el hombro, una sonrisa y un apretón de manos, y luego te tienen a ti. Tenia que ponerme firme, mirada de halcón. Un solo movimiento en falso y sería absorbida por este malicioso agujero negro de tecno-es-a-no-no, y nunca poder salir. Me amontonarían en un complejo fortificado, en el medio de las ruinas de la basura, sin red, sin teléfono, sin computadora. Atada con las correas más cortas, estaría trabajando en una rueda de cerámica durante dieciséis horas al día, vendiendo cuencos de cereales baratos en los mercados de agricultores para financiar su culto sin tecnología.

Estaba en su mierda. Sabía lo que estaba pasando. La sonrisa de Jonathan no me engañó en lo más mínimo.

Hubo, sin embargo, un ligero interés en él, un pequeño problema. Un problema menor Jonathan estaba caliente como el infierno. Un poco mayor que yo, probablemente empujando los veinte, pero juvenil, pícaro y encantador. ¿De qué se trataban estos tipos nomofóbicos entonces? ¿Por qué todos tenían que tener labios tan increíbles? ¿Era un requisito? ¿Qué pasaba con eso?

¡*Ayuda*! mis inútiles pulgares enviaron otro mensajes a Sheila. DIOS MIO. Más labios ¡*Sácame de aquí!*

"Hola," le dije a Jonathan, entrelazando mis dedos para evitar que temblaran. "Gracias. Sí. Lo disfruté. Quiero decir, realmente no lo disfruté, pero, ya sabes, fue . . . um . . . interesante."

"Siempre lo es," dijo Jonathan. "Nunca hay un momento aburrido con esta multitud."

"Me imagino que no," respondí. "Con perdedores así, seguro que tienes un excelente material para trabajar, ¿eh?"

Jonathan arrugó la nariz y giró la cabeza hacia un lado para mirarme.

"Quiero decir, tienes razón," continué, apretando los dientes. "Definitivamente nadie se aburriría. Fue penetrante. Como un cuchillo. Afilado." Hice movimientos a un lado y al otro con la mano y un zumbido de abeja con los labios.

Conversación espontánea? Definitivamente no es mi fuerte. Como decía: envíame un mensaje de texto cuándo quieras.

Jonathan se río. "¿Puedes unirte a nosotros cada semana a partir del viernes para la comida?," Preguntó.

"Uh . . . bueno . . . ya sabes . . . Estoy ocupada cuidando a mis abuelos y todo."

¿Tus abuelos? Jonathan levantó las cejas.

"Sí. Son homosexuales. Y con artritis. Lo que significa que no puedo irme cuando quiero. No es que esté diciendo que realmente . . . quiero." Tartamudeo, sonrojo. Rubor, tartamudeo.

"Bueno, si cambias de opinión, déjame darte mi número."

"¡Ja!" Me reí.

"¿Qué?," Preguntó.

"¿Me vas a dar tu número? Es irónico, ¿no te parece?"

"De vez en cuando hay que hacer llamadas telefónicas," dijo Jonathan, guiñándome un ojo. "Pero solo para emergencias. Aparte de eso se trata, de eliminar ese defecto tecnológico de carácter. Esa deficiencia. Pasos seis y siete de nuestro programa de doce pasos."

"Es bueno saberlo," dije, dando un paso atrás. "Pero lo siento. Lo creas o no, no tengo mi teléfono conmigo."

"No te preocupes," dijo Jonathan, con sus ardientes labios en una sonrisa. Escribió su número en una servilleta y me lo entregó.

¡Maldición! Ahí fue esa sensación de hormigueo de nuevo.

Me di vuelta y huí.

♥

Acababa de abrir la puerta de mi auto cuando vi a Derek, el tipo de béisbol de fantasía, parado en el estacionamiento, mirando fijamente la ventanilla de un auto.

"Hey," grité. "¿Estás bien?"

"En realidad," dijo. "Podría estar mejor. ¿Supongo que no tienes tu teléfono encima?"

¿Eran estos tipos de verdad? ¿Nomofóbicos anónimos y todo lo que pueden hacer es pedir mi teléfono? ¿En serio?

"Lo creas o no, por primera vez en años, no lo tengo. ¿Por qué? ¿Qué pasa?"

"Cerré las malditas puertas del auto. De nuevo. Soy un imbécil."

"Ugh," dije. "Odio cuando hago eso." En realidad, nunca había hecho eso, pero por alguna extraña razón, parecía algo bueno para decir. "¿Algo que pueda hacer?"

"Yo iba a . . . No importa. No quiero molestarte."

"¿Qué?" "¿Puedo llevarte a algún lado?"

"Bueno," dijo. "Tengo un juego extra de llaves en casa y no vivo tan lejos. ¿Estás segura de que no te importaría?"

Capítulo 6

"¿Pensé que no estábamos contactando chicos fuera de línea?," preguntó Sheila.

Llamé a Sheila apenas regresé de la reunión de NA y le di todos los detalles. Mis abuelos todavía tenían este viejo teléfono de marcación rotativa ridículamente torpe del siglo XVII conectado a un receptor con ese cable rizado horriblemente molesto que se enroscaba para siempre en un nudo. No tenía idea de que tales artilugios todavía estaban en uso. Había visto uno en una tienda de antigüedades hace unos años y no tenía idea de lo que era.

"¿De qué estás hablando?," Le pregunté.

"Ya sabes. El juramento rosado que hicimos. Nunca juntarse con un chico fuera de línea. Son demasiado para tratar. ¿Necesito recordarte la catástrofe de Caleb?"

♥

Era el segundo año de secundaria cuando Sheila y yo finalmente nos dimos cuenta que los chicos de nuestra escuela estaban completamente jodidos. Enfrentados con el doloroso y cruel motivo, de que la raza del pene, en nuestra área consistía enteramente en, zombis, cabezas de piedra, tontos, pervertidos, nerds, chiflados e idiotas. Teníamos un juramento rosado, mantenerse a salvo, mantenerse sana, mantenerse en línea. Eso puede sonar demasiado duro y perverso, pero era la honesta verdad de Dios. Nuestra escuela estaba repleta de patéticos perdedores. Había exactamente dos tipos en todo el cuerpo estudiantil que valían la pena dar un segundo vistazo. ¡Dos!

"¿Por qué no invitaste a uno de ellos?," Sugirió Udder cuando le divulgué este lamentable estado de cosas.

"No pude," le dije. "Ya estaban en una relación ellos."

"Ahhh," dijo Udder, sacudiendo la cabeza y sonriendo. "El agobio de la chica heterosexual. Todos los buenos partidos son homosexuales."

♥

"Oh, Dios mío," le dije a Sheila, continuando la conversación. "Lo llevé a Derek a su casa. Súper relajados."

"Ja – *ja*! ¡Incluso recuerdas su nombre! Probablemente tuvo sus llaves todo el tiempo, y todo este asunto del viaje fue una estrategia astuta para meterse en tus pantalones. Y no puedo creer que hayas tomado su número de teléfono. Sin ofender, pero ¿es realmente un manicomio el mejor lugar para subir chicos a tu auto?"

"¡No estaba subiendo chicos!"

"Meagan. Obtuviste dos números de teléfono en quince minutos. Debes haber estado emitiendo la vibra de cójanme."

"Yo no estaba . . . ¡Arghhh!" Gruñí por el teléfono. A veces no había razonamiento con esa chica.

Sheila veía el mundo completamente en términos sexuales. Cada acción, cada palabra, cada movimiento del cabello o arco de la ceja era algo. ¡No había nada por lo que no gritara SEXO! Las cosas no eran blanco o negro – eran vagina y pene, o V y P como ella los llamaba. Ella hizo que Freud se viera suave con el sexo. Todo esto fue algo extraño porque, como yo, ella todavía era virgen. Todas sus relaciones habían sido exclusivamente en línea, pero, chico oh chico, si hubiera una medalla de oro por sextear, ella estaría permanentemente en el podio. Fue Sheila quien puso la X en seXteo.

La chica tenía razón en una cosa: había conseguido dos números de teléfono. Pero no estaba haciendo alarde de mi. Realmente no lo hice. Jonathan y Derek solo intentaban ser útiles.

Jonathan me había dado su número como parte de su invitación a la cena el viernes. Derek me había dado su número en caso de que quisiera un "patrocinador." Evidentemente, eso era a quien los no-mofóbicos, recurrían cuando sentían la necesidad de navegar por la red o enviar mensajes de texto hasta que sus pulgares se cayeran abrumadoramente.

Patrocinadores ¿En serio? ¿Qué tan poco creíble es eso?

Por supuesto, por que me había ido y les di a ambos *mi* número de celular, era un poco confuso.

"No sé cuáles son tus problemas, Meagan," me había dicho Derek, cuando lo dejaba en su auto. (¿Qué pasaba con los hombres que pensaban que tenía *problemas*?) "Pero, ya sabes, si surge algo, llámame. Podemos hablar. Tal vez puedo ayudar." Y luego me sonrió con esos hermosos labios suyos, lo que provocó en mi tirar las llaves de *mi* auto.

"¿Si surge algo?" Dijo Sheila, susurrando. "¿En serio? Él estaba llegando a ti. Si esa no era una línea de recogida, entonces algo me huele mal."

"¡Oh Dios mío, Sheila, no siempre se trata de sexo!"

Sheila resopló. Aunque estaba a más de cien millas de distancia en Boston y yo consumiéndome en las colinas del oeste de Massachusetts atada a un antiguo teléfono fijo, todavía podía verla mirándome.

"Buena suerte creyendo eso," rió.

Capítulo 7

"Se trata de sexo," dijo Gramps, extrayendo profundamente su articulación. "Siempre ha sido así. Siempre lo será. Solo mira a esos dos."

Atrapado en un sueño sensual que involucraba teléfonos celulares, adictos en recuperación, labios y dedos delgados, me estremecí involuntariamente ante la interrupción. A veces parecía que Gramps podía leer mi mente. Era un poco espeluznante.

"¿Quién está teniendo sexo?," Pregunté, erguida. "¿Dónde? ¿De qué estás hablando?"

"Esos dos," dijo Gramps, señalando hacia el estanque del jardín. "Solo míralos yendo a eso."

Sumidos en un lirio de agua había dos pequeñas criaturas aladas, firmemente unidas entre sí, que evidentemente hacían la obra con entusiasmo salvaje.

"¿Qué diablos son?," Pregunté, retrocediendo con ansiedad.

"Libélulas," respondió Gramps. "De alas doradas, si no me equivoco. *Libélula auripennis.*"

Me reí. "Aura penes? ¡Tienes que estar bromeando!"

"*Auripennis*," corrigió Gramps, pronunciando la palabra con una e corta en lugar de una larga. "Ese es el nombre latino de su especie."

"¿Pican?"

"No, cariño, estás perfectamente a salvo. No pican."

Udder me llamó "cariño." Gramps me llamó "cariño." En serio, qué, ¿era lindo eso?

"¿Ves cómo se aferra a ella? ¿Ves cómo se estira para tomar su esperma?"

"Abuelo," dije. "Si mis padres supieran lo que sucedió aquí, estaría en el próximo autobús a casa. Sin ofender, pero realmente eres un pervertido total."

"Prefiero la palabra *naturalista*, cariño. *Hay* una diferencia."

37

Me levanté y sigilosamente me deslicé hacia el estanque para ver mejor. Las dos libélulas se parecían a una de esas parejas de patinaje artístico en los Juegos Olímpicos, donde él la está retorciendo en todo tipo de contorsiones extrañas antes de lanzarla al aire para hacer una triple o cuádruple vuelta de dedo del pie o como demonios ellos le digan. Era casi tan extraño, un acoplamiento erótico como uno podría imaginar, sacado directamente del insecto el *Kama Sutra*. Pruebe esa posición en casa y necesitará un quiropráctico para el resto de su vida.

"Y entiendes esto," continuó Gramps. "El toma su esperma del extremo de su abdomen y lo transfiere a su pene. Y, espera, se pone aún más caliente. Tiene un gancho o una lengüeta en la punta de su pene, que usa para sacar el esperma de un rival que ya puede estar dentro de ella. Luego le da el suyo."

"¡De ninguna manera, abuelo! ¿Estás inventando esta mierda?," Pregunté.

"La verdad siempre es más extraña que la ficción, cariño. El macho permanece todo el tiempo que puede, esperando a que fertilicen los óvulos con su esperma, antes de que otro hombre se prenda y lo abandonen. El primero puede ser peor. El último en las reglas del gallinero. ¿Eso es salvaje o qué?"

"¡Oh, Dios mío!," Dije. "Ojala Sheila estuviera aquí. ¡Me encantaría ver la expresión de su cara!"

Primero, el sexo de gusanos.

Ahora era el turno de las libélulas.

¿Quién sabía que el mundo natural podría ser tan caliente?

Gramps estaba profunda y apasionadamente enamorado de la naturaleza, particularmente de esos pequeños bichos sin columna vertebral. Incluso de los malvados, desagradables y chupadores de sangre, como los mosquitos, las moscas negras y las garrapatas, le hacían cosquillas.

"Si toda la humanidad desapareciera," dijo Gramps, citando a E. O. Wilson, uno de sus naturalistas favoritos, "el mundo se regeneraría de nuevo al estado de equilibrio que existía hace diez mil años. Si los insectos desaparecieran, el ambiente colapsaría en caos." "Ahora, dime, Meagan, ¿quiénes de nosotros son más importantes?"

Continué observando cómo las pequeñas y espeluznantes cosas aladas chocaban, rechinaban y hacían lo desagradable.

¿Caos o equilibrio? ¿Humanos o insectos? Esa fue una difícil.

Había pasado toda mi vida creyendo que el único motivo para estar afuera era *volver a entrar* tan pronto como fuera humanamente posible. Afuera había cosas como el clima, el polen y los insectos. Cosas malvadas, desagradables y aterradoras. Cosas que podrían atraparte.

El interior era definitivamente donde quería estar.

♥

Durante un breve período, en línea "salí" con un tipo que estaba loco por la naturaleza—algo que debería haber sabido y que nos condenó desde el principio. Una noche me convenció de lo maravilloso que sería sextear afuera, y, debido a un lapso temporal sin cordura, terminé en un santuario de Audubon después del anochecer, atacándolo con mi teléfono bajo las estrellas.

Fue la experiencia más aterradora de mi vida. Tan pronto como me bajé los pantalones y comencé a jugar conmigo misma, pude sentir cosas sobre mí. Cosas horribles. Cosas asquerosas, raras y espeluznantes.

Y criaturas. Criaturas que no podía ver pero sabía que estaban ahí afuera. Serpientes, Osos. Tal vez incluso lobos. Lobos hambrientos y voraces. Acercándose más y más. Viniendo por mi.

Y luego, con los sexteos del chico llegando rápido y furioso, una luciérnaga solitaria aterrizó en mi pecho y se encendió de inmediato. Ahí estaba, mordisqueando mi pezón, su horrible cara de insecto sonriéndome, sus antenas moviéndose de un lado a otro, su luz mágica se encendía y apagaba y volvía a encenderse.

Con los pantalones en la mano, corrí gritando hacia el auto. Conduje a casa en pánico sin pantalones, llamé a Sheila de inmediato y ella vino corriendo. Gracias a Dios que la tenía. Ella revisó cada centímetro cuadrado de mi cuerpo, buscando garrapatas, escarabajos, golpes, mordiscos y marcas de lobo.

No fue un buen sexteo. Simplemente no. Adiós a ese chico.

Sin embargo, en este momento aquí estaba, afuera, sobre mis manos y rodillas, mirando a dos libélulas. ¿Qué demonios pasaba con eso?

"Tengo otro perfil de citas para ti," le dije a Gramps.

"Vamos a escucharlo," dijo.

"Estoy asombrado de tu aura, bebé, y te tengo la primicia. ¿Por qué no nos entrelazamos y penetramos? No es solo arrastrar a está libélula hacia abajo."

Otra libélula voló desde el estanque y aterrizó en mi hombro, mirándome con sus grandes ojos saltones. Y, maravilla de las maravillas, solo miré hacia atrás. No me asusté. Ni siquiera un poquito.

"Irresistible," dijo Gramps. "Eso es lo que eres, cariño. Irresistible."

Capítulo 8

Trabajé como una vagabunda fuera de línea para Udder y Gramps. Con o sin artritis, ambos eran vagos totales. A diferencia de mis padres, que eran fanáticos obsesivos y exagerados. Un poco de polvo aquí y un poco de tierra allí nunca me habían molestado realmente, pero el hogar de mi abuelo era bastante ridículo. Habitación tras habitación destartalada que no se habían limpiado en lo que parecían décadas. Estaban llenas de polvo, telarañas, crujientes bestias muertas y pilas de cosas inservibles, de la larga vida de mis abuelos juntos. Caos total.

A pesar de que su servicio celular apenas funcionaba, Udder y Gramps estaban decididos, en su ferviente deseo, a permanecer en su pequeño pedazo de cielo en las ciudades de la colina, el mayor tiempo posible. Amaban el lugar donde vivían. Pero chico, dada su edad y enfermedades, seguro que necesitaban ayuda con la limpieza de la casa. Así que me arremangué, me até el cabello y me lancé de cabeza.

La primera vez que entré en una habitación, contuve el aliento, saqué la escoba como una espada y el polvo como un escudo, y me preparé para los horrores que podría encontrar. ¡Abriría la puerta y soltaría mi mejor versión del grito de guerra japonés samurai, *Tennōheika bonsái!* – Un grito penetrante que esperaba desesperadamente infundir miedo en el corazón del lobo o el oso pardo o el león de montaña o cualquier otra criatura come chicas que acechaba detrás de esas puertas cerradas. Necesitaba que ellos supieran que era una amenaza a tener en cuenta.

La primera vez que hice eso, Udder y Gramps subieron corriendo las escaleras (lo mejor que pudieron), convencidos de que me había apuñalado con mi escoba o caído a través de las tablas del piso.

El momento más aterrador llegó cuando descubrí un nido de ratas debajo de un colchón viejo, en la habitación más alejada, al final del pasillo trasero. Allí estaban: desnudos, mini-ratones retorcidos, amamantando, sus ojos aún no estaban abiertos, su madre me miraba y gruñía. No era un chillido de un gruñido, sino un gruñido profundo y grave, sin mostrar los incisivos.

Ratones: no son mis pequeños bichos favoritos. Llenos de pestilencia y suciedad. Mi primera intención fue golpearlos hasta la muerte con la escoba y luego enterrar sus cuerpos en una tumba poco profunda sin marcar detrás del jardín, y mantener mis labios sellados por la eternidad . . . pero sabía que Gramps leía la mente y pensé que me mataría cuando se enterara, y que mis viajes a la ciudad para atracones en línea serian prohibidos para siempre. Entonces, con el corazón acelerado, reuní mi coraje y llevé a los pequeños duendes al recogedor de polvo, mamá ratón todavía amamantaba y gruñía, y corrí hacia el bosque.

No los tiré a la primera oportunidad. Al contrario, los acurruqué con mucho cuidado junto a un tronco podrido, cubierto de musgo y acomode artísticamente hojas muertas en la parte superior del nido, para proteger a los pequeños de los depredadores.

Estaba muy orgullosa de mí misma.

Cuando se lo conté a Gramps, me envolvió en sus brazos y me dio un fuerte abrazo.

"¿Qué te dije, cariño?," Dijo. "Irresistible. Esa eres tú."

Sonreí como una niña pequeña.

♥

Todas las tardes, después de una atareada mañana de tareas domésticas y jardinería, convencía a mis abuelos de que tenía que ir al centro para recoger algunos artículos esenciales—leche, pan, un pinta de helado de vainilla de Ben y Jerry con trozos de cono de waffle, cubierto de dulce y remolinos de caramelo. Si se resistían, jugaría la carta menstrual y comenzaría llorisquear sobre una emergencia de tampones, y no tendrían más remedio que ceder. Fue la primera vez en mi vida, que había sentido algo remotamente positivo con respecto a mi período.

Udder y Gramps me obligaron, bajo considerable presión, a firmar una estúpida declaración que juraba sobre la estatua de Buda, que no tocaría mi teléfono durante todo el tiempo que estuviese conduciendo y luego, cuando estuviera estacionada de manera segura en la ciudad, lo usaría solo para revisar el clima y cualquier noticia importante sobre el equipo de béisbol Boston Red Sox, con quien Gramps estaba obsesionado. Claramente, no querían que se repitiera el incidente con el árbol, que estrelle contra el auto, y estaban haciendo su debida diligencia para tratar de mantener mis actividades en línea bajo control.

Así que, pedí prestado el único auto que funcionaba (el destrozado aún estaba en el mecánico) y, mientras Gramps tomaba una siesta y Udder leía, yo conduciría hasta la cafetería en Northampton, me estacionaria contenta en la ventana del café, de la calle principal, y felizmente me perdería en línea.

Por penoso que fuera, me quedaría con la primera mitad del trato que había hecho y conduciría a la ciudad sin teléfono. Con la esperanza de que el Buda no fuera un tipo vengativo, bloquee totalmente la segunda mitad. Quiero decir, en serio, ¿qué opción tenía? El servicio de Internet en Haydenville era ridículamente lento e irregular en el mejor de los casos, por lo que la única forma de obtener mi solución tecnológica era bajar de las colinas al siglo 21.

Mis padres me habían obligado a dejar mi computadora portátil en casa, así que todo lo que tenía, era mi teléfono. La forma en que las personas sobrevivieron en los viejos tiempos, antes de los teléfonos inteligentes, estaba mucho más allá de mi capacidad de imaginación.

Mientras conducía a la ciudad, había colocado suavemente mi teléfono en el asiento del acompañante, y hablaba con el, a medida que nos acercamos más y más a la conexión.

"No pasará mucho tiempo, cariño," estoy bien, acariciándolo suavemente. "¡Te tendré conectado enseguida, mi amor!"

Mientras me estacionaba afuera de la cafetería, sentía agradable *mi* excitación, mi corazón latía rápidamente y mi respiración era más notable. Un trago de espresso doble y una salida satisfactoria para recargar, ya estaba lista para comenzar.

Increíblemente, además de lo que tenia que hacer (aunque no tenían ni idea, deberían saber que, no te lleva medio día comprar una pinta de helado y una caja de tampones), Udder y Gramps habían establecido un límite ridículo sobre mi tiempo afuera. ¡Dos horas y media! Una cantidad de tiempo estúpidamente escasa, para revisar mensajes, Facebook y navegar en la Web, y ni hablar de volver a la normalidad con mi fila de aspirantes a novios cibernéticos.

Incluso fuera del jardín, era una fila difícil de mantener—veintiuna horas y media de trabajo pesado y dos horas y media de felicidad. Si solo supieran el dolor que me causaron.

♥

Era un martes por la tarde, casi una semana después de la primera reunión de NA. Estaba sentada en la ventana del café, totalmente unida con mi pantalla, hormigueando por dentro, completamente ajena al mundo exterior.

Udder tenía razón en una cosa: sentía una definitiva demanda física cuando estaba en línea.

"Es otra razón por la cual todo es tan adictivo," me había dicho Udder, sacudiendo la cabeza con tristeza.

"Oh, Dios mío," le respondí. "Por favor. ¿Realmente tenemos que ir de nuevo?"

"Endorfinas. Dopamina. Serotonina. Desde luego, partes de tu cerebro que se iluminan cuando estás en Internet, liberando lo bueno."

"Duh," le dije, rodando los ojos. "Decime algo que no sepa."

De todos modos, ahí estaba, deslizando hacia la derecha si me gustaba, hacia izquierda si no me gustaba y de derecha a izquierda otra vez, esas hormonas cerebrales pateando a lo grande, cuando sentí un golpe en mi hombro.

Salté.

"Hola," dijo una voz detrás de mí. "Meagan, ¿verdad? Nos conocimos la otra noche. Jonathan."

Jonathan! El tipo de NA.

"Oh, Dios mío," tartamudeé, culpablemente saliendo de mi sitio *Pasión*. "Me asustaste muchísimo."

"Lo lamento." dijo.

Inmediatamente me puse a la defensiva. "No estuve en línea por mucho tiempo. En serio. Tenía que hacer algo y, sabes, mis abuelos no tienen conexión. Quiero decir que, no es como . . . ya sabes . . ." Puse mi bolso sobre mi teléfono, con la esperanza de ocultar la evidencia.

Jonathan se echó a reír, con la boca abierta.

¡Precaución! Alerta labios!

"No te preocupes," dijo. "No se requieren explicaciones. Solo estoy acá para mi dosis de cafeína. ¿Puedo traerte algo?"

¿Más café? ¿En serio? Eso era todo lo que necesitaba.

"¿Por qué no?," Dije.

Jonathan se dirigió a la orden.

Ya estaba sintiendo los estragos de cafeína del doble anterior. Otro trago de espresso me pondría al límite.

Jonathan regresó y me acerco mi tasa.

"¿Puedo sentarme un minuto?," Preguntó.

¡Oh Dios! Lo último que necesitaba, que un tipo real se colocara por adelante de mi fila de chicos en línea que esperaban ansiosamente su turno. En serio. ¿Qué tan justo era eso?

"Claro," dije. "¿Cuánto te debo?"

Él sonrió y se sentó a mi lado. "Este corre por mi cuenta," dijo. "Y, ¿te interesa venir a la reunión mañana por la noche? Misma hora, mismo lugar. Ya sabes. Nos encantaría que nos acompañes."

¿Yo? ¿Ir a otra reunión de NA? ¿Estaba bromeando? Sin contar con el hecho de que él y Derek, eran ardientes, no tenía absolutamente ningún interés en volver a ese espectáculo de monstruos.

"Um . . . ," Dije. "No lo sé. Creo que te lo dije, estoy cuidando a mis abuelos y tendría que ver cómo les va. Tienen problemas de salud y sus altibajos son bastante difíciles de reconocer de antemano."

"Lamento escuchar eso," dijo Jonathan.

Tenía esa dulce cara angelical, cabello largo y una barba prolijamente recortada. Profundos, oscuros, penetrantes ojos marrones. Y de nuevo, sus labios. ¡Maldición! Si tan solo dejara de sonreírme. Una de mis manos se desvió debajo de mi bolso y comenzó a acariciar suavemente mi teléfono.

"Dada su edad, en realidad les va sorprendentemente bien." Junté mis manos con fuerza. "Tienen ese enorme jardín y todo. E incluso crían abejas. Abejas! Mi Udder dice que las picaduras ayudan a su artritis."

"Tu Udder?"

Me sonrojé. "Mi otro abuelo."

"Impresionante," dijo Jonathan. "Terapia de picadura de abeja. ¿Ayuda a la Nomofobia?"

"No sabia nada de eso." Cerré mis manos aún más fuerte.

"Me encantaría verlos alguna vez," dijo Jonathan, poniéndose de pie y bebiendo su taza.

"¿A mis abuelos?," Pregunté.

Se río de nuevo. "Estaba pensando más en las abejas. Pero bueno, tengo que irme. Espero verte mañana por la noche. Y no te olvides de la comida del próximo viernes. Necesitamos ensaladas. ¿Podrías hacerlas? Puedo recogerte si quieres."

"Um . . ." Tartamudeé. "No lo sé . . . Imagina, mis abuelos . . ."

"Llámame para decirme la dirección," dijo Jonathan. "Me encantaría que vengas. ¿Todavía tienes mi número?"

"Lo tengo."

"Llámame," dijo Jonathan.

"Gracias por el café," respondí, murmurando.

"¡El próximo te toca a ti!" Él me guiñó un ojo y salió.

♥

Ni veinte minutos después, estaba felizmente desplazándome por los perfiles de *Pasión* cuando, quién iba a creerlo, Derek, el fenómeno de la semana pasada, entró. Acababa de borrar a un chico en línea ("¡Hola, dulce ladrón! Robaste mi corazón con tu sonrisa encantadora. Pensé que las hadas eran solo una leyenda, pero tus hermosos ojos me prueban lo contrario") ¡así como una captura de pantalla aleatoria del pene de cualquier tipo! Había tomado tres espressos en menos de una hora y estaba completamente conectada. Ambos pulgares iban a milla por minuto.

"Hola," dijo Derek, mirando hacia mi pantalla llena de imágenes de un totalmente excitado, ya sabes qué. "Meagan, ¿verdad? Nos conocimos la otra noche. Derek."

Mortificada, una vez más enterré mi teléfono debajo de mi bolso.

"Hola," dije. "Hola. Soy . . . ya sabes . . ."

¿Qué demonios pasaba con estos malditos nomofóbicos? ¿Me estaban acosando? por el amor de Dios ¿Qué parte de NECESITO ESTAR EN LÍNEA no entendieron?

"No te preocupes," dijo Derek, ocultando sin éxito una sonrisa. "No quise interrumpir tu . . . lo que sea que estaba interrumpiendo. ¿Puedo traerle algo? ¿Un café tal vez?"

"Claro," dije, prácticamente tirando mi taza vacía hacia él, mis manos ya conmocionadas por los temblores de cafeína. "¿Por qué no? ¡Llénalo! ¡Diablos, hazlo doble!"

¿Qué estaba pensando? Mi mente ya estaba lista para una carrera de velocidad, pedaleando sin control, acelerada por la cafeína. No terminaba de formular un pensamiento que, otros dos o tres aparecían, revolviéndose espasmódicamente en mi cerebro lleno de cafeína.

Derek fue a ponerse en la fila y antes de que supiera lo que estaba haciendo, volví a estar en línea, navegando por mi sitió, deslizándome hacia la izquierda y hacia la derecha, y hacia la izquierda otra vez, eliminando frenéticamente cualquier foto de penes.

"¿Te importa si te acompaño por un minuto?," Preguntó Derek, volviendo con dos tazas de café.

"Sí," dije. "Quiero decir no. Siéntate." Bebí mi doble en tres rápidos tragos, quemándome la parte trasera de mi garganta.

"¡Jesús!," Dije, golpeando mi taza contra la mesa como un borracho en un bar. "¿A qué hora es la reunión de mañana por la noche? ¿Qué te toca traer? ¿Qué es lo que posee a los hombres para que me envíen fotos de sus penes?"

En mi defensa, no soy una chica grande. Mi perfil de citas en línea me describe como pequeña, 52 kilogramos con ropa puesta (50 sin mis pecas), y, a diferencia de todas las otras chicas en línea, era la honesta verdad de Dios. Sin mucha masa corporal. Los últimos dos tragos de café me habían llevado al borde. Apenas sabía en qué planeta vivía.

Derek se enderezó y me miró.

"¿Disculpa?," Preguntó en voz baja.

"¡Oh, Dios mío!," Dije, casi gritando. "Lo siento por eso. Estoy totalmente alterada. Demasiada. Cafeína."

Agarré mi teléfono, lo miré y luego lo metí en mi bolso.

Derek tenía una expresión difícil de leer en su rostro. En mi estado de confusión, no podía decidir si estaba alarmado o divertido.

"¿Lamentas, la reunión, la comida o los penes?," Preguntó.

"Los penes," grité, enderezando mis manos temblando. "¡Por el amor de Dios, los penes!"

Ahora todos en la cafetería me miraban. Los mozos se miraron unos a otros, expresando preocupación, muy probablemente vinculándome con una de esas personas con problemas que buscan refugio en las cafeterías. Se veían listos para gentilmente llevar la locura a la calle, y espero no haber creado una escena aún peor.

Contrólate, me rogué. *Consigue un poco de maldito control. Estás perdiendo la cordura.*

Apiadándose de mi, Derek se echó a reír.

Llevaba una camiseta con las palabras NO FRACKING estampadas en negrita, como algo resucitado del jardín de Udder y Gramps, esos lazos que unen sus jaulas de tomate.

"Me gusta tu camiseta," dije, desesperada por cambiar de tema. "No tengo ni idea que significa, pero me gusta."

Sin saber qué más hacer y desesperada por terminar esta conversación incómoda, me puse de pie, levanté mi taza con una mano y mi teléfono con la otra, y grité bien fuerte: "¡No más fracking!"

Derek se paró a mi lado, apretó su puño izquierdo y lo sostuvo en el aire junto al mío.

"¡No más penes!" Gritó.

Luego los dos salimos de allí.

Capítulo 9

"Tengo que darte la mano," dijo Udder. "Eres una telefonista controlada. Has estado aquí, menos de dos semanas y ya tienes a dos muchachos reales para conocer."

"¡Alto!," Dije. "¡Estás hablando como Sheila!"

Acababa de contarle a Udder y Gramps mi tarde en la cafetería. Había hecho que pareciera que solo había ido allí para obtener mi dosis de cafeína, no mi dosis en línea. No iba a contarles *todo*.

Como siempre, estábamos limpiando el jardín.

Lo que pasa con las malas hierbas es que nunca entendían, "vete a la mierda" las bobas. Las sacas un día, y maldita sea, regresaran casi al mismo lugar con venganza al siguiente. Tenaces hijas de puta. Las odiaba.

Sin embargo, por alguna misteriosa razón, me estaba empezando a gustar sacar las malas hierbas. No *gustar* - gustar (como *estar en línea*) sino, ya sabes, *algo así*. Los mosquitos y el sudor sucio que goteaba por mi cuerpo era un dolor real. Mis pulgares, que antes se usaban solo para enviar mensajes de texto, ahora me dolían de una manera nueva y completamente diferente, pero aún así increíblemente dolorosa, de escarbar, desenterrar y tirar de las bastardas malezas. Pero, sin contar eso, en realidad, estaba empezando a disfrutarlo. Después de todo, con solo dos horas y media al día navegando por el centro, mis manos sin teléfono, necesitaban algo de que ocuparse. Mis tardes debajo de las sábanas con mis dedos haciendo lo suyo, no eran suficiente ejercicio.

Udder y Gramps, incluso, habían dejado de decirme lo que tenía que hacer. Simplemente salía al jardín y comenzaba. Después del desafortunado incidente, del primer día que, confundí las remolachas, la espinaca y la rúcula con malas hierbas, y saqué todas y cada una de ellas (¡oh, qué vergüenza!). Prácticamente tenía el cerebro apagado. Tiraba, tiraba y luego tiraba un poco más. Fue una guerra total. Nosotros contra ellas.

Hijas de puta.

Udder y Gramps se convirtieron a la Iglesia del Abono, por lo que las plantas se acumularon en gruesos lechos de paja en descomposición, pero malditas sean las malas hierbas, todavía no encontraban la manera de meter sus molestas cabecitas sin estorbar. ¡Ay, de todas las malezas!

Sacarlas me daba una sensación poderosa. No estaba ni cerca de sentir lo mismo que sentía cuando estaba en línea, pero aún así, me encontré gruñendo con aprobación, particularmente después de arrancar una gigantesca por las raíces.

"¡Toma eso, estúpida!," Gritaba.

"¡Y otra, y otra, y otra, mueran!,"Proclamaba, con mi voz al viento, y mi montón de malezas navegando al contenedor de compost.

Por notable que parezca, mientras estaba en el jardín el tiempo volaba. Incluso hubo breves momentos, fugaces, cuándo ni siquiera pensaba en los perfiles en línea.

A Gramps y a Udder les encantó.

"Entonces, cariño," dijo Udder, mientras estábamos tomando un descanso del asunto en cuestión, "¿a cuál vas a elegir?"

"¿De qué estás hablando?," Le pregunté. "¿Qué, se suponía que debía matarlas a todas?."

"No malezas," se rió Udder. "Muchachos. ¿Derek o Jonathan? ¿No te invitaron los dos a la misma comida? Tendrás que elegir uno. No puedes ir exactamente con los dos."

"¿Probabilidad? ¡No voy a ir a ninguna estúpida comida!" Me molestaba que incluso pensaran que consideraría hacer algo tan tonto.

"¿Por qué no?," Dijo Gramps. "Nunca se sabe—puede ser divertido. Si no puedes decidir entre los dos, ve con ambos. *Ménage à trois*. ¿No es eso 'en' este momento?."

Sonreí y pensé en Derek, y el equipo de béisbol Minnesota Twins.

"Basta, Curtis," dijo Udder. "Si no puede ser útil, simplemente mantenga la boca cerrada."

"Chicos," dije, sacudiendo mi cabeza. "Son como las malas hierbas. Surgen en todas partes donde no quieres que estén."

♥

Después de abandonar la cafetería, Derek y yo habíamos caminado (en realidad trotado con energía—estaba tan conectada con la cafeína que estaba corriendo en círculos al alrededor de él) a través de la ciudad hasta que, finalmente encontramos un banco en Plaza Pulaski, para observar a la gente. Derek estaba en su hora de almuerzo, de la Cooperativa de Alimentos, donde trabajaba almacenando productos.

"¿Vas a la reunión mañana por la noche?," Preguntó, al igual que Jonathan.

Una vez más, fui bastante poco comprometida contando la situación de mis abuelos y mi necesidad de estar atenta a ellos. Era difícil no decirlo y exponer la verdad. Pero en serio, ¿cómo no puede saber él, que esas reuniones eran para PERDEDORES?

"Eso es muy amable de tu parte," dijo. "Mudarse con ellos y todo."

"Bueno, no fue exactamente por elección," le dije, relatando brevemente el desafortunado incidente en la escuela y mi posterior destierro al oeste de Massachusetts. Convenientemente omití el incidente del acosador nocturno y no divulgué demasiados detalles horripilantes sobre mi tendencia a estar en línea.

"¿Qué haces con tus abuelos?,"Preguntó Derek.

"Hierba," le dije. "Eso es lo que hago la mayor parte del día."

"¿De verdad? He intentado eso. El problema fue, que me confundía con los promedios de bateo. De hecho, una vez después de haber fumado, cambié a Mookie Betts por Jacoby Ellsbury. Quiero decir, en serio, ¿qué tan estúpido fue eso?"

"Quise decir *sacarla*, no *fumarla*."

"¿*Sacarla?*" Derek parecía avergonzado. Pateó la tierra suelta en el suelo y cambió su posición en el banco. "Guau. He estado fuera de juego durante los últimos años, cuando se trata de *eso*." Se puso de pie y volvió a sentarse. "No es que haya tenido mucho juego, si entiendes a lo que me refiero."

¡Oh Dios mío! Los chicos podían ser tan torpes.

"Derek! Estaba hablando de *desherbar*, el jardín de mis abuelos."

Derek arrugó los ojos y se golpeó el costado de la cabeza. "Oh. cierto. Duh! Estaba pensando que querías decir . . . No importa."

Que lindo. Completamente despistado, pero muy lindo.

Derek había estado incómodamente inquieto todo el tiempo que estuvimos hablando. Pude ver que estaba tramando algo, pero no estaba muy segura de que.

"Hablando de marihuana . . . ," dijo él.

"Donde estábamos."

"La verdad. Lo siento. Nada de marihuana. Pero esperaba un poco de suerte, ya sabes, preguntándome, ¿qué vas a hacer el próximo viernes por la noche?."

"¡La comida!" Aplaudí e hice pequeños ruidos. "¡Oh Dios mío! ¡Qué emocionante es esto!"

"Prácticamente yo estoy mentalizado."

¡Él chico estaba más que despistado!

"¿Estás interesada en ir?," Continuó. "Yo podría, ya sabes, buscarte si quisieras. Quiero decir, solo si te interesa y todo eso. O podríamos encontrarnos directamente en la reunión. Ya sabes, lo que sea que funcione para ti. Derek se puso de pie, hizo unos cuantos movimientos de hombros y volvió a sentarse.

La misma pregunta. Por segunda vez, en menos de una hora. No solamente llovió, diluvio.

Malas hierbas, me dije. Los chicos *no son más que malas hierbas. Pueden ser bonitos de ver, pero no son más que problemas.*

"No sé que hacen mis abuelos el viernes por la noche," tartamudeé finalmente, dándome cuenta de que me había tomado demasiado tiempo responder una pregunta directa. "Te avisare. ¿Está bien?."

Podría decir que Derek estaba desanimado. Una vez más, arrugó los ojos y dio una patada al suelo.

"Por supuesto. Sin presión. Suena bien." El dolor llegó a través de su voz. "Espero verte mañana en la reunión. Oye, tengo que volver al trabajo. Fue divertido."

"Nos vemos," le dije.

"Por supuesto." Derek se puso de pie y se fue.

Dos invitaciones en menos de una hora.

En serio. ¿Qué tan raro era eso?

Capítulo 10

"¿Cómo me veo?," Le pregunté a Udder. Acababa de terminar de arreglarme, para mi segunda reunión de NA del miércoles por la noche.

"Hermosa querida. Como siempre."

Tomé el cumplido de Udder como un grano de sal. Él no era exactamente, el hombre al que acudir para recibir comentarios de moda. Su idea de vestimenta era, pantalones a cuadros, tres tallas más grandes, y una sudadera corta, con la imagen de un letrero de cruce de alces. De alguna manera, se había olvidado de como se suponía que los hombres homosexuales estaban en onda, y eso que le gustaban las divas de la moda. Bueno, los estereotipos sean condenados. Él y Gramps eran dos de los seres humanos peor vestidos del planeta.

Podría parecer la maldita novia de Frankenstein, y Udder me diría hermosa. No importaba lo que me pusiera, o cómo me arreglaba el cabello, lo que usaba o no—siempre recibía la misma respuesta:

"Querida," decía. "Te ves hermosa." Él lo pronunciaba "heer-moo-sa."

¡Me encantaba mi Udder!

Afortunadamente, para comentarios de moda tenía a Sheila. Ella era mi chica favorita, que podía embellecerse con toda la palabra, heer-moo-saa. Sheila conocía cada atuendo que poseía. De hecho, ella me ayudó a comprarlos. Sin ella estaría perdida en la sección de estilismo. La llamé por teléfono para que me ayudara con la difícil decisión, de qué atuendo usar para la reunión.

Hacía calor y había humedad, así que fui con un vestido sin mangas Samba soleado, melocotón de Georgia, con rayas rojas de fénix y un sostén con sujetador incorporado. No estaba exactamente bien dotada allí, una copa 32 B era demasiado generosa, además el vestido hacía que mis pechos se vieran animados y optimistas.

"Todavía creo que es raro," había dicho Sheila.

"¿Qué es raro?," Pregunté. "¿Que mis pechos nunca crecieron?"

"Que te estás acercando a chicos en una reunión de adictos. Ambas sabemos que fuera de línea es el lado oscuro. Simplemente, no entiendo por qué insistes en volver allí."

"Por quincuagésima vez, Sheila, no me estoy acercando a los chicos. Udder y Gramps todavía están enojados porque yo conduje el auto hacia el maldito árbol, así que no tengo más remedio que ir a la estúpida reunión. De todos modos, ¿no puede una chica verse bien cuando sale?."

"Sigue diciéndote eso. Solo para que sepas que estás repartiendo el M&M, rápido y furioso."

"¡No estoy emitiendo mensajes combinados!"

"Oh ya veo. ¿Eso explica por qué te obsesionas con un vestido que hace que tus pechos se destaquen?."

"Me tengo que ir," le dije.

"Llámame cuando vuelvas."

"¡Duh!"

Colgué el teléfono fijo y luego le di a mi celular un beso afectuoso, metiéndolo cómodamente debajo de las sábanas de mi cama.

♥

"Sabes, todo este asunto de la reunión es un espectáculo de mierda," le dije a Gramps mientras caminábamos al auto. "Un pedazo de basura sin valor."

"Ya me lo has dicho," dijo.

"Para imbéciles y perdedores."

"Ya me has dicho eso también."

"Incluso si tuviera un problema, que obviamente no tengo, no hay absolutamente nada que pueda ganar yendo allí. Es una pérdida total de mi tiempo."

"Por supuesto que sí," dijo Gramps. "Increíblemente valioso y precioso tiempo, mucho mejor gastado, actualizando Facebook y conociendo chicos en sitios de citas."

"Exactamente," le dije. Me agaché para examinarme en el espejo retrovisor del coche. "¿Cómo me veo?," Le pregunté.

"Preciosa," dijo Gramps, dándome un besito en la mejilla. "Dile a tus dos chicos, hola de mi parte."

♥

Evidentemente. Se suponía que Nomofóbicos Anónimos debía seguir el modelo de Alcohólicos Anónimos. Pero, Comedores Compulsivos Anónimos, parecía un modelo mucho más realista, ya que la tecnología como la comida, eran imposibles de abandonar. La abstinencia total no era una opción. Cual uso de tecnología era aceptable y cual no, me parecía confuso.

En esta reunión, no se mencionaba a Dios. Mi tío estaba en AA y se trataba de entregar su voluntad y su vida, a un Poder Superior. Cada vez que lo visitaba, siempre era, Dios esto y Dios aquello, lo que me provocaba náuseas rápidamente. Había tanto Dios que aceptar antes de retirarme a mi habitación y volver al cielo en línea.

El Poder Superior aquí, debe haber estado arriba en el santuario, porque en el sótano de la iglesia no había lugar donde encontrarlo. Pero, de nuevo, era una iglesia unitaria. Tal vez era tabú hablar de ÉL como absoluto. La única vez que escuché a unitarios usar a *Jesucristo* en una oración fue, cuando maldecían a Trump.

Tampoco estaba claro para mí cuáles eran realmente los pasos de NA y si realmente eran pasos o simplemente sugerencias. El grupo estaba entusiasmado con la idea de ser "impotentes a Internet," sobre como únicamente "la toma de conciencia conductual y emocional les devolvería a la cordura," sobre lo esencial que era "eliminar sus defectos y debilidades de carácter," sobre cómo ellos "llevarían este mensaje a otros nomofóbicos." Todo esto me provocaba nauseas. Aquí estaban, comprometidos a ir "completamente sin tecnología," – sin mensajes, sin computadoras (¿qué pasa con el trabajo y la escuela?), Sin nada, y mira lo que había sucedido: había asistido a una sola reunión, y ya, dos de los tipos me habían dado sus números.

Quiero decir, ¿en serio? ¿Qué tan absurdo fue eso? Jonathan lo había racionalizado con, solo para emergencias, pero me pareció un M&M terriblemente grande. Pensa: si fueses a una reunión de AA y dos de los chicos te trajeran inmediatamente gin tonic, ¿no pensarías dos veces acerca de la seriedad de todo el asunto?.

Todo el espectáculo de mierda era demasiado ridículo, hasta para las palabras. Pero Udder y Gramps todavía estaban en mi espalda, así que pensé en una reunión más y luego decirles que estaba curada.

♥

"Hola," dijo el chico al otro lado de la habitación. "Mi nombre es Peter y soy adicto a la tecnología."

"Bienvenido Peter," respondió el grupo.

Una vez más, todos nos fuimos presentando, inútilmente, a nosotros mismos. Cuando llegó mi turno, resumí todo en: "Hola, mi nombre es Meagan."

Jonathan y Derek me habían coqueteado antes de la reunión, pero no estaba muy claro si solo se acercaban amistosamente o querían algo mas de mí. Es tan difícil de entender el mundo fuera de línea.

Esta noche, el monstruo de la semana era Peter. Incluso en una habitación llena de tontos, él era bastante atractivo. Era adicto a la pornografía en Internet, un obsesivo aficionado a todos los problemas y tabúes en línea, un completo desastre. Incluso en la era de las cosas gratuitas, él estaba pagando mucho dinero por la parte esencial Premium. Con él, era porno 24/7. Ni siquiera podía dormir, sin dejar de pensar en los bailes eróticos.

Para colmo, había perdido todo interés en el sexo. La realidad, simplemente, no podía competir con la emoción de la red. La última vez que intentó hacerlo, ni siquiera pudo levantarlo.

¿Qué tan triste era eso? Tuve que contener mis dedos para evitar que enviaran mensajes de texto a Sheila, sin teléfono.

Pornografía. ¡Qué asco! Debo admitir que había dado un vistazo ocasional en *PornHub*, después de un mensaje sexual particularmente interesante con un chico, pero de seguro, no había nada para que las chicas disfrutáramos. La pornografía en Internet me parecía muy chocante, sin mucho agradecimiento a las mujeres. Los muchachos dejaban de lado todo tipo de posturas sexuales, masturbándose como si no hubiera un mañana. ¡Ay! Esto no ayudo mucho a que el sexo en la vida real pareciera, incluso, un poco atractivo.

Era dolorosamente obvio el tipo de publico. Solo los chicos lo disfrutaban y las chicas fingían hacerlo. O no. Y cuando el chico terminaba, eso era todo. Se trataba de él.

Y realmente—¿qué chicas se veían así? Quiero decir, aparte de Sheila, nadie que conociera tenía ese tipo de cuerpo. ¿Dónde encontraron a esas personas, de todos modos? ¿PhotoShop?

Peter siguió y siguió, aumentando el libertinaje a un nivel obsceno. Era casi como si fuera a decirnos algo al respecto. Después de unos veinte minutos, Jonathan finalmente se levantó para callarlo.

Esto no estuvo bien con Peter el Porno. Ni siquiera parecía estar cerca de terminar su discurso.

"Muchas gracias por compartir," dijo Jonathan, poniendo su brazo suavemente sobre la espalda de Peter y tratando de llevarlo a su asiento.

"¡Amigo!," Dijo Peter, retorciéndose. "No he terminado. Todavía no he llegado a la mejor parte."

Oh, Dios mío, pensé, mi curiosidad despertó. ¿Qué parte podría ser esa? ¡Deja que el chico termine, por el amor de Dios! Todo su discurso, enfermizo, era fascinante. No hubiera estado enviando mensajes ni siquiera, si hubiera tenido mi teléfono.

"Habrá mas tiempo para compartir en otra reunión," dijo Jonathan suavemente, colocando su mano una vez más sobre el hombro de Peter. "Necesitamos que—"

"¡Hey!," Dijo Peter, apartando la mano de Jonathan, su voz elevándose un poco. "Deja de romperme las pelotas. Necesito . . ."

Las cosas estaban mejorando. Todo este espectáculo de mierda estaba mejorando cada vez más. Un drama como este, podría hacerme volver.

"¡Necesitas sentarte!" Dijo Jonathan a la fuerza, su voz ya no era suave.

"¡Necesitas correrte!," Gritó Peter, visiblemente temblando.

Evidentemente, escenas como estas no eran tan infrecuentes durante las reuniones de NA. La gente estaba bastante vulnerable y podía irse en cualquier momento. Separa a un tipo de su computadora y su teléfono, y mierda, eso definitivamente podría tener consecuencias indeseables. Haz de la tecnología un no-no y el fusible, de mecha más corta, estará encendido.

El grupo, no desconcertado en lo más mínimo, se lanzó automáticamente al modo anti-crisis. Fui arrastrada junto con los demás, todos nos pusimos de pie, nos tomamos las manos, formamos un círculo apretado alrededor de Peter, y luego comencé a (bromeo) *ommm* suavemente.

Podría haber muerto por mi teléfono en ese momento. Es por eso, que Dios puso cámaras de video en los celulares. Por eso inventó Snapchat. ¡Las cosas que podría haber hecho con solo una foto como esta!

"*Ommm*," continuábamos una y otra vez, apretando nuestro lazo en un círculo alrededor de él.

He aquí que, por cualquier razón distorsionada, esto parecía hacer maravillas con Peter. De repente calmado y aparentemente paralizado, dejó de quejarse y comenzó a girar en un pequeño círculo dentro del nuestro. Levantó los brazos y comenzó a agitar las manos en el aire, conduciendo nuestros *oms*.

Y luego, maldita sea, pasó.

Brotando dentro de mí. Cada vez más fuerte. Elevándose. Listo para estallar.

Las temidas risitas.

Dios mío, me dije. *Aquí no. Ahora no. Actúa como una persona madura por amor de Dios* (aunque seas una extraña que canta-*ommm* y da vueltas en el sótano de una iglesia atea, mientras que rodean a un adicto a la pornografía, girando). *Sé fuerte. Consigue controlarte.*

Fue todo lo que pude hacer para contenerme. Estaba el grupo, tomado de las manos y sonriendo, y Peter girando y cantando. Era demasiado para soportar.

Y luego, estúpidamente tonta, cometí el error fatal de, mirar a Derek.

Tenía la cabeza inclinada y los ojos cerrados. Por un breve momento, pensé que estaba rezando, pero luego noté que sus hombros temblaban. ¡No! Pensé. ¡No, tu también!

Desde que era niña, tenia este problema con una risa inapropiada. En el momento más inoportuno empezaría. Malos momentos. Tristes momentos. Momentos de llantos por compasión, simpatía, calidez o comprensión, y yo sería la única que se reiría.

Lo cual era absolutamente, nada divertido.

Mensaje de texto imaginario a mi misma: comprobar si existe un programa de doce pasos para *esa* enfermedad.

Lo invitaría a Derek quien, maldito sea, continuaba temblando en la esquina.

Por más que lo intenté, no pude aguantar. Con una sacudida torpe de mi cabeza, me eché a reír. No era solo una risita. No era solo un comentario dulce por aquí y un tweet allá. Fue un aullido convulsivo como un lobo salvaje.

Peter se detuvo y todos se giraron para mirarme. Todos, excepto Derek, quien, con las manos sobre las rodillas y la cabeza casi entre las piernas, parecía tener problemas para respirar.

Pobre Peter. Allí estaba él, haciendo un inventario moral, inquisitivo y valiente de sí mismo, admitiéndonos a todos la naturaleza exacta de sus errores, tratando desesperadamente de eliminar sus defectos y debilidades, tratando de mejorar hablando con nosotros—y allí estaba yo, riéndome de él. ¿Qué clase de persona horrible haría eso?

"Lo siento mucho," me las arreglé para respirar. "Debe haber sido algo que bebí. Mucho. Café."

Me di vuelta y corrí escaleras arriba, saliendo del sótano sin mirar atrás.

Primero la cafetería.

Ahora la iglesia.

¿Hubo algún lugar del que no estuviera huyendo?

Capítulo 11

"No te estreses," dijo Sheila. "Estoy segura de que sucede todo el tiempo."

"No lo creo," gemí. "Deberías haber visto las miradas de todos. Dios mío, habrías pensado que había apuñalado al pobre hombre."

"Oye, si está dando vueltas en un círculo cantando pornografía, o lo que sea que estaba haciendo, entonces él lo provocó. Pensé que habías dicho que NA, suponía ser una especie de despertar emocional para restaurar la cordura. Si ese es el caso, me encantaría ver la locura. Esto es lo más divertido que he escuchado."

"¡Nadie se reía, excepto yo!"

"Tú *y* Derek, ¿No es así? De todos modos, apuesto a que el resto se reía por dentro."

"¡Pero *yo* me estaba riendo por fuera!"

"Si no pueden entender una broma, entonces—"

"¡No fue una broma, Sheila! El tipo estaba jodido."

"¡Estamos todos jodidos!" Sheila estaba prácticamente gritando por teléfono. "Tú, yo, todos nosotros. Te reto a que encuentres a alguien en todo el mundo que no tenga un tornillo flojo. Dios sabe, ¡debes tener sentido del humor al respecto! ¿Verdad? De lo contrario, estás totalmente jodido."

"¡Pero no te ries en su cara!"

"Relájate," dijo Sheila, calmándome solo un poco. "Lo que no te mata, te fortalece. Pasemos a asuntos más importantes. Dime una vez más: ¿en tu primera cita, jugaste Scrabble?" Había una incredulidad total en la voz de Sheila.

"Tierra a Sheila. Estábamos escondidos en el parque. Bebiendo café. No fue una cita. Tú y yo no tenemos 'citas'."

"Verdad. Ahora recuerdo. Sin penes. Pero Scrabble? ¿El juego de palabras?"

"El mismo," dije. "Derek está tratando de romper su adicción a los deportes de fantasía en línea, así que ahora, se ha metido totalmente en los juegos de mesa. Eso y el softbol. Ya sabes, interactuar con seres humanos reales para un cambio. De todas manera, el juego fue divertido. Al menos la mayor parte."

"¡Oh, Dios mío!" Sheila resopló, como si tuviera una abeja en la nariz. "¿En serio has llegado a esto? ¿Huyes del espectáculo de monstruos y terminas en un parque al azar jugando Scrabble? Por favor, no me digas que fue Strip Scrabble. ¡O sexo Scrabble!"

"¿De qué estás hablando?"

"Strip Scrabble. Tienes que quitarte una prenda por cada palabra de menos de diez puntos. Y luego está, Scrabble sexual donde solo se te permite hacer palabras sucias y luego tienes que hacer algo con ellas. Ya sabes, actuarlas. Como si él hubiera formado *lamer* y luego tu hubieras tenido que—"

"Oh, Dios mío, Sheila," le dije. "¿Cómo sabes eso?" Como ya dije: Sheila tenía exactamente cero experiencia en el temita de hacerlo con un chico. De todos modos, estábamos en el parque. En publico."

"Es un chico, Meagan. ¿Recuerdas? Eso es lo que hacen los chicos. De cualquier modo, ¿por qué solo fue 'principalmente divertido'?"

♥

Después de salir corriendo de la reunión, terminé en el parque Pulaski, la zona de reunión al aire libre del centro de Northampton. Era el mismo lugar al que había ido con Derek, después de mi torpe estallido en la cafetería.

Caminé con fuerza diecisiete vueltas alrededor del parque, una por cada año de mi llamada vida, maldiciéndome a mí misma, mi inmadurez, mi falta de pensamiento, mi total falta de empatía, mi completo desprecio por otros seres humanos, mi incapacidad para actuar en grupo.

En el pasado, cada vez que esos pequeños demonios cerebrales desagradables, levantaban sus feas cabezas, tenía una ruta de escape fácilmente disponible: la red. No había nada como un poco de acción en *Pasión,* para distraerme. Deslizar hacia la izquierda, deslizar hacia la derecha—podría escapar de todos mis problemas sumergiéndome en un interminable desfile en línea, de niños de juguete. Un golpe a la derecha, y era hora de jugar. Un golpe a la izquierda, y ese chico se había ido para siempre. Podría ser la diosa del sexo en un momento y una perra insensible al siguiente, enviando mensajes sarcásticos uno tras otro y sin molestar ni a una rata, sin herir los sentimientos o destrozar los egos. No había nadie para detenerme. Nadie que me mirara con dolor en los ojos, como lo había hecho Peter, en la reunión de adictos a la tecnología.

Sin mi teléfono como muleta, estaba sola con mis pensamientos. No hay una manta de seguridad que me envuelva. Fue una experiencia nueva y totalmente aterradora.

¿Y si hubiera sido yo, allí arriba? ¿Qué pasaría si mis abuelos y, Dios no lo permita, mis padres fueran un poquito mas jóvenes? ¿Qué pasaría si hubiera sido yo, la que estaba demasiado angustiada por mi adicción, o CRD (trastorno de la relación cibernética) o nomofobia o cualquier otro diagnóstico patológico que Udder y Gramps me hubieran dado? ¿Y si algún perdedor hubiera comenzado a reírse a carcajadas de *mí*? ¿Cómo me habría hecho sentir eso?

¡Maldita sea al infierno! Todo esto era culpa de Udder y Gramps. Ellos fueron los culpables. Nada de esto hubiera sucedido, si no me hubieran obligado a ir a la estúpida reunión de NA en primer lugar.

Por eso me quedaba en línea. En línea, si te reías, nadie sabía si te reías *de* ellos o *con* ellos. Nadie podía verte. Cuando no había nadie allí, no había que preocuparse por el lenguaje corporal.

Pero, espera un minuto—si no había nadie allí, ¿qué *me* hizo eso? ¿Algún un don nadie? Y si no había nadie allí y yo no estoy allí, ¿eso significa que, no existe ningún lugar?

¡Mierda! ¡Estaba a punto de perder la conciencia!

Intentando darle un poco de sentido, deliberadamente me golpeé la cabeza con el histórico reloj Calvin Coolidge, cada vez que completaba una vuelta, pero no funcionaba. Agotada, finalmente me desplomé en un banco del parque. Revolcándome en autocompasión, puse mi cabeza entre mis manos.

"¡Meagan!" Dijo una voz detrás de mí. "Esperaba encontrarte aquí." Salté.

¡Debe ser Peter! Peter el porno! Acosándome. Venia a vengarse de mi desprecio por su despertar espiritual y su baile giratorio.

Intenté desesperadamente recordar las tácticas de defensa personal que habíamos aprendido en la clase de gimnasia. ¡Piensa, Meagan, piensa! ¿Era una patada en la ingle y luego un golpe en los ojos, o los ojos primero? ¡Maldición! ¿Por qué tuve que enviar mensajes durante esa parte?

"¡*Tennōheika Bonsái*!," Grité, esperando que el grito de batalla japonés golpeara el corazón de mi asaltante, de la misma manera que lo había hecho con los lobos en los armarios de Udder y Gramps. Me di la vuelta y lo golpeé, justo en el medio de su pecho, directamente entre sus ojos y su ingle. Un golpe perfecto.

¡Mierda! ¡No era Peter! Probablemente Peter todavía estaba dando vueltas en el sótano de la iglesia. Este era Derek!

Mi golpe le quitó la taza de café de las manos, derramándola sobre sus pantalones.

"¡Oh, Dios mío!," Grité. "¡Lo siento mucho!"

"¡*Bonsái*!" Jadeó, doblándose de dolor.

•

Una vez que, Derek se recuperó, un poco de los golpes y el dolor de las quemaduras de primer grado en su ingle, y se calmó a un nivel manejable, se sentó a mi lado en el banco del parque.

"Estaba tan avergonzada allí," le dije, después de disculparme por quincuagésima vez. "No puedo creer que le haya hecho eso al pobre Peter."

"Tú y yo los dos. Una vez que te vi riendo, yo también me desmoroné. Pero bueno, vamos. Ese tipo estaba muy por encima."

"No," dije. "No lo estaba. Él, solo estaba exponiendo su mierda para que todos lo veamos, buscando un poco de empatía, un poco de apoyo. ¿No es eso de lo que se supone que tratan los doce pasos? *Soy* la que merece ser pisada. Quiero decir, me reí del chico. No *con* él, *de* él. Soy una mala persona. Realmente lo soy. Peter debe odiarme. Esto es lo que les hago a los chicos. No tengo corazón."

"Tú y yo," dijo Derek. "Soy como el hombre de hojalata. Hueco por dentro. Vamos, golpea mi pecho de nuevo. Solo un poco más suave esta vez."

Apreté el puño y lo golpeé ligeramente.

"¿Oyes el eco?," Dijo. "Nada ahí dentro. Inhumano."

"Somos como almas gemelas," le dije. "De una manera triste y totalmente patética."

Nos golpeamos el uno al otro.

"Escucha esto," continuó Derek. "Me pidieron que abandonara el funeral de mi tía debido al destacado béisbol de fantasía. Todos estaban de rodillas orando y allí estaba yo, en línea, buscando frenéticamente un lanzador zurdo. Ni siquiera pude desconectarme el tiempo suficiente para que la pusieran en la tierra. ¿Qué tan cruel fue eso?"

Todavía no tenía ni idea de qué era realmente el béisbol de fantasía, pero ir a Internet en un funeral familiar, no me pareció la mejor opción, incluso para mí.

"Bastante mal," admití. "Pero puedo entenderte, totalmente. Estuve en el Bar Mitzvah de mi primo, y durante el tiempo que él estaba recitando el Torá, estaba, duh, enviando mensajes de texto. De alguna manera, mi teléfono se desprendió de mi mano, deslizándose por el piso del pasillo y el rabino lo pisó. Me asusté por completo. Ahí estaba mi pobre primo, a punto de convertirse en un hombre, y yo prácticamente tirando al rabino para sacar su maldito pie de mi teléfono. Soy una malvada, un ser humano malvado."

"Ouch," dijo Derek. "Pero yo, soy mucho peor que malvado. Hago que la Bruja Malvada del Oeste se parezca a Mahatma Gandhi con una escoba. Mis abuelos planearon ese, única vez en la vida, viaje al Caribe, ¿bien? ¿Y adivina quién no fue? Vamos, dale. Adivina."

"Um . . . podría ser—"

"¿Yo? ¡Maldita sea, no fui! Descubrí que uno de los hoteles en los que nos alojaríamos no tenia conexión. Durante tres días tendría que estar desconectado. ¿Entonces qué hice? Arruine completamente el asunto. Mi abuela todavía no me ha perdonado."

"Eso es triste," dije. "Muy triste. Pero escucha esto: la primavera pasada tuve un concurso conmigo misma, para ver cuántos tipos podía seguir en red al mismo tiempo. Veintisiete. Estaba 'viendo',"—hice las pequeñas comillas con mis manos—" veintisiete tipos en línea al mismo tiempo. Les dije a cada uno de ellos que eran, él único. Que estaba siendo exclusivo. Juro que tres de ellos estuvieron a punto de proponerme matrimonio, por el amor de Dios. ¿Sabes cuanto tiempo me llevo eso? Tuve que faltar a la escuela solo para seguir el caos que había creado. No dormí durante una semana. Dime—¿qué tan malo es eso? ¿Carencias de corazón? ¡*Eso* es despiadado!"

Iba a pedirle a Derek que me golpeara en el pecho pero, dado que mis pechos estaban allí, me parecía inapropiado. Después de todo, no quería que tuviera la impresión equivocada.

Los dos estábamos en una buena racha, nuestras palabras salían rápidas y furiosas. Apenas terminaba una historia sentimental, sin de que Derek me interrumpiera con una de las suyas. Nos estábamos superando mutuamente con nuestros cuentos de pesimismo cibernético, como si fuera un concurso para ver quién estaba más jodido.

Si hubiéramos sido dos hombres, habríamos tenido a nuestros pitos afuera para ver quién podía orinar más lejos.

"La última vez que tuve una novia, era un estudiante de segundo año en la escuela secundaria," dijo Derek. "¡Un estudiante de segundo año! Ella me dejó porque no podía recordar en qué grado estaba." Él caminaba de un lado a otro frente a mí. Gracias a Dios que no estaba girando en círculos, ni produciendo ese sonido *ommming* como Peter. Eso me hubiera asustado mucho.

"No podía recordar su edad, ni su cumpleaños. Mierda, seguía confundiendo su *nombre*, por el amor de Dios, llamándola Xander, quien era el medio campista de los Sox, en lugar de Sandra. Ella estaba dejando pistas de diamantes el día de San Valentín y supuse que estaba hablando de un campo de béisbol. Pero pregúnteme el promedio de bateo de cualquier receptor derecho en la Liga Americana. Vamos, dale. Pregúnteme."

"Um . . . ¿Big Poppy?" Me aventuré. Fue el único jugador de béisbol al que pude nombrar. Al menos estaba bastante segura de que era un jugador de béisbol.

"David Ortiz no fue un receptor, ¡solo el mejor bateador designado de TODOS LOS TIEMPOS! Y ahora, maldita sea, se ha retirado. Pero fue .286."

"¿Dos ochenta y seis qué? ¿Eso es cuántos éxitos tuvo?"

Derek solo me miró.

"De todos modos," le dije. "Te reto a superar esto: hace unas semanas estaba este chico, Caleb, el primer y único chico con el que he estado. 'Estado' siendo una palabra demasiado fuerte para ello. Por alguna incomprensible razón, realmente me junte con él fuera de línea, en lugar de hacerlo en línea, claramente, un gran error. Qué pudo haberme poseído para hacer *eso*, nunca lo sabré. ¿Me refiero a un chico de verdad? ¿En persona? ¿En serio? ¿Qué estaba pensando?"

Derek miró hacia el suelo y arrastró los pies.

"¿Quieres saber qué pasó?," Le pregunté. "¿Quieres?"

"Algo me dice que no estuvo bueno."

"Puedes decir eso otra vez. Todo el tiempo estuvimos besándonos y, quién sabe, tal vez incluso preparándome para hacer algo mas, de lo que no sé absolutamente nada, ¿sabes lo que estaba haciendo?"

"Solo puedo suponer. ¿Fuiste tú ...?"

"Exactamente. Navegando por los perfiles de otros chicos en *Pasión*, mi sitio de citas. ¿Qué tan malo fue eso, eh? La primera vez que hacia *algo* con un chico, y quiero decir algo, ¿estoy en línea todo el tiempo buscando a otros chicos? ¿Qué dice eso sobre mí? ¿Eh?

Derek simplemente se arrastró en su lugar un poco más.

"No lo sé," dijo suavemente. "Tal vez solo—"

"¿Totalmente jodida? Supongo que sí. Sin ofender, pero esto hace que todo tu béisbol de fantasía parezca, no sé, un juego de niños."

"En realidad, el béisbol *es* un juego de niños."

"¡Cállate!" Una vez más, juguetonamente lo golpeé en el pecho. "Puedo terminar mi historia o no?"

"Lo siento."

"Deberías ser. Como sea, de repente levanto la vista de mi teléfono, y lo veo mirándome fijamente, y me doy cuenta—¡Mierda! Aquí hay un ser humano vivo, real. No es un fantasma en el ciberespacio con el que pueda deslizar hacia la izquierda y terminar. No hace falta decir que me asusto y salí volando de su departamento como un ping de mi teléfono."

"Pensé que era ¿un murciélago del infierno?"

"Lo que sea. De todos modos, fin de la historia."

Derek miró torpemente a otro lado. Me di cuenta que mi último estallido fue, quizás, un pequeño TMI. Si hubiera estado en línea, habría eliminado esta patética forma de confesión antes de presionar Enviar. No hay mucha suerte aquí. Esta fue de lejos la conversación más larga que tuve con un chico, así que no es de extrañar que, estuviera balbuceando como loca. Los textos nunca fueron tan desordenados.

Ambos respiramos profundamente y nos detuvimos por un momento. Estaba oscureciendo y la vida callejera de Northampton en verano estaba en su plenitud. Chicos universitarios de la mano, parejas con cochecitos, un rasta en una patineta, una persona de la calle con un carrito de compras lleno de botellas y latas, desfilaban enfrente a nuestro banco. Todos ellos con teléfonos celulares.

"¿Por qué no te reíste de *mí*, la semana pasada cuando estaba haciendo lo mío?," Preguntó finalmente Derek.

"Yo iba a. Realmente estaba. Tu terminaste un poco, demasiado rápido."

"Ese fue mi movimiento, ya sabes. ¿El giro y el canto que Peter estaba haciendo? Ese bastardo me lo robó. En realidad estoy bastante enojado."

"Si te sirve de consuelo, me habría reído aún más si lo hubieras hecho tu."

"Gracias. Eso me hace sentir mucho mejor conmigo mismo."

Los dos nos reímos.

"¿Quieres tomar una taza de café?," Preguntó, agachándose y alisándose los pantalones. "Algo le sucedió al último que tuve."

"¿De verdad confías en mí, para estar cerca de ti con cafeína?"

"Me gusta vivir al límite. Caminar por el lado salvaje."

"Dame otra taza y *estaré* dando vueltas y cantando."

♥

"¿Todavía no entiendo por qué fue *principalmente* divertido?," Preguntó Sheila nuevamente.

"Bueno," tartamudeé. "Tuvimos otro incidente menor."

"¡Sí!," Dijo Sheila. "¡Dime! ¡Vivo por incidentes menores!"

Eso era verdad. Sheila amaba mis incómodos errores, como yo amaba los de ella. Empezamos en la escuela secundaria, habíamos hecho un pacto de que siempre compartiríamos nuestros vergonzosos errores, sin importar cuán aparentemente intrascendentes fueran, en línea y fuera de línea. A veces parecía que Sheila hacía cosas estúpidas solo para poder superarme, pero eso era difícil de probar.

"Bueno," dije. "Tomamos café y luego volvimos a nuestro banco en el parque."

"¿*Nuestro* banco?"

"Un banco. Y luego, así, Derek saca una tabla de Scrabble de su mochila."

"Tienes que estar bromeando. ¿Realmente lleva una tabla de Scrabble con él? Eso es como, lo ultimo en raro."

"Cuéntame sobre eso. Entonces empezamos a jugar. Ya sabes cómo hago *palabras con amigos* en línea, así que conozco el camino en el tablero. De todos modos, ¿recuerdas cómo en Scrabble a veces juegas una palabra que no es una palabra, pero juras que *era* una palabra? Ya sabes, se ve bien en el momento en que lo juegas, pero en realidad está totalmente mal?"

"No tengo ni idea de lo que estás hablando," dijo Sheila. "Pero sigue."

"Bueno. Entonces jugué YOINK. Fue asombroso. La Y estaba en una puntuación de doble letra, y la K estaba en una puntuación de doble palabra, y obtuve, no sé, treinta y seis puntos o algo así. Estaba muy atrás, necesitando desesperadamente un dulce movimiento. Treinta y seis puntos me pusieron a la cabeza. Me bombearon."

"' YOINK '?," Preguntó Sheila. "¿Qué demonios es YOINK?"

"Eso es exactamente lo que dijo Derek. Pero cuando lo jugué, juro que pensé que era el sonido que hace un cerdo. YOINK, como en *oink*, solo con una Y. Como dije, se veía muy bien en ese momento."

"Tal vez fue un cerdo judío," dijo Sheila.

"¡Exactamente! Encima, Derek, ha canalizado toda su mierda de deportes de fantasía, en Scrabblemanía, y ahora está totalmente obsesionado y supercompetitivo, se puso fuera de si. Yo estaba bastante conectada con la cafeína y me puse a la defensiva, y estoy mintiendo sobre toda esa mierda de, '*también* el sonido que hace un cerdo solo es jerga'. En los Apalaches."

"¿Le dijiste que YOINK es en Apalaches resoplar porcino?," Preguntó Sheila.

"Si."

Sheila se echó a reír.

"Entonces me niego a dar marcha atrás y Derek está prácticamente haciendo espuma con la boca. Evidentemente, no está acostumbrado a perder. Finalmente se agito tanto que dice, '¡Ya sé! ¡Dejaremos que Google decida!' "Y yo estaba," ¡Whoa! De ninguna manera, amigo. No lo vamos a buscar en Google. Eres un adicto a la tecnología, ¿recuerdas? Es en momentos como este, en los que tienes que mantenerte fuerte. Resiste la urgencia. ¡Haz lo que es correcto! Y él dice: '¡Pero esto es una emergencia!' Entonces le dije, 'Chico, ese es Satanás hablando. El diablo está en Google y lo sabes. ¡Tienes que parar!' Derek estaba prácticamente gritando. Quiero decir que vamos a hacerlo, no lo sé . . . como tú y yo lo hacemos."

"¿Todo termino en YOINK?," Preguntó Sheila.

"¡Por todos lados, YOINK! De repente, Derek hace un movimiento hacia su teléfono y le doy un empujón, solo que fue un poco fuerte, él tira el tablero y a mi, y yo mi taza de café y se va, una vez más—"

"¡Toda su virilidad!," Gritó Sheila emocionada.

"¡Exactamente!"

"Dos por dos, nada mal." Pude escuchar lo que sonó como Sheila golpeando el teléfono.

"Sí claro. Huzzah y hurra por mí. Así que ahí estamos, acostados en el suelo con letras Scrabble y café sobre nosotros."

"¡Eso es tan incómodo!," Dijo Sheila.

"Totalmente. ¿Y luego adivina qué hizo?"

"¿Girar y cantar?"

"Cerca," dije. "Él me besó."

"¿Él qué?"

"Bueno, más o menos me besó."

"¿Qué quieres decir con 'mas o menos'? ¿Cómo besas mas o menos a alguien?"

"Me besó la mano. Y se disculpó."

"Déjame aclarar esto," dijo Sheila. "No conoces muchachos fuera de línea, excepto que sean totalmente atractivos. La única experiencia que has tenido con un pito es derramar café sobre él. Dos veces. Engañar y mentir en Scrabble, con él que está obsesionado. Lo empujas, lo derribas y vuelcas el juego. ¿Y luego, antes de que el polvo se haya asentado, él besa tu mano y se disculpa?"

"Exactamente."

"Oh, Dios mío," dijo Sheila. "Y para que quede perfectamente claro, él es muy lindo, ¿verdad?"

"Muy lindo."

"Wow." Sheila guardó silencio por un momento. "Tengo una cosa que decir sobre esto. Una cosa muy importante."

"¿Qué?," desesperada por alguna perla de sabiduría iluminada y perceptiva. Algo que me ayude a navegar a través de estas tumultuosas e inexploradas aguas de la vida real, aguas en las que había prometido nunca nadar en primer lugar.

"¡Dime!," Le supliqué.

"¡YOINK!" Gruñó Sheila. "¡YOINK, YOINK, YOINK!"

Capítulo 12

Gramps y yo estábamos sentados en el jardín viendo el día convertirse en noche. Era el cuatro de julio. Día de la Independencia. Una hermosa bola de fuego era nuestra puesta de sol, para cerrar uno de los días más largos del año.

Udder y Gramps habían colocado grandes piedras en ciertos puntos de su propiedad. Si te sentabas justo en el medio del jardín de espaldas al Buda Gordo, las piedras marcaban los lugares en el horizonte al amanecer y la puesta del sol en los puntos más altos del año, los equinoccios y el solsticios. Me había perdido el solsticio de verano, pero los primeros días de julio seguían siendo maravillosamente largos y las noches cortas. Aprender que el sol salió y se puso en el mismo lugar, a la misma hora, el mismo día, año tras año, siglo tras siglo, fue reconfortante para mí. Cualquier tipo de caos o desorden disfuncional aleatorio que tenia en mi pequeña vida, al menos sabia, que había algún tipo de orden predecible en el universo.

¡Huzzah y hurra!

No necesitábamos bengalas, ni velas romanas, ni cohetes para celebrar. El prado que conducía a la huerta de Udder y Gramps estaba en llamas de luciérnagas. Estaban en todas partes. Cientos de ellas. Era un espectáculo de luces muy propio de la naturaleza.

Le conté a Gramps mi historia de horror, sobre el desastre de la luciérnaga destellando sobre mi pecho.

Él rió. "Deja que te vuelvas aficionada por las luciérnagas."

"Escucha," le dije. "Mira cuán mejor estoy. ¡Hace un mes, si hubiera sido testigo de las luciérnagas apagándose así, habría tenido un estrés postraumático y habría corrido gritando de vuelta a la casa!"

"Con o sin pantalones?," Preguntó Gramps. "Pero usted está en lo correcto. Para cuando nos dejes, te tendremos unida con la Madre Naturaleza. No más adolescente de pantalla. Serás una adolescente de la *naturaleza.*"

"Sí claro. Como si eso realmente pueda suceder."

Gramps prendió su encendedor y empezó su porro.

"¿Sabes por qué se encienden, verdad?," Preguntó.

"Yo sé por qué *tu* lo enciendes."

"Estaba hablando de luciérnagas, no de hierba. ¿Sabes para qué son sus luces?"

"Um . . . ¿para que no se choquen entre sí? ¿Como los faros de los autos?"

Gramps volvió a reír.

"Sexo," dijo.

"Debería haberlo visto venir," le dije. "Parece que siempre se trata de sexo. Debiste haber sido terrible de adolescente, Gramps. Eres lo suficientemente malo como viejo."

Me senté contenta en mi silla de jardín para otro segmento delicioso de la *Guía sexual de Gramps en el mundo de los insectos.*

"Por favor, no me digas que esos son sus pequeños pitos iluminados. Eso sería demasiado extraño."

"Eres tonta", dijo Gramps. "Una gran y gigantesca tonta."

"Sí, pero soy *tu* tonta." Me acurruqué cerca de él y sostuve su mano.

"Y estoy muy contento de eso."

"Entonces, si no es lo que ellos, ya sabes, encender y apagar, ¿qué es?," Pregunté.

"Su abdomen. Los machos patrullan el prado, mostrando sus luces abdominales, esperando interesar a una hembra. Buscando amor con bioluminiscencia, iluminando el camino."

"Tienes que estar bromeando. ¿Los machos están alumbrando a las hembras? ¿Eso es legal?"

"Lo que pasa en el prado, se queda en el prado. Si ella está interesada, si aloja su destello, ella lo llamara de inmediato."

"Tonta de mí. Y pensé que flashear era solo para pervertidos."

"Piensa otra vez. En general, los machos son los que hacen luz y vuelo, mientras las hembras se posan en el pasto o en los árboles esperando que Mister recto siga adelante."

"Oh Dios mío. ¿Entonces iluminar es la forma de conquistar? *Vamos chica, enciende mi fuego*"

"Bien dicho. Y mira con cuidado. ¿Qué notas sobre los destellos? ¿Te parecen todos iguales?"

Miré fijamente hacia el prado. Los pequeños volaban por todas partes, iluminando el cielo. Una enorme escena de sexo. Una orgía salvaje de luciérnagas bajando ante nuestros ojos. Primero el sol y ahora esto. Había sido todo un día de espectáculos de luces.

"No me parecen diferentes."

"Eso es porque no eres una luciérnaga," dijo Gramps.

"Claro que no lo soy. Soy muchas cosas, muchas jodidas cosas, pero ¿una luciérnaga? No."

Gramps me apretó la mano otra vez.

"Hay de todo tipo, diferentes clases, y cada uno parpadea un poco diferente, dependiendo de su especie. No te puedes aparear con un tipo de otra especie."

"Palabras para recordar," respondí. "Solo sal con tipos dentro de tu propia especie."

"Exactamente," dijo Gramps. "Si eres una luciérnaga, debes saber quién lo es también."

"Tiene sentido," le dije. "Para nosotros los humanos, también. No para cambiar de tema, pero no estoy completamente convencida de que los chicos sean de mi misma especie. Además, emiten destellos muy confusos. Pero Gramps, ¿cómo saben las luciérnagas cuál es cuál?"

"Color, cantidad de destellos, intervalo de tiempo entre flashes, patrón de vuelo, incluso la hora, cuando están activos."

"¿De verdad? ¿Quieres decir que algunos salen temprano y otros van de fiesta hasta el amanecer?"

"Lo tienes," dijo Gramps. "Pero aquí está el problema: el sexo puede ser mortal. Las hembras de una especie—*Photuris*, creo—imitarán el patrón de vuelo de otra especie. Una mucho más pequeña. Atraen a los chicos con sus flashes falsos. Sobrevuelan, calientes y excitados, pensando que se van a echar un polvo, y luego *muerden*! Abajo vienen sus mandíbulas. Ella es mucho más grande y se lo come de inmediato."

"¡Mierda!," Dije. "Te hace pensar dos veces sobre el sexo oral. Quizás huir de Caleb realmente fue lo más inteligente que hice en mi vida."

"Cuidado con el impostor," dijo Gramps.

"Al igual que en *Pasión*."

Estuvimos en silencio por un momento.

"¿Hay alguna moraleja en esta historia, Gramps?," Pregunté. ¿Estás tratando de decirme algo? ¿Como si estuviera emitiendo el maldito flash incorrecto o algo así? ¿Qué mi patrón de vuelo está jodido?

Gramps volvió a reír.

"Ni siquiera había pensado en eso," dijo. "Pero ahora que lo mencionas . . ."

"Muchas gracias." Me di la vuelta con una fingida molestia. "Retiro lo dicho. Evidentemente no soy más que una jodida luciérnaga."

"Ahhh, pero tú eres *mi* luciérnaga." Gramps volvió a poner mi mano en la suya. "Mi amorosa luciérnaga cariño."

Nos sentamos en silencio, saboreando nuestro voyeurismo, paraliza-
dos cuando el cielo nocturno se iluminó con sexo, sexo y más sexo. Uno
de los muchos milagros de apareamiento de la naturaleza.

"Si hay una moraleja," dijo Gramps, "es esta: no hay nada mejor que
esto, cariño. Ver el orgasmo de la naturaleza. Esto es lo que importa."

Y luego, como si fuera una señal, todas las luciérnagas en todo el
prado, parecieron encenderse a la vez. Un solo destello de luz brillante.

Como el gran final de la exhibición de fuegos artificiales del 4 de
julio.

Capítulo 13

Estaba en la huerta, cortando el césped entre las hileras de manzanos. Todavía era la primera semana de julio y las pequeñas manzanas las más lindas apenas comenzaban a formarse al final de las ramas. Jonathan Reds, Cortlands y Macouns. Udder y Gramps me habían enseñado los nombres de todos los diferentes tipos de manzanas. Los árboles rebosaban de fruta madura. Gramps dijo que iba a ser un año excepcional.

Para mi suerte, sentí que mi teléfono vibraba. Estaba confundida ¿Quién sabía, que había un punto dulce en el otro extremo de la huerta donde, por alguna razón inexplicable, se podía conseguir señal?

Sabía que, se suponía que no debía tener mi teléfono conmigo, y mucho menos encendido, pero de alguna manera se había metido en el bolsillo de mis pantalones, sin que yo lo supiera. Como el anillo con Frodo, el hobbit. Pequeño, bastardo y astuto.

Había tenido problemas para manejar el cortacésped. Si golpeo un grupo de hierba demasiado grande, se paraba ruidosamente y se apaga. Comenzar de nuevo con delicadeza significaba tirar tantas veces del cable que prácticamente me había dislocado el hombro. Mi teléfono volvió a vibrar, así que dejé el cortacésped funcionando y me deslicé detrás de un árbol para responder.

"Hey", dijo una voz.

"Hola Sheila," le respondí. Apenas podía escuchar. Con el cortacésped, el viento y la señal celular de mierda en la huerta, apenas podía decir que la voz era humana. Supuse que era Sheila. ¿Quién más me llamaría?

"No soy Sheila," dijo la voz de un chico. "Soy . . ."

No pude entender quién.

"Hey," dije de nuevo, sin idea de quién demonios era. "¿Qué pasa?"

Me preguntaba de nuevo si vas a ir a la cena . . . ," Dijo la voz, perdiéndose en una zona muerta.

"¿Fumar marihuana?" Grité, poniendo un dedo en mi oído.

"A la . . . na conmigo."

"¿Mierda?," Dije.

"¿Qué?"

"Lo siento," grité aún más fuerte. "Estoy en la huerta. La señal es terrible. ¡No puedo escuchar una maldita palabra que estás diciendo!"

"La comida compartida. El viernes—"

Dios mío, me dije a mí misma. Debe ser Derek! El chico que no pudo evitar que su luciérnaga parpadeara. Me estaba pidiendo salir de nuevo!

¿Qué me había poseído para darle mi número en primer lugar? Demasiada cafeína podría hacer que una chica haga cosas tan estúpidas.

Me quité el cabello de los ojos, me subí los pantalones cortos, me reorganicé las tetas y me limpié la frente. Gracias a Dios Derek no podía verme. Estaba goteando sudor. La vulgaridad personificada.

Nada de chicos fuera de línea, me dije. *Sigue con el plan y dile que no. Eso es lo que tiene más sentido. Corta esta cosa de raíz ahora. Saca el pie del acelerador antes de que las cosas se salgan de control. Sólo tienes que decir...*

"Sí," dije. "Quiero decir, supongo."

"¿Y las cinco y media? Me encantaría . . . jas."

"¿Bromeas?," Le pregunté. "¿Amigos con derecho?"

"¿Qué?" Dijo la voz.

"¡Dilo otra vez!" Grité.

"Abejas. Ver las abejas. Te bus . . . re?

"¿Pene? ¿Lamer? Estaba gritando por teléfono. Gracias a Dios que estaba en la huerta con el cortacésped todavía en funcionamiento, y Udder y Gramps desaparecidos. Si alguien hubiera escuchado mi final de la conversación, habría pensado que yo estaba clínicamente loca. Eso, o que era una prostituta.

"¡Paso por ti! Cinco y media."

"¡Suena como un plan!" Mi voz se estaba volviendo ronca.

Dijo algo más totalmente incomprensible y luego colgó.

Hmmm . . , Pensé dentro de mí. *Los mejores planes, acordados . . .*

♥

Después de cortar el césped, me serví una buena taza de café, una mezcla grosera y mal oliente de Sumatra, uno de los favoritos de Gramps. Luego me acerque por el camino donde podría obtener señal y un poco de privacidad para poder llamar a Sheila. Todavía no compraba ninguna de las tonterías de adictos a la tecnología, pero tenia que admitir que toda la conversación en vivo sobre textear tenía un cierto *no se que*.

"Derek me invitó a salir de nuevo," le dije.

"Y tú dijiste . . . ?"

"Um . . . bueno . . . ya sabes . . ."

"Dijiste que sí, ¿no? ¡Clásico! Esa es la manera de *no* involucrarse con un chico. Pero recuerda, no hay YOINKS esta vez."

"Nos hemos movido mucho más allá del Scrabble. Me invitó a la comida compartida el viernes."

"¡Guau! ¿La comida de adictos?"

"Esa misma," dije.

"Eso debería ser interesante," dijo Sheila. "¿Peter El Porno va a estar allí?"

"Oh Dios," gemí. "No pensé en eso."

"¿Qué más dijo Derek?," Preguntó Sheila.

"No lo sé. Apenas podía entenderlo. Al principio pensé que eras tú. La señal era una mierda y el cortacésped estaba encendido. Me recogerá y vendrá temprano para ver las abejas."

"¿Las abejas?"

"Sí," dije. "¿Sabes que Udder y Gramps mantienen las abejas?"

"¿Por qué alguien en su sano juicio tiene abejas?" Preguntó Sheila. "Eso es tan extraño."

"Todo aquí es extraño," respondí. "Y nadie está en su sano juicio. Así que todo tiene mucho sentido."

"¿Cómo sabe Derek?," Preguntó Sheila.

"¿Sobre Udder y Gramps?"

"Sobre las abejas."

"Permíteme que te llame de nuevo en unos minutos," le dije, mientras otro número aparecía en mi pantalla. "Alguien más está tratando de comunicarse conmigo."

❤

"Hola," dijo Derek.

Esta vez, sin el cortacésped encendido y mejor señal, podría decir que era él.

"Soy yo. Derek ¿Cómo estás?"

"Hey," dije, un poco confundida sobre por qué me estas llamando de nuevo y tan pronto. "Estoy genial. Di un paseo por el camino donde el servicio es mejor y la cortadora de césped está apagada, así que realmente puedo escucharte."

"Uh . . . que bueno," dijo Derek, también sonando confundido. "Me preguntaba si cambiaste de opinión sobre mañana por la noche. Ya sabes, la comida y todo eso."

"¿Quieres decir, qué llevar? Estaba pensando en una gran ensalada del jardín de mis abuelos. Es como el paraíso vegetal aquí arriba. Los pimientos están en esteroides malditos. Y los tomates—¡Dios mío! Son prácticamente del tamaño de las sandías. Además, tienen un montón de hojas de jardín con nombres que ni siquiera puedo comenzar a pronunciar."

"Wow," dijo Derek.

"Sí. Tal vez incluso lleve un poco de miel de las abejas."

"¿Abejas?," Preguntó Derek.

"Sí, las que querías ver."

"¿Tus abuelos tiene abejas?"

"La conexión debe haber sido peor de lo que pensaba," dije. "Puedo mostrártelas cuando me recojas. Cinco y media. ¿Verdad?"

Hubo otra pausa incómoda. "¿Cinco y media? ¿Mañana?"

¿Qué pasaba con este tipo? ¿Estaba tratando de retroceder? Maldición, mira si iba a permitir que me invitaran a salir y luego me cancelaran de inmediato. Si alguien iba a terminar esta relación, sería yo.

Espera un minuto . . . ¿relación? ¿Que relación? ¿En qué estas pensando?

"Cinco y media," ordené, mi voz se elevó un poco. "¡Suena bien!"

Eso le enseñaría. No iba a jugar conmigo.

"Um . . . claro," dijo Derek, sin sonar para nada seguro.

"Gracias por preguntarme," le dije, no del todo segura de que estaba realmente tan agradecida, especialmente con la forma en que me hacía preguntas.

"¿Preguntarte?" Preguntó Derek. "Dime la verdad, Meagan. ¿Cuánto café has tomado hoy?"

"Lo siento," dije. "Me tengo que ir. Mi amiga Sheila intenta llamarme. Te veré mañana a las cinco y media."

"¿Mañana?" Preguntó Derek. "¿Cinco y media?"

Dios mío, pensé. Él era el que necesitaba cafeína.

♥

"¿Quién era?" Preguntó Sheila.

"Derek. Volviendo a llamar. No tengo idea de por qué. Creo que toda esa mierda de béisbol de fantasía ha causado estragos en su memoria a corto plazo. Como sea, ¿dónde estábamos?"

"Um . . . ," Dijo Sheila. "Creo que te pregunté cómo sabía Derek sobre las abejas."

"Las abejas," le dije. "Eso es correcto. Estaba hablando con él la cafetería sobre la artritis de Udder y . . ."

Tomé el teléfono y me golpeé en la cabeza.

"¡Mierda!," Grité.

"¿Qué?" Preguntó Sheila. "¿Qué pasa?"

Me golpeé de nuevo.

"No puedo creer lo que acabo de hacer. ¡Oh Dios mío! ¿Cómo podría no darme cuenta quién era quién? Soy tan idiota."

"¡Dime!," Dijo Sheila.

"Acabo de cometer un gran error. Fue a *Jonathan* a quien le conté sobre las abejas. No a Derek."

"Y . . . "

"Y entonces debe haber sido Jonathan a quien le dije que sí, la primera vez. No a Derek."

"¿Jonathan?" Preguntó Sheila. "¿El otro adicto?"

"¡Sí, Jonathan! No es de extrañar que él, estuviera actuando como si tuviera muerte cerebral."

"¿Quién es? ¿Jonathan?"

"¡No! ¡Derek!" Grité.

"Pensé que era Derek, a quien querías?"

"¡No quiero ninguno de ellos! No conocemos muchachos fuera de línea, ¿recuerdas?"

"Estoy confundida. ¿Es Jonathan o Derek, quién tiene muerte cerebral?"

"¡*Yo*! ¡Tengo el cerebro muerto!"

"¿Es por eso que le dijiste sí a Jonathan?," Preguntó Sheila.

Estaba prácticamente gritando. "¿Me has estado escuchando? ¡Le dije que sí, a los dos!"

"Déjame aclarar esto: ¿le dijiste sí a Jonathan, por que creías que era Derek, y luego que sí de nuevo a Derek porque no quieres salir con ninguno de ellos?"

"¡Exactamente! ¿Cómo pude haber entendido tan mal? En línea, puedo hacer malabarismos con veintisiete tipos a la vez. Fuera de línea, me equivoco con dos. ¿Qué voy a hacer?" Me duele la cabeza.

"Mira, Meagan. Sabes que siempre te amaré, sin importar las elecciones que hagas, sin importar cuán jodidos creo que ellos sean. Pero déjame recordarte una cosa, nada de esto hubiera sucedido si te hubieras quedado en línea. Dios nos dio *Pasión* por una razón. Hay una moraleja definida aquí."

"¡No estás siendo útil!," Dije.

"Estoy siendo *sincera*. Y a veces la verdad duele."

Me golpeé con mi teléfono una vez más y luego colgué.

¡Ay! Ella tenía razón. Me había dado un malvado dolor de cabeza. La verdad, realmente duele.

Capítulo 14

"Te has metido en un aprieto aquí, ¿no, cariño?," Dijo Udder.

Estábamos sentados en la cocina cortando pepinos y metiéndolos en frascos. Una pizca de eneldo y un poco de vinagre, ajo, sal y agua y, presto-chango, mágicamente se convirtieron en encurtidos.

"No sé qué hacer," le dije. "Quizás uno de ellos recaerá y no podrá dejar su computadora portátil. Tal vez él otro sea detenido por enviar mensajes y conducir, y luego no se presente. Todo este asunto del pepinillo me ha picado."

"Hay una solución simple para esto, Meagan," dijo Udder. "Llámalos y diles que cometiste un error."

"¿Qué? ¡Me estás tomando el pelo? ¡No puedo hacer eso!"

"¿Por qué . . . ?"

"¡Porque ya dije que sí!"

"Estoy confundido," dijo Gramps. Acababa de llegar del jardín con otra cesta llena de pepinos. "¿Estás interesada en involucrarte con un chico?"

"¡No! ¡Por supuesto no!"

"¿Por eso les dijiste que sí, a los dos?"

"¡Gramps!," Me quejé. "Estás hablando como Sheila."

Udder suspiró. "Meagan. Eres una mujer joven, fuerte y asertiva. Tienes diecisiete años y pronto serás una estudiante de último año en la escuela secundaria. Pero escúchate a ti misma. Estás actuando igual que cuando tenías trece años."

Gruñí. "Me siento igual que cuando tenía trece años. ¿Que voy a hacer?"

"*Ménage à trois*," dijo Gramps. "Grupo de tres. Justo como mencioné antes."

Udder le lanzó una mirada asesina.

"Solo digo," se quejó Gramps.

"¡No!," Replicó Udder.

"¡Todo es su culpa!," Dije, llorando. "De ustedes dos. En primer lugar, nunca debería haber asistido a esa estúpida reunión y luego nada de esto habría sucedido. Sheila tiene razón. Si me hubiera quedado en línea, todo estaría bien. ¿Qué pasa conmigo?"

"No hay nada malo contigo, cariño," dijo Udder con dulzura. "Tu sólo . . ."

"Maldición," dijo Gramps. "No tienes el Trastorno de la Relación Cibernética. Simplemente tienes el viejo Trastorno de Relación."

Deja que Gramps lo llame como es. Al menos podría contar con él para obtener una respuesta directa (¡ja!).

"Curtis, si escucho algo más—"

"¡Espera!," Dijo Gramps. "Tengo otra idea brillante."

"Por favor," suplicó Udder. "¡Perdónanos!"

"Involucraremos a Udder. Podría ser como un coyote o algo así. Ya sabes, este hombre mayor gay, que se aprovecha de los chicos más jóvenes y atractivos."

"¿Te refieres a un puma?"

"Lo que sea." Gramps puso sus brazos alrededor de Udder y se acercó. "Cuando Jonathan y Derek se presenten, él podría precipitarse y arrebatarlos. ¡Míralo! ¡Mira lo caliente que está! En poco tiempo, te abandonarán y se desmayarán sobre él. Problema resuelto."

"Gracias, Gramps," le dije. "Me siento mucho mejor ahora."

"¡Curtis!," Dijo Udder. "Si haces otro comentario estúpido, juro que . . ."

Dejé caer el pepino al suelo. "Esperen un momento." La lamparita de ideas parpadeaba repentinamente sobre mi cabeza como luciérnagas. "¡Gramps, podrías tener razón! Lo que dijiste podría funcionar."

"¡*En* algo quizás!", Udder extendió la mano y tomó la articulación de la mano de Gramps. "Meagan, no puedes hablar en serio."

"¿Ves?," Dijo Gramps. "Yo también tengo buenas ideas."

"No te ofendas, Udder, pero, lindo como eres, no vas a cortarla. ¿Pero qué hay de Sheila? ¿Qué pasa si tengo a Sheila en esto?"

"Sheila?" Dijo Udder." Por lo que sé de esa chica, no estoy seguro de que ella sea—

Lo interrumpí. "Gramps, eres brillante. ¡Totalmente brillante!" Le di un beso en su desaliñada mejilla.

"¡Llamando asientos de la primera fila!," Dijo Gramps, agarrando su porro de nuevo.

Capítulo 15

Se suponía que Sheila llegaría a lo de Udder y Gramps a las cuatro del viernes. Eso nos daría al menos una breve oportunidad para ensayar nuestro plan de ataque antes de que llegaran los muchachos. Desafortunadamente, no pudo salir temprano del trabajo en la tienda de conveniencia, y la maldita construcción de verano en la autopista de peaje de Massachusetts había frenado el tráfico. Se había detenido unos minutos antes de que Derek y Jonathan estuvieran listos para llegar.

Íbamos a tener que volar.

Habíamos pasado demasiado tiempo la noche anterior discutiendo qué ropa debía usar Sheila. ¿Cuánta piel debería mostrar? ¿Cuánto escote? ¿Debería usar maquillaje o no? Todo estaba abierto a tantas posibles interpretaciones erróneas.

¡Ropa! Para nosotras, las chicas, todo el enigma del vestuario fue siempre el frente y el centro, especialmente cuando estábamos en la escuela. Si te vestías como si no te importara, te etiquetaban como un nerd o un vago—¿y quién quería cargar con eso? Si te vestías bien, tenías que navegar por la línea increíblemente fina entre caliente y cachonda, entre verse bien de una manera apropiada, en lugar, de verse bien de una manera que provocara gritos.

Sabía que podía vestirme como quisiera y no ser acosada por eso. Siempre. Pero, por más que lo intenté, fue bastante difícil no sentirme presa de esa mierda, particularmente cuando las reglas cambiaron de la noche a la mañana, después de una bomba de vestuario en los premios musicales.

Era un trabajo de tiempo completo, simplemente, decidir qué ponerse en la mañana.

Incluso, elegir qué ponerse para la foto de Facebook, selfie o perfil del sitio de citas era estresante. ¿Qué ángulo destaca mejor mi look? ¿Tenía la cara demasiado gorda? ¿Qué hay de mis muslos? Y, oh Dios mío, ¿qué hago con mi cabello?

Todo era terriblemente difícil y jodido en muchos niveles. Era otra cosa que hacía que los diecisiete años fueran tan agotador.

No es que vea mucha diferencia con lo que llevaba Sheila. Ella podía usar una bolsa de arpillera destartalada y aún ser hermosa, su aspecto árabe americano era absolutamente impresionante. Larga y delgada, tenía ese cuerpo tonificado que, hacía que muchas otras chicas se sintieran mal consigo mismas, por mal que estuviera. Y su cabello. Oh Dios mío. Largos y ondulados mechones de rizos negros como el azabache, caían en cascada alrededor de su rostro como Rapunzel.

De todos modos, cuanto más lo pensaba, más me daba cuenta de que todo este asunto del chico tenía que terminar inmediatamente antes de que se saliera completamente de control. No sé en que había estado pensando, diciendo sí a cualquiera de ellos, en primer lugar, ¡mucho menos a ambos! ¿Y pensar en ir a la cena? ¿En serio? Quizás todo ese humo del segundo porro de Gramps, perpetuamente invasivo, estaba haciendo que mi cerebro se volviera divertido.

Chicos en línea, sabía que podía manejarlos. ¿Fuera de línea? Claramente, no.

La esencia general de nuestro plan era seguir con el enfoque de, el BESO—mantenerlo simple y con estilo. Actuaría distante, cualesquiera que fuesen los encantos femeninos que poseía (si tengo), cubiertos bajo el ondulante traje de apicultura de Gramps. Inmersa en mi traje de abeja de poliéster de cuerpo completo y resistente—casco ventilado, velo y guantes gruesos que se levantaron torpemente hasta los codos, me vería como un trabajador de desechos peligrosos, enviado a limpiar un derrame de petróleo. No se me vería ni una pulgada de piel. Sería una señal *De No Ingresar* caminando. Totalmente fuera de los límites.

Sheila, por otro lado, se vestiría para el éxito, con un vestido maxi Boho sexy, rojo, con tirantes de espagueti, recortado, en el que se veía *tan* dulce.

El truco consistía en hacer que cada chico pensara que Sheila estaba allí para el otro. Que estábamos en una cita doble. Dado que no sabíamos absolutamente nada acerca de las citas individuales, y mucho menos de dobles, esa parte del plan todavía estaba un poco confusa. Pero en cuanto Sheila exponga su irresistible atractivo sexual y comience a acercarse a los dos, antes de que pudieran guiñar un ojo, sabia que me dejarían caer como una batata caliente, y la invadirían a ella como las abejas a las flores de calabacín. Sería libre, Sheila regresaría a Boston dejando un par de corazones destrozados, y así terminaría todo.

¿Qué podría salir mal?

"Querida," dijo Udder cuando le comenté las características, de este brillante plan, "No se como puedo comenzar a decirte lo ridículo que suena todo esto. No existe la más remota posibilidad en el mundo, de que eso sea posible—"

"Estás celoso porque Sheila será el centro de atención y no tú," le dije.

"Como sea, va a funcionar. Tiene que funcionar. No hay un Plan B."

♥

Jonathan había llegado exactamente a las cinco y media, seguido inmediatamente por Derek. Podía sentir la confusión de los muchachos sobre qué demonios estaba haciendo el otro allí, pero afortunadamente, la charla sin parar de Sheila permitió cero tiempo para preguntas.

Después de breves presentaciones, Udder había desterrado a Gramps a su habitación, pensando que sería menos probable que se creara una escena y una situación extremadamente incómoda. Todavía podía ver a Gramps asomándose por la ventana abierta, el humo de su porro flotaba en círculos perezosos alrededor de su cabeza, dándome el signo de aprobación.

Les había prometido a ambos que les mostraría las abejas, así que los cuatro nos dirigimos a las colmenas en el extremo sur de la huerta. Era una tarde cálida y húmeda, y las abejas estaban saliendo de la colmena.

"La reina deja la colmena solo una vez, para un solo vuelo nupcial," les comente, tirando de mi traje de apicultura, que me estaba dando comezón.

Ayudar a Gramps durante las últimas dos semanas me había hecho sentir bastante segura de que podría llevar a cabo una pasable rutina como guía de insectos. Esperaba que mi curso intensivo en todo lo relacionado con las abejas me muestre segura de misma y complacida. Pero, de nuevo, ¿por qué me importaba? El objetivo era sacar a los chicos de mi espalda, no alardear sobre mí.

Abrí la colmena y levanté un marco lleno de miel y cientos de abejas. "Ella se apareó en el aire con zángano, un niño abeja, que es bueno solo para una cosa y nada mas."

"¿Tener sexo y nada mas?," Preguntó Sheila, coqueteando con sus pestañas a los chicos. "¿Netflix y relajar un poco el esqueleto de forma horizontal? ¿Llevando al viejo ojo al optometrista?

"Sheila!" Grité a través de mi velo. "¡Cálmate! Estás asustando a las abejas."

Los muchachos miraron hacia abajo con torpeza. Sheila no sonaba atractiva en absoluto. Solo pervertida.

"¿Coger?" ella insistió, "¿Sextear? ¿Penetrar? ¿Ereccíon?"

Agité mi dedo enguantado hacia ella. "Voy a tener que lavarte la boca con jabón, señorita. ¿Puedo continuar, por favor?"

Sheila coqueteo con sus pestañas a los chicos una vez más.

"Las abejas obreras son las chicas. Ellas son las que beben el néctar de las flores del manzano y lo convierten en miel. Son las chicas las que polinizan. Son las chicas las que cuidan a la reina y alimentan a las larvas, limpian la colmena y hacen todo lo que hay que hacer. Todo lo que hacen los muchachos es—"

"¡Tener relaciones!" Allí estaba otra vez. Sheila y su maravillosa manera de usar palabras.

"Suena como toda una vida," dijo Derek, mirándome a mí en lugar de a Sheila. "Hazlo con la reina y tomate el resto del día libre."

"¡Qué equivocado estás!," Golpeé mi puño contra la colmena, enviando una nube de abejas volando hacia el cielo. "Al final, esos pequeños bastardos de las abejas obtienen sus justas recompensas. Un momento de felicidad y luego *BAM!* muere su pene." Hice un movimiento de karate con mi mano.

Todavía mirándome, Derek dio un paso atrás.

"Los zánganos eyaculan con tanta fuerza," continué, "que la punta de su pene explota cuando entra dentro de la reina. Luego caen muertos al suelo. ¡Ah! Toma eso, vago. Él viene. Él se va. Suicidio sexual."

"¡Tienes que estar bromeando!" Sheila estaba sonriendo. Los muchachos parecían demasiado conmocionados como para comentar. "La próxima vez que un chico, un *zángano,* diga una y otra vez cuánto se muere por meterse dentro de mí, me aseguraré de golpearlo. ¿Pero en serio? ¿Me estás diciendo que la reina solo tiene sexo una vez? ¿En toda su vida? ¿Y luego el tipo va y muere por ella?"

"No sé tu," le dije a ella, "pero yo estaría muy traumada si el pene de un chico me penetra en el aire y luego veo cómo se desploma hasta su muerte. Eso no es exactamente excitante."

"¿En serio?," Por tercera vez, Sheila coqueteo con sus largas pestañas a ambos chicos. "Suena un poco perverso para mi."

"Estoy dispuesto a apostar," Propuso Jonathan, "que si fuera el rey el que dirigiera el espectáculo, las cosas serian un poco diferentes."

Sheila levantó su puño en el aire, gritando "¡Abajo todos los reyes excepto el Rey Ludd!"

"¿Rey Ludd?" Jonathan y Derek dijeron al mismo tiempo. Tenían miradas de asombro en sus rostros.

"¿Conoces al Rey Ludd?," Preguntó Jonathan.

♥

Rey ludd.

¿Dónde empezar?

Cuando éramos estudiantes de segundo año en la secundaria, a Sheila se le ocurrió que estaba destinada a ser actriz. Resultó ser un desastre adolescente de corta duración, que provocaba nauseas en las dos, cada vez que su horrible recuerdo alzaba su fea cabeza.

Sheila había logrado obtener un lugar en nuestra producción de teatro musical en la escuela, *The Hero of Nottinghamshire*, un terrible desastre dramático sobre luditas en Inglaterra en el 1800. Fue escrito y dirigido por un estudiante de teatro, un aspirante a dramaturgo, presumido y arrogante, que no tenía talento musical ni ningún grado de habilidad para escribir. A cambio de Linsey Lou Ludd, la esposa del héroe, Sheila hizo la tarea de matemáticas del tipo durante todo un mes.

La intención de la obra era dramatizar la primera rebelión organizada contra la Revolución Industrial. A pesar de todas sus fallas (que fueron muchas), la obra contenía algunos elementos de precisión histórica. Las palabras de las canciones eran poemas o melodías reales de la época.

El escenario era Inglaterra en los dieciocho, la edad adolescente. Antes de ese tiempo, los tejedores, peinadores y vestidores de lana—todas esas personas que fabricaban la tela en la que confiaba el resto de Gran Bretaña—habían trabajado en sus propios hogares. La vida no fue fácil, pero al menos los trabajadores tenían cierto grado de control sobre su propia profesión.

Empezando por los adinerados industriales con sus enormes fábricas y sus enormes telares. Los hilanderos no podían competir. El inicio de la Revolución Industrial significó una embestida contra estos trabajadores rurales. Marcó el principio del fin para la industria casera, la forma de vida y comunidad que la acompañó.

Durante unos meses fatídicos, la gente común se defendió, enfurecida contra las máquinas. Ellos libraron una feroz guerra de sabotaje económico, aplastando los telares industriales, incendiando fábricas y amenazando a la nueva clase industrial. Rebeldes contra el futuro, protestando por el llamado progreso, se llamaron a sí mismos luditas, tomando el nombre de un rey mítico, Ned Ludd.

No es de sorprender que, el Imperio Británico y las clases adineradas no aceptaran amablemente esta amenaza a su dominación industrial. Con la fuerza armada y demasiados viajes a la horca, la rebelión fue brutalmente aplastada.

El héroe de Nottinghamshire, con su guión adúltero, conspirador y excesivamente violento, fue quizás la peor producción teatral de la historia. La incapacidad total de Sheila para cantar a tono fue remotamente impactante. A diferencia de una sátira de Comedy Central o *Saturday Night Live* en un falso teatro musical, este espectáculo ni siquiera estuvo cerca de ser divertido.

La obra no hizo nada para convencer a la audiencia, que sufría, de que la tecnología era la raíz de todo mal. De hecho, había tenido el efecto contrario. A la mitad del primer acto, la gran mayoría de la multitud estaba en sus teléfonos celulares, sus rostros apagados suavemente iluminados por las pequeñas pantallas.

Fue un fracaso total. Sheila nunca volvió a actuar.

Pero las canciones, las canciones chistosas, perduraron. Y ahora Sheila tuvo la audacia de estallar en una:

No canten más sus viejas rimas
sobre el audaz Robin Hood
Admiro poco sus hazañas
Cantaré los logros del general Ludd
El actual héroe de Nottinghamshire

"No puedo creer que sepas sobre el rey Ludd," le dijo Jonathan a Sheila nuevamente, tirando de sus orejas y haciendo una mueca. "Es uno de mis héroes. El padre fundador de NA."

"¿Sabes sobre él?" Dijo Sheila. "Adoro al tipo. Soy quien puso el Ludd en Ludita, por el amor de Dios. De vuelta en Boston me llaman Reina Ludd. ¡Nunca había visto una máquina, que no quisiera destruir!"

Sheila echó la cabeza hacia atrás y una vez más comenzó a cantar.

Y noche a noche cuando todo está quieto
Y la luna se esconde detrás de la colina
Avanzamos en marcha para hacer nuestra voluntad
¡Con hacha, lucio y pistola!
Oh, la cosechadora es para mí
Los valientes muchachos para mí,
Quien con un golpe lujurioso,
Los marcos de corte se rompieron,
El cosechador es un chico para mí.

"¡Por el amor de Dios!," Le supliqué a Sheila, encogiéndome. "¡Para! ¡Por favor para!"

Sheila todavía recordaba cada verso de cada maldita canción de ese maldito musical. Durante los últimos dos años, las había cantado sin cesar cada vez que deseaba atormentarme. Conseguía que haga lo que ella quería, con solo amenazarme con cantar un verso. Y ahora, allí estaba ella, haciendo lo mismo, torturándonos a los tres en el patio de las abejas.

¿En qué estaba pensando?

¡Este definitivamente no era el plan! Se suponía que debía *encender* a los dos tipos, no *apagarlos*. ¡Conduciéndolos a un estado de deseo, no enviándolos a huir por la línea de estado! Ridícula como me veía en mi traje de abeja zoot, los dos estarían saltando a mis brazos si ella seguía con esa mierda.

Incluso las abejas aumentaron el volumen de sus zumbidos, deseando más allá de toda esperanza, ahogar los tortuosos sonidos que emitían la boca de esa chica. Cómo alguien tan hermosa podía cantar tan horriblemente era uno de los grandes misterios de Dios.

"¿Solo está inventando esta mierda?" Derek me susurró.

"¡No! ¡Estas son, algo así, canciones de doscientos años de antigüedad!"

"¿Está bien?", Preguntó Jonathan.

"¡No! ¡Solo escúchala! ¡Por supuesto que no está bien!"

Vengan todos ustedes, cosechadores, fuertes y audaces
Dejen que su fe se fortalezca aún
Oh, los muchachos de la cosecha en el condado de York
Rompieron las tijeras en el molino de Foster.
El viento soplaba
Las chispas que volaron,
Lo que alarmó a toda la ciudad pronto,
Y fuera de la cama la gente pobre se arrastró
Y corrió a la luz de la luna.

No había ninguna luz de luna a donde correr, pero los tres estábamos más que listos para dirigirnos a las colinas.

Las colmenas estaban encerradas por una cerca eléctrica que Gramps había montado para mantener alejados a los osos. Hace años, su primera incursión en la apicultura se había encontrado con el desastre. Mamá oso y sus cachorros, con la miel goteando de su piel, estaban tan felices como podían estar. Gramps y las abejas no. A partir de ese momento instalo la cerca eléctrica.

Sheila seguía cantando (si se podía llamar así) otra canción de cuna ludita en la parte superior de sus pulmones. Agarrando sus orejas con evidente dolor, Derek retrocedió un paso hacia la cerca eléctrica. Que por alguna razón había olvidado apagar.

Whoops! Mala mía.

"Yeowww!," Gritó, confundiendo el estallido de electricidad pulsando a través de su cuerpo, por picaduras de abejas. "¡Las abejas! ¡Están sobre mí!"

Sheila dejó de cantar. "¡Abejas!" Gritó, entrando en pánico. "¡Salio corriendo! ¡Huyendo!"

Se quitó los zapatos de plataforma y regresó a la casa, Jonathan a unos pocos pasos detrás.

Los pantalones de Derek se habían enredado de alguna manera en la cerca eléctrica e incapaz de moverse, se le estaban bajando. Podría haber jurado que salían chispas de sus pantalones. Le di un buen empujón y se cayó de espaldas.

"¡Mierda!" Jadeó, poniéndose de pie tambaleándose y extendiéndome la mano para estabilizarse. "¿Qué demonios pasó? ¿Acabo de tener sexo con la reina?"

Se palpó nerviosamente alrededor de la entrepierna.

"¿Estalló mi cosa?"

"¿Qué te había dicho?" Sonriendo a través de mi velo, empujando mi puño enguantado en el aire. "¡No más penes!"

Capítulo 16

¡Viajando en auto con los chicos! Algo con lo que nunca me había sentido cómoda.

Un automóvil era un espacio confinado y claustrofóbico que, al menos en movimiento, no proporcionaba una vía segura para escapar. Como mencioné un millón de veces antes, la conversación espontánea no era lo mío. Me había metido tanto en las comunicaciones en la red, que casi había llegado a un punto en el que tenía que escribir una respuesta al aire antes de que fuera verbal. Pero ahora, aquí estaba, viajando en el asiento trasero con Derek camino a la reunión, sin teléfono celular para escapar. Nada que hacer excepto (*¡jadeo!*) Hablar.

Sin mi red de seguridad, estaba aterrorizada.

Una vez que Derek se recuperó de su experiencia cercana a la muerte con la cerca eléctrica, Sheila y Jonathan se disculparon por huir de su electrocución y abandonarlo cuando los necesitaba, todos nos amontonamos en el auto de Jonathan. Sheila todavía estaba reviviendo su yo de segundo año, volviendo a protagonizar su obra, escupiendo la propaganda Ludita como loca. No había forma de detenerla.

"No considero que compartir el viaje sea opcional," ella dijo, trepando al asiento delantero con Jonathan, resolviendo el incómodo rompecabezas del orden de los asientos, para mi alivio. "Creo firmemente que Karl Friedrich Benz, ese hijo de puta, debería ser acusado y condenado por crímenes contra la humanidad. Me importa una mierda si hace tiempo que está muerto. Sería el juez, el jurado y el verdugo en eso. ¡Felizmente exhumaría su cuerpo solo para matarlo de nuevo!"

Puse los ojos en blanco. Sheila estaba tan llena de mierda que podría haber encendido el motor con su furia.

Pero ella no era tonta. No solo su atractivo sexual era increíble, sino también su cerebro. Tenía una memoria casi fotográfica y podía marcar los hechos más oscuros en un instante.

"Karl Friedrich, ¿quién es?," Preguntó Derek.

"Benz. El inventor del maldito automóvil. Escape, dióxido de carbono, cambio climático, expansión suburbana, muerte por conducir. ¡Es todo culpa suya! Escupiría en su tumba si supiera dónde está."

"Ladenburg," dijo Jonathan, enfrentándose cara a cara con Sheila en el sector de hechos oscuros. "En Alemania."

"¿En serio?," Preguntó Sheila. ¿Sabes dónde está enterrado el bastardo? ¡Eso es tan ardiente!"

Vi como ella extendió la mano y apretó el muslo de Jonathan.

"Coches, computadoras y celdas," continuó Sheila. "Las tres C del diablo. Si me saliera con la mía, todos estarían en el fondo de este río. Los odio. Los detesto."

Hice todo lo posible para no reír demasiado fuerte.

Amigos con derecho o no, parecía que la magia de Sheila no tuviera el efecto deseado. A diferencia de la segunda reunión de NA, ahora que había recuperado el sentido, había hecho todo lo posible para vestirme con falta de éxito, esperando lo opuesto la vista del chico-imán. Me había despojado de mi traje de apicultura por, pantalones de chándal holgados, una camiseta vieja con una foto de mi mascota de la escuela secundaria (un oso azul ridículamente cojo) y me había recogido el pelo en coletas desiguales como una adolescente desquiciada. Pero maldita sea, Derek no dejaba de acercase cada vez más a mí en el asiento trasero, mientras Jonathan continuamente me miraba por el espejo retrovisor. Mirar el camino no parecía ser su máxima prioridad.

"¡Coche!," Le grité a Jonathan.

Se reorientó justo a tiempo, desviando el volante con fuerza hacia la derecha y evitando por poco arrojarnos fuera del puente, hacia el río Connecticut,una muerte segura.

"¡Luz roja!" Grité. Apartó los ojos del espejo, pisó los frenos y se detuvo milagrosamente a centímetros del automóvil que tenía delante. Luego, una vez más, comenzó a mirarme por el espejo retrovisor.

"¡Luz verde!" Grité. El incremento de bocinas detrás de nosotros se había vuelto casi insoportable.

Todo esto *sin* enviar mensajes de texto ni conducir.

Miré a Derek, quien, después de que Jonathan casi mata a un ciclista, había adquirido un tono verde aún más vívido que el semáforo.

Me sorprendió. Naturalmente, asumí que todos los chicos equiparaban la mala conducción con los juegos, emocionándose cuanto más cerca coqueteaban con la muerte, más alto era el choca los cinco, sin embargo, aquí estaba Derek gimiendo como el León Cobarde en *El Mago de Oz.*

"Juro que prefiero la cerca eléctrica antes que esto," susurró, acercándose aún más a mí y extendiéndose para tomar mi mano.

Oh Dios mío. Una vez más, el plan de juego sin chicos claramente no estaba yendo según lo planeado. Aquí estaba, agarrada de la mano con el chico en la parte de trasera del auto, mientras que el tipo en el frente no podía apartar sus ojos de mí.

¿Qué demonios estaba pasando? Después de todo, Sheila estaba . . . Sheila

Ella era tierna *y* hermosa. Un tsunami de sensualidad. Entonces, qué pasaría si ella no pudiera cantar, vale la pena, porque *chicos,* ella puede hablar. Nada de ese TDCE (trastorno de déficit de conversación espontáneo) el cual sufro. Inteligente como el infierno, cuando Sheila se ponía en marcha, incluso, perderías de vista su cabello, por la forma cautivadora de sus palabras. Ella podía unir oraciones que te hicieran sangrar la nariz. Por supuesto, no todas tenían sentido, pero bueno, no podía tenerlo todo.

Estos dos muchachos ya deberían haber estado jadeando a sus pies, heridos de lujuria y deseo, sin querer tener nada que ver conmigo y todo con ella. Pero por alguna razón, eso no estaba sucediendo.

¿Qué tan extraño era?

❤

Sheila seguía gritando sin parar hasta que nos detuvimos en la casa de la reunión. Sus ludismos semi-lúcidos habían continuado sin cesar durante todo el infernal viaje, que milagrosamente habíamos logrado sobrevivir.

"No te preocupes, novia," me susurró, cerrando la puerta del auto. "Te sacaré de este lío, al menos de la mitad, en poco tiempo."

Sheila había tomado el brazo de Jonathan entre los suyos y lo llevó a la fuerza a la casa. Se giró para mirarme mientras desaparecían por la puerta.

Estaba aturdida, Sheila no tenía más experiencia de la vida real que yo con chicos fuera de línea, sin embargo, aquí estaba, parecía tan tranquila y elegante, actuando como si fuera la dueña del espectáculo. ¿Cómo lo hizo? ¿Cómo sabía cómo comportarse con un chico? Tal vez, dado que todo esto fue solo un acto, esa breve experiencia de teatro en *The Hero of Nottinghamshire* quizás había servido para algo.

La mayor parte del calabacín verde se había desvanecido de la cara de Derek y él estaba empezando a parecer humano nuevamente. Finalmente dejó de tomar mi mano, después de que el auto de Jonathan se detuvo por completo en el camino de entrada, el parachoques delantero se acurrucó cómodamente en la parte trasera de otro auto.

"¿Estás bien?," Le pregunté.

"¡No lo sé!," Dijo. "Siente mi pulso. Son como doscientos. Lo juro, ese viaje en auto me quitó diez años de vida. Por favor, ¿podemos intervenir el camino ludita y caminar a casa?

Me reí.

"¿De quién es esta casa?"

"Peter," respondió Derek. "El tipo del que nos burlamos en el grupo."

"¡Oh Dios mío! ¡Tienes que estar bromeando! ¿Peter? ¿Esta es la comida de Peter el Porno?"

"El mismo."

Extendí mi mano, agarré la de Derek y la apreté con fuerza.

Capítulo 17

Era Nueva Inglaterra en julio, y el clima era realmente espectacular: mediados de los ochenta, completamente seco, una brisa que coqueteaba con los árboles. Peter el Porno vivía con sus padres, y su casa tenía un patio trasero encantador con vistas a las tierras de cultivo del valle ondulado con una vista impresionante de las Siete Hermanas, las colinas de la cordillera del Monte Holyoke.

Peter tenía la parrilla encendida, y las dos grandes mesas de picnic ya estaban llenas de extravagancias. Obtuve muchos choques de manos y puños cuando presente mi ensalada.

Dejando a un lado la ineptitud social, pensé que sería mejor disculparme de inmediato, así que me arrastré torpemente al lado de Peter.

"Lo siento mucho," le dije, tímidamente tomando su mano y estrechándola. "Sobre la otra noche. En la reunión. Actué como una idiota."

"Yo también," dijo Derek, parándose a mi lado.

"No se preocupen," respondió Peter. "Probablemente me dejé llevar un poco allí, ¿no?"

"Amigo," le dijo un chico a Peter. Era alguien que también reconocí de la reunión de NA. "Estuviste asombrosa." Directamente desde el corazón. Se volvió hacia mí y extendió la mano para agarrar un pimiento de la ensalada. "Soy Jeremy," dijo. "Qué gusto verte de nuevo. Cultivo verduras. Totalmente deliciosas. ¿Orga?"

"'Orga'?"

"Orgánico," dijo. "Nada convencional."

"¿Convencional?," Pregunté.

"Ya sabes, pesticidas, herbicidas, fertilizantes sintéticos, ese tipo de basura. No estoy metido con eso."

"Um . . ." Tartamudeé. "Creo que están bien. Quiero decir, todo lo que hay en la ensalada es del jardín de mis abuelos y ellos tienen mucho cuidado con lo que usan."

"¡Claro!," Dijo, sacando un puñado de verduras y masticando. "¿Mierda de cabra?"

"¿Disculpa?"

"Mierda de cabra. ¿Están tus abuelos en eso? Es la bomba."

"Mis abuelos fuman mucha hierba, pero nunca había escuchado mencionar nada sobre mierda de cabra."

Derek, quien (¡maldito sea!) me había dejado sola para que me las arreglara, regresó misericordiosamente con bebidas y me entregó una.

"Hola Jeremy," dijo. "¿Cómo te va?"

"¡Amigo!," Dijo Jeremy. "Tu mujer tiene razón. Estamos hablando de cabras aquí."

"Um . . ." Tartamudeé de nuevo. "No soy su—"

"Leche, queso, mantequilla, yogurt," continuó Jeremy. "¿Y sabes qué más? Son come pasto libres de fósiles. Déjalas sueltas en un campo y *boom*—el trabajo está hecho. Son como langostas con pezuñas. Y para colmo, todo esa mierda para morir. Nada sabe mejor que las verduras cultivadas con mierda de cabra. Extendió la mano y agarró otro puñado de mi ensalada.

"No lo pongas en marcha, Meagan," dijo Derek. "Jeremy ha pasado de ser adicto a la tecnología a ser adicto a las cabras. Cambiado una adicción por otra. Haz que predique el evangelio de la cabra y estaremos aquí para siempre."

"No creo en criar animales para comer," dijo una pequeña morena, uniéndose a la conversación. Era Karen, la asesina de gatos. "Creo que es cruel criar cabras encerradas. Haciéndoles hacer nuestro trabajo. Es como la esclavitud. Inhumano e inmoral. ¿Cómo puedes justificar criar un animal y luego comerlo? Me parece muy mal."

No pude evitar preguntarme si la conversión de Karen, la defensora de los derechos de los animales, se produjo antes o después de su desafortunado encuentro con el felino.

"¡No me estoy comiendo a las cabras!," Dijo Jeremy.

"Sí, pero la estás ordeñando."

"Eso es totalmente diferente."

"Hablando como un verdadero hombre," resopló Karen, sacudiendo la cabeza con disgusto. "Tan ajeno al trauma por el que está pasando la cabra. ¿Manipulando su cuerpo para que sus pezones estén produciendo constantemente? ¿Convertir al pobre animal en una máquina de leche? ¿No crees que eso es traumático para ella? ¿No crees que eso es abuso?"

Tomé una respiración profunda. Todo esto era muy nuevo para mí. Las personas, en las pocas fiestas en las que había estado, hablaban mucho sobre las tetas. Simplemente, no de los pezones de cabra.

"Tú y tu misoginia desenfrenada me vuelven loca," continuó Karen. "¡Esta es la razón por la cual este planeta está implosionando! ¡Esta es la razón por la que todos estamos cayendo!"

"¿Por qué, está ordeñando a la cabra?," Le pregunté tímidamente.

Karen me disparó el mal de ojo. Derek solo sonrió.

"Alerta," le susurré. "Tengo la sensación de que ya no estamos en Kansas."

♥

Realmente me sentí como Dorothy en Oz. Un extraño en una tierra extraña. Aquí estaba en una fiesta compartida y nadie tenía su teléfono en la mano. Nadie. ¿Fiesta en casa? Era una bebida en una mano y el teléfono en la otra. A menos que estuvieran hablando de tetas, difícilmente hablarían entre sí. Solo enviando mensajes.

¿Pero aquí? No había un celular a la vista.

Inmediatamente noté una gran diferencia: en una fiesta sin teléfono, se podía decir cualquier cosa, cualquier cosa que quieras, sin que un grupo de Googlers lo cuestionara de inmediato. Una ventaja clara para la abstinencia de celulares. De vuelta en Boston, en los raros momentos en que se mantenía una conversación, cada vez que *alguien* decía *algo,* había una avalancha inmediata de verificadores de datos de teléfonos celulares, que discutían rabiosamente todos los misterios de la acusación. "En realidad," alguien estaba obligado a decir, mirando brevemente desde su teléfono después de haber buscado en Google los valores de nutrientes del estiércol animal, "la mierda de llama tiene un contenido de nitrógeno mucho mayor que la mierda de cabra." Eso sería todo lo que se necesitaría y la gente estaría a la regata de Google. Sería fósforo esto y potasio aquello, y antes de que lo supieras, la inundación de datos, como una avalancha, seguramente te envolvería. En poco tiempo, todo el hilo de la conversación se perdería. Estarías totalmente abrumado con una cantidad alucinante de mierda sobre la mierda de cabra que, a decir verdad, a nadie le importa una mierda.

"Vamos a buscar a Sheila," le dije a Derek, dejando que Jeremy y Karen se preocuparan por los derechos de los animales y la corrección política del yogur de cabra de corral orgánico.

♥

Encontré a Sheila junto a la mesa de comida. Estaba en la cancha, junto a mi ensalada, rodeada por un grupo de muchachos, su brazo todavía firmemente entrelazado con el de Jonathan.

"Aquí está," dijo Sheila. "¡La chica de la que les estaba hablando!"

Varios de los tipos miraron hacia abajo con torpeza.

Oh no, pensé, una sensación de hundimiento en mi estómago. Pude ver ese brillo travieso en los ojos de Sheila. Alguien había traído cervezas (una diferencia obvia entre NA y AA), y media hora después de la fiesta, por ligera que fuera, Sheila ya estaba a medias en la bolsa. Por experiencias pasadas, la mayoría desagradables, supe que una vez que Sheila comenzara a tomar cerveza, cualquier cosa podría pasar. Cuando la cerveza se apoderara de ella, su boca se convertía en el cañón más flojo. Perdida, Sheila puso a la *profesional* en *inapropiada*.

"Um . . . ," Tartamudeé, entrando en mi modo habitual de impedimento social del habla. "¿Hola?"

"Les estaba diciendo a todos acerca de cómo eres la reina de la soltería." Sheila tomó otro sorbo de su cerveza.

¡Oh Dios mío! ¡Hice desesperadamente *el Zip*! hice la señal, moviendo mi pulgar y dedo rápidamente sobre mis gruñidos labios, pero Sheila se lanzó de lleno a la cerveza. Problemas con una P mayúscula.

Tomó otro gran sorbo, vaciando su botella. "Pureza a través de la abstinencia. Auto-limpieza. No solo de mensajes de texto sino también de sexo. Pero totalmente a bordo con el placer propio. ¿Verdad, Meg?"

Sheila nunca me llamó Meg a menos que estuviera bajo la influencia. Tengo lo que ella buscaba. Promoviendo mi indisponibilidad sexual. Reforzando esa pared alrededor de mi zona libre de hombres. ¿Pero esto? ¿En serio? Esto *no* era lo que tenía en mente.

"Pero ella lo hace de la manera correcta, ¿verdad, chica? Ella es una ludita de amor propio. No hay juguetes con pilas para ella. No señor, gracias mamá. Incluso los recargables son un placer no-no. Dios mío, Meg ni siquiera usaría un consolador. Ni siquiera una justa negociación, cosechado de manera sostenible, un caucho de la selva tropical. Es una zona libre de tecnología allá abajo. No es necesario aplicar antinaturales. Para mi niña, son solo dedos o verduras de jardín."

Sheila se había quitado una vez más los zapatos de plataforma y ahora estaba de pie sobre sus puntillas, con la espalda arqueada y las manos revoloteando en el aire. Casi esperaba que el grupo de chicos la rodeara y comenzaran a *ommming*, tal como lo hicieron cuando Peter el Porno, creó su show de mierda en la reunión de NA. Pero en lugar de eso, simplemente continuaron mirándola. Todos excepto Jonathan y Derek, que solo me miraban a mi.

¿Cuál dijiste que te gustaba más, Meg? No me acuerdo ¿Eran los pepinos o los calabacines?

¡Suficiente! Incluso para Sheila esto era muy, muy, *muy* exagerado. Estaba enojada. ¿En qué estaba pensando? ¿Que los chicos no se excitarían al escuchar esto? ¿En serio? De esto estaban hechas las fantasías de los tipos.

"Espera un minuto," continuó Sheila, casi cayendo hacia atrás. "¿Qué hay de esas cosas raras de calabaza de invierno? Las que parecen testículos gigantes y enormes . . ."

Mi sonrojo era más rojo que los Tomates Valley Girl Beefsteak que Gramps cosecho en su jardín. Un rubor facial completo.

Una vez más, agarré la mano de Derek y huí.

❤

"Wow," dijo Derek. "Tu amiga es . . . algo más. No estoy seguro de haber conocido a nadie . . ."

"¿Como Sheila? Y no lo harás nunca más.

Mi rostro se veía como un pansy rosado, pero aún rojo. *Solo espero tener en mis manos a esa chica*, pensé. ¡Las chispas iban a volar! Tal vez la llevaría a la cerca de la colmena y la obligaría a sentarse en ella. Tal vez eso le daría sentido.

Derek y yo estábamos sentados en un muro de piedra al borde del jardín de Peter, observando el sol que comenzaba a ponerse en la cordillera a distancia. Pequeñas pintas de nubes efímeras marchaban lentamente hacia las colinas distantes y luego se desvanecían en la nada. Aquí por un momento y luego se iban para siempre. La impermanencia de todo.

Para no olvidarnos del sol, las luciérnagas apenas comenzaban a hacer lo suyo y a iluminar el cielo, al igual que con Udder y Gramps.

No tuve palabras. Ni una. Estaba totalmente mortificada por el estallido de Sheila. No quería pensar en lo que estaba pensando Derek.

Así que nos sentamos y miramos.

Derek finalmente rompió el silencio. "Me gustaría saber ¿por qué parpadean?" preguntó.

Debería haber mantenido la boca cerrada, particularmente después del monólogo maníaco de Sheila, sobre el placer propio. Lanzarse a otro episodio de "Las vidas sexuales de insectos totalmente extraños" haría poco por mejorar el orden del día a favor de la abstinencia.

Pero maldita sea, si el entusiasmo de Gramps por los bichitos no me hubiera contagiado. No importa cuán incómoda pareciera la situación social, mantener algo tan escandaloso como el sexo de luciérnaga, para mí parecía, simplemente incorrecto. Y saber que estábamos en una zona libre de teléfonos, donde podía jugar rápido y suelta con los hechos y salirme con la mia era reconfortante.

Derek escuchó atentamente mientras yo escupía mis divertidos hechos de sexo de luciérnaga.

"Primero las abejas. ¡Ahora luciérnagas!," Dijo. "Sheila tiene razón. ¡Realmente eres una entomóloga!"

A la mitad de mi monólogo, justo cuando estaba llegando a la parte jugosa sobre la gran mujer mala que se comía al pobre pequeño, me di cuenta de que estábamos tomados de la mano nuevamente.

Yo. Sentada en un muro de piedra, luciérnagas destellando, tomada de la mano con un chico. ¿Qué pasaba con eso?

Realmente sentí que tenía trece años. El apretón de sus dedos estaba enviando temblores de terremoto arriba y abajo de mi columna vertebral. Un 8.7 en la escala de Richter. Quizás incluso un 9.1. Me sentí como la luciérnaga hembra sentada en la hierba, observando a mi chico (misma especie) su destello. ¿Quién sabía cuan excitado podrías estar con solo tomarse de las manos?

¿Qué estaba pasando conmigo? El cerebro me estaba suplicando, *suéltalo, quédate con el plan, niña*—pero la mano era como, *Yo, hermana, solo intenta detenerme.* Era como si estuviera desconectada del resto de mi cuerpo. Un motín. Una rebelión de cinco dedos.

"¿Estás bien?," Preguntó Derek.

"Depende a quién le preguntes," le dije.

♥

"Finalmente!" Dijo Jonathan. "¡Te he estado buscando por todas partes!"

Había dejado a Derek para hacer pis y acababa de salir del baño, y allí estaba él: Jonathan. Sin Sheila. Me emboscó en la cocina.

"¡Me muero por mostrarte algo!," Dijo, tomando mi mano.

¡No! ¡No otra tomada de mano!

Jonathan me guió a través de la sala de estar y cruzó el pasillo hasta la habitación de Peter. Se sentó a un lado de la cama.

Dios mío, pensé. *Aquí vamos, aquí es donde comienza la rareza.*

¡No podía *creer* que él realmente tuviera las bolas para llevarme a la habitación de Peter el Porno! ¡Qué asco! ¡Asco con A mayúscula! Levanté mis zapatos para ver si se estaban pegando al piso.

"¡Mira!," Dijo Jonathan, cambiando de posición en la cama.

¡Oh Dios mío! ¿Ver qué? Por favor, no me digas que este sería el momento en que los pantalones se desabrochan.

"¡Jonathan!" ¡Dije, preparándome para otro *Tennōheika Bonsái*! "Necesitamos hablar."

"Espera," dijo. "Déjame mostrarte esto primero."

Antes de que pudiera detenerlo, Jonathan buscó detrás de la cama de Peter y abrió lo que parecía una pequeña puerta, miniatura a medio camino de la pared.

Abrí la boca sorprendida.

"¿Qué demonios es eso?"

"Paja," dijo Jonathan. "Esta casa está aislada con paquetes de paja. Esa pequeña y dulce puerta en la pared es para que puedas ver el interior. ¿Es esto increíble o qué?"

"¿Paja? ¿Como la casa de los tres cerditos?"

"Bueno, como la primera, en fin. Es totalmente renovable. Totalmente sostenible. ¿Tienes alguna idea de cuál es el valor R de la paja?

"¿Tengo alguna idea de qué es un valor R?," Pregunté.

"Valor R. Resistencia al flujo de calor. Ya sabes, qué tan bien una casa mantiene el calor. Cuanto mejor es el aislamiento, mayor es el valor R, lo que significa menos combustible fósil para calentar la casa. Los paquetes de paja son como un R-30."

"¡Increíble!," Dije, sin tener idea de si eso era increíblemente bueno o simplemente increíble, pero tan increíblemente aliviada de que su pito todavía estuviera en sus pantalones, que me pareció increíblemente entusiasta. "¿Eso es como, baya alta?"

"¿Qué?"

"Paja. Baya. ¿Entiendes? No importa. Chiste malo."

"Si fuera el arándano, mi favorito, no quedaría nada. Me lo hubiera comido todo. Como sea, se pone aún mejor. ¿Sabes qué es el ático?"

"Por supuesto que sé lo que es un ático."

"Quiero decir, ¿sabes cuál es el valor R del ático de Peter?"

"Ni idea."

"¡70! ¡Un valor R de 70!"

"¡Tienes que estar bromeando!"

"¡Y hay más!," Dijo Jonathan.

"¡No!" Jadeé, mi voz se elevó un poco. "¿Más?"

"¡Échale un vistazo! ¡Cobertores de ventanas!" Evidentemente, Jonathan no entendía mi sarcasmo. Se inclinó y bajó una persiana aislante sobre la ventana del dormitorio. "¡Agregan un R-5 adicional a la ventana!"

"¡Jodidamente increíble!" Grité aún más fuerte, esta vez con una voz generalmente reservada para fingir orgasmos durante esas muy pocas veces que había dejado caer el sexteo en sexo telefónico.

"Si quieres un verdadero placer, podríamos subir las escaleras y echar un vistazo a la mini bomba de calor dividida." Jonathan intentó ponerse de pie, pero de alguna manera sus jeans quedaron atrapados en la colcha de la cama. Extendí la mano y agarré sus manos para ayudarlo a pararse.

En ese momento, por suerte, Derek entró.

"¡Oh!," Dijo suavemente, con su cara larga. "¿Interrumpo?"

"No yo dije."

"¡Sí!" Dijo Jonathan.

"¡Hey!," Dijo Sheila, caminando justo detrás de Derek, con otra cerveza en la mano. "¿De qué me perdí?"

♥

De alguna manera me las arreglé para salir de la extrema incomodidad del fiasco de la habitación, una vez más empeñé a Jonathan con Sheila, y ahora estaba de vuelta en el muro de piedra con Derek y las luciérnagas.

"No estábamos tomados de la mano con Jonathan," le dije. "Realmente no lo estábamos. Solo lo estaba ayudando a levantarse. Estábamos mirando los paquetes de paja en las paredes de la habitación de Peter. Tienen un valor R de, como, trescientos o algo. Quizás más. Bastante impresionante, ¿eh?"

Recuerda: sin teléfonos, sin verificación de hechos.

¿Por qué estaba tan a la defensiva? No tenia que explicarle nada. ¿Qué importancia tenía? Esta era mi vida. Podía ver los valores R en una habitación con quien quisiera.

"No te preocupes," dijo Derek, luciendo muy preocupado.

"Escucha," dije, tomando su mano con la mía. Tomé una respiración profunda. Había llegado el momento de hablar. DLR. Definir la relación. No es que haya que tener en cuenta, ninguna relación para definir.

"No quiero que tengas una impresión equivocada, Derek. Me gustas. Realmente. En realidad es bastante extraño cuánto me gustas. Pero eso no viene al caso. Aquí está el problema. Solo estoy en el oeste de Massachusetts por un par de meses. Menos que eso, en realidad. Solo el tiempo suficiente para ayudar a poner en orden la casa y el jardín de mis abuelos. Ya te lo dije, ¿recuerdas? y estoy tratando de arreglar mi actuación y . . . ya sabes . . ."

"B.U." dijo Derek.

"¿Qué?" Hice un rápido olfateo debajo de mis axilas. Recordaba claramente haber hecho espuma con una dosis liberal de mi desodorante antitranspirante Teen Spirit Pink Crush ("¡Cuanto más juegas, más duro funciona!") Antes de llegar a la reunión. ¿Me había puesto tan nerviosa y molesta que ya no funcionaba? No podía oler nada.

"No creo que sea yo," le dije.

Derek se río.

"No" P.U. "B.U. Universidad de Boston. Fui aceptado allí. Ahí es donde iré a la universidad en el otoño."

"Wow," le dije. "Felicidades. Esa es una gran escuela."

"Gracias. Me estoy mentalizando. Miedo de mierda, pero todavía mentalizado. Como sea, está adentro, ya sabes, Boston."

"¿En serio?" Arqueé mis cejas. "¿Quien sabe? Supuse que la Universidad de Boston estaba en Seattle o Salt Lake City, o tal vez en algún lugar de África."

Derek se río de nuevo.

"Solo digo que, a fines de agosto, iré a la escuela en Boston. Y tú, ya sabes, volverás a la escuela en Boston."

"¡Por favor!" Apreté su mano y gemí. "No me lo recuerdes."

"¿Estás saliendo de una mala relación?," Preguntó Derek, sus dedos masajeando suavemente los míos. "¿Es eso?"

Ahí estaba mi maldita mano otra vez. Masajeando sus dedos también. "Bien . . ." Hice una pausa y me mordí el labio. "Depende de cómo se defina una relación. Aparte de ese desastre fuera de línea del que ya te hablé, nunca he estado en una EP. Y con eso, apenas tuve lo suficiente como para largarme. Y gracias a Dios que lo hice. Me limpié la frente teatralmente.

"¿EP?" Preguntó Derek, luciendo confundido.

"En persona."

"Oh. Lo entiendo. Entonces . . . ¿Nunca has estado en una relación *real*?"

¡Torpe!

"Como dije, depende de tu definición de relación." Respiré profundamente. "En línea, he tenido toneladas. Y tienes toda la razón: las mías han sido malas. Accidentes serios con el coche y abrazos. Catástrofes totales."

Por alguna razón me encontré sonriendo. Fue un poco extraño lo alegre que hice que todo el espectáculo de mierda sonara.

"Entonces, ¿qué es esto?," Preguntó Derek.

"¿Que es que?"

"Esto." Él suavemente apretó mi mano.

De mala gana, solté su mano.

"Escucha," le dije. "Estoy teniendo un momento bastante difícil aquí, y no lo estás haciendo exactamente más fácil."

"¿Es eso algo bueno o malo?," Preguntó, mirándome fijamente.

"Es solo que . . . cuando estoy con Udder y Gramps no puedo conectarme para hacer lo *mío*. ¿Tienes idea de lo increíblemente difícil que es para mí?"

"En realidad," dijo Derek. "Creo que si."

"Oh sí, claro." Puse los ojos en blanco. "Recordando a tu abuela y todo el viaje al caribe."

"Gracias por recordarme."

"Lo siento. Pero volviendo a mí. ¿Sabes lo increíblemente cerca que estoy de cien mil puntos en *Pasión*?"

"¿Puntos en pasión?," Preguntó Derek, arqueando las cejas cómicamente.

"Sí. Es mi sitio de citas. Cuantas más veces deslizo, más puntos obtengo. Los canjeo por descuentos en todo tipo de cosas increíbles en línea. Estoy, como, *obsesionada* con la acumulación de ellos. ¿Cómo crees que conseguí estos zapatos?" Levanté mis pies y los moví para que los examinara.

"Wow," dijo, dando un tirón a los cordones. "Hay un dote de marketing en ti."

"Es mejor que lo crees. Pero en serio, ¿cómo se supone que debo obtener otro par si no puedo hacer lo mío en línea? Y como sea, algo así como . . ."

"¿Algo así?"

"No estoy segura."

"¿Segura de qué? ¿En línea? ¿Conseguir más puntos? ¿Comprar zapatos?"

"Voy a seguir haciéndolo."

"¿Pero pensé que nunca lo habías hecho?," Preguntó.

Una vez más puse los ojos en blanco. "¿Fuera de línea? No. ¿Pero en línea? Esa es una historia diferente. Escucha Derek, realmente no sé qué está pasando conmigo en este momento. Quiero decir, he estado totalmente encerrada en esta cosa de la realidad virtual desde que tengo memoria, incluso si no es virtuoso o, para el caso, hasta real. Una vez más, agarré su mano, le di un apretón, y la solté rápidamente. "Estoy totalmente confundida acerca de todo este asunto."

"Tú y yo," dijo Derek.

"Como ya dije, en línea es lo mío. Es quien soy. Es lo que hago. Es…" Di otro suspiro teatral. ". . . Mucho más fácil. Cuando se trata de relaciones, en línea hay tantos peces en el mar. Tantos tipos nadando en ese grupo infinito de posibilidades."

"Sí, pero ¿no son la mayoría de ellos tiburones, mantarrayas o pirañas?"

"Por supuesto que lo son. Es por eso que, cada vez que estoy en línea con un chico, no puedo evitar pensar en que seguramente habrá uno mejor por ahí, esperando que me conecte. Soy como una chica de atrapar y liberar, una conexión en línea tras otra. Y lo mejor de esto es que nadie sale herido."

"Sí. Verdad. Intenta decírselo a los nadadores."

"No tengo que hacerlo. Estoy en línea, ¿recuerdas?"

"Pero una vez más, no estamos en línea *ahora*, ¿verdad? Esta es una caldera de pescado completamente diferente."

"Tal vez," balbuceé, una vez más tomando su mano con la mía. "Pero independientemente, solo estoy pensando que necesito presionar el botón de pausa en todo esto fuera de línea. Y volver a hacer lo que mejor hago."

"Pero eso no tiene ningún sentido para mí." Con su mano libre, Derek estaba jugueteando con su cabello, retorciéndolo de una manera y luego retorciéndolo de otra. No podía quitarle los ojos de encima. "Quiero decir, ¿por qué apagar *fuera de línea* si nunca has estado *en* ese modo, para empezar?"

"Derek," le dije. "No entendí una sola palabra que acabas de decir. Pero escúchame: ¿y si realmente *soy* una adicta a Internet? Quiero decir, sé totalmente que no lo soy."

"Por supuesto que no," dijo Derek. Pude verlo tratando de ocultar una sonrisa.

"Es estúpido incluso especular sobre algo tan ridículo."

"Totalmente ridículo."

Lo golpeé en el pecho. "Deja de ser tan sarcástico. Pero digamos, hipotéticamente hablando, ¿y si lo fuera? ¿Qué sucede si tengo TAP, trastorno adictivo de la personalidad, junto con todas mis otras siglas jodidas? Y luego, entiende esto, ¿qué pasa si de repente cambié una adicción por otra? Relaciones en línea por, fuera de línea? En serio—¿qué tan malo sería eso?"

"Vamos, Meagan. No seas extremista, ¿no te parece? ¿Cómo puede ser una relación fuera de línea una adicción?"

"Derek, estuve tan cerca de hacerlo con un tipo, con el que solo me había enviado mensajes algunas veces y no me importo una mierda. ¿Qué tan loco es eso? Una *zorra* en línea "(me encogí ante la palabra)" es una cosa—¿pero fuera de línea? Eso es algo completamente diferente. ¿Y quieres saber qué es lo qué hace que todo sea aún más complicado?"

"¿Es eso posible?," Preguntó Derek.

"Por desgracia sí. Soy buena en red, Derek. Realmente buena. Al menos cuando se trata de . . . ya sabes . . . ciertas cosas. Me retorcí en mi asiento. "Quiero decir, es un arte y, no es por presumir, pero soy una maestra en eso. De verdad. Soy como el Vincent van Gogh de la red."

"¿Van Gogh? ¿No es ese el tipo que se volvió loco y se cortó la oreja?"

Le golpeé suavemente a Derek la oreja. "Mi punto es este: ¿cómo sé si sería buena fuera de la red? ¿Qué tan aterrador es eso? ¿Qué pasa si realmente apesto?"

¡Ay! Elección incorrecta de palabras.

Derek me dio otro apretón en la mano. "Bueno," dijo, con esos grandes ojos marrones, cada vez más grandes, "solo hay una forma de averiguarlo, ¿no es así?"

Estuvimos en silencio por un momento, tomados de la mano, una vez más viendo a las luciérnagas hacer lo suyo. Encendido y apagado, y encendido de nuevo.

Sabía que debía soltar la mano de Derek. Esta cosa de apretar de un lado a otro estaba enviando, por decir algo, un M & M. Probablemente pensó que era una *mujer fatal*, una luciérnaga depredadora que emitía la señal de señuelo difícil, esperando a saltar y devorarlo para la cena. No es un ataque sensual, erótico, juguetón, sino una orgía caníbal de sangre y tripas, que lo dejaría marchito y perdido en el camino.

Sostener su mano era así . . . encantador. Incluso en medio de una conversación tan enormemente incómoda, su mano era tan cálida y relajante. Simplemente no podía dejarlo ir.

"Sabes," dijo Derek finalmente, "para alguien que supuestamente ha perdido el arte de la conversación espontánea, eres muy buena."

Esta vez tomé sus dos manos en las mías. "Sabes," le dije, mirándolo directamente a los ojos. "Para alguien que ha estado escondido en su sótano memorizando promedios de bateo durante los últimos dos años, eres muy bueno."

♥

"¿Qué estás haciendo?," Le pregunté a Sheila, agarrando nerviosamente su teléfono. Estábamos paradas al otro lado del muro de piedra, escondidas de la multitud, solas por primera vez. Derek se había ido a buscar otra ronda de bebidas, sin alcohol. A diferencia de Sheila, no había forma de que dejara que mi juicio se nublara por el alcohol. Mis pensamientos ya estaban lo suficientemente confusos. "¡Guarda tu teléfono, por el amor de Dios! ¿Y si alguien nos ve?"

"¡Relájate!," Dijo Sheila, enviando mensajes de texto. "Soy un invitado, no un miembro, entonces, ¿a quién le importa? De cualquier manera, nadie puede vernos. Están demasiado ocupados hablando de sus increíbles vidas sin teléfonos como para preocuparse. Solo déjame volver a este tipo que me está atacando. Parece ardiente."

"Sheila! Lo digo en serio. Guardarlo. ¡Ahora!"

Agarré su celular y lo metí en su bolso.

¡Mierda, Meg! ¿Qué pasa contigo? ¿No me digas que estos locos te tienen bajo su hechizo malvado?

"*Shhh*! ¡No grites!"

Sheila se echó a reír. "¡Oh Dios mío! No puedo creer esto." Hizo la señal de la cruz y se alejó de mí. "¡Mantente alejada de mí! ¿Mira si es contagioso?"

"¡Basta, Sheila!"

"No. *Tú* detente. Nunca he visto algo así, Meg. Los nomofóbicos son lo suficientemente malos, pero estas personas se han vuelto fanáticas por la ecología. Esto es lo que no puedo entender: ¿por qué alguien renunciaría a la mierda de los mensajes y luego le importaría la mierda de cabra? No lo entiendo. El hecho de que el tabaco y la cebada sean cultivos no significa que fumadores y bebedores en recuperación se vuelvan contra la agricultura, por el amor de Dios. Es como tirar al bebé de la cabra por el inodoro. Pero solo mira a estas personas. Estoy como, ¿qué demonios? ¿Dónde está la conexión?"

"Tal vez deberías preguntarle a Jonathan."

"Créeme, lo intenté. Él fue, la Tierra primero sobre todo lo raro que hay en mí. Evidentemente, han estado invitando a estos radicales revoltosos anti-tecnológicos a sus reuniones de NA y ahora, les han lavado el cerebro por completo. Por el amor de Dios, es 2018 y están actuando como si fuera 1811 nuevamente. El regreso de los luditas. Suena como una de esas horriblemente malas películas de Netflix. Yo tonta—y pensé que *el héroe de Nottinghamshire* era lo suficientemente desafortunado. ¿Pero esto? Esto es mucho más que ridículo. ¡Nunca había escuchado tanta mierda políticamente correcta en toda mi vida! Es como si a estos nomofóbicos anónimos se les estrujara la materia gris."

"Nomofóbicos Anónimos. Están bastante desinhibidos al respecto, fuera de todo eso."

"Bueno, deberían volver a entrar, cerrar la puerta y tirar la llave. Han elevado a los locos a un nivel demente. Se tragaron los extremos del nomofóbismo, el ludismo y el ecologismo, y luego vomitaron una bestia completamente nueva. Enviro-Lud-cojones o algo así. Tal vez sea algo del oeste de Massachusetts, porque no puedo imaginar que algo de esto pase en Boston."

Miré a mi alrededor con ansiedad para ver si alguien podía escucharnos. "Me imagino que lo llaman un poco diferente a 'mierda'," le dije.

"Bueno, yo lo llamo *locura*, solo que es una palabra demasiado débil."

"Bueno. Lo entiendo. Tienes tu punto de vista. Puedes parar ahora." Por alguna extraña razón empecé a sentirme un poco a la defensiva sobre todo el asunto NA / Ludita.

"¿Sabes que algunos de ellos realmente cuelgan su ropa para que se seque?," Continuó Sheila. Una vez que empezaba a despotricar, ya no podía frenarla. ¿Puedes creerlo? "¿'Retiran la secadora' porque usa demasiada energía?"

"¡Estoy haciendo eso por Udder y Gramps!"

"Exactamente, mi punto. El lavado de cerebro y el secado de la ropa ya ha comenzado. ¡Me sorprende que incluso laven su ropa para empezar! Y escucha esto. Acaba de empezar mi período, ¿bien? Y maldita sea me quede sin tampones. No puedo encontrarte en ningún lado, así que le pido a una chica al azar y, ¡oh Dios mío, ella se va por las nubes! Ella es como, '¿Tampones? ¿De verdad?' Y yo digo, 'Uh, bueno, en eso estoy sangrando por todas partes, supuse que lo estaba,' y ella dice, 'Chica, tienes que usar algo mejor que eso. Piensa en la cantidad de espacio en los vertederos que ocupan los tampones.' 'Um, prefiero no pensar,' le digo. Esto solo la hace enfadar aún más. '¿Cuántos tampones usas en un año?,' Me pregunta. Entiendes, en serio, aquí hay una chica que no conozco y me pregunta cuántos malditos tampones uso en un año. ¿Puedes creer esta mierda? Como sea, yo estaba pensando, 'Uh, no cuento exactamente,' y ella dice, 'Apuesto a que no. Digamos que usas veinte por ciclo. Eso sería doscientos cuarenta en un año. ¡Doscientos cuarenta! Piensa en el impacto ambiental de eso. Piensa en el desperdicio de recursos. ¿Cómo puedes justificar el uso de tampones?.' ¿En serio? Todo lo que quiero es un maldito tampón y ella esta haciendo que sea un crimen contra la humanidad. Y, espera, se vuelve aún más demente. Ella mete la mano en su bolso y saca esa cosita de la copa menstrual."

"¿Qué es eso?"

"Exactamente. 'Pones esta taza dentro de ti y atrapa tu flujo,' me dice la chica. 'Luego lo tiras y la reutilizas. No secará ni alterará el entorno natural de la vagina. Y es mucho mejor para la Tierra.'"

Sheila estaba usando su voz de perra burlona y monótona. Empezaba a molestarme.

Pero ella no había terminado. "Todo lo que quería era un maldito tampón y en su lugar recibo una conferencia de tres horas sobre la salud menstrual y la salvación del planeta. Te digo, Meg, estas personas están más allá de la locura."

Sheila se había convertido en un frenesí y su voz se había vuelto demasiado fuerte, algo que sucedía cada vez que bebía. Una vez más, miré nerviosamente sobre el muro de piedra para ver si alguien nos estaba mirando.

"*Shhh*," la intente callar de nuevo.

Sheila me ignoró. "Y la mierda no termina ahí. Un tipo que hablaba pestes con este otro tipo, porque trajo sus hamburguesas de tofu a la cena en una bolsa de plástico. '¡El plástico es malo, hombre!,' Comienzo a gritar. '¡Hay que prohibir las bolsas! ¡Hay que prohibir las bolsas!' Pensé que iban a comenzar a golpearse, por el amor de Dios. Quiero decir, lo está comentando y al mismo tiempo lo está exagerando. Incluso les cuesta reciclar. 'Si no puedes reutilizarlo, no lo uses,' me dijo una chica. Son como la GESTAPO verde. Dan miedo."

Sheila termino lo último de la cerveza en su botella, eructó tres veces y continuó criticando. "¿Viste lo que tiene puesto un tipo? Epifitas. Estaban pegadas a su camisa.

"Epi-qué?"

"Ya sabes, esas pequeñas plantas de aire. Su camisa estaba cubierta con ellas. 'Respiro su oxígeno,' él me dice, de manera súper espeluznante, la Nueva Era. 'Y ellas respiran mi dióxido de carbono. Nuestra relación es de amor y respeto mutuo. Somos simbiontes.' ¿En serio? ¿Certificado en delirante o qué?

"¿Qué hiciste? ¿Sugeriste que se pegue plantas de calabacín y pepino en su lugar?"

"Puede que lo haya hecho." Sheila dejó su botella y puso su mano sobre mi brazo. "Por cierto, espero que hayas estado de acuerdo con el tema de auto placer. De hecho, pensé que estaba bastante inspirada."

"¿Me estás tomando el pelo?" Yo bruscamente aparté su mano de mí. "No, no estoy de acuerdo. ¿En que estabas pensando? Nunca había estado tan avergonzada en mi vida. Estoy enojada contigo, Sheila. Realmente enojada. Eso no fue *nada* gracioso."

"No estaba destinado a ser gracioso. Estaba destinado a ahuyentar a los perros babeantes. Lo cual, por lo que claramente parece, no lo estás haciendo."

"¿De qué estás hablando?," Le pregunté.

"No te hagas la tonto conmigo, niñita. ¡Y no creas que no te vi.!"

"¿No me viste qué?"

¿Tomada de la mano con Derek? ¿Y *después* tomada de la mano con Jonathan? ¿En qué estabas pensando?"

"No estábamos tomados de la mano con Jonathan," le dije, evitando sus ojos. "Y con Derek solo . . ."

"Meg! ¡Ya no tenemos trece años, aunque sin duda estás actuando como si los tuvieras!"

"Bueno. Que hayamos estados tomados de la mano con Derek. No significa nada."

"Sí, claro." Sheila tiro la cabeza hacia atrás y se echó a reír. "¡Felicidades, Meg!"

"¿Felicidades?"

"Acabas de dar el gran salto del Trastorno de la Relación en Línea, al Trastorno de la Relación General. Una categoría mucho más jodida. Debes estar muy orgullosa."

"¿Por qué todos me siguen diciendo esto? Dios, Sheila, suenas igual que mis abuelos."

Sheila me agarró por los hombros y me miró directamente. "Escúchame, Meg. ¿Por qué estoy aquí? ¿Eh? Dime. ¿Por qué?"

"Um . . . quieres decir, como, ¿en sentido cósmico? Como, ¿cuál es nuestro propósito en la vida y esa clase de cosas?"

¡Jesús, Meagan, para! ¿Vine desde Boston para escuchar cómo dos tipos comparan bombillas fluorescentes compactas versus bombillas LED? ¿Entonces podría sentarme en una diatriba interminable sobre los males del agua embotellada? ¡En serio! ¿Para eso vine?

Evité sus ojos y en su lugar escogí el esmalte de uñas púrpura en mi pulgar.

"No lo creo. Sabes por qué estoy aquí. Es para sacarte de este lío, fuera de línea, en el que de alguna manera has logrado meterte." Sheila trató de agarrar mi mano pero volví a apartar la suya.

"Entonces, estoy confundida," dijo, sin dejar de lado esto. "¿Cómo encaja exactamente darte la mano con Derek y Jonathan en una imagen?"

"¡Te lo dije!" Pude escuchar el tono defensivo y malhumorado en mi voz. "No estábamos tomados de la mano con Jonathan. ¿Y con Derek? ¡Somos *amigos*, por el amor de Dios!" Toda esta conversación se acercaba a un 9.7 en la escala de lo estúpido. Quizás incluso un 9.8. "Los amigos se toman de la mano. Es como . . . la gente lo hace por aquí."

"¿Te refieres a estos clínicamente dementes Lud-chiflados, ecologistas, verdes-necios, sin-textos, con locura sin sentido, lo hacen?," Sheila resopló. "No quiero ser extremista, pero si *tú* estuvieras enviando mensajes de texto, nada de esto habría pasado."

Resoplé de vuelta hacia ella.

"Piénsalo," dijo Sheila, agarrando mis manos y sosteniéndolas con fuerza entre las suyas para que no pudiera liberarme.

¿Qué pasaba con esa necesidad incesante de la gente que me agarraba de las manos?

Ella fijó sus ojos en los míos. "No puedes enviar mensajes de la forma en que se supone que deberías hacerlo y tomarte de las manos al mismo tiempo, ¿verdad?. No. No puedes. Si tuvieras tu teléfono, no estarías en este lío ahora, ¿verdad?. Tal vez esa es la razón por la que te estás tomando de la mano con él, en primer lugar. Es como un sustituto de tu teléfono. Simplemente algo que hacer con esas dos cosas unidas a tus muñecas. Es como un chupete en lugar de un pezón. Y un sustituto bastante pobre, si me preguntas.

"Mira," continuó Sheila, "creo que he avanzado mucho en Jonathan. Dame un poco más de tiempo y amara mi cabeza. ¡Pero no funcionará, si sigues tomándote de la mano con él en la habitación de un adicto al porno!"

"¡No estábamos tomados de la mano!"

Derek regresó, con las bebidas. Se congeló en su lugar, mirando con los ojos muy abiertos a Sheila y a mí tomadas de la mano.

"Hey," dijo, sus ojos yendo y viniendo entre nosotras.

"Hola," respondimos las dos. Dejé caer las manos de Sheila y me senté sobre las mías.

Sheila se levantó y le dio a Derek un beso en la mejilla. "Necesito ir a ver la parrilla. Se rumorea que alguien trajo Cucarachas Silbantes de Madagascar para comer. ¡Insectos criados en granjas! Woohoo! ¡No es que esté a favor o en contra de los carnívoros pero, ya sabes, voy a comer insectos en vez de carne de res, *cualquier* día!"

Observé a Derek mientras miraba a Sheila dar una sacudida final, menear y guiñar un ojo, y se dirigió hacia la casa.

"Te he dicho que tu amiga es . . ."

"¡Lo has dicho!," Dije, una vez más tocando su mano.

La fiesta de la comida estaba en pleno apogeo, pero no podía dejar el muro de piedra con Derek.

"He estado pensando en lo que me dijiste," dijo, entregándome lo que sospechosamente parecía un insecto asado en un moño. Lo puse cuidadosamente en la pared, le puse solemnemente una servilleta sobre su cuerpo carbonizado y lo empujé lo más lejos posible.

De acuerdo, pensé. *Esto es todo*. El final de la relación, o como demonios se llame este desastre. Sheila se había ocupado de Jonathan y ahora Derek me iba a rescatar.

¡Huzzah y hurra!

Pero espera un minuto. Si todos mis problemas iban a terminar pronto, ¿por qué demonios me sentía tan desanimada de repente? ¿Por qué estaba teniendo problemas para recuperar el aliento?

Solté su mano y agarré ansiosamente la mía.

"¿Qué te dije?," Pregunté, tratando de no dejar que el pánico se apoderara de mi voz.

"Los chicos sin fin nadando en la piscina de posibilidades," respondió. "¿Alguna vez has oído hablar de ese estudio que hicieron con muestras de mermelada en un supermercado?"

"¿Qué?" Era un poco confuso, qué tenia que ver la mermelada con la natación.

"Lo leí en línea. Los investigadores instalaron una mesa en un supermercado con una docena de muestras de mermelada. Los compradores pueden pasar y probarlos gratis, y luego, comprar el que más les haya gustado. Muchas personas se detuvieron y tomaron muestras, pero casi nadie compró."

"Fresa," le dije.

"¿Fresa?"

"Sí. Ese es mi favorito. O arándanos. También me gusta mucho."

"Bueno saber. Recordaré eso. Como sea, las mismas personas que hicieron el estudio salieron unos días después y prepararon otra mesa, esta vez con solo media docena de muestras de mermelada, una cuarta parte de la mesa anterior. Muchas menos personas se *detuvieron*, pero muchas más *compraron.*"

Bueno . . . Entonces, ¿por qué exactamente Derek me decía esto? La historia estaba saliendo del campo izquierdo y parecía no tener absolutamente ninguna relación, con las relaciones.

"¿Me estoy perdiendo de algo?" Pregunté, perpleja. "Quiero decir, ¿hay algo moral en esta historia?"

"Demasiadas opciones pueden provocar parálisis. Menos, a veces es mas."

Nuevamente, nos sentamos en silencio. No era un silencio incómodo. No es un *oh Dios mío. No puedo pensar en nada que decir,* que silencio. Es solo un agradable y reconfortante silencio.

"Estoy un poco confundida," dije finalmente. "¿Estás sugiriendo que debería dejar de tomar muestras y simplemente comprar?"

Una vez más, Derek tomó mi mano en la suya y me dio otro apretón. Él dejó la pregunta sin respuesta.

Solo déjalo ir, me dije otra vez. *Solo hazlo ahora. No prolongues el problema.*

"¿Qué hay de ti?" Le pregunté.

"¿Qué quieres decir?"

"¿Estás buscando una muestra o estás interesado en comprar?"

Oh Dios mío, me grité en silencio. ¡Cállate! Si esa no era una línea de entrada, entonces nada lo era.

"Depende del sabor," respondió Derek. Extendió su mano libre y apartó suavemente la luciérnaga que ahora se había trasladado a mi camisa y estaba parpadeando como loca. Tal como yo.

El temblor dentro mío aumentó. Me estaba acercando a un 9.7.

"¿Tienes un sabor favorito?," Le pregunté.

"Fresa," dijo, mirándome y sonriendo. "Definitivamente fresa. ¡Me gustaría caminar a casa con algo de eso en un minuto!"

Si esa era su idea de una línea de salida, entonces . . .

♥

Después de la comida, Jonathan nos llevó a los tres a casa. Usé la excusa de ayudar a Sheila, totalmente destrozada, a regresar a la casa como una forma (ciertamente, una forma incómoda) de deshacerse de los dos tipos.

Evitar. Mi *modus operandi*. Cuando te enfrentes con dificultades, huye.

Acababa de ponerme el pijama y me estaba preparando para la cama cuando Sheila se tambaleó hacia la ventana del dormitorio para cerrar las cortinas. "Uh oh," arrastraba las palabras. "Echa un vistazo afuera."

Me uní a ella en la ventana. Allí estaba Derek, apoyado contra la cerca del jardín, mirando hacia la huerta.

"Oh, Dios mío," le dije. "Ese todavía está aquí. ¿Qué se supone que debo hacer ahora?"

"¿Qué quieres hacer?," Preguntó Sheila.

Me puse los pantalones de chándal y la camiseta, y salí para unirme a él junto a la valla.

♥

No dijimos una palabra. Una luna llena estaba saliendo del extremo este de la huerta de manzanos, y el cielo nocturno estaba iluminado, una vez más, por innumerables luciérnagas. Simplemente nos paramos junto a la cerca y miramos.

"Todavía estás aquí," finalmente dije. Intentaba desesperadamente enojarme con él. Era un hijo de su madre tan persistente, y estaba jugando totalmente con el plan.

"Las luciérnagas," dijo Derek. "Me preguntaba sobre las luciérnagas."

"¿Qué te intriga?," Pregunté.

"Me preguntaba que tan triste que debe ser, si fuera uno de los machos que parpadeaba y veía a la hembra equivocada que me devolvía el flash, solo que no lo sabía. ¡Sería como, sí! ¡Voy a sacar a esté del juego! ¡Es tiempo de jonrón! Y luego, antes de que supieras lo que te golpeó, ¡BAM! Eres la cena. Se termino, podía manejar la situación. Lo he hecho muchas veces. Pero ¿ser la cena? Ouch."

¿Quién sabía que todo este asunto de la luciérnaga cobraría vida propia? Pensé en mi conversación con Gramps sobre las luciérnagas. Sobre mí, emitiendo el flash equivocado. Sobre mi patrón de vuelo jodido.

Pobre Derek. Podía verlo sin palabras, desvaneciéndose su cuerpo, prácticamente iluminado—Tuve que girar mi cabeza al otro lado, era tan segadoramente brillante.

Traté de ponerme en sus zapatos, o más bien en sus alas. Probablemente estaba perplejo como el infierno, preguntándose, si estaba interactuando con su propia especie.

"¿Qué hacen las abejas por la noche?," Preguntó, buscando, como yo, pasar a temas más seguros.

"Pasar el rato," le dije. "Justo como nosotros. ¿Quieres ir a ver?"

Tomados de la mano, caminamos a las colmenas. La cálida y húmeda noche había provocado a las abejas a salir. A la luz de la luna, podíamos ver a miles de ellas desbordándose sobre la madera, abrazadas, abanicando furiosamente, tratando metódicamente de enfriar su colmena, batiendo sus alas y moviendo el aire.

"Cuidado con la cerca eléctrica," le dije. "Dos veces no sería agradable."

"Créeme, todavía estoy en estado de shock," respondió.

Nos sentamos y miramos a las abejas.

"Vaya, simplemente no dejan de trabajar, ¿verdad?," Dijo Derek.

"Quieres decir que las *chicas* no dejan de trabajar. Recuerda que los *muchachos*—

"Lo sé, lo sé. Son un montón de vagabundos, vagos y buenos para nada. Recibí el mensaje fuerte y claro."

Me reí.

"¿Puedo preguntarte algo personal?" Derek me miró. Seguíamos tomados de la mano. "No tienes que responder si no quieres."

"¿Tiene que ver con las luciérnagas que caen sobre los machos? ¿O penes de zángano que explotan en el aire?"

Derek se echó a reír, hizo un pequeño movimiento de sacudidas con todo su cuerpo. Simplemente se estremeció en su lugar por un momento. Un pequeño, pintoresco y lindo estremecimiento. Y todo el tiempo que se rió, continuó desvaneciéndose. Ríete y destella. Destella y ríe. Una y otra y otra vez.

"¿Pensé que dijiste que esas cosas estaban fuera de los límites?," Preguntó.

"Tienes razón, lo hice. Entonces, siempre y cuando no tenga que ver con eso, o, para el caso, con pepinos y calabacines, adelante. Flash, quiero decir, pregunta lo que quieras."

"Digamos, hipotéticamente hablando, que estabas de compras en un mercado."

"Bueno."

"Tienes la canasta colgada en el brazo y ya has elegido tu pan integral y tu mantequilla de maní orgánica, y ahora lo único que te queda por comprar para ese almuerzo de picnic perfecto, es—"

"¿Cucarachas silbantes de Madagascar?"

"Cerca. Pero vamos con mermelada en su lugar. Así que vete al pasillo de mermelada—"

"¿Hay tal cosa?"

"En este mercado, sí. Pero espera un minuto. ¡Oh no! ¡Atención y doble atención! Por alguna extraña e insondable razón, solo hay dos tipos de sabores."

"¡Que tragedia!"

"Exactamente. Sólo dos. Fresa y arándano."

Aplaudí con mis manos juntas. "Oooh la la! ¡Suerte la mía! Mis dos favoritos.

"Pero espera un minuto. Hay una trampa."

"¡Oh, no!" Hice mi mejor cara de ceño fruncido. "¿Por qué siempre tiene que haber una trampa?"

"Porque entonces mi hipotético dilema no tendría absolutamente ningún sentido. Lo cual de todos modos, no, así que solo seguime la corriente con esto. ¿Bueno?"

"Entendido," dije, tomando su mano de vuelta en la mía.

"Vas a ir de picnic con dos amigos y solo tienes suficiente dinero para comprar—"

"Déjame adivinar . . . un tarro de mermelada."

"Bingo. Y a uno de tus amigos le gusta la fresa, mientras que al otro tipo, quiero decir 'amigo,' le gusta de arándano."

"Hmmm . . . ¿Y quién podría este otro tipo, quiero decir 'amigo,' ser?" De repente me pareció muy claro a dónde iba Derek con todo esto. ¿Cómo pudo saber cuál era el sabor favorito de mermelada de Jonathan? ¿Fue algo que compartieron en una reunión de adictos a la tecnología, como un apretón de manos oculto o una señal secreta o algo así?

"Responde la pregunta," dijo Derek.

"Fresa o arándano. Tu elección."

Ya no estaba nadando en un sinfín de posibilidades. En cambio, estaba parada al lado de uno. Era hora de pescar. O cortar el cebo. O . . .

"Cariño," dije, mi cerebro zumbando de desconcierto, "Realmente tengo que volver a la casa y ver cómo está Sheila."

Tomados de la mano, volvimos a subir la colina.

Capítulo 18

"¡Hey!," Dije.

"¡Hey!," Respondió Jonathan.

Jonathan? ¡Oh Dios mío! ¿Qué estaba haciendo él aquí?

Era sábado por la mañana después de la comida, y acababa de llegar a la entrada de Udder y Gramps. Ahora estaba apoyado contra la cerca del jardín mirándome hacer mi ritual matutino—cosechar verduras, desherbar el jardín y exprimir las tripas de los escarabajos de frijol.

Coseche, deshierbe y exprima. Coseche, deshierbe y exprima. Fue todo un concierto.

Nerviosa por verlo, me puse de pie, pisoteé, aplaudí y me di la vuelta.

"¿Qué estás haciendo?" Preguntó Jonathan, luciendo bastante confundido. Ese parecía ser el efecto habitual que tenía en los chicos: enviarlos a un estado de profunda confusión.

Irrumpí con la canción de jardinería que Udder y Gramps me habían enseñado unos días antes:

La avena, los frijoles y la cebada crecen,
La avena, los frijoles y la cebada crecen,

¿Tú o yo o alguien sabe cómo crecen la avena, los frijoles y la cebada?

Aunque estaba haciendo el ridículo, tuve que admitir que mi voz era mucho mejor que la de Sheila.

Primero el granjero planta las semillas,
Se pone de pie y se relaja,
Golpea sus pies y aplaude,
Y se da vuelta para ver sus tierras.

Una vez más, pisoteé, aplaudí y di vueltas.

Jonathan parecía confundido.

"¿No conoces la canción del viejo niño?," Le pregunté. "Mis abuelos todavía la cantan. No es que cultiven avena y cebada, ¡pero hay un montón de frijoles aquí! De todas maneras . . . ¿Que demonios estas haciendo *tú* aquí?"

Me había puesto mi atuendo habitual de jardinería—una camiseta *TRUMP BASURA* ridículamente grande, cortesía de Gramps, y mis pantalones cortos azules de cintura baja, cortesía del departamento de Urban Outfitters. Sin zapatos ni sostén. Todavía era temprano en la mañana, pero el sol de julio había salido y mi camiseta estaba empapada de sudor, mis rodillas y muslos manchados de tierra.

"Um . . . ," Dijo Jonathan. "Quería disculparme por lo de anoche. Quiero decir, no siento que nos hayamos conectado de la manera que esperaba. Sabes, me gusta mucho tu amiga Sheila. Realmente me gusta. Pero ella es algo . . . No lo sé . . . entrometida. Todo fue un poco incómodo."

Oh Dios. Aquí vamos de nuevo. Flash, flash, flash.

"No te preocupes," le dije. "Estoy bastante acostumbrada. Ella me hace eso todo el tiempo. Nunca he conocido a un chico que ella no me haya quitado."

"¿En serio?"

"En realidad, no, no hablo en serio para nada. De hecho, la invité adrede anoche para que ella pudiera quitar tus pies de encima de mi y conquistarte. Así salvarte del trauma del amor no correspondido."

"¿En serio?" Jonathan preguntó de nuevo, luciendo aún más confundido que antes. Al igual que Derek, el pobre hombre no sabía que camino esperaba arriba.

Mi nueva habilidad para conversar espontáneamente estaba teniendo consecuencias imprevistas. Siendo tan nueva en esto, mi boca se engancharía por completo, antes de que mi cerebro tuviera tiempo de procesar la información entrante. Hablar sin texto significaba no editar antes de presionar el botón Enviar.

"¿Pepinos?" Le ofrecí, señalando mi canasta llena de ellos. "¿Calabacín? Tengo mucho más de lo que incluso *yo* puedo cargar."

La intención aquí no era hacer que Jonathan se retorciera. Realmente no lo era. Pero se retorció. Estaba mirando en todas las direcciones posibles, excepto a mi.

"Una caminata," finalmente logró decir.

"¿Una qué?"

"Una caminata. Iba a ir de excursión esta mañana. Intenté llamarte pero . . ."

"Zona libre de teléfonos." Señalé la señal que Gramps había puesto colgando en el jardín junto a Gandhi. Una imagen de un teléfono celular con un corte en él.

"¡Lindo!," Dijo Jonathan. "Como sea, me preguntaba si . . ."

"¿Una caminata?" Lo interrumpí. "¿Como subir una montaña o algo así?"

"¡Exactamente!," Dijo Jonathan, con una mirada de esperanza en su rostro.

"¡Oh Dios mío! A Sheila le encantaría eso. Ella está muy interesada en el senderismo. Creo que hizo una excursión por todo el sendero de los Apalaches en una semana el verano pasado."

"¿No tiene el sendero de los Apalaches, como, más de dos mil millas de largo?"

"Bueno. Puede haberle tomado dos semanas. No me acuerdo. Déjame ir a buscarla."

"Um . . . Realmente . . . Estaba pensando más en . . ."

"No te preocupes. Esta bien por mi con que vayas con ella. Realmente lo esta. Y de todos modos, no hay forma que pueda abandonar este jardín. Quiero decir, míralo. Cierras los ojos y el maldito calabacín crece otra pulgada. Si no los escogiera ahora, devorarían toda la casa. Son como el frijol de Jack, por el amor de Dios, solo que sin Jack y la calabaza por los frijoles mágicos. Y afortunadamente, hasta el momento no hay gigantes. Y aquí están las buenas noticias: ni siquiera tuvimos que cambiar una vaca por semillas."

Metí la mano debajo de las hojas de calabaza, le di un giro rápido y tiré, y levanté un calabacín de siete pulgadas para que lo mirara.

"Tamaño perfecto," le dije. "Me gustan jóvenes y tiernos."

Jonathan abrió la boca para hablar, pero no dijo nada.

"No te acerques demasiado. Pueden ser carnívoros, por lo que sé. Como sea, déjame ir a buscar a Sheila. Ella ha estado durmiendo desde anoche, pero estoy bastante segura de que ya ha salido de la cueva. Ella estará encantada."

♥

"¡Déjame en paz!" Gimió Sheila, alejándome. Agarró su almohada y una vez más la aseguró firmemente sobre su cabeza.

"¡Tienes que levantarte!" Grité, alejándola de la almohada y arrojándola por la habitación. "¡Ahora! ¡Vas a hacer una caminata!"

"¡Vete! Tengo resaca! ¡Vuelve mañana!"

"¡Arriba! Por el amor de Dios, Jonathan está aquí y te llevará a una caminata. La empujé hasta sentarse."

"No. Caminata. Sólo. Dormir. Sheila se recostó y se acurrucó en posición fetal."

"No hay descanso para los malvados. Vamos. ¡Apa-lalá! La volví a sentar."

"¿Una caminata?," Dijo aturdida, su voz todavía ronca de la fiesta de anoche. "¡Tienes que estar bromeando!"

"No. Jonathan está afuera esperando." Me sentí algo malvada empujando a Sheila con tanta fuerza sobre Jonathan, pero ese era el plan, ¿No es cierto? Y Sheila lo había comprado totalmente.

"¿Me invito a una caminata?"

"¡No! Él me invito a mi. Pero tú eres la que va. Vamos. Por favor. Tienes que vestirte. ¡Ahora!"

Una vez más, Sheila se recostó en la cama, pero la pellizqué con fuerza y volvió a sentarse.

"¡No! ¡No! Y no otra vez! *No* voy a ir a ninguna maldita caminata. Tengo demasiada resaca, ni siquiera quiero sentarme."

"Tienes que. Por favor. Por mi. Mejores amigas para siempre, ¿verdad? ¿Cuántas veces has dicho que recibirías una bala por mí? Bueno, el arma ya ha sido disparada. ¿Vas a saltar sobre mi o no?"

Sheila gimió. "¡No puedo creer que después de lo que les dije a esos tipos, todavía estén tan interesados en ti!"

"¿Les dijiste qué?"

"Bueno . . . ya sabes."

"¿Que soy gloriosa masturbándome y ludita?"

"Sí. Eso. Y la otra cosa."

"Oh Dios," dije, hurgando en su bolsa de lona buscando algo para que ella se pusiera. "¿Hay más?"

"Un poco."

"¿Un poco de qué?"

"Un poco si."

"¿Por qué creo que no quiero escuchar esto?"

"No es que sea malo ni nada."

"¡Habla entonces!"

"Creo haberles dicho que eres lesbiana," dijo Sheila, haciendo una mueca.

Le arrojé un par de pantalones cortos.

"¿Lesbiana? ¿En serio?"

"Quizás dije que eras bi. O género fluido. Fue al final de la fiesta y no puedo recordar exactamente a dónde iba con eso." Sheila se recostó y tuve que pellizcarla, esta vez aún más fuerte, para que volviera a levantarse.

"¡Oh Dios! Y le dijiste esto a . . . ?"

"Um . . . Por lo que recuerdo, había mucha gente en ese momento. Así que tal vez . . . ¿a todos?"

"¿Derek estaba allí?"

"Derek, Jonathan, Peter el porno, esa chica Karen, el tipo de cabra. Prácticamente toda la fiesta. Debes haber estado en el baño en ese momento."

"¡Sheila!"

"¿Qué? Amamos a las lesbianas. ¿Y no era eso lo que se suponía que debía hacer? ¿Haciéndote distante e inaccesible para los chicos? Y como sea, nada parece funcionar—¿verdad?"

"¡Tierra a Sheila! ¡Decir que soy gloriosa masturbándome y lesbiana ludita no es exactamente un desvío! Ellos son *chicos*, Sheila! *Chicos*! ¡De eso están hechas sus fantasías! Piensan con sus penes, ¿recuerdas?"

"Oh ya veo. ¿Y me estás diciendo que tomarse de la mano con toda la fiesta no fue *excitante*?"

"¡Derek no es toda la fiesta!"

"Derek, Jonathan, yo . . ."

"No estaba tomados de la mano con Jonathan. Y solo sostuve tu mano porque estabas demasiado borracha para llegar al auto sin mí. Ignoré toda la escena de la mano con ella junto a la pared de piedra.

Escuché un ruido, me asome a la ventana y miré hacia afuera, justo cuando otro auto se acercaba a la entrada.

"¡Mierda!," Dije. ¿Derek también está aquí? ¡Por el amor de Dios, Sheila! ¿Qué has hecho?"

♥

Finalmente puse a Sheila a medio presentarse y la saqué a las corridas de la casa para que pudiéramos enfrentar a los dos muchachos. Afortunadamente, incluso con resaca y estado desaliñado, Sheila todavía parecía increíblemente sexy.

"Hola," dijo Sheila, frunciendo los ojos a la luz de la mañana y frotándose la frente.

"Hola," dijo Jonathan.

"Hola," dijo Derek.

"Hola," dije.

Esto fue ridículo. Una vez más, los hombres aparecían como malas hierbas. No me hubiera sorprendido ver a Peter el Porno y Jeremy el cabrero llegar a continuación. Y, dado que Sheila había criticado, quién sabe, tal vez a Karen la asesina de gatos, podría estar solo a un automóvil de distancia.

"¿Qué está pasando?," Preguntó Derek. Él y Jonathan se miraban ansiosos el uno al otro.

"Pepinos y calabacines," le dije, sosteniendo la canasta de golosinas del jardín. Dios mío, ¿dónde estaba la cinta adhesiva para mi estúpida boca cuando la necesitaba?

"Jonathan y yo vamos de excursión," dijo Sheila, forzando una sonrisa.

"¿Una caminata?" Preguntó Derek, luciendo aliviado.

"¡Una caminata!," Chilló Sheila, una vez más disparándome su mirada asesina patentada. "Alegría de las alegrías! ¡Emociones, escalofríos y narcisos! Estoy totalmente mentalizada." Muchas gracias por invitarme. Se acerco hacia Jonathan y le puso la mano en el brazo.

"Bueno . . ." Jonathan tartamudeó. "Sin ofender. Pero en realidad, algo así—"

Sheila lo interrumpió. "Espero que no te importe detenerte en el camino por unas dieciséis tazas de café." Ya había vaciado la taza que había traído al jardín para mí. "Unos cuantos estímulos más, y tal vez pueda levantar mis piernas para moverme."

"¿Creen que *yo* estoy conectada con cafeína?," Dije, guiñando un ojo a los chicos. "¡Solo esperen hasta que vean a Sheila!"

"Actualmente . . . ," Dijo Jonathan, "esperaba eso . . ."

"¡Que lo pasen de maravilla!" Rápidamente los conduje a los dos al auto de Jonathan. No había forma de que lo dejara terminar, ni siquiera media frase. "Sheila, recuerda quién eres. ¡No hagas nada que yo no haría!"

Desde el interior del coche, Sheila me fulminó con la mirada y Jonathan a Derek. Derek me miró fijamente. Y yo solo me preguntaba, qué clase de monstruo había creado.

"Adiós," dijo Sheila.

"Adiós," dijo Derek.

"Adiós," dije.

Jonathan todavía estaba tratando desesperadamente de decir una palabra, "Esto no es exactamente lo que yo—"

"¡Adiós!," Grité de nuevo, cerrando la puerta de un golpe, corriendo alrededor del auto como si estuviera en algún tipo de simulacro de incendio chino y luego cerrando la puerta de Sheila. Golpeé el capó dos veces, le di una patada al parachoques y los envié a su feliz camino.

Los chicos son tan predecibles. Luces un par de senos sin sujetador e incluso con el velo de una camiseta sucia y es como si los hubieras golpeado con un mazo en la cabeza. No estoy diciendo que la mi tasa califique un 10, ni siquiera cerca. En comparación con Sheila, ni siquiera están en el mismo estadio. Pero pude ver a Derek mirando donde terminaba mi línea bronceada, bordeando una quemadura por trabajar en el jardín, y donde comenzaba la blancura de mis pechos. Su cuello estaba haciendo esa contorsión giratoria. Parecía uno de los búhos que Gramps y yo habíamos visto en el bosque detrás de la huerta.

"*¿Quién está despierto?*," Canté. "*Yo también. ¿Quien esta despierto? ¡Yo también!*" Estaba resultando ser una mañana bastante cantada.

"¿Eh?," Dijo Derek. "¿Qué?" Una vez más: confusión total.

"Un gran búho córneo. Esa es la llamada que hacen. Gramps me enseñó. De hecho, hemos tenido conversaciones reales con ellos. En serio. Se sientan en esa rama muerta en el árbol de allá y somos nosotros *quieeenees* gritamos de ida y vuelta. ¡Es muy dulce!"

"Eres como el susurrador de vida salvaje," dijo Derek. "Abejas. Luciérnagas. Y ahora búhos. *Quieeeeen sabiaaa.*"

Me reí.

"De todos modos," preguntó. "Esta cosa del búho es relevante . . . ¿cómo?"

"No lo es," le dije, señalando un calabacín acusándolo acusadoramente. "¿La pregunta es, eres tú? y ¿Por qué estás aquí de nuevo?"

Después de nuestra charla sobre la colmena la noche anterior, una vez más, entré en pánico, salí y huí al interior, dejándolo solo todavía destellando, solo con las luciérnagas circulando, haciéndole compañía. Me había parado junto a la ventana, mirándolo mientras se apoyaba en la cerca del jardín, con su mirada perdida hacia el espacio.

Derek miró alrededor torpemente y pateó una piedra con el pie. "En realidad, me preguntaba si eres zurda."

Ahora era *yo* quien estaba confundida. ¿Zurda? ¡Por favor no me digas qué me estaba preguntando sobre mi técnica de autocomplacencia! En silencio maldije a Sheila.

"Estás bromeando, ¿verdad?," Pregunté.

"No no. De ningún modo. Soy el entrenador de un equipo de sóftbol zurdo. En realidad, nos defraudamos un poco. Mi jardinero central y el segunda base lanzan a la derecha pero el bate a la izquierda. Y, si realmente quieres saber la verdad, la mayoría de los otros jugadores son totalmente diestros, pero," la voz de Derek se convirtió en un susurro, "tienes que prometer que no le contaras a nadie." Continuó hablando normalmente, aunque un poco nervioso "Como sea, estamos con un jugador menos para el partido de esta tarde y necesito desesperadamente un campo-corto zurdo." O uno diestro. Cualquiera, funcionaría totalmente.

"¿Pensé que estabas fuera del béisbol de fantasía?"

"Lo estoy. Este juego es real"

"Espera un minuto: ¿viniste hasta aquí, para preguntarme si quería jugar béisbol?"

"Sóftbol. Intenté llamar pero . . ."

Señalé el letrero del jardín, sin teléfono.

"Impresionante," dijo. Como sea, ¿por qué pensaste que vine hasta aquí? No puedo exactamente, ya sabes, invitarte a salir, ni nada."

Ahora era mi turno de patear la tierra en el suelo. "No puedes invitarme a salir exactamente . . . um . . . ¿por qué otra vez?" Estaba teniendo un lapso momentáneo de memoria.

"Porque eres gloriosa, en una relación adversa . . . ya sabes . . ."

"Masturbación lesbiana. Correcto. Lo siento. Me olvide."

Derek me miró con curiosidad.

"Como sea, es solo sóftbol. Tono lento. Es realmente divertido."

Agarré con fuerza el calabacín en mi mano y consideré mis opciones.

Lo que tenía más sentido era poner freno a todo este asunto de Derek en este momento. Decirle asertivamente, en términos claros, que, de una vez por todas, gracias pero no gracias, este pequeño juego incómodo que estábamos jugando había terminado. No más últimos ups. No más entradas extra. Nosotros. Hemos. Terminado.

¿Pero el campo-corto? ¿Para un juego de sóftbol?

¿Por qué de repente sonó tan atractivo?

♥

No era mala en los deportes. Las clases de gimnasia de la escuela secundaria tenían su sección de torpes totales y las niñas-chicas con miedo a morir si se rompían una uña, pero ciertamente no fui una de ellas. Los profesores de gimnasia me veían golpear una pelota o marcar un gol o hacer una canasta y ellos estaban sobre mí.

"Eres natural," decían. "Tienes un buen brazo. ¡Deberías probar para el equipo!"

"¿Qué equipo?," Preguntaría.

"¡EL equipo!," Respondían indefectiblemente.

Pero simplemente no me importaba.

Tenía mejores cosas que hacer con mi tiempo.

Como, duh, ¡Estar en línea!

Cuando jugamos sóftbol en la clase de gimnasia, en realidad era bastante buena. Después de todo, realmente, no era para tanto. Cuando comenzaban los cambios de tu equipo, te sentabas en el banco enviando mensajes de texto y luego te levantabas y golpeabas la pelota y corrías a las bases. Cuando se trataba de los cambios del otro equipo, te parabas en el campo enviando mensajes de texto hasta que atrapabas la pelota o la recogías y la tirabas.

¿Ciencia espacial? No lo creo.

Miré el calabacín que todavía tenía en la mano.

Jugar o no jugar. Esa es la cuestión.

"¡Xander no tiene nada en mi contra!" Tomé el calabacín con la mano izquierda y lo arrojé con fuerza a Derek.

Un poco fuerte. Tomándolo totalmente por sorpresa, el pobre hombre no pudo bajar las manos lo suficientemente rápido. Tomó mi bola rápida, o más bien mi calabaza rápida, justo entre sus piernas.

"¡Oh, Dios mío!," Dije, agarrando sus manos y ayudándolo a ponerse de pie. "Lo siento mucho. Error, campo-corto. ¡Mi error!"

Derek dejó escapar un gemido. "¿Pensé que teníamos un pacto? ¡Pensé que teníamos un trato!

"¿Un trato?" Pregunté, sin soltar sus manos.

"¡Penes no!," Gritó con un chillido agudo y parecido a un castrado.

Todo esto se estaba volviendo claro como el cristal: sin importar las circunstancias, decirlo repetidamente, incluso gritarlo, simplemente *no* iba a hacerlo.

Capítulo 19

Entonces dije que sí. Quiero decir, después de todo, ¿qué opción tenía realmente? Sabía lo suficiente sobre el deporte, como para saber que debía hacer un campo-corto, y no era como si me estuviera pidiendo una cita o algo así. Le estaba haciendo un favor. Eso era todo. En la comida compartida, había hecho que mi posición sobre los chicos fuera de línea, sea muy clara.

"Te ves bien esta mañana," dijo Gramps, besándome la frente y re-posicionando un mechón de cabello que se pegaba a mi pestaña. "Como siempre."

Después de golpear a Derek, donde ya sabes, había regresado a la casa para ponerme un sostén, calcetines y zapatillas de deporte, y me dirigía hacia afuera.

"No es de extrañar que los perros no puedan dejar de oler por aquí," agregó Gramps con una sonrisa.

"¡Curtis!," Dijo Udder. "¡Para! Eso es degradante e insultante. Meagan no necesita eso de ti."

"No la llamé perra. Ella es todo lo contrario. Llamé a su *chico* así."

"Él no es 'mi chico,' ¿recuerdas?" Golpeé suavemente a Gramps a un lado.

"Podrías haberme engañado. Solo míralo."

Los tres miramos por la ventana de la cocina y allí estaba Derek, una vez más apoyado en la cerca del jardín, con la cabeza inclinada hacia atrás, los ojos cerrados y la nariz cómicamente en el aire, olisqueando.

Todos nos reímos.

"Muy bien, conoces el ejercicio: Udder, no te atrevas a lavar la ropa. Gramps, cuida la hierba y mantente alejado de las malas hierbas del jardín mientras estoy fuera. Y te digo ahora mismo: si alguien se atreve a tocar esa aspiradora, habrá un infierno que pagar. Ese es mi trabajo y ustedes dos lo saben. ¿Me entendieron?"

"Sí, capitán," dijeron, saludándome.

♥

"¿Listos para irnos?," Preguntó Derek, aparentemente recuperado de otro incidente en la ingle.

"Hagamos esto," dije, subiéndome al asiento del acompañante de su auto.

Una vez más, había dejado mi teléfono en lo de Udder y Gramps, tal como lo había hecho cuando fui a las reuniones de NA. No es que esto fuera una de ellas, pero en un juego de sóftbol con Derek y Dios solo sabe que otros jugadores de NA, simplemente parecía lo apropiado.

Pero no fue fácil. Lejos de ahí. Ir a la ciudad sin mi teléfono, saber que podía estar en línea en un instante y hacer lo mío, fue increíblemente doloroso. Sin mi teléfono, sentí que había un agujero en mi alma. Ansiosa por encontrarme una vez más en un automóvil con un chico, ansiaba desesperadamente ese sonido suave del *ping*, esa emoción escalofriante de un mensaje de texto entrante. Mi FOBIA—mi miedo a perderme—me estaba volviendo loca. ¿Cómo podría saber lo que estaba sucediendo en línea, si estaba fuera? Sabía que algo increíblemente importante estaba sucediendo en Cyberland, algo mucho más importante que un juego de sóftbol tonto, y parecía trágico no estar involucrada en la acción. Todo el asunto sin teléfono era como ponerse la Capa de Invisibilidad. Me puso inquieta y nerviosa.

La última vez que estuve en el centro de atracones en línea, no solo me las arreglé para pasar ciento veinticinco chicos (lo que significaba ciento veinticinco puntos de *Pasión* más, ¡huzzah y hurra para mí!), Sino que también, obtuve mi dosis de celebridad con La información más detallada sobre lo esencial que hay que saber y que hay que ver, que incluye:

19 de las fotos de los desnudos más famosos de las celebridades

12 partes del cuerpo que las celebridades han asegurado sorprendentemente

8 hechos trágicos sobre las estrellas de cine infantiles, famosas que se volvieron malas

14 de las más increíbles fotobombas de celebridades que hayas visto

10 de los peores pasteles de bodas de famosos

13 razones por las que las celebridades son como nosotros (Alerta spoiler: algunas

¡Lavan su propia ropa!)

15 de los cortes de pelo de celebridades más vergonzosos

20 fotos escandalosamente divertidas de celebridades asustadas en casas embrujadas

9 mascotas famosas atrapadas haciendo cosas divertidas que no deberían haber hecho

Un enlace tras otro finalmente condujo a un enlace de lo que demonios condujo a un enlace de cómo diablos llegué aquí y, antes de darme cuenta, mi vejiga prácticamente explotó y pasaron horas y yo, había olvidado cocinar la cena para Udder y Gramps, y cuando llegué a casa estaban muy enojados y me acusaron de violar el acuerdo de solo ir al centro por dos horas y media, que habíamos hecho, y bla, bla, bla, y antes de que pudiera detenerme, había hecho un montón de comentarios sarcásticos, que realmente no debería haber hecho, y luego me fui corriendo escaleras arriba a mi habitación, cerrando cada puerta que pude encontrar, y solo media hora más tarde estaba arrastrándome y disculpándome, y rogando por su perdón.

¡Uf! La parte del centro había sido genial. ¿La otra parte? No tanto.

Pero ahora, las maravillas nunca cesarán, aquí estaba: sentada junto a Derek, camino a un juego de sóftbol . . . y los dos estábamos totalmente sin teléfono.

En el pasado, cada vez que estaba en un automóvil, enviaba mensajes de texto. Si condujera, enviaría mensajes de texto. Si fuera pasajero, enviaría mensajes de texto. Y con quienquiera que estuviese—un pariente, Sheila, otra niña—estaría haciendo exactamente lo mismo. En las ocasiones extremadamente raras (probablemente podría contarlas con una mano) cuando en realidad había estado en un automóvil con alguien que no estaba en su teléfono, simplemente me alejaba—sin pensar dos veces al respecto.

Pero ahora, con Derek, sin teléfono significaba no tener compañero—de ahí el problema. Una vez más, tuve que hablar, no enviar mensajes.

"¿Jonathan no está en tu equipo?," Le pregunté. Después de hacer una parada rápida en The Freckled Fox en Florencia, para rellenar mi taza con café, nos dirigíamos a Florence Fields en Northampton para el juego de sóftbol.

Derek me miró con ansiedad, como si el incidente de agarrar la mano, que realmente no fue agarrar la mano de Jonathan, en la habitación de Peter el Porno, todavía lo estuviera molestando. "Sé que Jonathan es bueno en muchas cosas," respondió. "Pero afortunadamente, el sóftbol no es su fuerte."

"¿Afortunadamente?"

"Bueno, ya sabes . . . Quiero decir . . . es agradable . . ."

Divertido con su búsqueda de palabras, traté de ocultar mi sonrisa.

"Entiendo," le dije. "Pero lo que no entiendo es lo del sóftbol zurdo. ¿Es eso como una extraña liga o algo así? ¿Todos tienen que hacerlo?"

"No, en absoluto," dijo Derek. "Solo nuestro equipo. Y, como dije, tampoco lo hacemos realmente."

"Y la razón es . . ."

"Bueno, decidimos mezclarlo un poco. Ya sabes, sé un poco creativo, combina la política con el deporte. Se un equipo con un mensaje."

"Y ese mensaje es . . . ?"

"Cualquier cosa de la izquierda."

"¿De qué tipo de 'izquierda' estamos hablando?," Pregunté.

"La izquierda política. Política progresiva. Los zurdos luditas. Esos somos nosotros."

Derek se volvió hacia mí y señaló con orgullo su camiseta, con el nombre del equipo en negrita, las letras amarillas eléctricas en el frente un azul brillante.

"Impresionante," dije.

Derek sonrió.

"También lo de tu camisa, Trump," dijo. "Me encanta."

Llevaba una camiseta que Gramps me había comprado, con una foto del rostro del presidente Trump retocada con un photoshop, para que pareciera tener el bigote de Hitler, el cepillo de dientes y todo eso. Muy aterrador.

"Ni siquiera se me permite decir el nombre Trump en voz alta frente a Udder y Gramps," le dije a Derek. "Se refieren a él como 'encarnación del mal,' 'el engendro del demonio,' 'el innombrable.' Al principio pensé que estaban hablando de mi teléfono, pero ahora sé que hablan el presidente."

"Me caen bien tus abuelos." dijo Derek.

"Sus locos tweets nocturnos no han hecho nada para elevar su opinión sobre los celdas, eso es seguro."

"Ni la mía. El hombre es un loco. Si quieres usar esa camisa, está bien. Encaja totalmente con el mensaje. Pero si quieres cambiarte por una de las nuestras para el juego, tengo una camisa extra para ti." Metió la mano en el asiento trasero y sacó una de su bolso. "Te imaginé pequeña, pero traje un par de tamaños."

"¿Crees que soy pequeña?," Pregunté.

"No, por supuesto que no lo eres, quiero decir, *tú* no. Es solo que . . ."

"Ojos en el camino," ordené, quitando "Trump / Hitler" y encendiendo los pequeños "zurdos luditas."

"¡Whoa!" Derek sacó un Jonathan (¿o una Karen?) y se desvió del carril, rozando por poco un automóvil estacionado, dos buzones y una boca de incendios.

Otra razón por la cual los autos, totalmente autónomos son la ola del futuro.

Capítulo 20

"Quiero ser perfectamente clara sobre esto," le dije a Derek, cuando nos detuvimos en el campo de juego y estacionamos justo detrás del tope. Salimos del auto y comenzamos a caminar hacia el banco. "No hay M&M." No hay mensajes mezclados. Esta no es una cita.

"Definitivamente," dijo Derek. "No es una cita. No soñaría con mezclar deportes con placer."

"Bueno. Para recapitular la conversación de anoche. No tengo citas con chicos fuera de línea. ¿Entendido?"

"Entiendo. Nada de citas. Nada de chicos."

"Nada de nada. Ni siquiera tomarme de las manos." Crucé los brazos, fruncí el ceño e intenté parecer lo más severa posible.

"Y, yo se de dónde vienes, no es . . . ya sabes . . . ¿eso también?"

"¿Qué?" Estaba confundida.

"Quiero decir, nada de chicos. Eso está claro. Pero . . . Sheila dijo que bateabas para el otro lado."

"¿De qué estás hablando?"

"Ya sabes . . . citas con chicas y ese tipo de cosas."

"Oh, Dios mío, me olvidé por completo de eso."

"¿Has olvidado por completo que eres lesbiana?"

Solté un largo suspiro.

Aquí vamos de nuevo, pensé. Otra conversación laberíntica, dolorosamente incómoda, fuera de línea, en el mundo real. Traté de recordar ese hecho que había aprendido en la clase de historia—¿fue Patrick Henry quien dijo: "Dame mi teléfono celular o dame la muerte" o fue algún otro tipo?

"Mira, Derek," comencé. A decir verdad o no, ese siempre fue el dilema. Recordé a otro de esos héroes de la Guerra Revolucionaria, George Washington, quien respondió: "No puedo mentir" cuando fue arrestado por su padre. Pero la orientación sexual de uno parecía mucho más importante que cortar un estúpido cerezo. "Sheila tomo demasiado anoche y se dejó llevar un poco. Quiero decir, le había pedido que viniera a la comida . . ."

Dejé de caminar, mi corazón latía con fuerza, el pánico me envolvió. No estaba en mi campo. No estaba en línea. En lugar de una pantalla reconfortante mirándome, aquí estaban los grandes ojos marrones de Derek. Con esos malditos labios carnosos y su cabello largo, con ese rizo rebelde y retorcido que no dejaba de mover su ceja izquierda, me resultaba tan difícil no acercarme y darle un tirón juguetón.

Aquí en el ahora del mundo no virtual, cara a cara, todo era mucho más . . . real.

Arghhh!!!

"Le pediste que viniera . . . ," Insistió.

"Bien," le dije. "¿Puedes manejar la verdad?"

"Lo haré lo mejor que pueda."

Me incliné hacia él y le susurré al oído. "No soy lesbiana. No soy bi o fluido de género, ni nada de eso. Soy totalmente heterosexual. ¡Pero no te atrevas a decirle a nadie o tendré que matarte! ¿Me entiendes? ¡Y juro que lo haré de una manera lenta y dolorosa! Seré peor que Trump. Mucho peor. Seré como Vlad Impaler. Te decapitaré, destriparé y te desmembraré. ¡Luego enterraré lo que queda de ti en una tumba poco profunda en el jardín, y dejaré que tus restos sean consumidos por los malditos escarabajos de frijol! ¿Ha quedado claro?"

Derek parecía confundido.

"¿Todo esto porque no eres lesbiana?"

"Créeme, ojala lo fuera. Las chicas son mucho menos confusas que los chicos."

Las cejas de Derek se arquearon hacia arriba de la manera ridícula, su rizo rizado revoloteando de un lado a otro. Para entonces estábamos sentados en el banco, y sus manos, apretadas fuertemente en su regazo, comenzaron a temblar. Cerré mis brazos aún más fuerte.

"Podrías haberme engañado," dijo.

Hice mi mejor esfuerzo para fruncir el ceño. "Como dije, Sheila se dejó llevar. Solo estaba tratando de cuidarme y hacer lo correcto."

"¿Entonces Sheila es lesbiana?"

"¡No! ¡Nadie es lesbiana, por el amor de Dios!" No podía creer que todavía estuviéramos teniendo esta conversación de "eres-o-no-eres-una-lesbiana." "¿Por qué esto es tan confuso para ti?"

Era el turno de Derek de suspirar. "Lo siento," dijo. "Pero para que quede perfectamente claro, no . . ."

"Sin penes. Sin vaginas. Sin, nada. Desplegué mis brazos, extendí la mano y tomé su mano firmemente en la mía. "Vamos. Que comience el juego."

♥

Los zurdos luditas claramente no eran, un equipo de sóftbol ordinario de la liga común, del tipo, todo el mundo acaba de divertirse en un hermoso día de verano y a nadie le importa una mierda el puntaje. De ninguna manera. Este era un equipo que se tomó en serio el sóftbol, elevó el juego a un nivel completamente nuevo.

No solo estaban excesivamente dedicados a patear traseros en el campo de juego, sino que también se tomaban muy en serio el proselitismo de su propaganda política de izquierda al máximo.

En lugar de un programa de recuperación de doce pasos como NA, habían sintetizado su acto en tres pasos. Lo mejor que pude resolver, fue algo así:

Zurdos luditas, paso número 1: Ganar. Los juegos no debían tomarse a la ligera. Los luditas querían pasar un buen rato, pero maldita sea, iban a hacer lo que fuera necesario para ganar las carreras.

♥

La testosterona prácticamente estaba saliendo de los orificios de Derek cuando nos sentamos en el banco. Casi podía verlo: una tenue niebla hormonal que se elevaba sobre él. Incluso olía diferente.

"Muéstrame un buen perdedor y te mostraré un perdedor," gruñó, habiendo abandonado su personaje de Mister Buena persona.

Había notado una característica similar en Gramps. Era el resumen de un ideólogo progresista de izquierda—todo sobre la paz y el amor, la cooperación y el respeto, la compasión y bla, bla, bla. Pero, pónelo frente a un televisor con los Red Sox y se volvería loco.

"¡Mata a esos bastardos!," Gritaba. "¡Aniquila a esos hijos de puta!"

Justo la otra mañana bajé a desayunar y lo encontré refunfuñando por su cereal. Acababa de suponer que era su artritis actuando y que estaba deprimido por todo lo relacionado con envejecer, es una pesadumbre.

"Lo siento mucho," le dije, rodeándolo con mis brazos y dándole un fuerte abrazo.

"¿Cómo lo supiste?," Preguntó, aún con el ceño fruncido.

"¿Cómo lo supe . . . ?"

"¡Que los Sox perdieron, por el amor de Dios! ¡En once entradas! ¡Otra vez! ¡No tienen lanzador suplente! ¿Cómo puedes ganar juegos cuando no tienes un maldito lanzador suplente? ¡Dime! ¿Cómo?"

Ni siquiera intenté responder a la más profunda de las preguntas.

♥

Zurdos luditas, paso número 2: Educar y agitar. Cada vez que se presentaba la oportunidad, los luditas defendían el paradigma de "la tecnología es malvada," promovían la rebelión en contra del culto satánico de todos los dispositivos electrónicos de mano y llamaban a los opositores a su atroz adicción a todo lo que estaba en línea.

El juego aún no había comenzado y los luditas estaban todos agrupados alrededor del banco, charlando, golpeándose los puños, poniéndose emocionados.

¿Y al otro lado del campo? El espejo de enfrente. Sentados en su banca, todos y cada uno de los miembros de Willy Wonkas, el equipo contrario de esta semana, se refugiaron en su propio capullo en línea, enviando mensajes de texto sin darse cuenta, sin siquiera saber la existencia de sus propios compañeros de equipo. Un gran grupo de compañeros.

Karen la asesina de gatos, hoy para ser menos severa como Karen la Lazándola, dirigió al equipo en un canto.

Uno, dos, tres, ¡guau!
¡Guarden sus teléfonos celulares ahora!
Cuatro, cinco, seis, ¡oye!
¡Tenemos un juego de sóftbol que jugar!

Los Wonkas ni siquiera levantaron la vista de sus teléfonos, completamente ajenos a nuestro parloteo verbal.

Me identifiqué con los Wonkas. Realmente. Si ese fuera *yo* sentada en *su* banca, estaría haciendo exactamente lo mismo. Todo este enfoque vergonzoso de los Zurdos Luditas de Gran Hermano a, los mensajes de texto, no me sentó bien. Si los luditas querían cargar con mierda por sus travesuras de mensajes de texto, estaba bien. Pero la táctica de "desgracia y degradación" hacia el otro equipo, me parecía un poco dura. Gritarle a la gente que dejara de enviar mensajes cuando todos los demás sentados a su lado estaban haciendo lo mismo, simplemente no iba a funcionar. Si fuera yo sentada en su banco escuchando a algunos locos despotricando y delirando desde el otro lado del campo, me enojaría y enviaría aún más mensajes. Tenía que haber una mejor manera para cambiar el comportamiento.

Mantuve la boca cerrada mientras continuaba el canto.

Zurdos luditas, paso número 3: Educar y agitar un poco más. Pero aquí los luditas ampliaron la agenda política más allá de los típicos luditas antitecnológicos.

En cada juego, a uno de los zurdos luditas se le daba la tarea de promover su propio "tema zurdo del día." Podrían traer carteles, letras de canciones, cantos, versos inspiradores, arte de performance, lo que sea que funcionara para ellos. A lo largo del juego fueron cariñosamente llamados Rey o Reina Ludd. Su Alteza Real le daría al resto de los luditas un breve sermón sobre su tema candente y luego, siempre que se ajustara a los criterios rígidos de la propaganda política de izquierda, estaban listos para jugar.

Hasta ahora la temporada había sido así:

- *¡Alto a la ocupación: apoya los derechos de los palestinos!* Zurdos luditas 12, Vamos de pesca 8.
- *¡Cambio de sistema, no al cambio climático!* Willy Wonkas 11, Zurdos luditas 10.
- *¡Las vidas de las personas de color importan!* Zurdos luditas 17, Bubba's Balloons 14.
- *¡Derechos de aborto ahora! ¡Mantengan sus leyes fuera de nuestros cuerpos!* Zurdos luditas 8, Hot Dogs 7.
- *¡Transgénero, igualdad de condiciones en el lugar de trabajo!* Zurdos luditas 23, Dashes and Dots 0. Juego terminado debido a la regla de la misericordia. Evidentemente, los pobres Dashes and Dots realmente, realmente apestaron.
- *¡Inmigra, no discrimines!* Zurdos luditas 4, Whodunits 2. Bajo puntaje porque todas las chicas luditas usaban burkas en solidaridad con sus hermanas musulmanas. Esto arruinó totalmente su capacidad de ver la pelota, y mucho mas para golpearla. Afortunadamente, los Whodunits eran ciegos como los calabacines, incluso sin burkas.

"Espera un minuto," le pregunté a Derek. "¿El único juego que has perdido es el juego del cambio climático?"

"Deprimente, ¿no?—Nuestra carrera de empate—¡yo!—fue victoria para la casa al finalizar el juego. Créeme, no dormí durante una semana después. ¡Es por eso que esta revancha es el juego más importante!"

♥

La política definitivamente nunca había sido lo mío. Mis padres y yo siempre estábamos demasiado ocupados enviando mensajes para tener algún tipo de discusión al respecto. Nunca leí ni hable sobre el tema. Ni siquiera busque en línea al respecto. No podía creer cómo algo político era relevante para mi vida de alguna manera o forma. En mi opinión, los políticos, sin importar su partido político, eran todos iguales—llenos de mentiras, fanfarroneadas, bravuconadas y bla, bla, bla. Por lo que pude ver, todo lo que realmente parecían importarles era ser elegidos y reelegidos.

Udder y Gramps eran una historia diferente. Eran políticamente hiperactivos en un grado demente. Ellos seguirían estos temas acerca de la paz y la justicia, la económica y los derechos de los homosexuales, el cambio climático y el poder para la gente. Todas las mañanas comenzaban el día leyendo la *Gaceta de Hampshire* y se lanzaban a una diatriba contra Trump y sus travesuras. Todo esto entraría en uno de mis oídos y saldría por el otro sin siquiera ajustar ni una sola neurona solitaria en el medio.

No era que no me importara. Me importaba. Quiero decir, en serio, ¿quién está en contra de la paz? por el amor de Dios. Y no podía entender, por qué a alguien le importaría quién se acostaba con quién. Todo estuvo bien. Y sabía que Trump era malvado. Quiero decir, todos lo sabían, ¿verdad?

Simplemente tenía mejores cosas a las que prestarles atención. Yo era una chica ocupada. Prácticamente todos mis momentos libres se centraron en la red y las conexiones en línea. Quiero decir, solo administrar mi cuenta en _Pasión_ tomaba una gran cantidad de mi energía. Me propuse como obligación enviar mensajes de inmediato, muy en serio. Incluso les puse los pelos de punta, y a los perdedores les di una despedida brusca, siempre y cuando mantuvieran sus fotos de pene para sí mismos. Mantenerse al día con mi grupo de chicos en línea, era prácticamente un trabajo de tiempo completo.

La política parecía tan distante y extraña. Sin sentido.

El único problema al que le había prestado atención alguna fue al cambio climático. La idea de que no haya electricidad me asustó por completo. Con todos estos eventos climáticos extraños y los cortes de energía cada vez más frecuentes que teníamos, la probabilidad de estar, literalmente fuera de línea, parecía ser cada vez más exponencial y luego, ¿cómo demonios cargaría mi celular?

AC: Ansiedad de Carga. Otra abreviatura para agregar a mi repertorio.

De todos modos, estar sentada en el banquillo con un grupo de fanáticos políticos de mi misma edad fue todo un viaje. Una experiencia reveladora.

Hoy fue el turno de Derek, de ser el rey Ludd.

El problema con las mascotas que había elegido era el fracking, lo mismo que había gritado la primera vez que tomamos café juntos.

"Y el fracking es . . . ¿Qué otra vez? Pensé que tal vez era una nueva jerga para coger. Pero no era como si los luditas fueran mojigatos ni nada, así que no pude entender por qué estarían tan deprimidos con eso.

"Fracturamiento hidráulico," dijo Derek, bajando su gorra y entrecerrando los ojos a la luz del sol. Incluso cuando me miró con los ojos raros, era muy lindo. "Es una forma enfermiza de sacar petróleo y gas del suelo."

"¿Enfermo para _bien_? O ¿enfermo para _mal_?" El problema con la jerga era que a veces podía ser tan confusa.

"Malvadamente malicioso. Perforan profundamente en la tierra y luego inyectan una tonelada de agua y químicos tóxicos secretos bajo presión para fracturar la roca. Libera petróleo y gas, que bombean de regreso del pozo para que podamos usarlo."

"Y . . . ¿Por qué nosotros lo odiamos?"

Derek dejó de entrecerrar los ojos ante la palabra _nosotros_ y me miró con los ojos muy abiertos.

Nosotros. Querido decir, se refería al equipo de sóftbol, no a Derek y a mí. *Nosotros* era una palabra demasiado cargada de relaciones para usar. Cada vez que Udder la usaba para describir algo que a él y a Gramps les gustaba o no, me resultaba súper molesto. Era como si sus identidades estuvieran tan entrelazadas que fueran la misma persona. No *yo* sino *nosotros*. Obviamente no quise que Derek lo interpretara de esa manera.

"¿Por qué '*nosotros*' lo odiamos?", Repitió suavemente, deteniéndose sobre *nosotros*, y mirándome aún más intensamente. "En lugar de *decír-telo*, déjame *gritarte*."

Derek saltó sobre el banco, ahuecó las manos y, con una voz reso-nante, lo suficientemente fuerte como para asustar incluso al obsesio-nado de los celulares Willy Wonkas, soltó sus "consecuencias sobre las perforaciones."

"Agua potable sucia e insegura," gritó. "Una mezcla contaminada de productos químicos locos, que enferman a las personas. ¿Es esto lo que queremos?"

"¡No!," Gritaron los zurdos luditas.

"¿Es esto lo que necesitamos?"

"¡No!"

Para ser honesta, todavía estaba bastante confundida en cuanto a qué era realmente el fracking, pero sonaba un poco aterrador.

"Interrupción de la tierra. La contaminación del aire. La contami-nación acústica. Temblores."

¿Temblores? ¿En serio? Siempre había querido, en secreto, exper-imentar un terremoto. A lo que me refiero, no a uno grande donde murieran personas y ciudades enteras cayeran, donde perdiste energía y no pudiste cargar tu celular, ni ningún tipo de espectáculo de mierda como ese. ¿Pero un pequeño temblor manejable aquí y una pequeña sacudida linda allí, y tal vez una grieta en la pared o una estantería que se cae? Pude verme siendo parte de eso. Además, todo el asunto de tomarse de las manos había elevado considerablemente mi opinión sobre los terremotos.

Pero Derek probablemente tenía razón. Una mano pequeña soste-niendo o la Madre Tierra balanceándose y rodando sola era una cosa, pero los humanos dementes que provocamos los temblores, nosotros mismos, esa era una historia completamente diferente.

"¿Es esto lo que queremos?," Gritó Derek.

"¡No!," Gritamos, mi voz por primera vez uniéndose a los demás.

"¿Es esto lo que necesitamos?"

"¡No!" Grité aún más fuerte.

"Perforaciones al lado de casas, escuelas, incluso en medio de cemen-terios. ¿Es esto lo que queremos?"

Por alguna razón insondable me estaba metiendo en esto. ¿Quién sabía que gritar afirmaciones políticas en la parte superior de tus pulmones podría ser tan emocionante? Gritarle a los texters era una cosa, pero ¿gritarle a los *perforadores*? Podría entrar en eso. Además, Derek se estaba metiendo en un frenesí de cuerpo entero que, por más que, intentara ignorarlo, me estaba excitando.

"Fugas y derrames, emisiones de metano y carbono que empeorarán el cambio climático. ¿Es esto lo que queremos?"

¡Oh Dios mío! ¿Fracking contribuido al cambio climático? Ahora estaba totalmente en contra.

"¡No!" Esta vez mi voz era aún más fuerte que la de cualquier otra persona.

"¿Es esto lo que necesitamos?"

"Lo que necesitamos," interrumpió el árbitro, golpeando a Derek en el hombro, "es jugar sóftbol."

En la tradición zurda ludita, todos nos inclinamos ante el tipo. ¡Todos saludan al árbitro! Luego agarramos nuestros guantes y salimos al campo.

No había estado en un campo de sóftbol en lo que parecía una eternidad, pero no tardé mucho en volver a la zona. Fue algo así como aprender a enviar mensajes: una vez que sabes cómo hacerlo, nunca lo olvidas.

Primero para Willy Wonkas, golpeó una bola de tierra afilada a mi derecha. La recogí y lancé hábilmente a la primera. Los luditas aplaudían. Yo brillaba.

"¡Toma eso, cabrón!" Grité. La emoción de la primera salida, combinada con la cafeína de mi cuarta taza, me hizo sentir fabulosa.

Siguiente bateador: un trazador de líneas chirriante que enganché a mi izquierda.

"¡Gas natural sobre mi trasero!" Grité.

El equipo aplaudió nuevamente.

Otra bola de tierra para mí, otro grito triunfante, y así, tres arriba, tres abajo, y la parte superior de la entrada había terminado.

"¡Estuviste increíble!," Dijo Derek, chocando los cinco. "¡Y nunca he oído a nadie gritar tan fuerte!"

"Las ranas de Udder y Gramps no me afectaron," le dije.

"¿Ranas?" Preguntó Derek, luciendo tan confundido como siempre.

♥

El estanque de Udder y Gramps estaba lleno de ranas. Algunas tan pequeñas que eran de tamaño miniatura.

Pero chico, ¿podrían croar? Las primeras noches que pasé en la granja maldije a los pequeños bribones por el alboroto que hicieron. En serio, ¿cómo demonios se suponía que iba a dormir, mi belleza, con todo ese maldito croar sonando?

Gramps me explicó cómo las ranas y los sapos tienen esa notable capacidad de inflar sus sacos vocales y amplificar sus croar, para que puedan escucharse a una milla de distancia. Bastante impresionante para esos pequeños imbéciles.

Por supuesto, como siempre parecía ser el caso, tenía todo que ver con el sexo. Los machos cantaban serenatas a las hembras. Llamándolas a pasar un buen rato.

Algo así como el flash de la luciérnaga. Solo un sonido fuerte y sin pirotecnia.

Para alguien tan pequeño como yo, podría inflar mi bolsa vocal, mejor que ellos. Probablemente se escucharon mis gritos en la siguiente ciudad.

♥

Era nuestro turno al bate. Karen la Asesina de gatos, también conocida como Karen la Lanzadora, comenzó con un sencillo al centro. Derek la siguió con un sencillo a la izquierda. Peter el Porno (sí, él también estaba allí) recibió un golpe en el cuadro. Dos rápidas expulsiones siguieron con los corredores participando.

Bases cargadas y yo estaba arriba. Hice algunos golpes de práctica y me acerqué la base.

Mierda! Pensé dentro de mí. *Esto es intenso.* Quiero decir, sabía que era un juego. Era un juego mixto de sóftbol, liga de recreación, por el amor de Dios. Pero con la cafeína corriendo por mis venas, y mis rodillas golpeándose, sentía que estaba en juego el destino de todo el mundo al aire libre. No me había sentido así desde que alcancé 50,000 puntos en *Pasión*.

En el primer lanzamiento, dejé que la cafeína sacara lo mejor de mí y me balanceé antes de que la pelota dejara el agarre del lanzador. En el segundo lanzamiento aguanté demasiado. La pelota estaba en el guante del receptor antes de que agitara débilmente mi bate.

"¡Paciencia!" Gritó Derek desde segunda posición. "¡Espera tu lanzamiento!"

¿Paciencia? ¿Me estaba tomando el pelo? La paciencia definitivamente no era algo en mi libro de jugadas.

Espera, me dije. *Puedes hacerlo.* Traté de visualizar la pelota como un escarabajo de frijol malvado que se acercaba a mi bate.

BAM! Un golpe despiadado y envié una línea sólida sobre la cabeza del campo-corto. Dos carreras anotadas.

"¡Frack sí!" Grité. "Quiero decir, ¡joder, sí!" Estaba saltando arriba y abajo primero, levantando mi puño en el aire, disfrutando de mi nuevo y glorioso papel como diva del sóftbol. El equipo se volvió loco. Derek daba vueltas en círculos apretados, como Peter el Porno en la reunión, después de anotar el segundo.

"¡Bien!", Gritó Jeremy, el chico Cabra, golpeándome el puño, antes de retirarse.

"¿Qué tal si te *unes* a la izquierda?" Sugerí.

"¡Brillante!," Dijo Jeremy, riendo. "¡Izquierda encendida!"

♥

"Oye." Karen, la lanzadora y asesina de gatos, se deslizó a mi lado en el banco mientras Derek voló en profundidad al jardín central para iniciar la quinta entrada. El lado de su mano izquierda tocaba ligeramente la mía. "Eso fue divertido en la cena de anoche."

¡PING PING PING! No era mi teléfono celular el que sonaba, sino mi gaydar, captando sus vibraciones. Por el amor de Dios, ¿ahora también tenía lesbianas sobre mí? Lo más probable es que Karen se haya perdido el mensaje de Meagan es autocomplaciente, en la comida y solo captó el anuncio de Meagan es gay. *Gracias, Sheila*, pensé para mí misma. *Muchas gracias.* Esto era exactamente lo que no necesitaba.

"Entonces," continuó Karen. "¿Estas soltera?"

"¿Quien?" "No es para presumir, pero he llamado la atención de tres de ellos."

Karen se echó a reír. "Quiero decir, ¿estás viendo a alguien?"

Karen era muy linda. Tenía ese peinado corto y pegajoso, que funcionó totalmente para ella. Era sabrosa pero musculosa, con intensos ojos azul-azulados y labios carnosos, y vaya, ¡podía lanzar! Si yo fuera lesbiana, definitivamente estaría sobre ella. Mientras pudiera sacar de mi cabeza ese desafortunado incidente de atropellar al gato mientras escribía mensajes de texto.

"¡Oh!" Dije. "*Que* clase de soltero. ¿Yo? Sí. Pero ya sabes, no."

"Sí…. pero no?" ella preguntó. Parecía que, sin importar la orientación sexual, podía confundir a todos.

Karen se acercó aún más a mí.

"Y eso significa . . ."

"¡Soltera no más!" Agarre mi bate, me dirigí a la base y aplasté un doble por la línea del jardín izquierdo.

♥

Era el último del séptimo y estábamos corriendo por una carrera. Bates finales para los Willy Wonkas. Tenían corredores en primera y segunda, sin nadie.

Derek, jugando primero, estaba fuera de sí. Hubieras pensado que era el séptimo juego de la Serie Mundial, por el amor de Dios. Estaba haciendo lo suyo jugador/entrenador—gritando órdenes, posicionar jugadores, tirarse del pelo.

"Meagan," gritó. "Dos pasos hacia el segundo. Jeremy, cinco pasos atrás. ¡Karen, mándalos al infierno!"

Había alcanzado el pináculo de mi alto consumo de cafeína y estaba saltando arriba y abajo, gritándole aliento a Karen, mi saco vocal se hinchó casi hasta estallar.

Su mejor bateador estaba arriba. Ella era una matona, gran mujer con un grueso delineado en sus ojos, y brazos aún más gruesos. Ya había estado en la base tres veces. Ella me frunció el ceño. También Karen, la asesina de gatos. Me imaginé que le frunció el ceño al universo entero.

"¡Vamos Karen!" Grité. "¡Puedes hacerlo!" Lo que quería gritar era "¡Si puedes matar a un jodido gato, entonces puedes golpear a esta perra!" De alguna manera, afortunadamente, logré contener la lengua.

¿Quién sabía que podría haber tanta diversión sin teléfono?

"¡Dos pasos hacia el segundo!" Derek gritó de nuevo. Incluso sin tirar de su cabello, estaba peinado hacia arriba.

La matona cometió una falta en sus dos primeros lanzamientos y luego, bum, golpeó una línea afilada en dirección a problemas. Mis pies dejaron el suelo en lo que parecía cámara lenta y, como la Mujer Maravilla, enganché el revestimiento de la nada. El corredor en segundo lugar, pensando que la pelota iba a caer para un golpe, se dirigió a tercera, así que lo saqué y, de rodillas, arrojé a Derek al principio, doblando a la chica allí. ¡Juego terminado! ¡Una triple jugada de fracking!

"¡Mierda!," Gritó Derek, corriendo, levantándome y balanceándome.

"¡Oh, Dios mío!," Gritó Karen, poniendo sus brazos sobre mí también.

"¡Izquierda!," Gritó Jeremy, corriendo desde el jardín derecho y uniéndose al combate cuerpo a cuerpo.

Hice una pequeña sacudida de la victoria, sacudí y rodé, y levanté los puños en el aire.

"¡Soy la Reina Ludd!" Grité.

Capítulo 21

Aullidos y gritos, celebramos escandalosamente nuestra impresionante victoria. Derek me había abrazado tanto que pensé que mis costillas se romperían. Jeremy me había dicho que era la mujer más "zurda" con la que había tenido el placer de jugar. Peter el porno había hecho una repetición de sus movimientos de giros y canto, solo para mí. Incluso la gran matona de Willy Wonkas me había estrechado la mano.

Y si eso no fuera lo suficientemente extraño, Karen me dio su número y, susurrando, me hizo prometerle que le enviaría un mensaje si mi situación cambiaba.

¿Enviarle un mensaje de texto? ¿En serio? ¿No era ella la que estaba en camino a la recuperación? ¿No la había escuchado elocuente en la reunión de NA, exponiendo su intención de eliminar sus defectos de carácter (Paso Seis) y deficiencias (Paso Siete)? ¿No nos acababa de guiar en un canto de *uno, dos, tres, wow—guardar tu teléfono ahora*?

¿Y ahora aquí, me estaba pidiendo que le enviara un mensaje? Eso parecía bastante casual con la adicción, si adicción, era realmente. Ciertamente no cuadró bien con todo el asunto de doce pasos de Nomofóbicos Anónimos. Tampoco pude ver eso.

Como todo lo demás en mi vida, todo era un poco confuso.

♥

Derek y yo estábamos sentados solos en el banco. Nuestros compañeros de equipo se habían ido y quedábamos solo nosotros dos. Tenía el guante en la cabeza para protegerme del sol.

"¡Estuviste increíble!," Dijo Derek por quincuagésima vez.

"No sé," gruñí. Yo estaba agotada. Mi garganta estaba llena de voces, dolorosamente hinchada por el uso excesivo. La avalancha de la victoria había ido y venido, y ahora, con el consumo de cafeína y la historia de mis compañeros de equipo, estaba bajando con fuerza.

"Angustia es algo como así," murmuré.

♥

Otro de los hábitos súper molestos que tenía: cada vez que sucedía algo bueno en mi vida, me las arreglaba para sacarle el menor provecho. No es que alguna vez haya tenido la expectativa de que algo bueno iba a suceder, eso sí—pero en esas súper raras ocasiones en que sucedía, me derrumbaba bastante rápido.

Ansiaba desesperadamente mi celular. Cada vez que esos demonios expectantes saltaban hacia mí, mi ruta de escape siempre había sido estar en línea. Funcionó de maravillas. Tenía diecisiete años, por el amor de Dios, y era uno de los pocos adolescentes que conocía que no tomaba antidepresivos. Mi celular era mi Prozac.

¿Mis padres me ignoraban? Entraba en línea. ¿Chicos fuera de línea que me ponían ansiosa? Entraba en línea. ¿La escuela era demasiado mala? Entraba en línea. En línea siempre estaba en mi juego. En línea no era la reina del partido, ni siquiera la reina Ludd—era la reina del universo de mierda, mis pulgares servían como subordinados obedientes que conquistaban todo a su paso.

La expectativa es la raíz de toda angustia, me habían dicho mis padres. En línea no tenía expectativas de tener expectativas, así que la presión estaba totalmente olvidada.

Pero, ¿fuera de línea?

¡Ay!

♥

"¿Angustiada?," Preguntó Derek. "¿Me estás tomando el pelo? ¡Acabas de hacer una triple jugada! Además, tenías tres carreras impulsadas. ¡Nunca he visto a nadie tener un mejor juego!"

"De ninguna manera. Esa parte fue totalmente dulce."

"Entonces, ¿por qué estás angustiada?" Derek se había deslizado a mi lado en el banco, lo más cerca que podía estar sin tocarme.

"No es nada," respondí, suspirando melodramáticamente. "De verdad. No quiero ser una decepción." Metí la mano en el bolsillo trasero de mis shorts, buscando mi celular, pero no lo encontré. Los viejos hábitos son difíciles de superar.

"Dime," dijo Derek, su voz suave y amable. "Quiero escuchar."

"No sé," dije. "Solo lo usual. ¿Qué estoy haciendo con mi vida? ¿Por qué estoy aquí? ¿Cuál es mi propósito en este planeta? ¿Por qué el enorme grano en mi trasero se niega a desaparecer? Tanta angustia. En tan poco tiempo." "Y para colmo," le dije, "por cualquier razón, recibí una buena dosis de la cosa de SST hoy."

"¿SST? Lo siento mucho. Eso es lo que obtienes de los tampones, ¿verdad?"

Le di la mirada. "Derek! Síndrome de Shock no Tóxico. Síndrome de Taylor Swift."

"Tienes que estar bromeando. ¿Taylor Swift realmente sangra como ustedes, las mortales?"

Una vez más la mirada.

"Espera un minuto," dijo, emocionado. "¿No me digas que estás hablando de la maldición del béisbol Taylor Swift?"

"¿De qué?"

"El curso. ¿No has oído hablar de eso? Taylor Swift da conciertos en los estadios de béisbol y después de cada espectáculo el equipo local implosiona. Houston, Washington, San Diego. Todos esos clubes estaban muy bien hasta que ella apareció y maldijo al estadio con su presencia. Ella da un concierto, y juegos sospechosamente terribles suceden. ¿Coincidencia? ¡No lo creo!"

"¿Cómo es posible que sepas esto?," Le pregunté.

Derek miró a su alrededor para asegurarse de que no había nadie cerca y luego me susurró conspiratoriamente al oído.

"La red. Pero, por amor de Dios, no se lo digas a nadie."

"¡Ajá!," Grité. "No sos tan puro, después de todo, ¿verdad?"

"¡Querida! ¡Por favor! Solo lo uso para emergencias."

"¿Discúlpame?" WTF? ¿Quién se creía que era, para usar la palabra Q?

Derek sacó la mano de su guante y luego se lo volvió a poner. "Mala mia," dijo. "Demasiadas películas viejas en Netflix. Como sea, ¿por qué SST?"

"Aquí está la fría y dura verdad, Derek. Tengo diecisiete años. De diecisiete. ¿Sabes lo que Taylor Swift había hecho cuando tenía mi edad? Un álbum número uno. Estuvo de gira con todas las grandes estrellas de la música country. Ya había tenido citas y terminado con todos los chicos ardientes que había por ahí. Empresa actual excluida."

"En realidad, salí con Taylor. Era un pésimo campo-corto, así que la dejé."

"Yo debería haberlo sabido. Pero aquí está el punto: ¿qué he hecho con mi vida? Veamos ahora . . . hmm . . . Pasé más tiempo navegando por perfiles de perdedores, en sitios de citas, que cualquier otro ser humano vivo. Tenía sexteos insatisfactorios con la mitad de ellos."

"¿Qué mitad?," Preguntó Derek.

"¿Qué?"

"¿Con qué mitad tuviste sexteos? ¿La mitad con penes o la mitad sin?"

"No seas imbécil," le dije. "¿Ves a dónde voy con esto? Quiero decir, en serio, miro a Taylor Swift y luego me miro a mí misma y pienso, ¡Bla! ¿Qué estoy haciendo con mi vida?"

Derek se río.

"No es gracioso," le dije.

"No digo que lo sea," dijo. "¿Pero, no estás siendo un poco dura contigo misma? No dejes que el bajón te lleve. Quiero decir, en serio, si todos nos vamos a comparar con Taylor Swift, entonces estamos ST."

"¿Shock tóxico?", Pregunté. "¿Taylor Swift?"

"Totalmente jodido. Como sea, mira lo que *estás* haciendo. Apuesto a que Taylor Swift nunca se mudó para cuidar a su abuelo."

"Tierra a Derek. ¡Corrígeme si me equivoco, pero eso es un poco diferente ser la MAYOR ESTRELLA DEL POP! Además, volveré a casa en poco más de un mes, ¿recuerdas?"

"Estoy tratando de no hacerlo. Como sea, apuesto a que Taylor Swift no cultiva los pepinos y calabacines más dulces del planeta."

"Eso es verdad. Pero Taylor Swift también, tiene más chicos de los que podría conocer y saber qué hacer con ellos. Eso y no se, puede escribir una canción sobre como terminar con una calabaza."

"Conociendo a Taylor como yo, ella probablemente podría hacerlo. ¡Pero no hay forma de que convierta una triple jugada como tú lo hiciste, para ganar el juego más grande de la *historia*!"

Me golpeó con el puño.

"Tienes un punto a favor," le dije.

"Y apuesto a que Taylor Swift no sabe una décima parte del sexo de los insectos como tú."

"Continua. De hecho, estoy empezando a sentirme un poco mejor conmigo misma." Era cierto. Me tenía sonriendo ahora.

"Y," continuó Derek. "Puede que no me creas, pero preferiría escucharte cantar a ti antes que ella cualquier día."

"Tienes razón. No te creo."

"Además, eres mucho más linda."

Whoa, whoa, whoa. Suficiente. Las cosas comenzaban a ponerse un poco fuera de control aquí.

Me di vuelta y miré a Derek. Lo miré fijo y sin pestañear, hasta que él apartó la mirada con torpeza. Seguí mirando mientras sus ojos vagaban desde los cordones de los zapatos hasta la grieta en el banco y luego hacia una pequeña araña que se abría camino por el costado de la valla de seguridad. Se quitó el guante de la mano y se lo puso también en la cabeza.

"¿Qué estás haciendo?" Finalmente le pregunté.

"Cubriéndome del sol, como tú."

"No estoy hablando de tu guante. ¿Por qué dices toda esta mierda sobre mí?"

"¿Mierda? No me referí exactamente ti como a 'mierda.'"

"Sabes perfectamente de lo que estoy hablando, Derek. ¿Por qué estás haciendo esto?"

"Lo siento, Meagan, pero estoy un poco confundido. Te estaba diciendo—"

"Tranquilo," dije. "Deja de hablar."

Nos sentamos mirando el césped del jardín por un minuto, tal vez incluso más. Finalmente me volví hacia él.

"¿Cuántas veces tengo que decirte que no estoy aquí para entrar en una relación? ¿Qué parte de eso no entiendes? ¿Eh? ¿Qué parte de eso no entiendes? Sueno como un maldito sample de música, tocando el mismo molesto sonido una y otra vez. O, para ser totalmente retro al respecto, un disco rayado. Bien: tal vez no me asustaste tanto como la mayoría de los chicos fuera de línea. Y tal vez me gustas muchísimo, más de lo que pensé que posiblemente podrías. Quizás cuando estoy hablando contigo ni siquiera estoy pensando en enviar mensajes de texto. Pero por última vez: no me estoy involucrando con un chico. Ningún chico. Ni siquiera tú."

"Lo entiendo," dijo Derek. "En serio, te entiendo."

"No," dije yo. "Realmente no. Si entendieras esto, no estarías actuando tan adorablemente."

"Meagan, no entiendo que es lo que realmente quieres de mí."

"No sé que quiero de ti, Derek. ¿No lo ves? Ese es el problema. Todo lo que sé es, que estás arruinando totalmente todo lo relacionado con los chicos fuera de línea. En serio. Extendí la mano, puse su mano en la mía y la apreté con fuerza. "Muchas gracias. De verdad. ¿Eres feliz ahora? ¿Satisfecho? ¿Eh? ¿Lo estas?"

"Pienso en que—"

Tomé mi mano libre y la puse sobre su boca.

Finalmente, cuando el silencio se hizo insoportable y no pude soportarlo más, aparté la mano de su boca y me acerqué para besarlo.

Capítulo 22

"¡Nunca vas a creer lo que hice!," Dijo Sheila, extendiendo la mano y tomando la mía. Se estaba haciendo tarde, el sábado y Sheila acababa de regresar de su caminata con Jonathan. Me había escondiendo detrás de los calabacines mientras él la dejaba. Cualquier cosa para evitar otro momento incómodo con un chico.

"¡Por favor, no me digas que perdiste tu celular!," Dije.

"¡No, gracias a Dios! Algo nuevo. Algo totalmente loco. Algo que no tiene nada que ver con mi teléfono."

"Esto no es justo," me quejé. "¿ Se supone que debo adivinar ahora?"

"Dime." Exigí. "Estoy muriendo."

"¡Almorcé en la cima de un árbol!" Sheila sonreía de oreja a oreja.

"¿Tú qué?"

"¡Almuerzo! En lo alto de un árbol. Con Jonathan y un puercoespín."

"¿Un puercoespín? ¿Te refieres al animalito con púas?"

"¡Exactamente ese mismo! Fue el pequeño chucho más lindo que he visto."

"¿Jonathan o el puercoespín?," Pregunté.

"Ambos," dijo Sheila. "En realidad los tres. El árbol también era totalmente adorable. Incluso besé su corteza."

"Tienes que estar bromeando. ¿Jonathan te drogó o algo así?" Miré fijamente a los ojos de Sheila y noté una brillante mirada vidriosa. "Oh, Dios mío, lo hizo, ¿no? ¿Qué estaba pensando, Sheila? ¿Cómo pude, como fue posible dejarte salir sin con un chico fuera de línea y sin supervisión? ¿Necesitamos llamar a una línea directa de crisis? ¿Una ambulancia? ¿La policía?"

"Relax, niña. Creo que estoy enamorada."

"¿Qué? ¿De Jonathan?"

"¡No! ¡No de Jonathan!"

"¿Del puercoespín?"

"¡Alto!," Gritó Sheila, luciendo molesta conmigo. Se agachó y sacó un pepino de su parra y le dio un mordisco.

"¿De quién entonces?," Pregunté.

"¡De la naturaleza! ¡De la Madre Tierra!"

Dejé caer la pala que sostenía sobre mi dedo gordo del pie e hice una mueca de dolor.

¿Sheila? ¿Mi Sheila? ¿Enamorado de la naturaleza? ¿Almorzando en un árbol con un puercoespín? Busqué profundamente en mis oídos, bolas de cera. Tenía que haber una obstrucción allí en alguna parte. No podría estar escuchando bien.

"Estás bromeando, ¿verdad?," Pregunté, llegando con los dedos vacíos.

"Nunca he sido más seria en mi vida," dijo Sheila.

¿Excursionismo? ¿Escalar árboles? ¿Ver puercoespín? ¿Besos de corteza? ¿Y todo esto con un chico fuera de línea? Sheila estaba reescribiendo las reglas más rápido que esa triple jugada que había convertido.

"¿Quién sabía?," Continuó. "Caminamos por unas cinco millas o algo así y solo saqué mi teléfono algunas veces para tomar fotos. Debemos haber subido y bajado diez montañas. Fue increíble! Y los árboles. Quiero decir, siempre pensé que los árboles eran, ya sabes, solo árboles. Pero Jonathan sabía los nombres de todos ellos. Y todos son muy diferentes. ¿Sabías eso? A algunos les gusta la sombra, a otros les gusta el sol. Algunos crecen en lugares húmedos, algunos en lugares seco. Algunos pierden sus hojas en el invierno, mientras otros no. Algunos son un paraíso total para los puercoespines. Dios mío, Meagan, deberías haberlo visto. Estaba en el dosel masticando agujas de la planta de cicuta."

"¿Quien? ¿Jonathan?"

"No, idiota. El puercoespín. No parecía importarle que Jonathan y yo estuviéramos almorzando, solo unas pocas ramas debajo de él. Fue tan asombroso."

"Oh, Dios mío," le dije. "¿Cómo estuvo Jonathan?"

"¡Lindo! ¡Quizás incluso más lindo que el puercoespín! ¡Y sus labios son preciosos! Un once."

"¿De diez?"

"Tal vez un once y medio"

"Árboles y labios," dije.

"Árboles, labios y el puercoespín más dulce del mundo. ¿Quién sabia?"

Quién sabía que tenía razón. Recuerden: todo esto proviene de una chica que, unas pocas horas antes, había pensado que cualquier cosa que implicara una exposición innecesaria al aire libre era un absoluto NO.

"Solo por curiosidad," le pregunté, "¿Jonathan te dijo por qué es tan activo en NA?"

"Highuren Tauren," dijo Sheila, rodando los ojos.

"¿Qué?"

"Era su personaje en *World of Warcraft*. Descendiente de Huln, valiente héroe de la Guerra de los Antiguos."

"¿Tienes que estar bromeando? ¿Jonathan era un adicto a los juegos en línea?"

"Loco, ¿eh? Durante casi tres años, eso fue básicamente todo lo que hizo. Créeme, escuché todo y no fue nada bonito. Pero ahora está totalmente entusiasmado consigo mismo. Ha hecho el cambio de Highmountain Tauren a estar lejos en montañas reales. Ha hecho un mundo diferente."

"Wow," le dije.

"*Wow* tiene razón. Una comida compartida, una caminata, un almuerzo en un árbol, y creo que podría estar cayendo por el chico."

"¿El que tiene o no las plumas?," Pregunté.

Sheila se echó a reír.

"¿En serio te gusta?," Pregunté, incrédula ante este giro radical de los acontecimientos.

"Sí," dijo ella. "Realmente me gusta. Pero suficiente sobre mí. ¿Cómo te fue con Derek?"

"¡Oh, Dios mío!," Dije, dejando caer una vez más la pala en mi dedo del pie y haciendo una mueca de dolor. "¿Realmente quieres saber?"

Capítulo 23

Sheila, Udder, Gramps y yo estábamos sentados en el jardín. El sábado se había convertido en la tarde, y el sol de verano todavía estaba alto en el cielo. Estábamos observando a las abejas trabajar metódicamente en las flores de calabaza, entrando y saliendo rápidamente, chupando el néctar, sus patas traseras cubiertas con enormes bolas de polen color naranja brillante.

Gramps estaba fumando de su hierba. Había tallado una elaborada pipa, de uno de los calabacines más pequeños, ahuecó el interior y colocó una protección en la parte superior. Estaba muy contento de sí mismo. ¿Quién sabía que podrías hacer tanto con la verdura más versátil?

Me estaba inclinando hacia adelante en mi silla de jardín, cortando la parte superior de las zanahorias deformes recién excavadas. Una parecía una sirena. Otra como un unicornio. Una como un tipo con un pene completamente erecto. Rompí el extremo duro de esa y, aunque estaba sucia, la mordí con venganza.

"Hablando de chicos," dijo Gramps, mirándome masticar. "Déjame entender."

"Buena suerte con eso," resopló Udder.

"Sheila," continuó Gramps, "te gusta Jonathan, pero a él no le gustas. ¿Es así?"

"Me gusta," respondió Sheila. "Y le gusto. Incluso me lo dijo. Simplemente no parece tan interesado en mí."

"Porque está interesado en Meagan."

"Exactamente," suspiró Sheila.

"A quién no le gusta él"

"Me gusta," le dije. "Aunque apenas he hablado con él. Simplemente no estoy interesada en él."

"Porque estás interesada en Derek."

"Exactamente," le dije.

"Aunque se supone que no debes estar interesada en nadie."

"Bingo."

"Y también está Karen la asesina de gatos," dijo Udder. "No nos olvidemos de ella."

Como (casi) siempre, le conté todo a mis abuelos.

"Por favor," dije, gimiendo. "¿Podemos dejar a Karen fuera de esto?"

"Por cierto," dijo Sheila. "Odio mencionar esto, pero ¿recuerdas a ese tipo Caleb? Del que huiste cuando él estaba . . . ya sabes . . . ¿lo que sea? Él sigue enviándome mensajes, preguntándome por qué no volviste a hablar con él. Dice que lamenta lo que hizo. Quiere compensarlo.

"¿Cómo demonios Caleb consiguió *tú* número?"

¿Recuerdas cuando presionaste accidentalmente Enviar Todo, durante el tiempo que estabas sexteando con él? De alguna manera, debe haber descubierto que tú y yo éramos mejores amigas.

"¡Que alguien me golpee con una pala!," Dije, gimiendo de nuevo.

"No es por nada," dijo Gramps, "pero ¿puedes volver a contar la parte cuando besaste a Derek una vez más?"

"Oh Dios mío. ¡Por favor! ¿Que quieres de mi? ¿Realmente tengo que humillarme y repetir ese show de mierda, como una historia otra vez?

"¡Sí!," Respondieron los tres con entusiasmo.

❤

Cuando besé a Derek en el banco después del partido de sóftbol, no me devolvió el beso.

Repito. No me devolvió el beso.

Ahí estaba con mi lengua en su boca, moviéndome de un lado a otro, y no recibí nada a cambio. Absolutamente nada positivo. Su boca era como un gran agujero negro vacío. Sin labios, sin lengua, aterrador.

Mi primer beso, el que realmente significó algo para mí, mi primer beso con un chico que realmente me gustó, ¿y eso fue lo que obtuve? ¿En serio? ¿Qué estaba mal conmigo?

"No," él me había dicho, alejándome. "Para."

"¿Para?" Estaba incrédula. No es que supiera alguna maldita cosa sobre los chicos, pero ¿cuándo, en la historia del universo, un hombre heterosexual alguna vez se *negó* a devolverle el beso a una chica? Ni siquiera sabía que *para* estaba en el vocabulario de un tipo.

"¿Quieres que pare?," Le pregunté.

"No puedo hacer esto, Meagan. Realmente no puedo. Lo siento, pero realmente necesito irme."

Derek se puso de pie, me dio la espalda y se alejó hacia su auto sin decir una palabra. Manejamos de regreso a lo de Udder y Gramps en completo silencio, el viaje en auto más incómodo de mi vida. Todo el tiempo me sentí mal del estómago.

Y ahora, huzzah y hurra por mí, pude revivir, una vez más, todo el episodio humillante para el entretenimiento de Sheila, Udder y Gramps.

"Ya sabes, cariño . . . ," Dijo Udder.

"'¡Querida!'" Me limpié los ojos llorosos con el dorso de la manga. "Derek me llamó 'Querida'. Y luego, cuando lo besé, ¡no me devolvió el beso!" Se me estaban poniendo los ojos llorosos.

"Querida," continuó Udder, extendiendo la mano y sosteniendo la mia. "Según recuerdo, le dijiste que no querías tener citas. Que no te interesaban los chicos, que eras gloriosa, que eras lesbiana. ¿No es todo eso cierto?"

"Bueno, sí, todo menos lo último. Estoy fuera del armario como no lesbiana."

"Ponte en sus zapatos," dijo Sheila. "¿Dices que estás totalmente fuera de los límites y luego le deslizas la lengua? Quiero decir, en serio. Es un chico dulce y sensible. No puedo culparlo exactamente por estar tan confundido. Estás repartiendo más M&M que esa tienda de dulces en la calle principal."

"Sheila! ¿De qué lado estás?" Esta vez realmente comencé a llorar.

¡Del tuyo, por supuesto! Sólo digo . . ."

"¡No! Sé que estás enojada conmigo por Jonathan, pero no tienes que—"

"Dios, Meagan, ¡no seas ridícula! No estoy enojada contigo por Jonathan. Solo estoy pensando en Derek. El pobre tipo probablemente piensa que solo estás jugando con él. Probablemente piense—"

En ese momento, un automóvil giró en el camino de entrada, seguido rápidamente por un segundo auto. Sheila y yo echamos una mirada y luego, tomadas de la mano, corrimos como locas hacia la casa.

Capítulo 24

"¿Qué están haciendo aquí ahora?," Preguntó Sheila. Frenéticamente se estaba poniendo desodorante mientras se cepillaba el pelo y buscaba un top diferente.

"Están hablando con Udder y Gramps," dije, mirando por la ventana de mi habitación mientras me escondía detrás de las cortinas. "Solo Dios sabe lo que Gramps les está diciendo. Pero no lo entiendo: qué Jonathan está aquí, es entendible, pero ¿por qué regresó Derek? ¿Qué diablos está pasando?"

Sheila me dio un vistazo rápido. "Es posible que desees volver a ponerte el sostén. Por otra parte, tal vez no. Depende de lo que estés buscando."

"¿Buscando?" Pregunté. "¡Más bien, huir!" Me asomé por la ventana otra vez. "¿Qué crees que estén diciendo?"

"No me preguntes. Todavía estoy drogada por todo ese humo del porro de la segunda ronda. Ni siquiera estoy segura de si puedo ir contigo a verlos."

"¿Qué?" La agarré por los hombros y la sacudí. "Tienes que hacerlo, Sheila. ¡No puedo enfrentar a esos dos chicos sola!"

"Si hubiera sabido que habría tanto drama . . ."

"Hubieras venido mucho antes."

"Exactamente." Sheila me dio un fuerte abrazo. "¿Lista?"

♥

"Hey," dije, muy torpemente, levantando la pala y raspando el suelo frente a mis zapatos.

"Hola," dijeron los muchachos, aún más torpemente.

"Hola", dijo Sheila, mirando a Jonathan, con una mirada que nunca antes había visto de ella.

Gramps todavía tenía su pipa de calabacín en la mano y ahora apuntaba a los muchachos mientras daba una conferencia. "Si, después de restregarse la nariz, la hembra sigue interesada, el macho se para sobre sus patas traseras y la rocía con su orina."

¡Oh Dios mío! ¿Qué estaba haciendo Gramps? ¿No podría ese hombre, solo por una vez, mantener sus capacidades sexuales de animales para sí mismo?

"¡Gramps!" Lo regañé. Toda la escena fue muy vergonzosa. "No creo que Jonathan y Derek estén interesados en cuán pervertidos son los puercoespines."

"Sí, lo estamos," dijeron ambos simultáneamente, aparentemente aliviados de que alguien tomara la iniciativa en la conversación.

Gramps me miró y sonrió. "Y no solo la rocía. Eso no es lo suficientemente bueno para nuestro amigo. De ninguna manera. Él le dispara. Bajo alta presión. Es como una súper pistola de agua, que, para no cambiar de tema, acaba de llegar al Salón de la Fama del Juguete."

"¿En serio, hay un Salón de la Fama del Juguete?," Preguntó Jonathan.

"Si señor," dijo Gramps.

"¿Fue votada Barbie?," Preguntó Sheila.

"Barbie, G.I. Joe, Raggedy Ann y Andy . . ."

"¿Qué tal, el Señor Cabeza de Papa?" Preguntó Derek.

"Al frente y en el centro. De hecho, acaban de anunciar los finalistas de este año. The Magic 8 Ball, Matchbox Cars, My Little Pony, Transformers, Wiffle Ball—"

"Wiffle Ball?" Derek exclamó. "¡Eso es tan asombroso!"

"Por favor," rogó Jonathan, "por favor dime que Twister lo logró."

"¡Mierda!," Gritó Sheila. "¡Amo ese juego!"

Resoplé, sabiendo a ciencia cierta que Sheila nunca había jugado Twister en toda su vida.

"¿Juegas?," Preguntó Jonathan. "¡Es uno de mis favoritos!"

"¡Por el amor de Dios!," Grité. "¿Podemos, por favor, terminar con el maldito sexo de puercoespín ya?"

Gramps sonrió de nuevo. "Estaría encantado," dijo. "Entonces, después de hacer el acto—el cual, debo agregar, se hace con mucho cuidado—y está demasiado cansado para continuar, el tipo se va. Golpea el camino. Siete meses después, el hembra no solo tiene que dar a luz a los pequeños demonios, sino que también tiene que hacerlo con mucho cuidado, tendrá que criar esas pequeñas y dulces criaturas por su cuenta."

"Ese tipo de apesta," dijo Derek. "Nos da una mala imagen a los hombres."

"Como si necesitaras otra razón," murmuré, sin saber si Derek escucharía o no. Una parte de mí estaba totalmente sorprendida de que haya regresado. Pero la mayoría de mí, como siempre, estaba muerta de miedo y confundida, por lo que sucedería después.

♥

Sheila había acorralado a Jonathan en el jardín y, queriendo dejarlos solos, me dirigí a las colmenas. Derek entendió la indirecta.

"¡Cuidado con la cerca eléctrica!," Le dije brevemente. "Una sorpresa es suficiente para el día."

Nos sentamos en silencio por un rato mirando el vuelo frenético de las abejas.

"¿Por qué estás aquí de nuevo?" Finalmente pregunté.

Derek arrugó la nariz y se frotó con fuerza el espacio entre sus ojos. Tenía la más diminuta pelusa de diente de león atrapada en su ceja. Me acerqué y se lo aparté bruscamente.

Se volvió hacia mí y dejó escapar un gran suspiro.

"Tienes mi guante. Lo tomaste por accidente. Estoy aquí para obtener mi guante de béisbol."

"Sóftbol."

"Lo que sea."

"¿Es esa la única razón?"

"Mira, Meagan." Derek suspiró de nuevo. "Lamento lo de esta tarde. En serio. Espero no herir tus sentimientos. Con todo esto . . . La cosa es nueva para mí. Es como si una especie de comedia romántica de Netflix se vuelve totalmente trágica. ¿Qué se suponía que debía hacer allí en el banco? ¿Eh?"

"Esta bien . . . Déjame pensar . . . ummm . . . para empezar, ¿qué tal si me devuelves el beso?"

"Sé que esto suena loco, Meagan, pero me da vergüenza besar. Simplemente."

"Oh. ¿Entonces, te volverás el tipo sensible y esperarás que compre eso?"

Derek se puso de pie, rodó los hombros y luego volvió a sentarse a mi lado. Después de unos momentos, dijo en voz baja, "Me has dicho repetidamente que tú no gustas de mi."

"¿Parecía con ese beso qué no me gustas?"

"¡No! ¡Ese es el problema! ¿No lo ves? Ese beso parecía exactamente lo contrario. ¿Cómo puedo decir esto: Mira, gracias a ti acabamos de vencer a nuestro rival número uno en sóftbol. Por triste y patético que sea, vivo para esa mierda, Meagan. Particularmente ahora que estoy moviéndome fuera de línea. Cuento los minutos entre juegos. Y esta tarde, en lugar de celebrar la mayor victoria de la HISTORIA, ¿sabes lo que he estado haciendo? ¿Lo sabes? Acabo de pasar las últimas dos horas en casa, golpeando mi guante contra mi cabeza."

"¿Creí que dijiste que yo tenía tu guante?"

"Entonces estaba golpeándome con *tú* guante contra mi cabeza, lo que lo hace aún peor. ¡Mírame! ¡Mira los moretones entre mis ojos!"

Me acerqué y saqué más pelusa de diente de león de su ceja. Esta vez un poco más suavemente. Derek apartó la cabeza y me agarró del brazo.

"¡Basta, Meagan! Para. Sigues lanzándome bola curva tras bola curva. Como en béisbol."

"Sóftbol."

"¡Lo *que sea*! No tengo ni idea de en qué posición estoy jugando aquí. Podría estar en el jardín izquierdo. Podría estar detrás de la base. No tengo idea. Y, a riesgo de exagerar la metáfora del béisbol . . ."

"Sóftbol."

"¡Justo cuando creo que me he ponchado, vas y haces algo así!"

"¿Como qué?," Pregunté. "¿Sacar la pelusa de diente de león de tu ceja?"

"¡No! ¡Besarme!" La ira de Derek estaba claramente a tope.

"¿Ahora quieres que te bese?"

"¡No! ¡Sí! ¡No lo sé! ¡Estoy diciendo que eso fue lo que hiciste! De vuelta en el banco! ¡Me besaste!"

"Si, lo hice. Y no me recuperé mucho todavía, yo lo hice." Se produjo una larga pausa mientras hacía todo lo posible por no llorar.

"Meagan, ¿cuánto tiempo hace que te conozco? ¿Eh? ¿Cuánto tiempo?"

"No lo sé. ¿Dos semanas?"

"En realidad trece días y dieciséis horas, pero quién carajo está contando."

"Por favor cuida tu maldito idioma. La palabra es frack, no joder. Y me está asustando que cuentes."

Derek se levantó, volvió a sentarse y se levantó de nuevo.

"¿A dónde vas con esto, Derek?," Le pregunté, luchando por la calma.

"¡Por quinta millonésima vez, no tengo ni idea! No sé si vengo o si voy. No sé si estoy arriba o abajo. Todo lo que sé es una cosa, Meagan. ¡Solo hay una cosa de la que estoy completamente seguro!"

"¿Y eso es . . . ?"

"¡Oye!" Sheila me tocó el hombro. Atrapada en la incomodidad de la conversación, no la había visto venir. "Jonathan y yo vamos a ir a la ciudad. ¿Ustedes quieren venir? Sheila me miró de nuevo.

"¿Está todo bien?," Preguntó

"¡Todo bien!" Grité, levantándome y golpeando mis pies. "¡Muy bien!"

Me levanté y volví a subir la colina hacia la casa.

Capítulo 25

Todo el dilema de qué demonios está pasando con mi vida personal totalmente patética me había puesto tan nerviosa.

Resistiendo audazmente el impulso abrumador de ir a la ciudad para una borrachera en línea, en cambio, me lancé a una limpieza total, prometiendo compensar los años de negligencia mostrados en la casa de Udder y Gramps. No había una sola habitación que no barriera, aspirara, puliera, enjuagara, brille, raspe, friegue, desempolve, trapee o limpie. Yo era un tornado que limpiaba la casa, un torbellino que lavaba, una niña poseída. Tenía esa necesidad maníaca de eliminar de cada rincón el polvo, la suciedad y la mugre. Nada estaba más allá de mi alcance. Durante los días siguientes apenas dejé de limpiar para dormir o comer, subsistiendo completamente con cafeína, calabacines crudos y pepinos del jardín. Tenía círculos profundos y oscuros debajo de mis ojos hundidos. Estaba viendo doble, lo que aumentó la intensidad de limpieza. Antes, solo había una cama en cada habitación, había que barrer y pasar la aspiradora. Ahora había dos.

Estaba volviendo a Udder y Gramps totalmente locos. Intentarían tomar una siesta y yo estaría aspirando debajo de su cama. Tratarían de ducharse y yo estaría dentro de la bañera limpiando con un cepillo de dientes. Intentarían leer y me habría llevado el sofá para una limpieza profunda.

Si la limpieza estaba al lado de la piedad, entonces, dentro de la semana, me había convertido en un santo siete veces.

Una vez que toda la casa estuvo limpia, entré y comencé de nuevo.

Y el jardín. ¡Oh Dios mío! Las malas hierbas me veían llegar y prácticamente se levantarían del suelo, el suicidio preferible a la tortura que les infligía, incluso las que no estaban cerca del jardín, me llamaron la atención. Arrancaron sus raíces y se dirigieron a las colinas. Tenía agujeros en mis guantes de jardinería y la cabeza de la pala estaba destrozada y doblada por los golpes interminables y aplastantes a todas las cosas, no a las verduras. Estaba puliendo los pepinos y los calabacines mientras todavía estaban con vida. Forcé a Udder y Gramps a quitarse los zapatos antes de abrir la puerta del jardín para que no ensuciaran las plantas.

Para el martes por la mañana, mis abuelos no pudieron soportarlo más.

Incluso Udder, generalmente tranquilo y fresco como un pepino del jardín, estaba visiblemente agitado.

"¡Querida!," Dijo en voz alta y brusca, mientras buscaba frenéticamente un cable de extensión lo suficiente largo como para alcanzar el jardín y poder aspirar la suciedad.

"¡Alto!," Grité. "¡Por favor, no me llames así!"

"Pásame la aspiradora," continuó, caminando lentamente hacia mí. "Pásame la aspiradora y nadie saldrá lastimado."

"¡No!" Dije, retrocediendo, sosteniendo la manguera y la boquilla frente a mí como un arma. "La suciedad es malvada. El polvo es el diablo. Sólo déjame . . ."

"¡Entrégale la maldita aspiradora!" Gramps exigió. Él y Udder agarraron un extremo mientras yo me agarraba fuertemente al otro. Fue un tira y afloja. Estábamos tirando de ambos lados cuando la manguera se soltó, enviándome hacia atrás y envolviéndonos a los tres en una nube de polvo y suciedad.

"¡Meagan!" Rugió Gramps, limpiándose los ojos y tosiendo. Ni siquiera trató de ayudarme a levantar. "Estás actuando como una loca. ¡Esta mierda tiene que parar!"

"Cálmate, Curtis, querido—déjame manejar esto."

"¡Entonces manéjalo! ¡Lo juro por Dios, si ese vacío continúa una vez más, voy a agarrar la pala del jardín!" Le dio una patada brutal a la máquina .

"Meagan," comenzó Udder de nuevo. "Querida. Sabemos que estás bajo mucho estrés. Sabemos que tienes mucha ansiedad, pero limpiar no va a funcionar."

"Maldita sea, no es así," se quejó Gramps.

"¡Todo esto es por su culpa!," Grité. "Si no estuvieran tan molestos porque yo estuviera en línea." Sacudí mi cabello, tratando de arrojar los restos de la aspiradora. "Primero me quitan mi teléfono. ¿Ahora quieren quitarme el vacío? ¿Nada es sagrado?"

Cuando se trataba de ponerse a la defensiva, siempre parecía mejor culpar a los demás.

"Cualquier forma de trastorno obsesivo-compulsivo se nutre del estrés y la ansiedad," continuó Udder.

"¡No soy obsesiva compulsiva!," Grité, extendiendo la mano para acariciar el vacío, queriendo desesperadamente acunarlo en mis brazos. Maldita sea la nomofobia. Ahora tenía vaciofobia.

Y TOC? ¿En serio? Eso era todo lo que necesitaba: otra abreviación disfuncional para agregar a mi lista, cada vez más larga de trastornos psiquiátricos.

"¡Tienes razón!," Dijo Gramps, apartando el vacío con el pie. "No sufres de TOC. ¡Simplemente estás loca!"

"Curtis! ¡Déjame salir! ¡Ahora!" Gramps tomó la aspiradora y luego, aún con el ceño fruncido, salió de la habitación.

"¿No es por eso que me querías aquí?," Grité. ¿Para poner la casa en orden? ¿Para ayudar en el jardín? ¿Para pasar los próximos meses? ¿No estoy haciendo eso? ¿Eh? ¿Estoy arruinando eso también? ¿No puedo hacer nada bien?." Lloré y me senté con fuerza en el piso de la sala.

Udder se deslizó a mi lado y, crujiendo sus articulaciones, se sentó y me envolvió en sus brazos. Podía escuchar a Gramps arrastrando la aspiradora, golpeando y subiendo las escaleras del ático, muy probablemente en camino a algún lugar secreto donde podría esconderla lejos de mí.

"Sé que no es fácil tener diecisiete años," dijo Udder, suspirando junto a mí mientras me secaba los ojos en su camisa. "Y estoy seguro de que tampoco es tan fácil para Derek. O Sheila o Jonathan o cualquier otra persona. No importa la edad que tengamos, las cosas pueden ser confusas. Así es la vida."

"Pero ¿por qué nadie parece tan confundido como yo? Mírame. Vine aquí un desastre, y ahora soy aún peor. Sigo arruinando las cosas una y otra vez. ¡Ni siquiera puedo aspirar bien!" Comencé a llorar de nuevo.

"Eres maravillosa aspirando, querida. La mejor de todas. Pero probablemente deberías relajarte un poco más. Y de todos modos, por la forma en que lo hiciste estoy seguro de que no hay ni una pizca de polvo a una milla de esta casa."

"¿Entonces qué debo hacer?"

"Aparte de pintar el baño de arriba, creo que lo has hecho todo." Él sonrió y me abrazo más fuerte.

"¡No! Me refiero a mi vida personal. Sobre Derek."

"Los chicos pueden ser un desafío."

Estuvimos callados por un momento. Udder me abrazó, meciéndome de un lado a otro como si fuera una niña otra vez.

"¿Te gusta Derek?," Preguntó Udder.

"¡Por supuesto que me gusta! ¿Por qué crees que soy un desastre tan miserable?"

"¿Y tú le gustas?"

"Sí. Quizás no. No lo se. Él dice que sí y luego no. Voy a besarlo y él no me devuelve el beso. Luego aparece y simplemente confunde las cosas aún más. Es por eso que la vida real apesta, Udder. No estoy hecha para esto. Por eso estoy en línea todo el tiempo."

"Querida, no confundas estar confundida con lo que apasta."

"¿De qué estás hablando?"

"La confusión no es necesariamente algo malo. De hecho, es lo que le da sentido a la vida. Es lo que hace que las cosas sean interesantes, desafiantes, emocionantes. Piensa en lo difícil que sería si siempre supieras cómo resultaría todo."

"Sé cómo va resultar todo. Será un desastre total. Como siempre."

"No llamaría a tu vida un 'desastre'. En serio, mira el resto del mundo. La mayoría de las chicas intercambiarían vidas contigo en un instante. Me parece que lo tienes es bastante bueno."

"*Yo* no lo llamaría 'bastante bueno,'" me quejé. "Mi vida no es exactamente un pedazo de pastel."

"Dile eso a las chicas de tu edad en Siria o en Nigeria o en Afganistán. O a un sagrado anfitrión de otros países con dificultades. De todos modos, el pastel está sobrevalorado, cariño. Es difícil de hacer, engorda, y después de que el azúcar alto muera, estás más deprimida que antes."

"Todavía me gustaría probar una porción, de vez en cuando. ¿Es mucho para pedir? Solo unas pocas migajas arrojadas en mi camino estarían bien."

"Yo lo llamaría Derek, más que migaja. Por lo que he visto de él, es mucho más dulce que eso."

Puse mis brazos alrededor de mi Udder y lo abracé.

"¿Por qué no puedo ser vieja, artrítica y gay como tú?," Pregunté.

"No todos podemos ser tan bendecidos," respondió Udder, abrazándome aún más fuerte.

Capítulo 26

Completamente confundida como estaba sobre mi propia vida, realmente lo que no podía comprender, de lo que quedaba de mi cerebro, era la nueva Sheila. Mi mejor amiga había dado el salto de ser una nomofóbica a ser una diosa de la naturaleza al aire libre en una sola tarde una transformación tan radical como la que alguna vez vas a obtener de una chica. Fue un giro sorprendente de los acontecimientos. La naturaleza había tomado a Sheila por asalto, de la misma manera que la heroína había tomado a esa persona mayor en nuestra escuela secundaria. Una caminata, un almuerzo en un árbol, un puercoespín y un chico lindo, y esa chica estaba enganchada.

Siendo una chica que, al igual que yo, había hecho todo lo posible para limitar sus interacciones con la Madre Naturaleza, a lo mínimo. A Sheila no solo no le gustaba la naturaleza: la aborrecía. La naturaleza era el estiércol del demonio. Satanás con las carreras. Algo a lo que temer más que al miedo mismo. La vista de una ardilla de ciudad la llevaría al límite. Ella se negó a mirar programas de naturaleza en su computadora portátil porque tenía miedo de la hiedra venenosa. Incluso en un viaje a la playa impuso resistencia la arena y al surf, eran demasiado naturales para ella.

"El sol está tan pasado de moda," me había dicho Sheila. "¿Por qué crees que la Diosa nos dio salones de bronceado?"

Y luego, maravilla de las maravillas, esto sucede: ella almuerza en un árbol con un puercoespín y, listo para cambiar, saca un ochenta.

¿Quién sabía que algo así era una posibilidad?

Me imaginé que cuando era un estudiante en la escuela secundaria, tu personalidad estaba prácticamente grabada en piedra. Quién era para entonces, te gustara o no, era quién ibas a ser. Quiero decir, podrías enseñarle a un perro algunos trucos nuevos (no es que Sheila fuera un perro—Derek tal vez, pero ¿Sheila? ¡De ninguna manera!), Seguía siendo el mismo perro de siempre. Pero ahora esto había sucedido. Sheila se había ido e hizo lo impensable.

Asumí que sería solo una fase. Una breve aventura fugaz con el mundo fuera de línea y luego de vuelta a la realidad en línea. Algo de lo que se reiría más tarde en la vida. "¡Recuerdo cuando almorcé en un árbol con un puercoespín!," Diría, y nadie le creería. Ni siquiera por un segundo.

Sheila ¿una chica de la naturaleza? Eso tenía tanto sentido como yo siendo una ludita. Lo que significa que, no tenía ningún sentido.

O si?

♥

Ese domingo, al día siguiente de su primera caminata, Sheila hizo que Jonathan la llevara nuevamente a caminar por el bosque. Recorrieron siete millas en las siete hermanas, la serie de pequeñas montañas que conforman el rango de Holyoke. Sheila vio dos venados de cola blanca y uno hubiera pensado que había presenciado la resurrección del mismo Cristo. Llegó a casa con espuma en la boca, no rabiosa, sino entusiasta.

El domingo por la noche se quedó otra vez en la casa de Udder y Gramps, y llamó el lunes a enfermería para no ir trabajar a la tienda de conveniencia, exigiéndole a Jonathan que hiciera lo mismo con su trabajo. Caminaron por el sendero Metacomet-Monadnock en el monte Tom Range, descubriendo cuatro halcones de cola roja, nueve buitres de pavo y una mofeta.

"¿Una mofeta?"

"Fue la cosa más dulce que he visto en mi vida. Solo quería recogerlo y acurrucarlo." Era lunes por la noche y estaba empacando su bolso para regresar a Boston.

"¡Por favor dime que no lo hiciste!"

"Quería. Pero Jonathan, ese chiflado de la fiesta, me contuvo."

"Al menos los hombres son buenos para algo." Metí la mano en su bolso y recogí uno de mis pares de calcetines favoritos que me había robado. "Hablando de eso, has ido de excursión con Jonathan durante tres días seguidos y apenas te he visto tocar tu celular desde que has estado aquí. ¿Estás segura de que no estás enferma o algo así?"

Sheila dejó de empacar y se sentó en el borde de la cama. Ella parecía perpleja.

"¿No es esto lo que me pediste que hiciera? ¿Sacar a Jonathan de tu espalda?"

"Sí, por supuesto que lo fue. Y, ya sabes, gracias. Lo digo en serio. Pero no había imaginado que lo querrías sobre tu espalda."

"¿Realmente han pasado tres días?," Preguntó Sheila, luciendo una mirada un poco soñadora. "¡Guau! Parece que solo han pasado tres minutos. O eso o tres años. Dios, Meagan. Te juro que no lo vi venir. Naturaleza. Jonathan Y ahora esto."

"¿Ahora que?"

"Jonathan quiere construir una cabaña en algún lugar del bosque. Quiere tomar otro año sabático antes de ir a la universidad. Cultivar su propia comida. Tener sus propias cabras.

"¿En serio? ¿Con Jeremy, el mierda de cabra?"

"No. No con Jeremy."

"¿Todo por sí mismo?"

"No lo sé. Yo estaba pensando . . ." Sheila hizo una pausa por un largo tiempo. "Quizás conmigo."

Me reí.

"Estoy hablando en serio," dijo ella, molesta.

"¡Tienes que estar bromeando!" Me senté en la cama junto a ella.

"Todo lo que sé es que me estoy enamorando de él. Y estoy pensando, al menos eso espero, él puede estar empezando a sentir lo mismo. Sin ofender, pero hoy no te mencionó en ningún momento. Ni una sola vez. Y eso es algo bueno, ¿verdad?"

"¡Huzzah y hurra! ¿Y ahora quiere construir una cabaña contigo?"

"Bueno . . . no . . . él no dijo exactamente conmigo. Pero . . . ya sabes . . ."

"¡No! No lo sé. ¡Dime!"

"Bueno, estaba pensando . . . ya sabes . . . tal vez me gustaría construir una cabaña con él."

Sacudí mi cabeza vigorosamente. Ese maldito cerumen *debe* estar obstruyendo las ideas. Pude ver la boca de Sheila moviéndose, pero sus palabras no parecían tener ningún sentido.

"¿Tú? ¿Vivir en el bosque? ¿En una cabaña? Sheila, hace tres días tuve que arrastrarte pateando y gritando por la puerta para ir de excursión. ¿Y ahora, apuestas a todo por *La Familia de Ingalls* sobre mí?"

Fui a la ventana y la abrí de par en par. "¡Ayuda!" Grité, en broma. "¿Quién robó a mi Sheila? ¡Que alguien me devuelva a mi Sheila!"

"¡Alto!," Dijo Sheila. "Esto es tu culpa. Tú eres quien me hizo venir aquí. Tú eres la culpable."

"¿Una cabaña? ¿En el bosque? ¿Solo tú y Jonathan?"

"Olvídalo. No sé lo que estaba pensando. Todo el asunto es simplemente estúpido."

Estuvimos en silencio por un par de minutos hasta que Sheila terminó de empacar.

"Pero ya sabes," dijo finalmente Sheila. "Aquí hay algo que nunca le he confesado a nadie. Ni siquiera a ti. Secretamente siempre pensé que *La Familia de Ingalls* era algo dulce. Piénsalo: Jonathan podría ser Pa. Yo podría ser Ma. Tu podrías ser—"

¿Laura Ingalls? ¿La chica extraordinaria de la frontera?"

"Estaba pensando más en Jack el bulldog atigrado."

"¡Grrrrr!" Gruñí, mordiéndola suavemente en el brazo.

Capítulo 27

"¿No extrañas a tus padres?," Preguntó Udder. "Ha pasado casi un mes desde que los viste."

"¿Mis padres? ¿En serio? ¿Cómo podría extrañar a mis padres cuando tengo a mi Udder y mi Gramps?" Me levanté de la mesa de la cocina y les los abrace.

Como dije antes, cuando se trataba de mis padres no había mucho que extrañar. Les había enviado un par de postales sarcásticas a cada uno de ellos desde que llegué aquí, promocionando mi espectacular recuperación, pero no era como, si fuera unida con mi madre y mi padre, como algunas chicas lo son. Y cuando se trataba de los problemas que me estaban volviendo completamente loca, serían tan útiles como un puercoespín en un globo aerostático.

¿Pedirle a mis padres consejos sobre las relaciones? No lo creo.

¿Pero a Udder y Gramps? ¡Guauu! Ellos eran un erizo completamente diferente a los puercoespines. Habían estado juntos por treinta y siete años. No meses. *Años.* Tan pronto como la igualdad matrimonial llegó a Massachusetts en 2004, se casaron y lo hicieron oficial.

"¿Cómo lo hacen?," Les pregunté.

"¿Hacer qué?," Respondió Gramps. "¿Extrañar a tus padres? A decir verdad, tampoco los extrañamos mucho." Estábamos sentados en la sala de estar al final del día. Gramps y Udder estaban acurrucados en el sofá. Yo estaba recostándome en el sillón, tomándome un descanso, por una vez, de mi obsesiva limpieza. Gramps estaba acariciando el muslo de Udder mientras su cabeza descansaba sobre su hombro, sus delicados cabellos blancos se mezclaban. En serio—¿qué tan lindo era eso?

"No," dije. "Estoy hablando de amor. Como: permanecer enamorado. Después de todos estos años, ¿cómo diablos todavía lo están?"

"¿Quién dice que estamos enamorados?," Dijo Udder, acurrucándose aún más cerca de Gramps. "Tu abuelo es un dolor real en el trasero. ¡Si supieras una décima parte de todas las cosas que he tenido que soportar a lo largo de los años!"

Gramps resopló.

"¿Yo? Dios mío, hombre. Ha habido momentos en los que he querido—"

"¡Alto!," Dije. "Estoy hablando en serio. Tengo mucha intriga, quiero saber. Cuando ustedes dos se juntaron, ¿cómo estaban tan seguros de que todo saldría bien?"

"No lo estábamos," dijo Udder. "No teníamos idea."

"¡Yo si!," Dijo Gramps.

"Oh, Curtis, detente. No lo estabas. Yo fui quien te rogó que te mudaras conmigo. E incluso después de casarnos, te negaste a usar el anillo durante los primeros cinco años."

"¿No llevabas tú anillo de bodas?," Le pregunté. "¿Durante cinco años? ¿Por qué?"

Udder gimió. "Tenía ese pensamiento de, cómo no era el derecho del gobierno o de la iglesia o de cualquier otra persona santificar nuestra relación y no iba a comprar toda la mierda del uso de un pedazo de metal extraído por trabajadores explotados en un país dictatorial alrededor de su dedo para legitimar nuestro amor." Udder sonrió y extendió la mano para agarrar la mano de Gramps, y luego cantó las primeras líneas de "¿No es romántico?" en su profundo barítono.

"Tenía que pegarle al hombre, incluso en el día de nuestra boda," continuó Udder.

"Pero estabas enamorado."

"Lo estábamos."

"Esta es mi pregunta. ¿Como lo sabían? ¿Y cómo lo siguen sabiendo?"

"Tenemos una pequeña píldora azul marcada con la letra V para agradecer." Gramps cambió su mano de uno de los muslos de Udder al otro.

"*Hey!*" Grité, cubriendo mis oídos y cerrando los ojos. "¡Esto no es de lo que estoy hablando!"

"En realidad," continuó Gramps. "El sexo tiene mucho que ver con esto. El sexo es, no lo sé . . . sexo. El placer de la carne, incluso para aquellos de nosotros que estamos, digamos, más allá de nuestro mejor momento, no debe subestimarse. Déjame decirte algo, Meagan. Me siento muy afortunado, después de todos estos años, de seguir teniendo tanta lujuria con el hombre del que estoy tan enamorado. Se volvió hacia Udder y lo besó.

Estaba atrapada entre un PUAF y un WOW! Era difícil imaginar (no es que quisiera) que estos dos canosos, arrugados, nudosos, artríticos, de setenta y tantos vayan al dormitorio. Había algo en ellos haciendo el acto que era realmente inimaginable. Padres teniendo relaciones sexuales, ya eran bastante raro. ¿Pero mis abuelos? El hecho de que Gramps y Udder todavía pudieran levantarlo, incluso con la ayuda de Viagra, era algo que nunca me había atrevido a contemplar. Sacudí la imagen de mi cabeza.

"Olvida el sexo. A pesar de que nunca lo he hecho, esa parte al menos la entiendo. Lo que realmente quiero saber es sobre el amor. No tengo ni idea de eso."

"¿Quién sabe?," Respondió Gramps. "Es como, lo que dijo la justicia de la Corte Suprema sobre la pornografía."

"¿Que dijo?"

"'Lo supe cuando lo vi.'"

"Gracias, abuelo," le dije. "Una excelente analogía. De mucha ayuda. Realmente reconfortante."

"*El amor es el humo que sale del vaho de los suspiros,*" entonó Udder. "*Al disiparse, un fuego chispeante en los ojos de los amantes; al ser sofocado, como un mar nutrido por* lágrimas de los amantes: ¿qué más? Una locura *muy discreta, una hiel asfixiante y un dulce conservador.*"

"No entendí una palabra de lo que acabas de decir," le dije.

"Amor, cariño. Shakespeare. *Romeo y Julieta.*"

"Ahhh. Esos dos tortolitos." Puse los ojos en blanco. "Como recuerdo, esa relación tuvo un final súper feliz, ¿no?"

"*Cuando el amor habla, la voz de todos los dioses adormece el cielo con armonía.*"

"¡Dios mío, Udder! Me estás asustando."

"¿Por qué todas estas preguntas, Meagan?," Preguntó Gramps. "¿Hay algo que deberíamos saber? ¿Que esta pasando?"

Me retorcí torpemente en la silla y dejé escapar un largo y prolongado suspiro de Shakespeare, canalizando a Julieta, amante de la angustia.

"Derek," le dije.

"¿Estás enamorada de Derek?"

"No . . ." Dudé, tratando de hacer que mi lengua hiciera ese sonido de chasquido. "Por supuesto no."

"¿Él está enamorada de ti?"

"¿Cómo podría alguien estar enamorado de mi? Pero . . . la otra noche estábamos hablando de las colmenas y él estaba como . . . No lo sé. Eso fue después de que lo besé y no recibí nada de su parte. Y luego se va y dice . . ."

"¿Qué dice?"

"Nada."

"Wow," dijo Udder, extendiendo la mano para tomar la mano de Gramps. "Debe tenerlo mal."

"¿Cómo podría decir que me amaba?"

"Pensé que no."

"¡Por supuesto que no! Nos conocemos hace apenas dos semanas. ¿En qué estaba pensando? ¿Por qué tendría que hacer eso?"

"¿Hacer qué?"

"¡No devolverme el beso!"

"¿Quién ha amado a ese no amado a primera vista?"

"¿Qué?"

"Escucha mi alma hablar," continuó Udder. *"En el mismo instante en que te vi, mi corazón voló a tu servicio."*

¡Por favor, Udder! ¡Detente antes de que llame a un exorcista! ¿Que se supone que haga? Sabía que nunca debía salir con un chico fuera de línea. ¿Qué estaba pensando?"

"¿Pensé que no ibas a salir?"

"No lo hago. Pensé que eras viejo y artrítico, no sordo. ¿Has estado escuchando alguna palabra de lo que te he estado diciendo?"

"El amor es la respuesta," dijo Gramps, *"pero mientras esperas la respuesta, el sexo plantea algunas preguntas bastante interesantes."*

"¡Gramps! ¡Por favor! Te lo dije—no más Shakespeare!"

"En realidad, ese fue Woody Allen."

"¡Esto es serio y no está ayudando!" Puse mi rostro en mis manos y presioné mis globos oculares, destellos de luz parecidos a luciérnagas estallando por todas partes.

"¿Lo amas?," Me preguntó Udder.

"¿Qué?" Pregunté, mi voz era aguda y quejumbrosa. "¿Cuántas veces me has preguntado eso? ¡Apenas conozco al tipo!"

"Sí, cariño, pero, con el tiempo, ¿podrías amarlo?"

"No deberíamos estar acosándola," dijo Gramps. "Deberíamos estar felicitándola."

"¿Felicitándome? ¿Por qué?"

"Por curarte de tu trastorno de relación en línea. Como ya te dijimos, ahora acabas de tener un viejo trastorno de relación. También conocido como amor. Fuera de la sartén y dentro del fuego, cariño. ¡Excelente trabajo! Los dos estamos muy orgullosos de ti."

Me levanté, suspiré con un suspiro que habría hecho que Julieta se levantara de entre los muertos, los besé a ambos en la frente y arrastré mi lamentable trasero escaleras arriba para angustiarme aún más en la privacidad de mi habitación.

Capítulo 28

Era miércoles por la noche.

Ir o no ir a la reunión de NA, ese era el dilema. El sentido común dictaba fuertemente qué simplemente dejara caer todo lo de los no-mofóbicos, Derek y todo, como un calabacín podrido. Archivarlo en los recovecos oscuros de lo que quedaba de mi cerebro como un error más.

Udder sugirió que podría ser útil si hiciera una lista de los pro y los contra como una forma de tomar una decisión.

"Entendemos si no quieres ir," dijo con apoyo. "Le has dado una buena oportunidad y ahora es tu decisión. Si crees que es hora de hacerte a un lado, entonces hazlo."

"Pero, ¿por qué no me dices qué hacer?," Pregunté. Más como roga-do. "¿Por favor?"

"Querida, *La vida es como un juego de cartas; la forma en que juegas es de libre albedrío.*'"

"Shakespeare?"

"Jawaharlal Nehru."

"Desearía que fuera más como el sóftbol. Al menos soy razonable-mente buena en eso."

♥

Tomé la sugerencia de Udder e hice una lista. "Razones para ir a NA" en un lado:

1. Tener una excusa legítima para salir de la casa. (Me encantaban mi Udder y mi Gramps, pero estar cerca de ellos las 24 horas del día los 7 días de la semana me hacía oler como un pedo viejo.)
2. Testigo ocular de otro espectáculo de mierda tecno. (Escuchar al monstruo de la semana derramar sus tripas, en realidad se esta-ba volviendo bastante difícil de resistir. Mi temor, en el pasado limitándose únicamente a la red, ahora se estaba derramando en la vida real.)

3. Beber cosas buenas gratis. (Karen la Asesina de gatos había prometido traer un poco de café orgánico Kick Ass Arabica tosta-
do integral, cultivado a la sombra, de comercio justo, delicioso,
cocinado a fuego lento con notas de malta de chocolate, melaza
y regaliz. Garantizado para hacer que mi cuchara repose hacia
arriba. ¡Yum! Definitivamente difícil de resistir.)
4. Derek. (Oh, Dios mío. No importa cuánto lo intente, simplemente no podía sacar a ese maldito chico de mi cabeza. Verlo
sería . . . bueno . . . verlo.)

"Razones para no ir a NA" en el otro lado:
1. Culpa por asociación. (Aparecer en otra reunión de nomofóbicos Anónimos podría hacer que las malas lenguas hablen—no es
que yo realmente supiera alguna lengua para hablar. Pero aún así,
seguir rodeándome de locos fuera de línea podría dar a la gente
la impresión de que yo era uno de ellos. Que en realidad tuve un
problema cuando, como lo he dejado bastante claro, ciertamente
no lo tengo.)
2. *Pasión.* (¿Por qué consideraría conducir hasta la ciudad y no pasar todo el tiempo en línea? Ya había reducido mi navegación por
mi sitio de citas hasta tal punto que ahora aparecían mensajes
de texto del sistema, acompañados de emojis desgarradores, todos sollozando y tristes, preguntándome dónde diablos estaba,
rogándome que volviera. "¡Te hemos extrañado!," decía uno.
"¡Estamos preocupados por ti!" "¡Vuelve, vuelve!" Siempre me
había enorgullecido de mi alto puntaje en *Pasión*, pero casi de la
noche a la mañana había caído en picada de un 9.7 a un 7.4, lo
cual fue completamente humillante. Mi desprecio por los mensajes de texto entrantes me había degradado, pase de ser ese jugador de *Pasión* casi perfecto, la única cosa (aparte del sóftbol)
con lo que me estaba yendo bastante bien en mi vida. A terminar
perdiendo mis puntos, eso significaba que esos dulces descuentos
de los anunciantes en línea comenzaban a agotarse. Totalmente
inaceptable.)
3. Derek. (Dada nuestra falta de relación, aparecer en la reunión—
con Derek allí—sería más que incómodo. Después de lo que me
hizo—¿o lo que no hizo?—¿por qué querría volver a verlo?)
Ir o no ir. Ir o no ir. Ir o—
"¿Qué vas a llevar puesto para la reunión de esta noche?," Preguntó
Gramps, dejándose caer en el sofá y encendiendo un porro.
"No lo sé," le dije. "¿Qué opinas de esa falda blanca y un top color
crema? También pensé que podría ponerme esta bufanda que encontré,
creo que es de Udder." Di vueltas, modelando mi atuendo para él.
"Te ves—"

"Heer-MOO-Saaa," interrumpió Udder, entrando desde la cocina.

Como dije antes, el sentido común dictaba que debía ir. Pero, de nuevo, tenía cuatro puntos en el lado para ir y solo tres en el lado para no ir. Además, el sentido común, como todos sabían, estaba excesivamente sobrevalorado.

♥

La reunión tuvo lugar en el apogeo de la locura de *Pokemon Go*—un nuevo teléfono celular y una experiencia mental en línea que te hará perder la cabeza. Maldita sea la heroína—un golpe en *Pokemon Go* y tú eras un adicto al adicto.

Los locos crédulos viajaban por sus ciudades y pueblos usando sus teléfonos celulares para buscar frenéticamente monstruos míticos *que no eran reales*—pero maldición los jugadores no creían que lo fueran. El objetivo era usar su Poké Ball en pantalla para capturar Pokemon "salvajes" (¿Pokémons? ¿Pokémen? ¿Quién demonios lo sabía?) Y, duh, obtener Poké Puntos.

Esa era la locura que había asaltado al mundo.

"Estuve en las noticias el sábado pasado," nos dijo Claire, la loca de la semana de esta reunión. "Y no de la forma que siempre soñé que sería. No como una diva de la moda o un fenómeno pop de YouTube o químico de investigación que acaba de descubrir una cura para todas las enfermedades conocidas por los humanos. De ninguna manera. Estaba en las noticias y no era nada bonito."

Oh Dios, pensé, mis pulgares una vez más automáticamente enviando mensajes de texto sin teléfono. *Aquí vamos de nuevo.*

"Tenía la cabeza enterrada en mi celular jugando *Pokemon Go*, tratando desesperadamente de atrapar a Squirtle, la pequeña tortuga verde azulada más linda que jamás hayas visto, y me distraía, ya sabes."

No pude evitar sentirme mal por Claire. Sin embargo, otro perdedor certificable de NA. Otra pobre alma desesperadamente perdida. Sueñas en grande, con fabulosas visiones de hacer el bien en el mundo, y luego aparece algo tan insidioso, tan astuto y tan mortal como *Pokemon Go*, y en menos tiempo del necesario para jugar una palabra como SQUIRTLE en Scrabble, tú estas totalmente atornillado. ¡En un momento todo está bien en el mundo y al siguiente lo tiraste todo para atrapar una tortuga imaginaria! Imagínate.

"¿Squirtle?" Le susurré a Derek. "¿Squirtle la tortuga?"

Derek no dijo nada.

Había planeado sentarme lo más lejos posible de Derek. Había adoptado la estrategia de si no lo reconoces entonces no existe, estaba bien cuando *yo* lo hice pero realmente fue molesto cuando alguien lo hizo con migo. Sin embargo, la sala estaba abarrotada y los asientos eran limitados, así que me vi obligada a sentarme a su lado.

Hablar o no hablar. No tenía idea de dónde estaba con ese chico, pero, ahora que estaba justo a mi lado, era imposible resistir la necesidad de molestarlo.

"La próxima vez usare esa palabra en Scrabble," susurré. "YOINK y SQUIRTLE. ¿Qué opinas de eso, eh?"

Derek me dio una mirada confundida.

Claire continuó, con el pelo inmóvil todo el tiempo que estuvo hablando. "Casi había alcanzado al pequeño y lo tenía totalmente en la mira cuando, *mierda*, salgo del puente y caigo al río."

"¿Cómo diablos sales de un puente?" Susurré, luchando contra otra ronda de risas inapropiadas.

Derek se apartó de mí.

"Por un momento pensé que todavía estaba en el juego," gritó, "y que era, ya sabes, aún más realista de lo habitual. Pero luego inhalé un trago de agua y todo se volvió demasiado real." Claire se había retorcido el cabello con tanta fuerza alrededor del dedo que parecía atorado allí.

"¡Habla de 'sobre tu cabeza'!", Susurré. Estaba en racha!

Esta vez Derek me pellizcó. Le di una palmada en la mano.

"Alguien me vio y llamó al 911, y antes de que pudiera llegar a la orilla del río, llegó la policía, el departamento de bomberos, una ambulancia y el equipo local de noticias de televisión. Me sacaron del agua, escupiendo y goteando como una rata medio ahogada.

"Más bien como una tortuga medio ahogada," susurré.

"Fue toda una escena. 'Otro sobreviviente de *Pokemon Go*,' dijo la presentadora de las noticias, con cámaras rodando. Quiero decir, ella fue totalmente incapaz de ocultar su alegría por mi desgracia. Era como si se estuviera preparando. 'Afortunadamente, no mordió el polvo, pero ella sí se zambulló bastante. Si esta locura dura mucho más, tendrán que dedicar un ala completamente nueva en el hospital a sus víctimas. Ahora con su celular en el fondo del río, ¿será *Pokemon* Go o *Pokemon* No-Go la próxima vez para Claire? ¡Manténganse al tanto!'"

Me estaba mordiendo el puño para no reírme.

"Era como una celebridad," continuó Claire. "Mis treinta segundos de fama." Me llamó el *Boston Globe*, por el amor de Dios. ¡The *Globe*! Querían entrevistarme sobre los peligros de la adicción a los Pokemon. No hace falta decir que esta no era la fama que tenía en mente. No era exactamente cómo quería que todo sucediera.

"De todos modos, para resumir, aquí estoy."

"Bienvenida, Claire," gritamos al unísono.

Me volví hacia Derek y le di una fuerte palmada en el muslo.

"¿Qué estás haciendo?," Dijo, volviéndose hacia mí con el ceño arrugado y fruncido.

"Lo siento," dije. "Me pareció ver a Squirtle trepando por tu pierna."

¿Qué te dije? Otra noche en el paraíso.

Capítulo 29

"¿Cómo estuvo tu caminata?" Le pregunté a Sheila.

Sheila, de regreso para otro fin de semana conmigo, había pasado todo el día del sábado en el bosque con Jonathan.

"¡*Arghhh*!" Gritó ella.

"¿Qué? ¿Que pasó?"

"Estúpido. ¡Hijo de puta!" Escupió ella.

"Jonathan," le pregunté, alarmada por el tono de su voz. "¡Oh Dios mío! ¿Qué te hizo ese chico ahora?"

"No, no. No Jonathan. Jonathan es asombroso. Es el bastardo con el que luché en la cima del monte Tom que no puedo soportar."

"¿Qué? ¡No me digas que el puercoespín se volvió malo contigo!"

"¡No! ¡Por supuesto que no!" "Solo déjame recuperar el aliento. Todavía estoy hiperventilada."

Sheila se había derrumbado a la sombra de una de las plantas mutantes de calabacín y se estaba abanicando furiosamente con una de sus enormes hojas. Era la forma melodramática habitual de Sheila para comenzar una historia. Una cosa sobre Sheila: ella era una llama dramática.

"Entonces, caminamos hasta la cima de la montaña, ¿bien? Tiene vista al río Connecticut, hermosas vistas a los Berkshires, totalmente increíble. Ahí estamos, encaramados en la cima observando halcones, cuando de repente un drone nos zumba."

"¿Un drone? ¿Una de esas cositas de aviones voladores?"

"Exactamente," dijo Sheila. ¿Puedes creerlo? Estamos en medio de la nada, conversando con las ninfas de la naturaleza, comunicándonos con las maravillas del mundo—y un drone pasa volando."

"Como sea, realmente me molestó. Quiero decir, tal vez hay lugares para esas cosas, pero la cima del Monte Tom definitivamente no es uno de ellos. Entonces, me subo a la siguiente colina y esta el tipo con los controles, golpeando las cervezas.

"'¿Qué demonios estás haciendo?,' Le pregunto. 'Estás asustando a los pájaros *y* grabando a mi novio tocándome.'"

"¡Espera un minuto!" ¿Jonathan es tu novio? ¿Jonathan te estaba tocando?

"Bueno, la parte del novio aún no es del todo oficial y todavía tenía mi camisa puesta, pero sí."

"¿Pensé que estabas observando pájaros?"

"'Puedo hacer muchas cosas a la ves, ya sabes. ¿Puedo por favor volver a mi historia?'"

"Tenemos mucho de qué hablar," dije, levantando las cejas.

"Entonces el chico abre otra cerveza y comienza a atacarme. '¡Vuelve a Baghdad, perra!' Dice."

Las facciones de Sheila de Oriente Medio—tez cremosa, grandes ojos color avellana, cabello negro azabache y pestañas lujosamente largas—la hacían destacar entre la multitud. Estaba orgullosa de su herencia y no tomaba a la ligera insultos étnicos de ningún tipo.

"¿Puedes creerlo? Este pervertido está bebiendo y jugando con su drone, en la cima de una montaña en una reserva estatal, por el amor de Dios, grabando a Jonathan y a mí jugando. ¿Y luego comienza a golpearme? ¿en serio? El espeluznante video del mirón, no me importa una mierda. Video de distancia. Mira si me importa. ¿Pero sabes lo que realmente me molestó?"

"No me puedo imaginar."

"El imbécil estaba asustando totalmente a los pájaros. Los pobres halcones de cola roja se estaban volviendo locos con el drone atravesando su espacio aéreo. Totalmente enloquecidos, aleteando como locos, sin saber en qué dirección estaban. ¡Que idiota! El tipo estaba pidiendo problemas.

"Y algo me dice que se los diste."

"Maldita sea, si. Camino y le doy una patada al hijo de puta."

"¿En serio, Sheila? *Pateaste* al tipo?"

"¡No! Pateé a el *drone*. Para entonces ya había aterrizado y estaba acostado allí, mirándome con esos grandes y extraños ojos de robot. No quise hacerle ningún daño grave. Solo quería, ya sabes. Pero supongo que pateé la cosa demasiado fuerte."

"Oh no."

"Oh si. Comienza a rodar hacia abajo, y antes de que pudiera agarrarlo, el maldito drone había caído al borde del acantilado. ¡Se acabó el tiempo! ¡No vuela más, perra!"

"¡Oh Dios mío! ¿Dónde estaba Jonathan?" Ahora estaba casi tan sin aliento como Sheila.

"Jonathan todavía estaba en nuestra cornisa poniéndose los pantalones y buscando sus zapatos."

"¿Poniéndose sus pantalones?"

"Sí, olvidé contarte esa parte. Como sea, el tipo del drone está prácticamente rompiendo vasos sanguíneos, gritando asesinato sangriento. Se levanta de un salto para ir detrás de mí, tropieza con su paquete de seis cervezas y cae de cara al piso. Salgo de allí, agarro a Jonathan y nos dirigimos a las colinas. Dios, Meagan, tuvimos que escondernos en el bosque durante más de una hora hasta que el polvo se haya asentado lo suficiente como para poder escabullirnos de regreso al auto y escapar.

"¡Jesús, Sheila!"

"Lo sé. Bastante impresionante, ¿eh?"

"Por un delito grave, sí. ¿No crees que posiblemente hayas exagerado? ¿Solo un poco?"

"¡Diablos no!," Exclamó Sheila. "Esas cosas son malas. Obtuvo lo que merecía."

"¡No puedes simplemente destruir las cosas de las personas, Sheila!"

"Puedo y lo haré," dijo. "Y lo volveré a hacer en un abrir y cerrar de ojos. Déjame decirte, Meagan, fue toda la tarde. Halcón mirando. Drone destruyendo. Trabajo de mano. No hay nada mejor que eso. De todos modos, tengo que ducharme y cambiarme. ¿Crees que a Gramps le importaría si le pido un poco de su hierba? Jonathan y yo vamos a ver un documental sobre el cambio climático, y, ya sabes, drogarnos podría ser interesante. Por cierto, espero que no te importe que te abandone así."

"No no. Por supuesto que no. Adelante. Déjame varada el sábado por la noche, triste y sola, con mi abuelo como compañía. ¡Huzzah y hurra! Probablemente volveremos a jugar Scrabble."

"¿Scrabble? ¿Pensé que ese era el juego de Derek?"

"Es. Sólo soy . . . ya sabes . . . Por las dudas. Me alejé de ella y me toque el grano en la barbilla.

"¿Estás segura de que no estás celosa?," Preguntó ella.

"Sheila! Ese fue el objetivo de que vinieras aquí en primer lugar. Ahora, si puedes hacer el mismo truco con Derek como lo has hecho claramente con Jonathan, entonces estaré lista para irme."

"Estás sola con eso, mejor amiga. Soy una niña de un niño. Y por favor, no me refiero a lo que tengo con Jonathan como a un *truco*."

"Entonces, ¿qué es?"

"No tengo idea," dijo, ronroneando alegremente para sí misma mientras se desnudaba. "¿Estás segura de que no estás enojada conmigo?"

"¿Enojada contigo? No. ¿Preocupada por tu cordura? Oh si. Es mejor que lo creas."

"Nunca he estado tan cuerda." dijo Sheila. "Y no me esperen. Quién sabe, podría tener suerte y no volver esta noche."

"No estoy segura de que la suerte tenga algo que ver con eso," le dije, y las dos nos reímos.

Capítulo 30

Derek.

Qué hacer con Derek.

Me escabullí rápidamente después de la última reunión de no-mofóbicos Anónimos del miércoles porque, susurrando a un lado, honestamente no lo pude tolerar. Pero la ausencia de Derek ciertamente no estaba haciendo que mi corazón se volviera menos aficionado.

Por más que lo intenté, no podía sacarme a ese chico de la cabeza. Era como un gusano cerebral, penetrando profundamente en mi cráneo, retorciéndose de un lado a otro. Seguía hurgando en mis oídos, preocupado de que no fuera cera, sino materia gris que rezumaba.

Udder y Gramps se dirigieron a la ciudad para cenar y me abandonaron. Allí estaba, completamente sola, sin coche para huir. Desesperada por el consuelo de Derek, caminé sin parar en una búsqueda inútil por el final de la zona muerta para poder escapar en línea.

No tengo suerte. Malditas sean las ciudades de la colina. Era como vivir en el siglo 20, por el amor de Dios. Todavía no hay servicio.

A la mierda el teléfono, me dije. Si no podía conectarme, tenía otras opciones. Ya era una niña grande. Podría pensar en otra cosa para escapar de ese chico.

¡Meditación! ¡Eso podría funcionar! Había estado aprendiendo un poco, gracias a los casetes de reducción de estrés basados en la atención plena (¿cómo fue el siglo 20?) Que Udder y Gramps escuchaban ocasionalmente. Dijeron que les ayudó con su artritis. La retirada de Derek parecía ser tan dolorosa, así que pensé en intentarlo.

Tenían una cinta feminista (imagínense) que continuaba y envolvía su aliento alrededor de las trompas de falopio, abría sus ovarios y hacía que el útero sonriera, pero eso simplemente no hizo flotar mi bote, así que en lugar de eso seguí siendo uno con un lago. No importa qué tormentas o vientos adversos u olas rompieran en mi superficie, en lo profundo de mis aguas interiores estaría tranquila y pacífica. Lo creas o no, no era tan patético como parecía.

Entonces medité. Vestida con mis pantalones cortos más flojos y la camiseta de Gramps 'Trump Basura,' me senté sola, con las piernas cruzadas al estilo yogui, a la sombra de la huerta al atardecer, y recité mi mantra (*abeja, abeja, abeja*) una y otra vez. Haciendo mi mejor esfuerzo para ser un lago.

Enfoqué toda mi atención en mi tercer ojo, ese lugar sagrado entre mis cejas, ese asiento de mi alma, y me concentré en mi respiración. Pero maldita sea si mi tercer ojo se negaba a cooperar. Vagaba a voluntad, a veces con los ojos cruzados, de un lado a otro, pero siempre preguntando, sobre Derek. ¡Maldita sea a ese chico!

Darle un poco de calma a mi mente, liberarla del caos, ir a ese lugar de paz y serenidad era mucho más fácil decirlo que hacerlo.

Para entenderlo todo (¿o fue sóftbol?) Al respecto: mi cerebro, a pesar de todas sus fallas, era un buen lanzador malvado. Siguió disparando al chico, pensó después de que el chico pensó justo en el centro de la base, a fuego fuerte, golpe tras golpe. Ensuciar estas cosas estaba fuera de discusión. Después de un tiempo ni siquiera podía balancearme, por el amor de Dios. Solo me quedaba allí mirando un murciélago en mi hombro, paralizado. ¡Pensamiento tras pensamiento, todo con Derek al frente y al centro, arrojándose desde el montículo, amenazando en términos inequívocos retirarse del equipo en nueve lanzamientos si no fueron escuchados y reconocidos INMEDIATAMENTE!

¿Por qué los chicos fuera de línea dan tanto miedo?

¿Por qué solo la idea del amor me pone al límite?

¿Qué tiene una relación que me hace agarrar mi bate y mi guante, dar la espalda y salir corriendo (no caminar) del estadio?

¿Por qué Derek tiene que hacer las cosas que hace? ¿Por qué no podría haberme dejado sola? ¿Por qué está vivo?

¿Por qué? ¿Por qué? ¿Por qué?

Lago o no lago, pensamientos inducidos por Derek, astutos bastardos que eran, habían cooptado todo el juego de pelota y usado la meditación para inundar mi cerebro y atacar el corazón de la amígdala. Fue una causa perdida. La meditación solo parecía aclarar mucho más lo confusa que estaba realmente.

Prácticamente me estaba ahogando en el maldito lago, mi tercer ojo me pesaba.

Muy bien, entonces, si no pudiera meditar, seguramente me masturbaría. Al menos sabía que era buena en eso. Un poco de placer propio, un poco con el clítoris (al lado de mi celular, mi galón garantizado) definitivamente me impulsaría a esa zona feliz de olvido. Fue saludable y seguro, muy divertido y sin calorías.

Así que me escondí en los confines de la huerta, donde ninguno de mis abuelos que regresara temprano de la cena podría deambular accidentalmente, y me tumbé al sol del verano. Temiendo la ira del rey Ludd, resistí el impulso de usar la aplicación MyVibe en mi teléfono y, en lugar de hacer que mi celular hiciera vibrar mis preocupaciones, dejé que mis dedos caminaran. *Arghhh!* ¿Qué estaba pensando? ¿Masturbarme y no fantasear con Derek? ¡Hola! Tierra a Meagan! ¿Había ese humo de segunda mano deformado todas mis células cerebrales?

No importa cuánto trate de sustituir a otros jugadores en el equipo de mis sueños eróticos, siempre era Derek lanzando, Derek atrapando. Era Derek (¡ooh la la!) En todas las posiciones. Traería a colación la imagen de cada chico sexy con el que había sextiado, pero, justo cuando estaba en tercer lugar y me dirigía a casa, allí estaría. Bien viejo Derek. Bloqueando la maldita base.

Todo esto estaba empezando a enojarme. Y en serio, ¿cuántas metáforas de béisbol (sóftbol?) podrían entretenerme antes de volverme completamente loca?

Bueno. Si no podía meditar y no podía masturbarme, al menos podría cafeinarme. La automedicación a través de la cafeína de las grandes ligas. Eso definitivamente haría el truco.

La meditación, eliminando el pensamiento, había sido un completo desastre. La masturbación, el pensamiento sexual, aunque considerablemente más divertido, había llevado a Derek a enfocarse aún más. Pero café. ¡Café! Si pudiera abusar de la cafeína lo suficiente, entonces los malditos pensamientos volarían tan rápido y furioso que no tendrían oportunidad de ser reconocidos en el infierno. Estaría demasiado ocupada esquivando las bolas rápidas de neuronas para darles sentido a cualquiera de ellas.

¡Huzzah y hurra!

¿Qué podría salir mal con eso?

♥

¡Estaba un poco confusa en cuanto a exactamente cuántas tazas de café había consumido antes de que el rayo golpeara y chisporroteara la idea más brillante de la historia!

Algunos pensamientos son como un buen vino, tomando su propio tiempo dulce para llegar a buen término. Cuanto más fermentan, mejor son.

¡Este no! Este pensamiento surgió como de un patio trasero. BAM! Estaba casi ciega por la luz de la luna.

Recuperando mi vista y habiendo reconocido la imposibilidad de resolver el problema del niño por mi cuenta, tuve la epifanía de que necesitaba desesperadamente un compatriota que venga a mi rescate. Un tercero deslumbrantemente heroico para resucitar todo este fiasco de mi relación. Sheila estaba demasiado obsesionada con Jonathan y la Madre Naturaleza, además, tenía serias preocupaciones sobre su estabilidad mental. Udder y Gramps eran demasiado viejos para ser de alguna utilidad. Eso pasaba . . .

Rey Ludd! ¡Su Alteza Real! Usaría al Rey Ludd para actuar como intermediario entre Derek y yo.

¿Brillante o qué?

Esto es lo que haría: escribiría a mano una carta a Derek del propio Ned Ludd, el rey mítico, el intrépido líder de los luditas, el titán antitecnológico, el Hombre, pidiendo una reestructuración. ¡Una reincidencia con Derek! Eso resolvería todos mis problemas.

Bueno. Entonces, tal vez esto realmente no encajaba en el plan de juego sin chicos. Tal vez realmente era un retardado social y nunca podría navegar por el mundo fuera de línea de la vida real, entonces, ¿por qué intentarlo? ¿Tal vez no estaba claro qué escribirle a Derek en una persona del Rey Ludd podría esperar lograr? Tal vez solicitar una reincidencia cuando todo lo de Derek ya parecía hecho tenía tanto sentido como un chillido de chorro, particularmente después de ese pase patético, mal programado y mal preparado que hice. Tal vez debería seguir con el plan y rechazar cualquier pensamiento de romance real fuera de línea hasta que descubra qué demonios estaba haciendo con mis falsos romances en línea. Quizás demasiado café no era necesariamente algo bueno.

Pero aún así, fue dolorosamente claro para mí lo desesperada que estaba por una reestructuración. Fue todo lo que pude pensar. Y si no hice algo para hacerlo de nuevo ahora, no estaba segura de haber reunido el valor para intentar hacerlo de nuevo.

Cuando cae un rayo solo tienes que ir con él.

♥

Tan pronto como Udder y Gramps llegaron a casa, tomé prestado el auto y, dejando mi celular atrás incluso sin que me lo pidieran (¿puedes creerlo?) Conduje como una loca hasta el centro, encontré una mesa en la esquina del sótano del Haymarket Café, y comencé mi manifiesto escrito a mano para Derek.

Como siempre, nada era fácil. Escribir una carta a mano no fue tan fácil como parecía. Habían pasado años desde que me aventuré en el tiempo y me quedé sin teclado. Aunque había enviado esas pocas postales dispersas a mis padres, apenas podía recordar cómo sostener un bolígrafo, por lo que escribir de forma legible estaba resultando increíblemente difícil. ¿Pero una carta escrita a máquina para el rey de reyes antitecnología? Eso estaba mal.

Algunas de las letras que me encantaban hacer. Tome una *y* por ejemplo. Eran las cositas más lindas del mundo. Solo quería llevarme una a casa, acurrucarme con ella y exprimirla hasta la muerte. Prácticamente estaba hablando en voz alta sobre eso.

¿Pero *x*? Estaba maldiciendo la cursiva de esos pequeños bastardos furtivos. Me ponía los pelos de punta.

No solo escribir era un problema—deletrear. ¡Oh Dios mío! La diosa de la computadora nos dio un corrector ortográfico por alguna razón. No podía recordar ninguna de las reglas, arruinando las palabras más básicas. ¿Era *I* antes de *E* excepto después de *T*? Después de *P*? ¿Quién demonios lo sabía?

Sentada en el café, haciendo lo mío de la manera de las chicas de las cavernas, con una buena pluma y tinta, me dio un enfoque súper nítido de lo conectada que estaba el resto del mundo. La cabeza de todos los demás estaba enterrada en su computadora portátil o encorvada sobre su iPhone. Ni una voz para ser escuchada. El mío era el único papel a la vista.

Estaba empezando a atraer miradas. Pude ver pequeñas burbujas de pensamiento (incluso en cursiva) formándose sobre las cabezas de las personas, al igual que en las tiras cómicas.

"¿Qué pasa con esa chica? ¿Es eso un bolígrafo en su mano? ¿Todavía es legal esa mierda?"

Esto, por supuesto, solo alimentó mi nuevo sentido de superioridad inducido por la cafeína.

"¡Mírame!," Quería gritar. "¡Puedo Jodidamente escribir, perras!"

Pedí un capuchino doble y comencé furiosamente mi manifiesto. Gracias a Dios, Udder y Gramps fueron generosos con el dinero, porque estaba rompiendo el banco con mi adicción al café de alta gama.

¡Malditas sean estas adicciones! Parecía estar acumulándolas más rápido de lo que me cambiaba los calcetines.

Capítulo 31

Querido Derek,

La siguiente guía me llegó de una cierta joven que tiene una afinidad particular por su compañía y desea extender los mejores pensamientos hacia usted. Gracias a ti, sus ojos se han abierto de la terrible epidemia de adicción tecnológica tan ampliamente evidente en el mundo de hoy. En un intento por ayudar a traer luz a la oscuridad, ella escribió el siguiente manifiesto y solicitó que se publicara de manera prominente y oportuna en lugares públicos de la ciudad.

La guía Ludita sobre las diez mejores cosas que hacer con los pulgares (y los dedos) fuera de línea.

1. *Leer un libro. Acaricia esas páginas sensuales entre tus dedos. Disfruta la sensación del papel real. Ignora las miradas extrañas de los ojos curiosos en el café. "¿Qué es esa cosa que tiene en sus manos? Susurrarán. "Que alguien me ayude aquí. No recuerdo muy bien la palabra. No es un . . . ?"*
2. *Garabatos. Toma un lápiz y ve a trabajar. Deja que la mente divague y que los dedos creen, figuras fantásticas, formas cambiantes, imágenes psicodélicas—solo asegúrate de mantener tus creaciones fuera de las manos de tu terapeuta. No queremos comprometernos involuntariamente, ¿verdad?*
3. *Tocar el piano. No tienes que saber cómo. Ni siquiera tienes que tener uno. Piano al aire, es una cosa hermosa (mucho más relajante que enviar mensajes de texto), y cuando practicas, no volverá locos a tus familiares y amigos. Solo cierra los ojos, escucha la música en tu cabeza y juega. (Nota: para no parecer un*

demente, quizás hacer esto en privado tiene más sentido. Vuelve a leer el artículo número dos, anterior, sobre compromisos involuntarios).

4. *Tallar. Todo lo que necesitas es un cuchillo, una pieza de madera al azar y un par de cientos de curitas en caso de que te cortes los dedos.*

5. *Acariciar algo. Un gato, un perro, o incluso una tortuga (una real—no una estafa de Pokémon). Cualquier cosa que se mueva. Te amarán por siempre, a menos que, por supuesto, no lo hagan. En ese caso, las curitas sobrantes serán útiles nuevamente.*

6. *Muerde tus uñas. Bien*—sé que es asqueroso, desagradable y antihigiénico. La lista de negativos sigue y sigue. Pero seamos sinceros, hay pocas cosas más satisfactorias en la vida que elegir una uña larga y gruesa. (Recuerda, estamos hablando de uñas aquí y no de mocos. De acuerdo, hurgarse la nariz también es dulce, tal vez aún más, pero la recolección pública es más que asquerosa y nunca recibirá el sello de aprobación sanitaria de los buenos luditas. Entonces, por el amor de Dios, quédate *con tus uñas, por favor.)*

7. *Tejer. Si, si, si. Es raro. Es retro. Y todos temerán abrir tus regalos. Pero aún así, en lo que respecta a las adicciones, es bastante saludable. Además, con todas esas poco convincente, a medio terminar, lamentables bufandas envueltas apretadamente alrededor de tu cuello, nunca volverás a tener frío. Beneficio adicional: si eres un hombre heterosexual, este puede ser un comienzo de conversación increíble con mujeres obsesionadas con tejer, al azar.*

8. *Hilo dental. No solo es bueno para tus dientes, sino que también puedes tomar la cuerda y hacer móviles con conchas marinas o utensilios o piezas sin usar de tu teléfono celular roto. (Pero, a diferencia de tus creaciones tejidas—ni siquiera pienses en regalar esta mierda.)*

9. *Frota una piedra de preocupación. Puede hacer que te veas neurótico y loco, pero estamos en el número nueve aquí, y, dame un respiro, la cafeína está empezando a desaparecer y se me están acabando las ideas.*

10. *Masturbarse. Basta de charla. El mejor sexo seguro. Doblemente importante para tener en cuenta, regla de privacidad para esto.*

Si bien la escritora ha expresado su voluntad de considerar las críticas constructivas con respecto a esta lista, también ha indicado enfáticamente su firme creencia de que lo anterior, es quizás, lo más brillante que SE HA ESCRITO alguna vez, y cualquier sugerencia de cambio, sin importar cuán pequeño o intrascendental, será RIDICULIZADO Y MALTRATADO. Ella espera ansiosamente su aprobación incondicional.

Que las noticias de tus conquistas se extiendan lejos y cerca,
Que tus enemigos entren en alarma.
Que tu coraje, tu fortaleza, los golpee con miedo,
¡Que teman tu brazo omnipotente!

Respetuosamente,

Ned (Rey) Ludd

P.D. Después de una reflexión adicional, una gran cantidad de angustia y búsqueda de almas por su parte, la escritora respetuosamente solicita una conversación de nuevo. Su último intento de conversación cara a cara terminó de una manera extrañamente incómoda y torpe para todos los involucrados. Sigue siendo cautelosamente optimista de que, a su conveniencia, aceptará esta solicitud. No fue fácil para ella lograrlo. Al momento de escribir esto, ella estaba tomando quizás su decimonoveno espresso / cappuccino y sus manos temblaban y no podía creer que en realidad estaba poniendo esto en papel y tal vez, solo tal vez, obtenía suficiente coraje para enviarle la maldita cosa.

P.D1. En un reconocido momento de debilidad, la autora se bajó del auto, encendió su teléfono y pasó horas desperdiciando su precioso tiempo en jugadas triples de sóftbol de YouTubing. Ella desea reiterar que SU triple juego fue ¡sin duda, el MEJOR DE TODOS! También espera desesperadamente ser invitada de nuevo a jugar como campo-corto, ¡ya que NUNCA ENCONTRARÁS A NADIE TAN IMPRESIONANTE COMO ELLA!

P.D2. Sabiendo que enviar mensajes de texto es malo y una llamada telefónica demasiado incómoda, la escritora tenía toda la intención de entregar esta carta en mano en su humilde residencia. Sin embargo, la niña de pensamiento claro, desde entonces lo ha pensado mejor. ¿Y si no estuvieras en casa? ¿Qué pasaría si, en la Tess de los Urbervilles, la carta se deslizara debajo de su puerta y terminara escondida debajo de una alfombra, nunca la viera y todo girara cuesta abajo desde allí. Nuestra valiente heroína terminaría colgando de su cuello y balanceándose? ¿En la horca? Por lo tanto, ella planea esconderse en los arbustos cerca de su casa, darle esta carta a un chico del vecindario y pagarle para que se la entreguen personalmente y luego una vez que la reciba, escabullirse.

P.D3. La escritora había pensado en atacarte a lo Van Gogh, cortarse la oreja y enviártela como muestra de su afecto eterno, pero luego, afortunadamente, lo pensó mejor porque podría afectar su capacidad de escuchar la pelota llegando a ella cuando esta distraída, una vez mas. ¡LA MEJOR CAMPO-CORTO POR SIEMPRE!!!

Bueno. Sé que esto suena como la carta más extraña, que tiene poco (si es que tiene) sentido, y que de ninguna manera estuvo ni remotamente cerca de resolver el dilema de Derek. Pero los tiempos difíciles exigían acciones extremas—incluso si eran clínicamente locos.

Bebí una taza más, cerré los ojos, choque mis talones tres veces mientras contenía la respiración y, con los pensamientos del Rey Ludd bailando en mi cabeza, conduje hasta la casa de Derek. Había estado en su casa una vez, después de la primera reunión de NA cuando él había encerrado las llaves en el auto, pero aún así, sin mi teléfono, encontrar el maldito lugar no era un paseo por el bosque. Cuarenta giros incorrectos y dieciséis extraños al azar dándome direcciones contradictorias("ve a la derecha en el tercer semáforo . . . pensándolo bien, el segundo semáforo . . . ¿o tal vez es a la izquierda?") Finalmente tuve suerte y de alguna manera tropecé con su calle.

Por fortuna, su vecindario estaba lleno de niños. Después de una negociación significativa, convencí a uno de que entregara la carta por un dólar (¡niños en estos días!), Observé desde detrás de un arbusto, como un agente secreto, mientras entregaban mi carta personalmente a Derek, y luego volvió a mi auto sin ser visto. Esta vez solo tomó treinta vueltas incorrectas (viste—¿quién necesita Google Maps?) Hasta que finalmente volví a la casa de Udder y Gramps.

♥

"Estoy confundido," dijo Udder, rascándose la cabeza mientras le resumía las escapadas del día. "¿Cuál es exactamente el final del juego aquí? ¿Qué esperas lograr con esto? ¿Cuales son tus expectativas?"

"No tengo ninguna. Las expectativas son la raíz de toda angustia—¿recuerdas?"

"¿Buda?"

"Shakespeare."

"*Touché,*" respondió, sonriendo. "Pero no es el punto de—"

"Tranquilo."

"Pensé que tu intención era—"

"Shhhh." Puse mi dedo sobre sus labios, lo besé en la frente y luego felizmente salí al jardín.

Después de haber despachado algunos de esos molestos escarabajos de frijol, caminé y milagrosamente encontré ese punto dulce para poder enviarle un mensaje de texto a Sheila (lo sé—hipocresía con una H mayúscula, pero después de toda esa escritura a mano mis pulgares necesitaban sentirse normales otra vez) y le entregue mis brillantes estrategias de afrontamiento en este juego.

Meditar.

Masturbarse.

Cafeína.

Pontífice.

"¿No hubiera sido más fácil si hubieras comido en su lugar?," Respondió ella. "Las rosquillas de crema de Boston son la solución a muchos de los problemas en este mundo."

Capítulo 32

Estaba en el jardín haciendo mi técnica de la muerte a todo escarabajo, cuando Derek llegó. Salió de su auto, se vistió ridículamente con
un tutú de seda y una tiara real tachonada de diamantes de imitación.
Como solía hacer en tiempos de grave agitación emocional, me escondí
detrás del calabacín.

Derek llamó a la puerta, le entregó una carta a Gramps y, con una
mirada furtiva en mi dirección, saltó de nuevo a su auto y salió corriendo.

Corrí a la casa.

"¡Maldición!" Gramps maldijo. "Primero artritis. Ahora demencia.
Lo juro, me imaginé a un lunático travestido parado en mi puerta que
parecía sospechosamente como—"

"¿Qué te dio?," Le pregunté.

"Refresca mi memoria," dijo Gramps. "¿Tienes trece o diecisiete
años?"

"¿Quién demonios sabe? ¿Y por qué, en nombre de Dios, estaba Derek vestido así?"

Gramps sacudió la cabeza. "Los adolescentes hacen las cosas más extrañas. Especialmente adolescentes en celo. Dijo que era el Rey Ludd.
Aquí para entregarle un mensaje a su mujer de mierda."

"¿Su mierda de mujer?"

"Tal vez dijo 'señoría.' No lo sé. Estaba hablando con este falso acento británico y era terriblemente confuso."

Agarré la carta de Gramps y corrí escaleras arriba a mi habitación.
Cerrando la puerta detrás de mí, agarré una linterna, me metí en la
cama, me tapé la cabeza con las mantas y, temblando debajo de las sábanas, leí lo siguiente:

Estimada señora,

El caballero que recibió su correspondencia recientemente, está de todo corazón de acuerdo en que su Guía ludita sobre las diez mejores cosas que hacer con los pulgares (y los dedos) fuera de línea es, como usted lo dijo acertadamente, ¡lo más brillante que SE HA ESCRITO! El caballero no se atrevería a sugerir ningún cambio, incluso si fuera a ser escupido, ridiculizado y luego colgado de su cuello en la horca de Tess de los Urbervilles. Su profunda destreza con la palabra escrita (escrita a mano, ¡nada menos—impresionante!) Combinada con su ingenio y sabiduría, brilla como el sol en las ardientes ruinas de los malditos molinos de lana de Yorkshire. El caballero levanta los ojos al cielo y luego se inclina con cada uno de sus pensamientos mientras promete publicar su costado en el lugar más público.

¡Sacúdete el yugo odioso de los viejos tontos! ¡Sus ministros pícaros, nobles y tiranos deben ser derribados!

Deja que tú fe se fortalezca aún más.

Respeto eterno,

Ned (Rey) Ludd

P.D. El caballero desea informarle que ha permanecido despierto noche tras noche sin dormir, torturado con agitación, repitiendo ese espectáculo de mierda mal manejado del infame beso, eso no fue un beso una y otra vez. Pasa cada momento de cada día preguntándose qué demonios estaba pensando. En defensa del caballero, ese beso salió de la puta NADA y nuestro pobre héroe socialmente inepto estaba muy mal preparado y, por decirlo suavemente (por no decir literalmente), totalmente atónito. Sin embargo, al presenciar su semblante al leer su sugerencia de una repetición, el orgasmo es una palabra demasiado lamentable para describir sus sentimientos, aunque estoy bastante seguro de que se sonrojaría de vergüenza si interpretara mal su euforia como si estuviera en alguna forma o moda de naturaleza sexual o tener algo que ver con el órgano masculino. Es muy consciente de que los PENES no tienen cabida en la conversación cortés y solo reciben el sello de aprobación sanitaria de los buenos luditas en circunstancias estrictamente controladas.

P.D1. Si bien el caballero comprende de las experiencias anteriores el efecto que la cafeína puede tener en su señoría, espera sinceramente que la gran cantidad de dicho jugo de jitter de ninguna manera enturbie su juicio en su correspondencia reciente. Ofrece oraciones profundas de las que no te arrepi-

entes de ninguna de tus palabras maravillosamente escritas. Sin embargo, respetuosamente sugiere que tal vez diecinueve espressos / cappuccinos sean demasiados y ¿ESTÁS REALMENTE LOCA? ¿DIECINUEVE? JESU-CRISTO, MUJER! ¡Estoy sorprendido de que sigas viva!

P.D2. Con el debido respeto a la capacidad de esos pequeños bastardos (¡niños! ¡Qué asco!) Que conspiran para exprimirle un dólar ganado con esfuerzo por unos segundos de trabajo sin sentido, en realidad entregaré esta carta en las manos (no debajo de la alfombra—pobre Tess) de tus estimados patriarcas (también conocidos como Udder y Gramps) con la confianza de que la recibirás de manera oportuna.

P.D3. El caballero desea transmitir gracias por no enviarle la oreja. Preferiría verla pegada a su rostro espectacularmente hermoso mientras haces otra TRIPLE MALDITA JUGADA, ¡el último de los cuales fue el MOMENTO DE SÓFTBOL MÁS IMPRESIONANTE DE TODOS LOS TIEMPOS!

Posdata número . . . (No recuerdo cuántas). Hablando de sóftbol, el caballero le ruega el honor de su compañía como campo-corto este domingo 22 de julio a las 4:00 PM en Florence Fields, donde los zurdos luditas patearán el culo de cualquier contrincante en el campo de juego. Tal vez al concluir su resonante victoria tan esperada, su señoría podría unirse a dicho caballero en el restaurante de su elección (Miss Flo's Diner—¿por favor? ¡¿Por favor?!) Para conversar, comer algo y tal vez tener una discusión sobre logística de re-hacer. Si es necesaria una infusión de cafeína, estoy bastante seguro de que el restaurante mencionado anteriormente está bien equipado para manejar las necesidades de su señoría. Dios sabe, incluso podrían darte recargas gratis, lo que podría salvarte de tener que hipotecar la granja de tus abuelos solo para obtener tu maldita solución.

Posdata. Solo contaré los segundos hasta que vuelva a ver a su señoría el domingo.

Capítulo 33

"¿Estas qué?," Le pregunté.

"Estoy huyendo, hermana." Sheila jadeaba furiosamente. "Los policías podrían estar aquí en poco tiempo."

Sheila estaba agachada detrás del escondite: las plantas de calabacín, que crecían como secuoyas gigantes en la esquina del jardín. Recién salidos de la *Pequeña Tienda de los Horrores*, eran monstruosidades mutantes que se alimentan de niñas. Gramps me había pedido que podara las plantas, pero para hacerlo tendría que pedir prestada una motosierra a los vecinos. Había planeado elegir el calabacín más pequeño para usarlo como mi bate en el juego de sóftbol del domingo por la tarde, pero estaba aterrorizada de la calabaza madre, de que me persiguiera y me hiciera algún daño grave.

"¡Dios mío, Sheila! ¿No me digas que eliminaste otro drone? No pensé que los Amish les permitieran esas cosas."

"Por supuesto que no, hermana. Eso jodería totalmente con su *Gelassenheit.*"

Sheila había venido de Boston el jueves por la tarde y luego condujo con Jonathan al condado de Lancaster, Pensilvania, para unirse a los Amish. Una peregrinación a un sitio sagrado. Un clásico viaje por carretera para presenciar el Camino. Si alguien estaba logrando lo ludita con algún grado de éxito, eran los hermanos y hermanas de la persuasión Amish. Su enclave en el estado de Keystone era una parada obligatoria en cualquier itinerario de viaje de los aspirantes a Luditas.

Sheila había pasado dos noches acampando con Jonathan, carpa y todo, en Pensilvania. Había jurado guardar el secreto, porque si los padres de Sheila alguna vez descubrieran que había ido a acampar durante la noche con un chico en lugar de quedarse con Udder, Gramps y conmigo, habrían arruinado todo.

A estas alturas ya estaba muy claro que ella había trabajado su magia en ese chico. Estaban celebrando su primer mes aniversario *y* el decimoctavo cumpleaños de Sheila en este viaje por carretera. ¡Un mes entero!

Era difícil comprender que Sheila pasara la noche con un chico. Tener relaciones sexuales y no solo sextiar. ¡No había visto venir esto en lo absoluto! Mi mejor amiga había tomado la píldora y ahora estaba involucrada por completo con un chico, mientras yo golpeaba el plato y ni siquiera había llegado a la primera base. No era que estuviera celosa. O incluso envidiosa. Era solo que yo . . . bueno . . . un poco celosa e increíblemente envidiosa. Eso y sentirme totalmente dejada atrás.

"Su *Gelassen-*¿qué?" "Y deja de llamarme 'hermana.' Me estás asustando."

"Es como se llaman los Amish."

"Se llaman entre sí *'¿Gelassenheit?* ¿No es eso lo que dices cuando alguien estornuda?"

"No, tonta, se llaman entre sí 'hermano' y 'hermana.' Es revolucionario. Unificador *Gelassenhei*t es auto-entrega, sumisión, satisfacción, un espíritu tranquilo. Es como los valores centrales de los elegidos."

"No me digas que te has vuelto toda Amish ahora, Sheila. A la chica de la naturaleza la puedo manejar. Pero de Musulmán a Amish en veinticuatro horas me parece un poco extremo, incluso para ti.

"Ahhh, pero ¡qué dulces veinticuatro horas fueron, hermana!"

Una vez más, Sheila se asomó furtivamente por encima de la calabaza, buscando el calor en el horizonte.

"Entonces, ¿qué hiciste esta vez?," Le pregunté. La transformación de Sheila de urbana apolítica a neoludita política había sucedido tan rápido que me resultaba agotador solo tratar de mantener el ritmo.

"Estación de servicio con televisión," susurró, separando las hojas de calabacín para mirar por el camino de entrada.

"¿Los Amish miran televisión?," Pregunté.

"No. Por supuesto no. No seas irrespetuosa. No usan autos, no hay radios, nada de Internet, no hay televisión. Es enfermizo. Estoy pensando en convertirme. Quiero decir, en serio, ¡qué maravilloso sería cambiar mi auto de mierda por un caballo y una calesa! ¿Prometes que me visitarás cuando me mude allí?"

"¿Pero pensé que te mudarías a una cabaña con Jonathan?"

"Tal vez será una cabaña Amish."

"Donde sea que estés, me aseguraré de visitarte," le dije amablemente. "¿Pero qué pasó con la televisión?"

"¿Juras por el meñique guardar el secreto?"

"¡Duh!"

Envolvimos los meñiques, juntamos nuestras frentes dos veces y silbamos las notas de apertura de "Love Story" de Taylor Swift, nuestro ritual de secretos desde séptimo grado.

"Está bien," dijo Sheila. "Escucha esto. Allí estábamos, manejando de regreso de Pensilvania en Mass Pike y llegamos a un área de servicio. Jonathan me pide que consiga gasolina mientras va a orinar, y mientras estoy llenando el tanque allí está. Al frente y en el centro. Gritando en mi cara. El hijo de puta está posado justo encima de la bomba."

"¿Qué era?"

"¡Un televisor!," Susurró Sheila. "¡Gasolinera con TV!"

"Uh oh."

"'Uh oh' está bien. Aquí estoy, todavía sintiendo el *Demut* y el *Gelassenheit*, mi cabeza inmersa en el ambiente Amish de vivir simplemente para que otros puedan vivir. Y ahí está, esta maldita monstruosidad explotando en mi cara. Gritando sus anuncios de mierda, mierda y más mierda. Maldición capitalista. ¡Acabo de pasar un fin de semana con buena gente y aquí estoy siendo brutalmente asaltada! El malvado depredador. ¡El opio de las masas!"

"No es bueno," le dije.

"No es bueno para nada. Intento apagarlo, o al menos bajar el maldito volumen, pero no puedo. Le grito pero juro que se vuelve más fuerte. Se está burlando de mí. Lanzando insultos en mi camino. Sonriendo como Satanás. Tratando de llevarme al taller del diablo."

"'¿Y el *Gelassenheit*? ¿El espíritu tranquilo?'"

"Al diablo con el espíritu tranquilo. Es algo en lo que tienes que trabajar. Mientras tanto, la gasolina brota por todas partes porque hay algo mal con la maldita boquilla, y la perdí por completo."

"¿Cómo puedes perder una boquilla de gas?"

"Más bien como vencer a la mierda."

"¿La boquilla?"

"¡No! La televisión. Saqué el limpiador del parabrisas del cubo al lado de la bomba y comencé a protestar. Antes de poder detenerme, la pantalla se había roto y esa perra era historia."

Un automóvil se detuvo en el camino de entrada y Sheila volvió a zambullirse en el calabacín. Era solo el cartero.

"¿Alguien te vio?," Le pregunté cuando volvió a salir arrastrándose.

"No lo creo. Jonathan volvió de orinar y luego salimos a toda velocidad de allí."

"Debe estar acostumbrándose a ese tipo de cosas. Primero el drone. Ahora la estación de servicio con televisión. ¿No hay nada seguro?"

"No te burles, Meagan. Soy una fugitiva. En carrera. Voy a tener que forjar una nueva identidad. Conseguir un nuevo peinado. Cambiar mi nombre y todo."

"Pensé que ya lo habías hecho," le dije.

"¿Lo hice?," Preguntó ella.

"Si. Reina Ludd. ¿Recuerdas?"

Sheila se echó a reír, un chillido de puercoespín que sonó como un Ewok tocando un kazoo. Se hizo eco a través del jardín e hizo temblar las hojas de la planta de calabacín. Ella levantó su puño izquierdo apretado en el aire.

"¡Reina Ludd!," Gritó. "¡Solo intenta atraparme, hijo de puta! ¡Nunca me llevarás viva!"

Capítulo 34

Sheila y yo pasamos la mañana en el jardín limpiando y matando escarabajos (me dio un poco de satisfacción saber que al menos podría hacer *esto* mejor que ella) y ahora nos dirigíamos al juego de sóftbol dominical de los zurdos luditas. Fue el día después de que Sheila había llegado a casa de su viaje por carretera Amish y todavía estaba bastante ansiosa y nerviosa. Tal es la vida de un fugitivo en fuga. Cosechas lo que siembras.

"Estoy pensando en repensar todo mi plan de vida," me dijo Sheila mientras salíamos del camino de entrada.

"¿Tienes un plan?," le pregunté.

"No. Realmente no. En realidad, no del todo. Pero todo el tiempo que Jonathan y yo estuvimos en Pensilvania con los hermanos, prácticamente me ahogaba en epifanías. Estaban inundando mi cerebro, goteando de mis oídos. Apenas podía respirar. Me hizo pensar en repensar todo."

Le rogué a Sheila que viniera al juego conmigo. Todo el asunto con Derek me estaba asustando y necesitaba desesperadamente su apoyo moral, por si las cosas volvían a ser raras. Desde que había intercambiado cartas con Derek a través del Rey Ludd, no había pensado en otra cosa. Estaba tan nerviosa que me había mordido las uñas al máximo, lo suficiente como para que sangraran. Onicofagia: mordedura crónica de uñas. ¿Qué estaba pensando, haciendo eso? Ahora, uno de mis trastornos patológicos de control de impulsos iba a dificultarme ponerme el guante de sóftbol. Quería desesperadamente impresionar a Derek y hacer otra triple jugada, o al menos una doble jugada, y ahora iba a ser difícil de jugar.

Como sea, el sóftbol definitivamente no era cosa de Sheila pero, con Jonathan en el trabajo, Sheila no tenía nada mejor que hacer.

"¿Epifanías sobre qué?," Le pregunté.

"Sobre todo. ¿Quién soy? ¿Por qué estoy aquí? ¿Cuál es mi propósito en este planeta? ¿Realmente necesito afeitarme las piernas? Intenta combinar esos gusanos cerebrales con no dormir."

"Oh Dios mío, Sheila. He estado pensando en las mismas cosas. Es como si fuéramos gemelas unidas. En serio. Empiezo una frase y—"

"La termino. ¿Espeluznante, no?"

"Totalmente. ¿Por qué no dormiste?"

"Sexo," dijo Sheila. "Jonathan fue asombroso. Y, me creas o no, creo que sabía qué hacer. Quiero decir, a él parecía gustarle."

"¿Cómo?," Pregunté, muriendo por información. Aún no podía creer que Sheila ya no fuera virgen.

"¿Cómo tuvimos sexo?" Las cejas de Sheila se alzaron. "¿Realmente tengo que decirte eso?"

"¡Por supuesto que sí! Pero lo que realmente quiero saber es ¿cómo sabías qué hacer?. Quiero decir, hemos estado burlándonos de esto por, como, siempre."

Eso era cierto. Desde el séptimo grado, Sheila y yo habíamos pasado innumerables horas tratando de envolver nuestros cerebros con todo el asunto del sexo. Quiero decir, ¿cómo llega el pene a donde se supone que debía?

"Y ahora," continué, "en realidad te has ido y lo has hecho. Escúchame, Tierra a Sheila—¡esto es devastador! No puedo creer que estés siendo tan descortés con todo el asunto. Finalmente ya no eres virgen, pero estás actuando como si no fuera la gran cosa."

"Meagan," dijo Sheila sonriendo, extendiendo sus manos a unos centímetros de distancia. "Créame. ¡Fue increíble!"

Casi me salgo del camino.

"¡Oh Dios mío! ¿Dolió?"

"Si. Un poco. Pero fue él muy gentil."

"¿Te gustó?," Pregunté, todavía impresionada por lo que estaba escuchando.

"¡Si! ¡Mucho! ¡Realmente mucho!"

"¿Vas a hacerlo de nuevo?"

"¡Será mejor que lo creas!" La sonrisa de Sheila tomó todo el auto.

"La primera vez debe haber sido así . . . raro," dije. "¿Todavía no entiendo cómo sabías qué hacer?"

Sheila sonrió con complicidad. "Prométeme que no se lo dirás a Jonathan," susurró.

"Estos labios están sellados."

"Lo busqué en Google."

"¿Qué?"

"Lo busqué en Google. Cómo tener relaciones sexuales por primera vez. Tomé un tutorial en línea. En realidad fue bastante útil."

"¿No estabas muerta de miedo?"

"¿Por buscar en línea? No. ¿Por qué debería estarlo? A diferencia de ti, no he renunciado totalmente a las cosas difíciles."

"No miedo a estar en línea, idiota. Miedo de tener sexo."

"Duh! Estaba petrificada."

Enfrentarse con Sheila perdiendo su virginidad con Jonathan en una carpa de todos los lugares en el medio de la región Amish con solo un tutorial en línea para la preparación fue todo un desafío.

"Pero realmente lo hiciste," le dije.

"Lo hice."

Quité la mano del volante para limpiarme la frente. "Bueno, gracias a Dios Jonathan está sobre mí."

"Le conviene que no esté sobre ti. Si él está jugando con nosotras dos, lo perderé totalmente."

"Sheila! Quise *decir* que me superó."

¡Gran oportunidad, niña! ¿Cuál nombre crees que él estuvo mencionando todo el tiempo? Allí estaba ella, sonriendo de nuevo.

"*¿Qué?*" Una vez más casi me salí del camino.

"¡Relax! Estoy bromeando." Sheila hizo un bis de su risa kazoo Ewok. "Tienes que superarte, niña. No voy a dejar ir a ese chico, eso es absolutamente seguro." Su cabello estaba soplando de un lado a otro desde la ventana abierta del auto. Ella se veía radiante.

"Entonces, ¿ese es el mensaje para llevar a casa? ¿Jonathan es un guardián?"

"Seguro que es uno de ellos. Eso y el sexo, por extraño que sea, es bastante sorprendente. Pero, lo creas o no, hay mucho más."

"¿Además del sexo? ¡Dime!"

Sheila se frotó la frente y miró intensamente hacia adelante. "Bueno. Que tal esto: ¿Qué demonios vamos a hacer tú y yo con el resto de nuestras vidas, Meagan? A lo que me refiero, sé que solo estamos en la escuela secundaria y todo eso, pero toda la trayectoria de lo que viene después parece tan sin sentido. Tan inútil. Ir a la universidad, conseguir un trabajo de mierda, vivir una vida aburrida. Tener asuntos insatisfactorios. Criar niños llorones e incluso nietos más llorones y luego morir. ¿En serio? ¿Eso es todo?"

"Oh Dios mío, Sheila—¡has tenido sexo por primera vez, y *esa* es tu epifanía? ¡Santo cielo! Me acabas de dar otra razón para huir de una relación fuera de línea." Puse la luz intermitente y giré por el camino hacia el campo de juego. A pesar de lo fascinante que era esta conversación, estaba empezando a estar súper ansiosa por la conversación que iba a tener con Derek.

"Mira a los adultos que conocemos," continuó Sheila. "Sin ofender, pero mira a tu madre. Mira su trabajo, ella hace anuncios de cereales de mierda. ¿Hombres de las cavernas bailando y dinosaurios en patines que venden azúcar procesada? Hay más nutrientes en una barra Dove sumergida en refrescos, que en la basura que vende. ¿Y su vida amorosa? Ha sido un desastre. Un completo desastre. Con mucho, lo mejor que ha hecho en toda su vida fue tenerte." Sheila extendió la mano desde el asiento del pasajero y la puso de manera tranquilizadora sobre mi brazo.

"Oh, Dios mío," le dije. "¡Estoy destinada a la ruina!"

"Exactamente. ¿Y *mi* madre? Peor aún. Consejera personal de inversiones que besa los culos de personas sucias y ricas todo el día, la mayoría de ellos hombres blancos pasados de edad. Sus clientes están ocupados violando el planeta, poniendo de rodillas a la tierra y todo lo que ella hace es gastar dinero en sus pantalones. Si estuviéramos en Alemania en la década de 1930, ella sería la que invertiría en cámaras de gas."

"Sheila! Te traje para apoyo moral, no para hacerme sentir peor."

Déjame decirte algo, Meagan. Cuando Jonathan y yo estábamos en la región Amish, la historia era diferente. Ese espíritu comunal. Esa sensación de pertenecer a algo más grande que tú. Eso es lo que quiero, Meagan. Eso es lo que necesito."

"¿Convertirte en Amish?"

"No. No Amish. Pero algo que tampoco soy yo. Al menos no el viejo yo. ¡Necesito que Sheila renazca por completo!"

Nos detuvimos en el estacionamiento y estacionamos detrás del tope. Allí estaba Derek, esperándome, apoyándose en su bate y masticando su guante.

Sheila se volvió y me dio un fuerte abrazo. "Hablando de cambios, que la fuerza te acompañe. Dentro y fuera del campo de juego. Recuerda," dijo ella, besándome en la parte superior de mi cabeza. "La reina Ludd está mirando."

Capítulo 35

"¿Cómo se dice?," Gritó Karen, la lanzadora asesina de gatos.

"¡A la mierda el celular!," Respondieron con entusiasmo los zurdos luditas.

"¿Qué hacemos mejor?"

"Detestar los mensajes de texto!"

"¿Por qué no seremos vencidos?"

"¡Derrotaremos el tweet!"

Al oírme gritar, esto me hizo sacudir la cabeza maravillada. Qué viaje tan largo y extraño estaba resultando ser.

Los zurdos luditas se pusieron de pie en nuestro banco y se volvieron solemnemente hacia los Bubba Balloons, nuestros oponentes para el juego. Como siempre, sus cabezas estaban arrugadas, los rostros enterrados en sus celulares, sin escuchar una sola palabra de lo que cantaban los luditas.

Meciéndonos suavemente de un lado a otro con los brazos entrelazados, cantamos la vieja canción de John Lennon "Give Peace a Chance":

Todo lo que decimos es

Démosle una oportunidad a estar fuera de línea . . .

Todo lo que decimos es

Démosle una oportunidad a estar fuera de línea . . .

Derek había sustituido su gran suéter zurdo ludita por uno demasiado pequeño, por lo que se veía un poco de piel entre su camiseta y sus pantalones. Su cabello recogido en pequeñas alas a un lado y sus ojos brillantes con esa emoción previa al juego. Sentándome de nuevo en el banco junto a él con la idea de la inminente destrucción causando estragos en mi cerebro, seguí cruzando y volviendo a cruzar las piernas.

"Hola," me dijo con torpeza.

"Hey," respondí aún más incómodamente.

Comencé a inclinarme más cerca de él, pero él se apartó, saltó del banco y se lanzó a su charla previa al juego.

Se rumoreaba que Derek era el único entrenador mixto de rec-liga de lanzamiento lento en la historia y que realmente exploraba las prácticas de otros equipos. Karen me susurró que incluso lo había visto filmar los juegos de otros equipos para que pudiera analizar las fortalezas y debilidades de los jugadores adversarios y trazar sus lanzamientos.

Hombre, ese chico tenía problemas.

"Tienen a alguien nuevo en el montículo," anunció solemnemente. "Sé paciente en el plato y no dejes que ella te intimide. Ella puede ladrar todo lo que quiera. Pero nosotros seremos los que morderemos." Derek arrugó la cara, enseñó los dientes, movió los dedos como una garra de tigre e hizo gruñidos. Volví a cruzar las piernas y le gruñí de vuelta.

El discurso zurdo político del juego de hoy era, el mal de la desigualdad de ingresos. Peter el Porno, el rey Ludd de hoy, estaba trabajando en un frenesí. Afortunadamente se las arregló para mantener sus manos fuera de sus pantalones y no girar en círculos.

"Las cuarenta y dos personas más ricas en este planeta tienen más riqueza que la mitad más pobre de la población," gritó. "¿Es eso justo?"

"¡NO!," Gritamos.

"¿Es esto correcto?"

"¡NO!"

"Y el uno por ciento más rico tiene más riqueza que el resto del mundo combinado. ¿Es eso justo?"

"¡NO!," Gritamos.

"¿Es esto correcto?"

"¡NO!"

El árbitro tocó a Peter en el hombro.

"Es justo decir que estoy 99 por ciento seguro de que tenemos un juego para jugar hoy."

"¡Vamos a patear traseros!," Gritó Peter mientras corríamos por el campo y tomábamos nuestras posiciones.

Patear traseros, definitivamente no lo hicimos. Los lanzamientos de Karen la asesina de gatos tenían una sensación soñadora, sublime, de cámara lenta, como si simplemente estuvieran flotando en el aire. Bateador tras bateador estaban sacando la basura de la pelota. Su campo-corto, de cuarenta kilos (si eso) empapado, golpeó los puntos con un triple de tres carreras. Después de media entrada, bajábamos seis a nada.

"¡Concéntrense!," Nos gritó Derek. "Sabemos como hacerlo."

A pesar de todo su arduo trabajo, el informe de exploración de Derek fue totalmente falso. Su lanzador era todo ladrido *y* mordisco. Era una amazona fornida con el pelo de punta, un mal de ojo y una boca sucia. Sus brazos eran del tamaño de mis muslos. Estuvimos tres arriba y tres abajo con la pelota sin salir nunca del cuadro, golpeando débilmente uno tras otro.

La segunda entrada no fue mejor. Nueve a nada.

"¡Nosotros! ¡Somos! ¡El uno por ciento!" Los Bubba Balloons se burlaron mientras continuaban pateando nuestros traseros.

Para la cuarta entrada, la derrota estaba activa y el juego era casi historia. Eran las dos menos dieciséis. Patético. Nuestro único gran éxito del juego, muchas gracias, fue mi sencillo de dos carreras abrazando la línea del campo izquierdo en la parte inferior de la tercera.

Para agregar sal en nuestras heridas ya supurantes, los Bubba Balloons, ahora perdiendo interés dada la naturaleza desigual del puntaje, una vez más comenzaron a enviar mensajes de texto al sentarse en el banco. Incluso el árbitro, que tenía más o menos mi edad, estaba parado en el plato enviando mensajes de texto entre entradas.

Y luego estaba Sheila. Pobre chica. Ver sóftbol no era lo suyo. Se había aburrido hasta las lágrimas durante todo el juego, especialmente durante los levantamientos de los Bubba Balloons cuando estábamos en el campo y no tenía a nadie con quien hablar. Su estado de ánimo se estaba deteriorando rápidamente. No sirvió de nada que una bola sucia rebotara bruscamente en su muslo.

"¿Qué queremos?" Gritó ella desde las gradas.

Grillos. Estábamos demasiado desmoralizados para gritarle algo. Además, hacía calor y humedad como el infierno y era difícil respirar, y mucho más gritar.

"¡Sin mensajes de texto!" La escuché quejarse.

Era el final de la quinta y yo estaba arriba. Obtuve una pieza sólida de la pelota y la envié chillando por la línea de campo derecha. Con la esperanza de convertir un simple en un doble, me deslicé dentro de la bolsa en el segundo mucho antes de la etiqueta.

"¡Fuera!," Gritó el árbitro.

"¿Fuera?," Gritó Sheila desde las gradas. "¿Estás loco?" Se escabulló de su asiento y se paró detrás del tope trasero, mirando al árbitro. "Estaba a salvo por una milla."

"¡Estas fuera!" Repitió el árbitro.

"¡Amigo! Ni siquiera la viste. Estabas echando un vistazo a tu teléfono y lo sabes. Te estuve mirando. Todo el mundo sabe que ella estaba a salvo.

"Yo lo vi todo. Ella estaba fuera."

"Lo digo en serio. Tienes que jugar un juego. Guarda el maldito teléfono y haz tu trabajo."

"Hablo en serio," respondió el árbitro, con el celular aún temblando en su mano. "Vuelve a las gradas a las que perteneces."

Esto no fue lo correcto para decirle a Sheila. Particularmente a una Sheila aburrida, sudorosa y gruñona que estaba aprendiendo a flexionar sus músculos luditas. Salió de detrás del tope y extendió su mano hacia el árbitro.

"Dame tu maldito celular," ordenó.

El árbitro levantó la vista y nervioso dio un paso atrás. "¿Quien eres? Vete."

"En serio," continuó Sheila, esta vez un poco más fuerte. Incluso los Bubba Balloons habían dejado de enviar mensajes de texto para mirar. "¿Conoces los estudios que hicieron con ratas y cocaína? Las ratas abandonarían la comida, el agua e incluso el sexo por una línea de coca. ¿Puedes créelo? Bueno, entiende esto, amigo: los celulares son la nueva cocaína. No seas una rata. Solo dame tu celular, ahora."

"¡No te voy a dar mi celular!" El árbitro se lamió los labios con aprensión. "¡Te lo dije que te fueras!"

En un instante, Sheila extendió la mano y le quitó el teléfono de las manos.

"*Snapchat* esto, perdedor!" Agitó el teléfono sobre su cabeza.

"¡Hey!," Gritó. "¡Devuélvemelo!"

"¿Maltratarme? Lo pierdes."

"¡Vamos!" El árbitro pisoteó el pie como un niño pequeño. Estaba realmente enojado. "¡Devuélveme mi celular!"

La mujer amazona se acercó al plato.

"¿Qué pasa contigo, niña?" Ladró, hinchando su enorme pecho. Lo juro por Dios, podría haber puesto fácilmente una docena de mis tetas debajo de una de sus copas de sujetador. "Devuélvele su celular."

"¡No es una opción!" Sheila también estaba enojada.

Amazona agarró el teléfono, pero Sheila saltó hábilmente del camino. Se giró y corrió primero, seguida de cerca por la aterradora mujer amazona y el árbitro, que todavía estaba humeante. Sheila giró primero y aceleró hacia el segundo, animada con lujuria por los zurdos luditas, quienes milagrosamente habían redescubierto sus voces perdidas. Aparte de mi éxito, fue la mayor acción que habíamos visto en todo el juego. Redondeando en segundo lugar, se dirigió hacia el tercero, todavía en la persecución de Amazona y el árbitro. En lugar de tomar un descanso para ir a casa, se desvió hacia un territorio sucio y luego, desplegando sus habilidades de escalada parecidas a un puercoespín recién adquiridas, subió al árbol más cercano.

"¡Roble blanco!," Gritó ella. "*Quercus alba*. Si veo a alguien en Google, este celular es historia."

Amazona rodeó el tronco, gruñendo como un tigre, tal como lo había hecho Derek. El árbitro estaba parado a un lado, retorciéndose las manos y haciendo ruidos gorgoteantes en el fondo de su garganta.

"¿Alguien conoce a esta chica?," Preguntó. Le temblaban las manos. ¿Alguien puede hablarle con sentido? En serio. Ese es mi celular el que tiene. ¡Toda mi vida está en el!

Los zurdos luditas me miraron.

"Amigo," le dije. "Lo que haces en tu tiempo no es asunto mío. Pero cuando hay un juego encendido, tu teléfono está apagado. ¿Entendido?"

El árbitro asintió a regañadientes.

"No más mensajes de texto!" Exigí.

"No más mensajes de texto," dijo en voz baja.

"¡No puedo oírte!," Gritó Sheila desde lo alto del roble. Ella no estaba dispuesta a mostrarle piedad.

"¡No más mensajes de texto!," Dijo, un poco más fuerte esta vez.

"¿Lo juras por el meñique?" pregunte

"¿Qué?"

"Olvídalo."

Grité hasta la copa del árbol.

"Sheila! Suelta el celular y nadie saldrá herido."

Sheila estaba muy, muy arriba en el árbol. Había viento y las ramas se balanceaban de un lado a otro, pero Sheila estaba, casi en la parte superior, balanceándose junto con ellas, sonriendo de oreja a oreja, arrojando casualmente el celular de una mano a otra.

¡Certificadamente loca o no, esa chica tenía nervios de acero! Sin embargo, alguien tenía que ser el adulto aquí.

"Vamos Sheila," la llamé. "Haz mostrado tu punto."

"¡Haz que lo diga una vez más!," Gritó ella.

Una vez más miré al árbitro.

"¡No más mensajes de texto!" Esta vez lo gritó.

Sheila soltó el teléfono. Lo vi caer, rebotando rama tras rama. Usando mis habilidades de campo-corto recién afiladas, hice un salto hacia mi izquierda y lo atrapé antes de que se estrellara en el suelo. Lo volteé hacia el árbitro, quien lo agarró y lo acunó como un bebé.

"Gran Hermano un poroto," gritó Sheila. "¡Es a la Reina Ludd a quien debes temer!" Usando dos dedos, señaló sus ojos y luego señaló al árbitro. "Te estoy mirando, amigo. ¡Los estoy observando a todos ustedes!"

Capítulo 36

"Sheila," le dije. "Esta mierda tiene que parar."

Los tres—Sheila la ladrona de celulares (también conocida como destructora de drones y televisiones), Derek y yo—estábamos sentados en el banco tras la derrota. Veinticinco a cuatro. Ay.

Después de una inspiradora charla posterior al juego del entrenador Derek ("Recuerden el dolor que sentimos ahora. Abrácenlo, canalícenlo. ¡Dejen que los motive a patear traseros el próximo partido!"), El resto del equipo se había ido a casa. La reincidencia personal con Derek se avecinaba y yo estaba tan ansiosa, pero las payasadas en el campo de Sheila requerían intervención inmediata.

"No estoy bromeando," le dije. "Estás actuando como loca. Primero el ataque con drones. Luego el debacle de la estación de servicio con televisión. ¿Y ahora esto? Te vas a ir al fondo, Sheila. Esto no está bien."

Derek, ignorando mi intento de disciplinar a Sheila, le dio el shaka-shake—puño suelto, meñique extendido y pulgar.

"No te atrevas a reforzar su pobre toma de decisiones," interrumpí, golpeando a Derek en el brazo.

"No lo estoy," dijo, "solo decía—"

"No lo hagas. Si no puedes estar de acuerdo conmigo, entonces no hables mas." Sonaba sospechosamente como si Udder regañara a Gramps, o mi madre me acosara, pero Derek necesitaba ser puesto en su lugar.

"Particularmente si quieres su lengua en tu boca" intervino Sheila.

"Oh Dios mío, Sheila. ¿Podrías parar por favor? ¡Tenemos que centrarnos en tú comportamiento!"

"¿Qué es esto, Meagan? ¿Séptimo grado? Suenas como mi madre."

¡Excelente! Así que ahora sonaba como su madre, mi madre y Udder.

"No puedes seguir saliendo así. No puedes aplastar drones. No puedes destruir televisores. No puedes robar el celular del árbitro."

"¿De qué estás hablando? No solo *puedo* sino que lo *hice*. Y lo volvería a hacer en un abrir y cerrar de ojos. ¿Viste la expresión de la cara del tipo cuando subí ese árbol? ¿Eso fue asombroso o qué? Lo pensará dos veces antes de enviar mensajes de texto mientras este como árbitro la próxima vez."

Sheila se paró en el banco y levantó el puño izquierdo en el aire. ¡Soy la reina Ludd! ¡Temedme!

Derek comenzó de nuevo con el shaka-shake, pero le di una palmada en la mano.

"Miren," dije, "ustedes dos podrían pensar que esto es gracioso, pero yo no. Te meterás en problemas, Sheila. Problemas serios. Esto es bastante extremo."

"¿No fue Jesús un extremista por amor? ¿Martín Luther King Junior no era un extremista por los derechos civiles? ¿Gandhi no era—"

"Vamos, Sheila. Robar un celular no es exactamente hacer cosas de Rey."

"Es también. ¡La cosa del Rey Ludd! Mira, Meagan, estoy diciendo la verdad del poder. Nombrando y avergonzando. Furiosamente contra la máquina."

"También conocido como vandalismo y robo, simplemente es un dolor real en el culo."

"¿Qué piensas, Derek?" Preguntó Sheila. "¿Debería haber hecho una huelga sentada en la base?"

"Bueno," dijo Derek. "Quiero decir . . . ya sabes . . ."

"Haz esa maldita cosa de shaka y puedes besar la paliza de despedida," lo amenacé.

Esta vez Sheila me dio un puñetazo en el brazo.

"Deja de ser un gato tan asustadizo," dijo. Recuerda lo que dijo el hombre. *"Nuestras vidas empiezan a terminar cuando nos quedamos en silencio por las cosas que importan."*

"¿Yogi Berra?," Preguntó Derek.

"¿Shakespeare?," Pregunté. "¿Woody Allen? ¿Buda?"

"MLK," respondió Sheila. "Miren, los dejaré solos. Tengo que regresar a Boston. Si llamo como si estuviera enferma un día más en la tienda, me van a despedir. Pero volveré el viernes por la noche. Jonathan y yo saldremos a escuchar música en la sala Parlor. Sería divertido que vinieran ustedes dos."

Sheila me dio un abrazo y me besó en la frente.

"Te amo," dijo ella, "incluso si estás actuando como un viejo gruñón sobre todo esto. Solo recuerda, *'si el mundo fuera perfecto, no sería.'*"

"¿MLK?," Le pregunté.

"¿Jesús? ¿Buda?," Añadió Derek.

"Yogi Berra," respondió ella.

"Wow," dijo Derek. "Estoy profundamente conmovido. Realmente lo estoy." Levantó la mano para hacer el shaka-shake, lo pensó mejor y rápidamente la volvió a poner en el guante.

"Yo también te amo," le dije. "Pero preferiría amarte fuera de la cárcel que dentro."

"Derek," dijo Sheila, ignorándome pero dándole la misma mirada asesina que le había dado al árbitro. "Ahora sabes lo que soy capaz de hacer. La tratas mal y nunca volverás a jugar sóftbol. Nunca, eso o procrear. ¿Entendido?"

Sheila metió la mano en su bolso y me arrojó un paquete de tres condones. "Si está redondeando el tercer lugar y se dirige hacia su casa, estos podrían ser útiles."

"¡Sheila!" Lloré, arrojándolos de vuelta a ella, sonrojándome hasta el cerebro.

Sheila los guardó en su bolso y se alejó, cantando "We Shall Overcome" en voz muy alta y nada a tono.

Capítulo 37

Estábamos sentados en la cabina en el extremo más alejado del restaurante de la señorita Flo. Había puesto 25 centavos en la máquina de discos anticuada sobre la mesa y estaba tocando rock clásico—los "25 o 6 a 4" de Chicago, tan apropiados para la ocasión. Derek estaba sacudiendo demasiada sal en su omelet de ajo de tres quesos, revolviéndolo y luego moviéndolo de un rincón de su plato a otro. Apenas había comido.

Había más sal en su omelet que queso. Parecía tener los mismos problemas con la sal que yo con el café—sin saber exactamente cuándo dejar.

"Ya sabes," dijo Derek. "Se me acaba de ocurrir lo estúpido que creo que es todo este asunto del béisbol."

"¿Qué?" Pregunte, sin creer en lo que decía. "¿Me estás tomando el pelo? ¿Pensé que vivías para eso? Pensé que era como ¿tu vida? No me digas que estás diciendo esto solo porque nos aplastaron hoy."

"No no. No quise decir *béisbol*. Me refería a la *cosa* del béisbol. Bases y perder el tiempo. De lo que Sheila estaba hablando."

"¿De qué estaba hablando Sheila?," Pregunté.

"Primera base, segunda base, tercera base. Jonrón—un cuadrangular. Hace que el sexo sea un juego competitivo. Es simplemente estúpido." Saqué una servilleta de la caja sobre la mesa y limpié una gota de omelet en su camisa.

"Nunca entendí del todo esta cosa de, el sexo del béisbol," le dije. "Eres el entrenador. Explícame."

En realidad, entendí totalmente todo el sexo del béisbol. Solo quería ver a Derek retorcerse. Y maldita sea si él no fuera el más lindo retorcedor DE TODOS LOS TIEMPOS, particularmente cuando se sonrojaba.

Lo cual, por suerte para mí, ahora procedió a hacer.

¿O eran corazones?

"Bien . . . ya sabes . . . Quiero decir . . ."

"No. No lo sé. Tienes que decirme."

Derek respiró hondo. "Chicos. Quiero decir, probablemente sean principalmente hombres, pero creo que algunas chicas también lo hacen, consideran el sexo como un concurso. Un evento deportivo. La primera base es besarse. La segunda base es . . ." Derek extendió sus manos sobre su pecho e hizo este pequeño movimiento incómodo, algo así como la cosa de shaka, solo que no. "Sabes a lo que me refiero. Los senos."

"Por favor, cuando estés cerca de una compañía educada, te pediría respetuosamente que te refieras a ellos por su nombre anatómicamente correcto y apropiado: *tetas*. ¿Qué es la tercera base?"

Pobre Derek. Todo lo que pudo hacer por eso fue señalar su regazo, su cara hacía que la botella de ketchup se viera positivamente pálida.

"¡Ah, ja! Ahora lo entiendo. Y supongo que un jonrón es . . ."

Derek asintió con la cabeza y no dijo nada. No había forma de que lo dejara ir tan fácil.

"¿Conseguir algo de movimiento en el océano? ¿Haciendo el golpe horizontal? ¿Un poco del rollo de gelatina? Podía usar la maldita jerga tan bien como Sheila.

"En realidad," dijo Derek, "estaba pensando más en la línea de hacer el amor."

"¿Qué?" "Nunca había escuchado que lo llamaran *así* antes."

Todavía sonrojado, Derek se echó a reír.

"Entonces, ¿por qué todo es tan estúpido?" Estaba terminando mis panqueques de arándanos y miraba con añoranza su omelet apenas tocado. Interpretar el papel del único adulto en el campo de juego había hecho maravillas con mi apetito.

"Porque no es un juego. Hacer el amor, quiero decir. El punto no es golpear un jonrón. El punto es mostrar a alguien cuánto le importas."

De alguna manera me di cuenta de que Derek era un tipo súper sensible y todo eso, ¿pero equiparar el sexo con el cuidado de alguien? ¡Guauu! No tenía idea de que había muchachos que realmente pensaban de esta manera.

"Quiero decir," dijo él, todavía confundido con sus palabras y su omelet, "cuando estás cerca de chicos, ellos siempre hablan de cosas como ¿Qué tan lejos llegaste con ella? Y si alguien dice, ya sabes, *segunda base* o lo que sea, los demás dirían algo como *Ehhh, mas suerte la próxima vez,* o algo así. Es como si no consiguieras un jonrón, entonces nada más importa."

"¿Ni siquiera un triple?," Pregunté, sonriendo. Esto se estaba poniendo interesante.

"Bueno, quizás un triple. Pero el punto es que el sexo no es béisbol."

"Por supuesto que no. Es sóftbol. Hasta que realmente te guste. Entonces es hardball." Me reí de mi propia broma. "Como sea, ¿cuántos jonrones has bateado?" No podía creer que realmente le estaba haciendo esta pregunta.

"¿Yo?" Derek estaba, retorciéndose en su asiento de nuevo. "Ninguno. Cero. Revelación total: nunca he estado realmente a la altura. Ni siquiera sé cómo se ve una caja de bateo."

"¿En serio?"

"En serio." Derek había dejado de sonrojarse y se veía bastante serio. "Pero volvamos a todo este asunto del sexo."

"Tonta de mí. Pensé que nunca lo habíamos dejado."

"No quiero seguir molestando a los chicos ni nada de eso. Debo sonar como un traidor."

"Adelante. Sé mi invitado. Afronta eso."

"Ellos, *nosotros*, estamos realmente jodidos. Quiero decir, los chicos piensan que el sexo es algo lineal. Un comienzo con un final definido. Y si no 'puntúa,' entonces es como si ni siquiera contara. Que nunca sucedió. Y no es así, o al menos no debería ser así. Quiero decir, piensa en esto." Él se acercó, tomó mi mano entre las suyas y masajeó suavemente mis dedos."Sin contar el desastre del beso que no fue un beso y nunca será mencionado otra vez, ni siquiera estamos cerca de la primera base. Ni siquiera estoy seguro de haber subido al plato. Pero para mí, en este momento, esto es simplemente increíble."

"¡Ahí tienes!," Le dije, devolviéndole la presión. "Se un chico típico. No practicas lo que predicas. Primera base. Home plate. ¿Pensé que habías dicho que este no era un juego de béisbol?"

"Gracias a Dios que no lo es. Particularmente después del golpe que tuvimos hoy."

"En realidad," le dije. "Estoy bastante sorprendida de que sigas sonriendo. ¿Veinticinco, a eran seis o cuatro? Ay. Pensé que estarías llorando en tu plato. No hay necesidad de sal en tú omelet. Solo sazónalo con tus propias lágrimas.

Pensé que estaría totalmente desanimado por el puntaje final. Sabías que no había sido un buen juego cuando lo más destacado de la tarde fue ver a Sheila ser perseguida alrededor de las bases por la chica Amazona y el árbitro.

"*¿Cuántas gotas de lágrimas saladas has desperdiciado, salando un amor que nunca has probado?,*" Preguntó Derek.

"¿Yogi Berra?," Le pregunté. "¿Woody Allen? ¿Martín Luther King, Junior? ¿Jesús?"

"Cerca. Shakespeare, *Romeo y Julieta.*"

"Oh, Dios mío," le dije. "¿Ellos otra vez?" Ahora era Derek sonando como Udder.

"Escucha, Meagan," dijo Derek. "¿Cómo podría estar desanimado cuando estoy sentado aquí tomados de la mano?"

Mi turno para parecerme a la botella de ketchup.

"Gracias," le dije. "Pero primero déjame aclarar una cosa. El otro día. Cuando entregaste la nota a Gramps, usando el tutú y la tiara. ¿Hay algo que no me estás diciendo?"

Derek se río.

"No tengo ni idea de lo que estás hablando," dijo. "Ese fue el Rey Ludd."

"Veo. ¿Entonces el rey Ludd es un travestido?"

"¡Shhh!" Dijo Derek, mirando furtivamente a su alrededor. "No tan alto. No quiero que nadie más escuche. ¡Los espías podrían estar en todas partes!"

"Whoa, whoa, espera un minuto," le dije. "Estoy totalmente confundida. ¿En realidad me estás diciendo que *eres* el rey Ludd? ¿El gran mismo?"

Me levanté de la mesa, puse el pie derecho detrás del izquierdo, doblé las rodillas y bajé en una profunda reverencia.

Derek me tocó una vez en cada hombro con su cuchillo de mantequilla.

"Puedes levantarte," dijo solemnemente.

"¡Alaben al rey," Grité. Otros comensales levantaron la vista de sus celulares con curiosidad. Pensé que era importante para mí mostrarle a Derek que era bastante capaz de hacer el ridículo total y virtualmente en casi cualquier lugar, solo para que tuviera bastante claro en qué se estaba metiendo.

Derek dejó el cuchillo y luego extendió la mano como para tocar mi cara. Se detuvo abruptamente.

Hice todo lo posible para fruncirle el ceño. "¡No te atrevas a decirme que estabas a punto de hacer shaka de nuevo"

"De ninguna manera," dijo. "Solo pensé que había un pedazo de panqueque en tu mejilla. Iba a limpiarlo, pero me di cuenta de que era un—"

"¿Un qué? ¿Un grano?" Cogí mi servilleta e intenté frenéticamente ocultar mi rostro detrás de ella.

"No. Una peca."

"¡Momento!" Dejé la servilleta. "¿Pensaste que una de mis pecas era un pedazo de panqueque?"

"No. De ningún modo. Quiero decir, tal vez."

"Eso es genial. Realmente grandioso. Justo lo que cada niña cohibida se muere por escuchar. Toda mi cara se ve exactamente como un panqueque."

"¡Tu cara es increíble!," Dijo Derek. "Me encantan las pecas. Los adoro. Yo *también* puedo realizar múltiples tareas, ya sabes. Soy adicto a la red *y* adicto a las pecas."

"Un fanático de los monstruos, más que seguro."

"En serio. No puedo tener suficiente de tus pecas. Soy totalmente adicto. Mírate, tú cara, tú cuello, tus hombros. Estás goteando pecas. Fluyen de ti como una maldita fuente de pecas. Eres un festival de pecas."

"¡Derek!" Me puse de pie y puse mi mano sobre su hombro. "Muchas gracias. Es lo mejor que alguien me ha dicho. En serio. Me haces sentir mucho mejor conmigo misma. He pasado años tratando de limpiar con arena a las pequeñas bastardas de mi piel y ahora, con una sola palabra, has transformado totalmente cómo me siento."

"¡Meagan! Lo dije totalmente como un cumplido."

"Realmente lo fue." Me di cuenta de que estaba siendo totalmente sincero, pero aún así no pude evitar jugar con él.

"¡Lo digo en serio! Te lo dije, soy un pecamaníaco certificado. ¿Por qué crees que estoy pasando el rato contigo?"

"¡Maldición! Y todo este tiempo pensé que era por mi ingenio, mi encanto y mi increíble intelecto. Eso y mi increíble habilidad para convertir una triple jugada."

"¡No! De ningún modo. Bueno, tal vez la triple jugada . . . pero principalmente son tus pecas. ¿Sabías que son el último accesorio de moda? Productos de pecas falsas."

"¡Tienes que estar bromeando!"

"Estoy totalmente serio. La gente paga mucho dinero para hacerse tatuajes temporales de pecas en la cara."

"La gente también está clínicamente loca."

"Pecas, sí lo son. Y no estás ayudando. Piensa cuántas personas te miran y están consumidas por la envidia de las pecas. Debe volverlos locos."

Derek se levantó y levantó su taza de café en el aire.

"¡A las pecas!," Gritó.

"Siéntate y come tu omelet, por el amor de Dios. Se está enfriando." Una vez más, era difícil saber si era yo, mamá o Udder hablando.

Derek se lamió los labios y luego se inclinó sobre la mesa. "No puedo," susurró.

Me incliné hacia él también.

"¿Por qué no?," Le susurré.

"Ajo," Él pronunció la palabra.

"¿Ajo?" Regresé mi voz a la normalidad. ¿Pensé que eras el rey Ludd? ¿Qué eres ahora, un vampiro o algo así? ¿Vlad Impaler, también conocido como el Conde Drácula? *Ahhhh!* ¡Ajo! ¡Huyan!"

"No hay tanta suerte. Solo pensar en la sangre me deja boquiabierto."

"¿Entonces que es eso?"

¿Qué te parece, Meagan? Comer ajo te da . . . ya sabes . . ." Derek sopló en mi dirección. "Aliento a ajo. El beso de la muerte."

Estiré la mano y puse un gran trozo de su omelet de ajo, demasiado salado, en mi tenedor y me lo metí en la boca.

"Listo," le dije, sonriendo "¿Satisfecho? Ahora estamos a mano."

♥

Finalmente habíamos terminado de comer. Derek, aliento de ajo y todo, se inclinaba hacia mí, esperando.

Maldita sea, él no iba a hacer que sea yo quien iniciara.

Como era propensa a hacer todo lo relacionado con Derek, comencé a entrar en pánico.

Técnicamente, este no sería mi primer beso. Si fueras muy exigente con los detalles, supongo que tendrías que contar esos pares de besos extremadamente incómodos en las dulces fiestas de cumpleaños de dieciséis en sótanos oscuros, con Dios solo sabe de quién es la lengua en mi boca. Y como olvidar ese desastre de una conexión que realmente no fue con ese chico Caleb, que implicó minutos increíblemente alborotados.

Pero ninguno de esos besos significaba nada. Lo cual, uno podría argumentar, significaba que realmente no habían sucedido nada.

¿Y mi primer intento desastroso de besar a Derek en el banco del campo de juego? Eso tampoco debería contar como un beso. Nueve de cada diez de las autoridades más respetadas del mundo en besuquearse estarían de acuerdo de todo corazón que, si pones tu lengua en la boca de alguien y no hay nadie allí, absolutamente nadie en casa, eso ni siquiera se acerca a ser un beso verdadero.

Entonces, si yo—si nosotros—seguimos adelante con esto, realmente debería considerarse mi primer beso *real*.

Si tan solo tuviera mi celular para tomarme una selfie.

Pero no, en serio, espera un minuto: estaba claramente pensando demasiado en esto. ¿A quién le importaba si era mi primer beso o no? Besarse era solo . . . besarse. No es la gran cosa, ¿verdad? Quiero decir, podrías besarte toda la tarde y dejarlo así. No era como si estuviera enganchado o algo así. No estaba golpeando exactamente un jonrón o como sea que quisieras llamarlo. Una chica podría divertirse un poco y dejarlo así, ¿verdad? Estaba hablando de besar como si hacerlo fuera un problema mucho más grande de lo que en verdad era.

Claro, estaba fuera de línea en lugar de estar en línea. Sí, estaba violando mi regla número uno de relaciones (como: Nunca Conocer a Nadie Fuera de Línea). Pero Dios sabe, ¡solo un beso *indudablemente*, no hace a una relación! Eso fue simplemente ridículo.

¡Pero espera un minuto más! ¡Maldita sea y doble maldita sea! Si todo eso fuera realmente cierto, ¿por qué ese primer beso con Derek me había hecho un desastre? ¿Por qué había pasado días agonizando por esa catástrofe? ¿Por qué había enviado todo el manifiesto a Sir Derek, rogando por una reestructuración? ¿Y por qué estaba a punto de enloquecer ahora mismo cuando todo lo que Derek estaba haciendo era soplar su aliento sobre mí?

Calma tus nervios, me dije. *Prepárate. Es ahora o nunca. Tienes diecisiete años, Meagan. Eres una niña grande. Puedes hacerlo.*

Allí estaba Derek, congelado en el espacio, con los labios ligeramente separados, los ojos casi cerrados, todavía inclinándose hacia mí. El último bocado de omelet de tres quesos y ajo se endurece en el extremo de su tenedor.

¿Cuánto tiempo había estado en esa posición? ¿Minutos? ¿Horas?

Comencé a inclinarme lentamente hacia él.

"¡Hey!" Era una voz detrás de mí. "¿Que demonios estas haciendo aquí?"

Prácticamente salté de mi asiento.

¡Señor ayúdame! ¡Fue Caleb! Caleb de *Pasión*! Caleb, a quien había abandonado después de enloquecer por completo un par de meses antes. Caleb—mi único accidente en línea y fuera de línea.

Se deslizó en la cabina a mi lado. "No puedo creer esto, Stephanie," dijo, llamándome por mi nombre de *Pasión* y poniendo su mano sobre mi brazo. ¿Cuáles son las posibilidades de que me encuentre contigo aquí? ¿Qué eres, como una acechadora o algo así?

"¿Qué? ¿Yo? ¡No! ¡Por supuesto que no!" Una vez más—completamente asustada.

"Clásico," dijo, acercándose aún más a mí. "No te importa si me uno por un minuto, ¿verdad?"

¡Por supuesto que me importaba si se unía a mí! ¿En qué estaba pensando? Este fue quizás el momento más importante de mi vida y ahora él aparece. ¡Cómo podría no importarme!

"Uh . . . claro," tartamudeé, toda lógica y sentido común desalojando mi cerebro.

Derek se había desplomado en su silla. Sus cejas estaban arrugadas. Su cara había caído.

"Uh, Caleb, esto es, um . . . um . . ." Mi mente se puso en blanco. La conexión entre el cerebro y la lengua se cortó repentinamente. Me senté, paralizada, mirando tontamente a Derek con la boca abierta. Por más que lo intentaba, no pude sacar el nombre de ese chico de mi boca.

"Derek," dijo Derek, después de una pausa increíblemente larga e incómoda. Me dio el clásico WTF que me puso los pelos de punta corriendo por mi columna vertebral. "Mi nombre es Derek."

"¡Sí!" Grité. "¡El tiene razón! El nombre de ese chico es Derek. Ese es su nombre."

Alguien me disparó.

"Estoy aquí visitando a un amigo en UMass," dijo Caleb. "Qué raro que estés aquí."

"Mis abuelos," le dije. "Estoy aquí ayudándolos. Pero él no es uno de ellos." Señalé a Derek con un dedo tembloroso. "Él no es mi abuelo."

¡Oh Dios mío! ¿Qué me había pasado? Estaba actuando como una imbécil. Una idiota. Una tonta con muerte cerebral.

"¡Podría haberme engañado!" Caleb se rió y le dio a Derek un ligero golpe en el brazo. "Solo bromeaba, hermano. Es una broma."

Derek me buscó desesperadamente por ayuda, pero mentalmente no estaba en ningún lado.

Enfrentada cara a cara con mi pesadilla de *Pasión*, mi cerebro de mono estaba sufriendo una sobrecarga sensorial total. *Pasión* TEPT. Las imágenes de ese fiasco fuera de línea inundaban mis sinapsis, enviando a mis neuronas a una sobrecarga caótica, abrumando por completo mi capacidad de formar incluso un solo pensamiento racional.

"¡Café!" Tartamudeé. "¡Necesito más café!"

Ambos muchachos solo me miraron. ¿Alguno de ustedes tenía alguna idea de lo cerca que estaba de un colapso completo?

"¿Te dijo Sheila que estaba tratando de ponerme en contacto contigo?," Preguntó Caleb. "Me sentí decepcionado por lo que sucedió la última vez que nos juntamos. Estaba pensando que tal vez podríamos . . . ya sabes . . . ¿tratar de rehacerlo?"

¿Una reorganización? ¿Qué tipo de error kármico era este? Aquí estaba, finalmente lista para comenzar algo (solo Dios sabe qué) real con Derek, y ahora Caleb entra bailando y arruina totalmente todo. ¿Cómo puede estar pasando esto?

Derek. Pobre querido Derek. Ahora estaba a mil millas de distancia, o probablemente deseando estarlo, mientras se preguntaba en qué maldito planeta estaba.

Mi cabeza hizo un extraño movimiento espástico de shaka-shake que podría interpretarse como un sí o un no o cualquier otra cosa que Caleb quisiera.

Caleb sacó su celular y disparó un mensaje rápido. "Oye, lo siento mucho, pero tengo que correr. Mi viaje está esperando. Pero fue increíble verte. Todavía tienes mi número, ¿verdad?"

"Uh . . . bueno . . . No lo sé."

"Déjame dártelo," dijo.

"No tengo mi celular encima." Ahora mi voz apenas era más que un susurro.

"¿En serio? ¿Qué onda con eso?" Garabateó su número en una servilleta y me lo entregó. Envíame un mensaje de texto cuando vuelvas a Boston. En serio. Tenemos que juntarnos. Algo me dice que las cosas se pondrán un poco más suaves la próxima vez. Luego se volvió hacia Derek. "Amigo, encantado de conocerte." Caleb fue a golpear a Derek, pero los brazos de Derek permanecieron lacios a sus costados. Parecía casi tan paralizado como yo.

Entonces Caleb fue a golpearme con el puño, pero de alguna manera logré retroceder milagrosamente. Me guiñó un ojo, se volvió y se alejó.

"Yo también tengo que irme," dijo Derek, levantándose bruscamente.

"¿Qué? ¿Por qué?"

"¿Por qué piensas, Meagan?"

¿Por lo que acaba de pasar? Lamento mucho que Caleb se haya sentado. De verdad."

"¡Ni siquiera podías recordar mi nombre!"

"Por supuesto que podría. Estaba nerviosa. No sabía que era lo que él quería . . . fue solo eso . . ."

"¡No podías recordar mi nombre!"

"¡Caleb! Quiero decir *Derek*. ¡Ese tipo no significa nada para mí! ¡Absolutamente nada! Nunca lo hizo y nunca lo hará. Dios mío, ni siquiera sabía cómo me llamaba. Viste cómo me llamó Stephanie—¿verdad?"

"Sí, pero sabías *su* nombre, ¿no? Y el mío... no."

"Para. Por favor. Una vez más, lo siento mucho. Fue solo un flashback *del* desorden de relación en línea. No es que hubiera alguna relación a la que volver. No sé lo que me pasó. Fue como demencia temporal."

"Podría haberme engañado. Al menos sobre la parte temporal."

"¡No tienes idea de lo mal que me hace sentir esto! No volverá a suceder. ¡Lo prometo! Mírame. ¡Mira lo que estoy haciendo!" Agarré la servilleta en la que Caleb había escrito su número y, con las manos temblorosas, la revolví en mi café hasta que se convirtió en papilla.

"¿Ves? ¡Se fue para siempre! Desaparecido. Por favor siéntate. ¡Por favor!" Extendí la mano para agarrar la suya pero él retrocedió. Agarré mi taza de café en su lugar. Tal vez si lo derramara sobre él, eso lo haría volver a sentarse.

"Tengo que estar en el trabajo, Meagan."

¿Y el rey Ludd? ¿Qué hay de nuestra reincidencia? Estaba prácticamente rogando. Las lágrimas estaban en mis ojos.

"Creo que ha terminado."

"¿Puedo enviarte un mensaje de texto más tarde? Me refiero a llamarte. ¿O puedes venir para que podamos hacer algo? *¿Cualquier cosa?* ¿Por favor?"

Derek tenía esa mirada de cachorro herido y su labio inferior temblaba.

Dejó caer unos pocos dólares sobre la mesa, su parte de la cuenta, y sin pestañear, se dio la vuelta y se alejó.

Capítulo 38

"Sin ofender, Gramps, pero realmente estás totalmente lleno de mierda."

Era domingo a la noche. Había estado llorar tras el debacle de la reestructuración y de alguna manera bajé las escaleras para unirme a Udder y Gramps en la sala de estar. Me estaba guardando los aspectos más destacados (¿o era lo menos destacado?) De este último espectáculo de mierda para mí misma, pensando que ya había cargado a los viejos más que suficiente con mis desastres de relación.

"¡Meagan!," Udder me miró por debajo de sus espesas cejas grises. "Recuerdas lo que dije sobre ser grosero."

"No estoy siendo grosera. Estoy siendo racional. Existe una gran diferencia."

"No quiero asustarte, Meagan," continuó Gramps, "pero incluso Udder ha escuchado pasos subiendo y bajando las escaleras en plena noche. Traqueteo de ollas y sartenes. ¿Cómo explicas eso, señorita sabelotodo?.¿Eh? ¿Cómo?"

"Um . . . ¿Tú con los piscolabis de drogado haciendo un desastre en la cocina?"

"¡Grosera, grosera, grosera!" Udder meneó su dedo.

"Esta casa no está embrujada," me burlé. "Permíteme que te lo explique: no existen fantasmas."

Udder y Gramps habían pasado la última media hora tratando de convencerme de que su casa estaba embrujada. Después de que Sheila se convirtiera en la Reina Ludd y la Madre Naturaleza, fue la cosa más loca que jamás había escuchado.

"Bueno, entonces," dijo Gramps. "¿Por qué crees que el reproductor de cassette nunca funciona? Dime eso. ¿Por qué crees que nunca puedo subir el volumen de la televisión? ¿Por qué crees que el microondas prende y apaga por si solo? ¿Por qué crees que el lava vajillas siempre deja de funcionar oportunamente? ¿Por qué crees que nunca recibimos servicio celular?"

"¡No me digas!" Hice mi mejor versión de un jadeo sarcástico. "Déjame adivinar. No es un gremlin. No es un hada. Podría ser . . . ?"

"Exactamente," dijo Gramps. "Un fantasma. Probablemente ludita. Los fantasmas odian toda esta basura tecnológica novedosa."

"¿Un fantasma ludita? ¿De verdad?"

"Sí, de verdad."

"Odio darte una pista, Gramps, pero los reproductores de cassette no son exactamente novedosos. Particularmente el tuyo. Ese pedazo de basura existía desde antes que Dios."

"Mejor obsérvalo, niña. Probablemente ella esté escuchando esta conversación en este momento. Si yo fuera tú, me abstendría de cabrearla."

"¿Quien? ¿Dios?"

"¡No! El fantasma."

"Oh, ¿entonces ahora el fantasma es una chica?"

"¿Por qué no?" Gramps sonrió maliciosamente. "Ludita como es, probablemente esté observando todos tus movimientos. Cada vez que buscas ese teléfono celular, cada vez que—"

"Espera. ¿Estás tratando de asustarme? Porque si es así, no lo estas logrando. Todo este asunto del fantasmas es simplemente cojo y estúpido."

"¡Oh! Eso es todo. ¿No crees que los fantasmas pueden ser niñas o luditas?"

"No, no creo que los fantasmas puedan ser *fantasmas*. Esto es solo una tonta estrategia más tuya para mantenerme fuera de línea, y no *está* funcionando."

"¡Humph!" Gramps se recostó en su silla, cruzó los brazos y me miró con el ceño fruncido. Levantó su periódico, lo abrió, y se escondió detrás de él.

Después de unos minutos de silencio, de repente arrojó el papel al suelo y me miró de nuevo. "Contéstame esto, tú que todo lo sabes: ¿alguna vez has visto a un fantasma en una computadora? ¿O un fantasma con un teléfono celular? ¿Eh?"

"Um . . . no," yo dije. "¡Pero tampoco he visto un fantasma sin un teléfono celular!"

Gramps se levantó, irrumpió en la cocina y comenzó a sacudir ruidosamente ollas y sartenes.

♥

Era tarde un martes por la noche, Udder y Gramps todavía no estaban en casa. Se habían ido a la casa de un amigo para jugar a Settlers of Catan, un juego de mesa con el que estaban obsesionados, y yo me quede sola en la gran y solitaria casa vieja. Había regado el jardín, replantado la planta de jade, barrí el porche delantero, guardé todos los platos, colgué la ropa para que se secara y abordé otros cinco millones de quehaceres domésticos que se necesitaban desesperadamente hacer. No es que me estuviera quejando. La rutina del trabajo doméstico tenía cierto atractivo sin sentido y me distrajo, al menos brevemente, del hecho de que era la mayor perdedora del mundo.

En la casa de mi madre, cada vez que mamá se quejaba sobre una toalla en el suelo o sobre mi cama sin hacer, siempre era muy molesto. Cuanto más se quejaba, menos lo hacía. Pero aquí con Udder y Gramps, ni siquiera tuve que preguntarme. De hecho, en un cambio de rol extrañamente retorcido, comenzaba a ser yo la que regañaba.

"¿Es demasiado para mí pedir que cuando termines con tu helado al menos puedas poner tu tazón sucio en el fregadero?" Reprendí a Gramps, con las manos en las caderas, disparándole el mal de ojo.

O: "Dios mío, si encuentro un calcetín más en el sofá de la sala, lo voy a quemar. ¿Ha quedado claro?"

Da miedo. Muy atemorizante.

Como sea, las tareas finalmente se hicieron, estaba tumbada en el sillón de Udder sin hacer absolutamente nada. Había llamado a Derek al menos cinco billones de veces desde el teléfono fijo y no había recibido respuesta. Nada. Yo era una cesta completa. Ahora solo podía revolcarme en mi idiotez.

¿Por qué dejé que Caleb se sentara a mi lado? ¿Por qué me quedé sin cerebro en ese momento crucial de mi supuesta vida? ¿Por qué arruiné la única oportunidad que probablemente tendría de besar a un chico que realmente me gustaba? ¿Por qué era tan perdedora?

¿Por qué? ¿Por qué? ¿Por qué?

Arañazo. Arañazo. Arañazo.

¿Qué fue eso? Escuché claramente un ruido de arañazos en la puerta principal.

"¿Udder?" "¿Gramps?"

No había escuchado su auto detenerse. Por lo general, hacían bastante ruido cuando resoplaban y entraban en la casa. Podías escuchar sus articulaciones crujir a una milla de distancia.

El sonido de arañazo comenzó de nuevo.

"¿Gramps?" Llamé de nuevo. "¿Udder?"

Arañazo. Arañazo. Arañazo.

Tal vez fue Derek. Tal vez había estacionado su automóvil en la carretera principal y se escabulló por el camino de entrada y estaba empeñado en tratar de asustarme, buscando venganza por lo ocurrido en el restaurante, mi modo de rehacer. Tal vez pensó que me volvería toda una chica femenina con él y me desmayaría en sus brazos, lo cual era completamente posible.

"¿Derek?" Grité. "¿Eres tú?"

Arañazo .Arañazo. Arañazo.

El ruido en la puerta se hacía cada vez más fuerte.

Esto no estaba bien. Esto no fue nada bueno.

Aquí estaba, en medio de la nada, con el corazón roto y sola, con un fantasma arañando la puerta.

¡Espera un minuto! *¿Fantasma?* ¿Quién dijo algo sobre los fantasmas? Eso fue simplemente ridículo. No iba a dejar que la estúpida idea de un fantasma de Gramps flotara en mi cabeza. Me estaba volviendo completamente loca.

"No creo en los fantasmas," dije en voz alta. "No creo en los fantasmas. No, no, no, no. No creo en fantasmas." Ahora estaba gritando.

Arañazo. Arañazo. Arañazo.

Bueno. Quizás Gramps tenía razón. Tal vez había cosas como los fantasmas. ¡Tal vez todo lo que sabía acerca de todo estaba TOTAL y COMPLETAMENTE INCORRECTO y el mundo realmente estaba lleno de demonios, espíritus malos y FANTASMAS LUDITAS que estaban AFUERA PARA ATRAPARME !

¡Tal vez este realmente había regresado de entre los muertos y estaba arañando una señal de advertencia! *¡Abandone la tecnología antes de que todo esté perdido! ¡Libérate de la red mientras aún haya tiempo! Haz algo (¡cualquier cosa!) Con Derek, ¡pero no lo arruines esta vez!*

Arañazo. Arañazo. Arañazo.

¡Oh Dios mío! ¿Qué debía hacer una niña en una situación como esta?

Opción #1: Corre arriba y escóndete debajo de la cama.

Opción #2: Agarra el atizador de la chimenea y corre locamente por la casa destrozando todo lo que funciona con electricidad, con la esperanza de que el fantasma ludita finalmente sea apaciguado, pueda descansar en paz y dejarme en paz.

Opción #3: Levante niña y ve con fuerza a la puerta principal para ver qué es lo que esta arañando.

Arañazo. Arañazo. Arañazo.

"¡Contrólate," Me dije. "¡Basta de tonterías!" Me estaba yendo por la borda. No iba a caer en esta paranoia paranormal.

Con las piernas temblorosas, luchando contra el miedo, me levanté y decidí, un paso vacilante a la vez, el atizador de la chimenea ondeaba amenazadoramente sobre mi cabeza, hacia el frente de la casa. Fue todo lo que pude hacer para no cagarme en los pantalones.

La puerta principal tenía una gran ventana de cristal en el centro. Con los dedos retorciéndose, encendí la luz exterior, miré y vi . . . nada.

Llamé por última vez, mi voz se elevó tres niveles y apenas se registró por encima de un gemido. "¿Udder? ¿Gramps? ¿Derek?"

Arañazo. Arañazo. Arañazo.

¡Oh Dios mío! De la nada y de repente apareció un rostro fantasmal en la ventana de la puerta. Una cara fantasmal con una horrible sonrisa de muerte. Una cara marrón fantasmal con una máscara de bandido negro cubriendo sus ojos.

¡Era el fantasma! ¡El fantasma ludita! ¡Volviendo de entre los muertos para vengarse de toda la tecnología que estaba arruinando el mundo! Atacando al sórdido símbolo de la red—¡el patético y viejo yo! Vuelve para darme una venganza por todo el dolor que le había causado a Derek. ¡Vuelve a hacerme daño!

Grité, me tambaleé hacia atrás, tropecé con el paragüero y caí de culo, golpeándome en la cabeza con el atizador.

¡ARAÑAZO! ¡ARAÑAZO! ¡ARAÑAZO!

¡GRITAR! ¡GRITAR! ¡GRITAR!

Un auto se detuvo en el camino de entrada. Podía escuchar a Udder gritar algo por la ventana.

"¡Date prisa!" Me las arreglé para gritar a través de las lágrimas y la sangre que goteaba. "¡Por el amor de Dios, date prisa!"

♥

"Pensé que no creías en los fantasmas," preguntó Gramps, limpiando la sangre de mi frente pecosa con una toallita.

"No creía. Quiero decir no creo."

"Podría haberme engañado. Cuando abrí esa puerta, estabas lloriqueando como un bebé."

"¿Podrías culparla?" Udder puso una gran cantidad de crema antiséptica en la herida de mi cabeza. "¡Pobrecita!"

"¡Ouch!" Tiré mi cabeza hacia atrás. "¡No tan fuerte!"

Estaba sentada en el sofá, encajada entre ellos, todavía temblando.

"Deberíamos haberte advertido," dijo Gramps. "Esta no es la primera vez que ese sinvergüenza ha hecho un truco como ese."

"No se preocupen," les dije. "Solo me quitó veinticinco años de mi vida. Eso y daño cerebral permanente. No es para preocuparse. De verdad."

"¡Pobrecita!," Repitió Udder, poniendo tres tiritas en mi frente y sellándolas con un beso gigante. ¡Nunca más te dejaremos sola en casa! ¡Nunca! No se sabe cuándo volverá ese bandido."

"¡Un mapache!" Sacudí mi cabeza con incredulidad. "¡No puedo creer que sufrí un paro cardíaco por un maldito mapache!"

El ruido de los rasguños y la cara en la ventana de la puerta de entrada no habían sido del fantasma ludita que había regresado de entre los muertos para atormentarme. ¡Había sido un maldito mapache! Un mapache arañó la puerta principal para atacar las glorias decorativas de la mañana que habían subido al enrejado junto a la entrada.

"Ese pequeño diablo es un hacedor de travesuras, eso es seguro," dijo Gramps, agregando su beso mojado en mi frente. "¡Hijo del demonio!"

"¡Pensar que pensaba que era un fantasma!" Me avergonzaba incluso haber tenido una idea tan ridícula.

"Es totalmente comprensible. Fantasma. Mapache. Se ven exactamente iguales. Gramps sonrió.

"Te estás burlando de mí, ¿verdad? Aquí estoy en mi lecho de muerte y te estás burlando de mí. ¿En serio?"

"¡Encanto! Nunca soñaría con hacer algo así. De todos modos, ¿sabes por qué tiene esos grandes círculos negros alrededor de sus ojos?"

"Pensé que habías dicho que el fantasma era una niña." Todavía estaba tratando de recuperar el aliento.

"No tonta. Estoy hablando del mapache."

"Dime entonces. No tengo idea."

"¡Es por nuestro fantasma! Obviamente, ella, lo ha estado manteniendo despierto toda la noche, obsesionándolo. Pobre cosa. ¡Probablemente no ha dormido en semanas!"

Recogí el atizador, amenazando con darle a Gramps su propio gran ojo negro, pero pensé que un golpe de cabeza era más que suficiente para la noche.

♥

Una vez más llamé a Derek. No soy una niña de oración, pero los tiempos desesperados requieren acciones desesperadas. Le supliqué a Afrodita, a Eros, a Venus y a Cupido, los dioses y diosas del deseo, el sexo y la palabra L, esperando sin ninguna esperanza que intervinieran en mi nombre y obligaran a ese chico a levantar el maldito teléfono.

¡Huzzah y hurra! Por una vez, alguien allí arriba estaba escuchando.

"Hey," respondió Derek. ¡Él estaba vivo! ¡Vivo y contestando a su celular! Su *Hey* era suave y algo alegre, pero me regocijaba.

"¿Caleb?" Pregunté. "¿Eres tú?"

Silencio.

"¿Demasiado pronto para bromear?", Pregunté.

"Así que, no es gracioso."

"Lo siento. ¿Y sobre la otra tarde? Lo siento mucho. Como, realmente, realmente, *realmente* lo siento. Perdón por el billonésima vez. Definitivamente no estoy mi mejor momento."

Derek resopló.

"¿Hay alguna posibilidad de que se repita?," Pregunté, tratando de mantener mi voz un poco por encima de un gemido. "Quiero decir—en serio, ¿cuántas veces más vamos a tener que romper antes de que podamos recuperarnos y luego? . . . ya sabes . . . ¿dar a entender? Tienes que perdonarme, solo eso. Estoy muriendo."

"Meagan, eres un trabajo. ¿Estas consciente de eso?"

Sonreí. ¡Ahora el niño estaba encadenando oraciones juntas!

"Nada que valga la pena es fácil," respondí, citando el imán en el refrigerador de Udder y Gramps.

Derek resopló de nuevo.

"Será mejor que me des otra oportunidad," le dije. "Puede ser la último que obtengas. No tengo mucho tiempo para este mundo, ya sabes. Dada la naturaleza extensa de mi viciosa herida en la cabeza, lo más probable es que esté muerta mañana por la mañana. Talvez pronto. Entonces lo lamentarás. Entonces desearás haber hecho las paces conmigo."

Conté con vívido detalle, mi experiencia cercana a la muerte con el malvado mapache fantasma, tomando licencia artística y agregando algunos toques ficticios aquí y allá, solo para darle vida y hacer las cosas un poco más nerviosas.

Fue genial escuchar a Derek reír. Incluso si fuera que se reía *de* mi y no *con* migo.

"Parte de mí piensa. *Te sirve el derecho a sufrir, niña,*" dijo. "¡Pero la mayor parte de mí ¡Increíble! *Qué mapache tan magnífico.*"

"No dirías eso si estuvieras medio muerto."

"Tonta de mí. Y siempre pensé que los fantasmas no eran violentos."

"¿Entonces *tú* crees en los fantasmas?"

"No hasta que me hayas contado tu espectáculo del terror de *Solo en Casa*. Ahora todas las apuestas dejan de tener validez."

Fue mi turno de resoplar.

"Estoy hablando en serio," dijo Derek. "¿De verdad crees por un segundo que la cara en la puerta principal era realmente la de un mapache? ¡De ninguna manera! Definitivamente era esa chica muerta de la que te hablaba tu abuelo. Ella debe ser un cambia-formas, vuelve para atormentarte. Probablemente murió en una tragedia tecnológica en la granja. Tal vez cuando le pusieron electricidad, ella se electrocutó. Tal vez cuando instalaron el servicio telefónico, ella murió estrangulada con el cable."

"¡Y tal vez estás loco! ¿Te estás escuchando a ti mismo?" Un resoplido más, mío esta vez. Esta llamada telefónica se estaba convirtiendo en todo un festival de resoplidos.

"Mira, todo lo que digo es que Berta probablemente ha regresado de la tumba para advertirte que no caigas en la misma trampa que ella."

"¿Berta?"

"Sí, Berta. Apuesto a que ese es el nombre de la niña muerta, algo fantasmal y anticuado, ¿no te parece?, le queda bien. Su voz se volvió baja y espeluznante. "Berta . . . ¡Berta!"

"¡Oh Dios mío! Estás aún más lleno de basura que mi abuelo. Y como sea, Derek, no seas ridículo. Todos saben que los fantasmas no pueden cambiar de forma. Los demonios pueden. Pero no fantasmas."

"¿Entonces Berta es un demonio? ¿Es eso lo que me estás diciendo?"

"¡No, idiota! El mapache es un demonio. ¡Berta es un fantasma!"

"¡Ajá! ¡Así que ahí lo tienes!," Respondió triunfante. ¡*Crees* en los fantasmas! ¡Lo sabía!

Estuvimos callados por un momento. Crucé y descrucé las piernas.

"¿Esto significa que me perdonas?," Finalmente pregunté.

"¿Por creer en los fantasmas?"

"Por eso. Y la otra cosa."

"¿Quieres decir por olvidar mi nombre?"

"Sé que no es Caleb," dije. Derek no podía ver mi sonrisa, pero era grande. "Y estoy bastante segura de que tampoco es Berta. Espera . . . no me digas . . . está justo en la punta de mi lengua."

Capítulo 39

"Tengo que decirte, Meagan, estoy totalmente enamorada de estos fitoncidas. Puedo sentirlos corriendo por mis venas como una medicina maravillosa. Calmante para el alma. ¡*Shinrin-yoku*!"

Sheila y yo estábamos dando un paseo por el bosque al otro lado de la carretera de Udder y Gramps. Los pájaros cantaban, el viento silbaba las nubes y los árboles bailaban. Sheila regresó el fin de semana y esperaba que Jonathan saliera del trabajo para poder ir a una caminata al final de la tarde.

"*Shinrin*, ¿quién?"

"*Yoku*. Es japonés, para bañarse en el bosque. Deje de caminar por un momento.

Hicimos un pequeño nido de hojas caídas y nos sentamos en ellos.

"Respira, niña. Siente que te envuelve. *Shinrin-yoku*. Aromaterapia de árboles."

Recuerda: esto proviene de una niña que hace un mes clasificó a la naturaleza con un canal de raíz cuádruple.

Hice lo que ella dijo. Respiré hondo y abrí los ojos para admirar las maravillas del mundo natural, pero en cambio, a todas partes que miraba recordaba . . . mi celular.

¡*Para*! Me dije severamente. ¡*No hagas eso*!

Pero no pude evitarlo. La forma de la nube en el cielo se parecía exactamente a mi teléfono. El patrón en la corteza del tronco del árbol se parecía sorprendentemente al teclado. El hongo que brotaba del grupo de hojas era del mismo color amarillo vibrante que mi iPhone 7. Los árboles en la distancia fácilmente podrían haber sido disfrazados de torres de teléfonos celulares.

En serio. ¿Qué tan triste fue eso?

Ahí estaba yo, en el hermoso bosque, en un hermoso día, con mi mejor amiga en todo el mundo respirando el aroma de los árboles, y ¿en lo único que podía pensar era en mi celular?

¿Qué demonios me pasaba?

Sheila estaba, apasionadamente enamorada de los árboles, mientras yo todavía estaba enamorada . . . ¿de qué exactamente? ¿El poste digital de diez pies? ¿El juego previo electrónico? ¿Chicos en línea que no eran verdaderamente reales?

Si no podría ser la Madre Naturaleza, al menos, debería haber sido Derek. La cara de Derek allá afuera en las nubes, en la corteza, en los hongos, en los árboles. Pero no. Finalmente voy y conozco a un chico que realmente parece querer estar conmigo y ¿estoy fantaseando con mi teléfono?

¿En serio era tan patético?

"*Shinrin-yoku*," repitió Sheila.

"Sheila," dije, tratando desesperadamente de sacudir mi pesadilla con la tecnología. "No tengo ni idea de lo que estás hablando."

"Fitoncidas. Pregunta a tu abuelo. Apuesto a que él sabe todo sobre ellos. Son como estas cosas compuestas aromáticas que los árboles emiten para protegerse de las plagas. Me está haciendo maravillas."

¿Protegiéndote de las plagas? ¿Pero pensé que te gustaba Jonathan?

"Estoy totalmente enamorada de Jonathan. Tú lo sabes. Pero todos los otros errores me molestan—¿padres, trabajo, universidad, Internet, mierdas como esas?. Estos fitoncidas son como las drogas milagrosas. Respíralos. ¡Continúa! ¡Hazlo!"

Tomé una respiración profunda.

"¿No lo sientes?," Pregunta Sheila. "Es casi tan bueno como el sexo. Mi estado de ánimo se dispara. Lo juro por Dios, mi presión arterial está cayendo en picada mientras hablamos. ¿Y el cáncer? Puedes despedirte de ese tonto. Ya no estoy tan preocupada por esa mierda."

"¿Te preocupaba contraer cáncer?"

"Bueno, no, en realidad no. Pero si lo estuviera antes, ahora no lo estaría, gracias a estos bebés. Hablando de cáncer, ¿sabías que los teléfonos celulares emiten ondas de radiofrecuencia?" Sheila podría cambiar los temas con el aleteo de sus pestañas mejor que nadie. "Hablar, puede aumentar sus posibilidades de contraer cáncer cerebral."

"¿Solo por hablar?"

"Por hablar por teléfono celular."

"¿Cáncer de cerebro?"

"¿Dejarás de repetir todo lo que digo? Dios, Meagan, estás actuando como si tuvieras muerte cerebral. Deja de hablar y solo respira. Cuantos más fitoncidas, mejor. También ayudan con la memoria."

"¿De qué estamos hablando de nuevo?"

"Teléfonos celulares," dijo Sheila, ajena a mi ingenio. "Estudiaron un poco sobre las ratas, y los pequeños cabrones expuestos a un uso excesivo de teléfonos celulares tuvieron una mayor incidencia a ciertos tipos de cáncer."

"¿En serio? ¿Las ratas hablan por teléfono celular?"

"Evidentemente las que estaban en el estudio lo hicieron."

¿Estaban corriendo por el bosque en ese momento? Si es así, ¿las fito-cositas del árbol no harían su magia y luego lo bueno anularía lo malo y todo quedaría bien?"

"Creo que estaban en un laboratorio, pobrecitos. Estudios con animales. ¿Qué tan cruel es eso?"

"¿Estaban enviando mensajes de texto o hablando?"

"¿Quien?"

"Las ratas."

"No te burles, Meagan. Esto es ciencia seria."

"Y tú sabes esto, ¿cómo exactamente?"

"¿Cómo crees? Lo busqué en Google. En mi celular esta mañana."

Dejé pasar la ironía de este. TIDSI: (Think It, Don't Say It.)Piénsalo, no lo digas.

"Quiero decir, qué maravilloso es que camines por el bosque y te cures de todo lo que te aflige." Sheila se puso de pie, corrió hacia adelante y se colgó de la rama inferior de uno de los árboles más masivos. Envolvió sus brazos alrededor de la rama y le dio un fuerte beso. Luego arqueó los hombros, echó la cabeza hacia atrás y gritó a la copa del árbol: "¡Te amo, hombre!"

"Te has vuelto realmente rara conmigo, Sheila."

"¡Sube aquí!" Ordenó Sheila. "¡Ahora! Dale un beso. No hay necesidad de asustarse. Este tipo realmente es todo ladrido y no muerde."

"¿Cómo sabes que es un él?," Le pregunté.

"¡SIMPLEMENTE HAZLO!"

Me subí a la rama y me dejé caer al lado de Sheila. Para no ser superada por ella, me incliné y le di a su rama un beso húmedo con la boca abierta, lengua de ardilla y todo. Después de todo, ¿qué tenía que perder? La forma en que iban las cosas con mi lamentable vida personal, incluso con Derek perdonándome un poco, esto podría ser todo lo que iba a obtener en el sector de tonterías por quién sabe cuánto tiempo. Probablemente el resto de mi vida.

"¿Y quieres saber lo mejor?," Continuó Sheila.

"¿Hay más?," Pregunté.

"Mi TDAH. Gracias a los árboles es mucho mejor. ¿No te parece?"

"Oh mi . . ." Yo dudé. "Espera un minuto. ¿Es esta una pregunta con trampa?"

"La ciencia está dentro. La naturaleza relaja el cerebro. Estoy mucho menos ansiosa. Mucho menos deprimida."

"Sheila! ¿Desde cuándo has estado deprimida? Y odio hacer estallar tu burbuja, pero no estoy muy segura de que los ataques a drones, la televisión de la estación de servicio y el robo de teléfonos celulares sean realmente consistentes de una ansiedad reducida."

"Estás celosa. Más naturaleza significa más asombro. El asombro es bueno. El asombro es saludable. El asombro me hace pensar en cosas más grandes que yo."

"¿Como destruir tecnología?"

"Exactamente."

"¿Fitoncidas?"

"¡Fitoncidas!"

Me detuve, me quedé quieta y respiré hondo.

Oye, pensé para mí misma. *Si tan solo pudiera hacerlo realidad.*

Shinrin-yoku. Bañarse en el bosque.

En este punto, estaba lista para probar cualquier cosa.

Capítulo 40

Había recogido un montón de verduras y las exhibí maravillosamente en la cesta del jardín, colocándolas en el regazo del Buda gordo. Calabacín y calabaza de verano. Bistec y Big Boy tomates, rodeados de adorables tomitos de cereza Sun Gold. Alubias tiernas, pepinos crujientes y coliflor blanco. Mi cesta parecía la portada brillante de *Better Homes and Gardens*, una revista de la que solía burlarme en la sala de espera del dentista.

Me senté justo en el medio del jardín y miré a mi alrededor, fascinada por cosas en las que nunca había imaginado estar interesada antes. La delicada complejidad de las flores de calabaza. Las formas retorcidas de las judías verdes. La forma en que los brotes laterales de brócoli sobresalían en ángulos tan peculiares.

Bueno. Entonces tal vez no fue *shinrin-yoku*. Pero bañarse en el jardín todavía era totalmente increíble.

Lo mejor de todo, todo el tiempo que estuve sentada allí, no había pensado una vez en mi celular. Solo sobre jardinería. Qué real fue. Que puesta a tierra. Después de todo, ¿qué podría ser más hermoso que una canasta de verduras recién cosechadas que cultivó usted mismo?

Bueno, tal vez Derek. Derek con sus grandes ojos marrones. Derek con sus labios carnosos. Derek con su—

"Hola," dijo una voz, sacándome de mi sueño.

¡Oh Dios mío! Era Jonathan.

"Hey," le respondí.

"¿Cómo te va?," Preguntó Jonathan.

Perdida en mi sueño protagonizado por cierto chico aliento a ajo y omelet en la camisa, la llegada de Jonathan me había encontrado totalmente desprevenida. Ni siquiera tuve tiempo para pensar en zambullirme o esconderme detrás del calabacín.

Me puse de pie abruptamente. "Sabes que Sheila no está aquí, ¿verdad?"

"No es Sheila a quien vine a ver," dijo, mirando directamente mis pechos.

Mi corazón se hundió.

¡Oh no! Pensé. *Aquí viene.* Me había imaginado todo el tiempo que en algún momento probablemente tendría que lidiar con lo de Jonathan pero, qué asco, no estaba preparada para eso.

¿Dónde estaba *Star Trek* cuando lo necesitabas? ¡Beam Me Up, Scotty! En cualquier lugar menos aquí y ahora.

Pobre Sheila. ¿Cómo pudo Jonathan hacerle esto? Los dos habían pasado ese fin de semana salvaje y maravilloso juntos en *Gelassenheiting* (o como se llame) con sus hermanos y hermanas Amish, teniendo sexo loco y apasionado, y luego huyendo como fugitivos después del incidente de la estación de servicio con televisión, y ahora aquí Judas, babeando, mirando fijamente mis pechos, totalmente mirándome.

¡La culpa es de él! ¡Vergüenza, vergüenza, vergüenza!

Fue totalmente una mierda. Esta es la razón por la que los chicos eran un dolor real en el culo. Es por eso que me había resistido a los chicos fuera de línea en primer lugar.

Bueno. Entonces, tal vez estaba siendo demasiado dura con esos pobres homínidos, lo suficientemente desafortunados como para tener un pene atrapado entre sus piernas. Después de todo, las chicas sacamos la misma mierda, ¿verdad? Y solo Dios lo sabe, a veces podríamos ser tan manipuladoras. Tal vez solo era la maldición del ser humano.

Jonathan siguió mirándome fijamente.

"Gusanos planos," finalmente logré decir. Por alguna extraña razón, eso fue lo primero que apareció en mi cabeza y luego salió de mi boca. Demasiado para TIDSI.

"¿Qué?" Preguntó Jonathan.

¿Crees que los humanos somos raros? Prueba los gusanos planos. Hacen que Sheila parezca casi normal.

"Lo siento, Meagan, pero ¿me estoy perdiendo algo aquí?"

"Solo Dios sabe lo jodidos que estamos, pero las lombrices lo han llevado a un nivel totalmente nuevo. ¿Sabías que son hermafroditas?"

Jonathan se sentó en una paca de heno y continuó mirando mis pechos. Cuanto más miraba, más ansiosa me ponía. Cuanto más ansiosa me ponía, más balbuceaba.

"Hermafroditas," continué, las palabras surgieron más rápido que los escarabajos de frijol. "Obtuvieron sus cositas de niño pequeño, al igual que nosotros, quiero decir, tú. Pero no tienen cositas de niñas. Entonces, cuando dos gusanos planos se juntan, ¿sabes lo que sucede?"

Jonathan se rascó la barba y parecía perplejo.

"No me puedo imaginar."

"Ni siquiera lo intentes, amigo mío, ni siquiera lo intentes. ¿Listo para esto?"

"¿Tengo otra opción?," Preguntó Jonathan.

"¡Inseminación traumática!" Golpeé mi pala en el suelo por un efecto dramático.

Si fuera posible, Jonathan parecía aún más confundido. "Traumáti-co . . ."

"Inseminación. Eso es lo que hacen cuando quieren tener sexo. Los gusanos planos toman su pene y, ZAP, perforan el abdomen de su compañero con él. Así. Inyectan, BAM, gracias señora."

"'Compañero' parece una palabra demasiado amable para eso." Jonathan se rascó la barba de nuevo.

"A menos que estén entre S y M. Y entiendan esto, disparan su esperma directamente hacia la herida."

"¿Qué?" Él se encogió.

Lo sentí por el chico. Realmente. No tenía ni idea de a dónde iba esta conversación y, francamente, yo tampoco. Pero ahora al menos tenía los ojos fuera de mis pechos y en mi cara.

"Los pequeños espermatozoides simplemente flotan a través del cuerpo perforado del gusano plano hasta que encuentran huevos para fertilizar. Y esa ni siquiera es la parte más extraña."

Jonathan sacudió la cabeza con incredulidad. "¿Se pone más raro? ¿Es eso posible?" Cambió de posición sobre el fardo de heno, sus ojos desviados hacia el sur nuevamente.

Si realmente quería que dejara de mirar mis pechos, entonces mi afeite elocuente sobre los penes (incluso la variedad no humana) probablemente no era la más sabia de las estrategias. Pero, como siempre, una vez que me puse en marcha no pude parar.

"Antes de que hagan lo desagradable, cercan con sus penes."

Jonathan se levantó, hizo un gesto como para alcanzarme, pareció pensarlo mejor y volvió a sentarse.

"¿Cercan?," Preguntó.

"Si. Como en la lucha de espadas."

"¿Con sus penes?"

"Exactamente. En serio son tan grandes. Para un gusano plano de todos modos. Es como un torneo. Esgrima del pene. ¿El premio al ganador? Llegan a ser el niño. ¿El perdedor? La mujer. La niña se perfora el cuerpo con el pene. Si eso no es traumático, entonces no sé qué es. ¿Puedes creerlo? Quiero decir, incluso con los gusanos planos, la chica consigue el extremo corto del palo.

"¡O en este caso, el final largo!," Dijo Jonathan, arrugando la nariz.

"Pero espera hay mas. ¿Quieres saber la parte realmente, *muy* rara?"

"¿Qué? ¡Pero ya has superado totalmente la escala de rarezas!"

"Ni siquiera cerca, hombre. Mira esto. Digamos que una pequeña lombriz cachonda está flotando en un estanque solo o sola, o lo que sea que llames hermafrodita, triste y desamparado, buscando amor, él o ella no pueden encontrar a alguien más para tener sexo. Trágico ¿eh? Pero, ¿sabes lo que hacen los ingeniosos pequeños enanos entonces?

"Algo me dice que esto también va a ser traumático."

"Mejor créelo, amigo. Se follan a sí mismos. Justo con la cabeza. *¡BAM!* Entra su pene en forma de aguja a través de su propia cabeza de gusano plano. Inseminación hipodérmica."

"¿Se follan con la cabeza?"

"En serio, no estoy inventando esta mierda."

"¿Y quedan embarazadas?"

"Sí lo hacen. ¡Es como la mejor selfie!"

Sin aliento, dejé mi pala y me senté en el fardo de heno frente a Jonathan.

"¿Cómo sabes todo esto?" Jonathan finalmente preguntó. Se rascaba la barba aún más fuerte.

"Mi Gramps, quién más. ¿Recuerdas su conferencia de puercoespín? Es una verdadera enciclopedia del sexo extraño de los animales." Durante una de sus, *La verdad es más extraña que la ficción—Vidas sexuales de los más pequeños y sin huesos*, charlas, Gramps me había dado todo de estas locas criaturas.

"Meagan, estoy tratando de entender todo esto de los gusanos planos y por qué te vas así. Y creo que debe haber una moraleja en la historia. Supongo que no es positivo."

"Mira, Jonathan, si crees que te estoy diciendo que te vayas a la mierda, en la cara o de otra manera, no lo estoy haciendo."

"¡Uf! ¡Que alivio!"

"Pero mientras hablamos del tema, creo que está muy mal lo que le estás haciendo a Sheila. ¡Ella es mi mejor amiga, por el amor de Dios!"

"¿Qué? ¿Sheila te dijo que el sexo conmigo fue traumático?" Jonathan parecía alarmado.

"¡No! ¡Dijo que el sexo contigo fue increíble!"

"¡Oh, Dios mío!" Jonathan saltó sobre sus pies. "¿La píldora no funcionó? ¿La embarace? ¿Está embarazada?"

"¡No! ¡Por supuesto no!"

"Entonces, ¿qué me estás diciendo?"

"Vamos, Jonathan, no te hagas el tonto. A Sheila le gustas. A ella realmente le gustas. ¿Y luego vienes y le *haces* esto?"

Jonathan se rascaba la barba con tanta fuerza que temía que se le cayera la cara.

"¿Hacer qué?," Preguntó. "¿Gusanos planos?"

"¡No! No seas idiota. ¡No tiene nada que ver con los gusanos planos!" Estaba prácticamente gritando.

"Entonces, ¿qué estoy haciendo exactamente?"

"Mirando mis pechos. Acercándote a mi. Usándola a *ella* para meterte en *mis* pantalones. ¡No es tan genial! Y debes saber que Derek y yo tenemos una . . ."

Yo dudé. Cómo expresar exactamente lo que Derek y yo "tuvimos" fue más que un poco confuso. "Ya sabes . . ." Tartamudeé. "Él y yo . . . Es un . . ."

Jonathan volvió a sentarse sobre el fardo de heno y se rascó la barba una vez más.

"Meagan," dijo con calma. "No me malinterpretes. Me gustaste desde el momento en que te conocí. Y créelo o no, incluso después de este extraño ataque de gusanos planos, todavía me gustas. Pero odio reventar tu burbuja: es Sheila quien realmente me gusta. No vine a verte. Vine aquí para ver a tus abuelos sobre su tierra. Sheila y yo estamos trabajando en este plan y queríamos llevarlo a cabo. Y, para tú información, no he estado mirando sus pechos, por muy atractivos que sean. Hay un escarabajo que ha estado subiendo y bajando de tu camisa todo el tiempo y me ha estado volviendo loco."

Miré hacia abajo. Él estaba en lo correcto. Uno de esos pequeños bastardos, escarabajo del frijol, se arrastraba por allí. Había estado demasiado nerviosa como para darme cuenta. Me agaché y lo apreté entre mis dedos, luego lo arrojé sobre la cerca del jardín.

"Entonces, ¿no estás aquí para verme a mi?," Pregunté suavemente, mirando los restos pegajosos en mis dedos y sintiéndome como una lombriz traumatizada.

"Sin ofender, pero no! ¡Por supuesto no!"

"¿Y realmente te gusta Sheila?"

"Es mejor que lo creas. De todos modos, *gustar* podría ser una palabra demasiado débil para eso."

"Lo que me convierte en un completo y total—"

"¡No! De ningún modo. En serio. No te preocupes."

Por incómodo que fuera, prácticamente estaba temblando de alivio.

"¿Tienes un plan?" Finalmente logré preguntar. "¿Con Sheila? ¿Sobre la tierra de mis abuelos?"

Capítulo 41

"¡Tienes que estar bromeando!" Sacudí el cable del teléfono fijo para asegurarme de que las palabras salieran bien.

"Por el meñique, lo juro. Nunca he sido más seria en mi vida."

"¿Vas a abandonar la escuela secundaria, construir una réplica de la cabaña Thoreau en la tierra de Udder y Gramps, y tener una granja? ¿En serio?." Llamé a Sheila justo después de que Jonathan se fue de la casa de mis abuelos.

"No voy a abandonar la escuela secundaria, Meagan. Simplemente, no sé, haré mi último año en la ciudad de tu abuelo."

"Oh Dios mío, Sheila. Esto es absurdo. ¡Más que absurdo!"

"Gracias por el apoyo, mejor amiga."

"¿Ya has hablado con tus padres?"

"Bueno no . . . pero . . ."

"Van a decir lo mismo que voy a decir ahora. ¡Excepto que lo gritarán! Esta idea tuya suena demente, de bajo presupuesto, un reality show de TV de mierda, que encenderías solo para ver a la chica de la naturaleza y su aventura al estrellarse y arder."

"No seas agresiva, Meagan. No es una aventura lo mío con Jonathan. Él, es el verdadero."

"Lo que sea. Tus padres se volverán locos. ¡Incluso más sobre la parte del sexo que la parte de la naturaleza!"

"Tengo dieciocho años, Meagan." Aunque estábamos hablando por teléfono, pude ver a Sheila fruncir el ceño. "Dieciocho. Adelante, ellos pueden enloquecer todo lo que quieran, por lo que me importa. Como sea, *'Algunas personas reciben educación sin ir a la escuela. El resto lo consigue después de salir.'*"

"¿Qué?"

"Samuel Clements, más o menos. Aka, Mark Twain."

"¡Sé quién es Samuel Clements, maldita sea! ¿No puedo creer que te lo tomes tan en serio?"

"Te lo iba a decir, Meagan, de verdad. Quería sorprenderte. Pero primero queríamos que lo hicieran tus abuelos y luego . . ."

"¡Pobre Udder y otro Udder! ¿Cómo podrías arrastrarlos a esta ridícula fantasía tuya?"

"Bueno, todavía no conocen todos los detalles, pero estoy segura de que les encantará ayudarnos."

"Oh Dios mío. ¡Debo estar siendo golpeada! O todavía estoy dormida." Me pellizqué con fuerza. "¡Por el amor de Dios, que alguien me despierte de esta pesadilla!"

"¿Quieres relajarte! Incluso Derek piensa que es una buena idea."

"¿Derek? *¿Mi* Derek? Tienes que estar bromeando. ¿Sabe esto?"

"Si. Jonathan le dijo. Está totalmente a bordo."

"No puedo creerlo. ¿Soy la última persona en la tierra en saberlo?"

"Como dije, todavía no se lo he contado a mis padres."

"¡Arghhh!"

"Mira, Meagan, te dije que Jonathan estaba pensando en todo esto de la construcción de cabañas."

"¡Pero nunca me dijiste que hablabas en serio!"

"Por favor, no te enojes conmigo. Solo quería, ya sabes, ver cómo se desarrolla todo primero."

"¿Vas a construir una réplica de la cabina Thoreau? ¿En las tierras de Udder y Gramps? ¿Y vivir allí?"

"Sí, detrás de la huerta. Una especie de cerca de abejas. Tal vez podamos convencer a tus abuelos de conseguir más colmenas. Y ampliar el jardín. Ya sabes, cultivar lo nuestro. Vivir simplemente para que otros simplemente puedan vivir."

"Sheila, ¿te estás escuchando a ti misma? ¡No sabes nada sobre las abejas! O jardinería! ¡O de algo! ¿Por qué estás haciendo esto? ¿Por qué? ¡Jonathan te lavó el cerebro? ¿Es esto como una especie de culto?"

"Fui a los bosques porque deseaba vivir deliberadamente, para enfrentar solo los hechos esenciales de la vida y ver si podía aprender lo que ella tenía para enseñar, y no, cuando vine a morir, descubrí que no había vivido."

"¡A la mierda con Mark Twain!"

"Ese es Henry David Thoreau."

"¡A la mierda también!"

"¡Pensé que la 'tecnología era una mierda,' Meagan! Me imaginé que apoyarías todo esto, ahora que eres la chica del cartel de tecno no-no."

"¡Cállate! ¡No lo soy!"

"¿Por qué estás tan enojada conmigo? Quiero decir, aquí estoy tratando de vivir la buena vida, tratando de hacer lo correcto, tratando de vivir de la tierra, ¿y me estás mordiendo la cabeza? Dios, eres tú quien me metió en esto. ¡Tú eres la que se volvió completamente adicta a mí! Si no fuera por ti, nada de esto habría sucedido. Todo es tú culpa."

"Mira. Entiendo todo el abrazo-Madre-Tierra. Realmente. Pero hay abrazos y luego estrangulamientos. Quiero decir, en serio, ¿una réplica de la cabaña Thoreau?" Incliné mi cabeza hacia atrás y solté una risita sarcástica.

"Ese es el plan. No es como si estuviéramos construyendo una mansión o algo así. Quiero decir, es quince por veinte pies. No mucho más grande que un cobertizo."

"¿Y vas a vivir allí? Con Jonathan."

"El único."

"¿Y Udder y Gramps son buenos con esto?"

"Bueno . . . ya sabes . . . como dije, todavía no les hemos contado todo exactamente." Podía escuchar la evasión en su voz.

"¿Qué pasa con el baño?"

"Vamos a construir una letrina."

"¿Una letrina? ¿Vas a cagar en una letrina en medio de la noche?"

"Mira, Meagan. Si voy a hacer esto, lo haré bien, ¿de acuerdo? ¿A dónde nos ha llevado la tecnología? ¿Eh? ¿A dónde? Contaminación y cambio climático, adicción e infelicidad." Oh, Dios mío. Aquí estaba de nuevo. Me estaba cansando un poco de Sheila la predicadora, haciendo proselitismo de su nueva religión.

"¿Dónde está tu espíritu revolucionario, niña?," Continuó Sheila. "Tenemos que recuperar el poder. ¡Retomar el control!"

"¿Cagando en una letrina?"

"*El viaje de mil millas comienza con un solo paso.*"

¿Dónde había escuchado eso antes?

"Simplemente la mierda es mas parecida. Y trata de decirte eso cuando tengas las carreras a las tres de la mañana. Y lo juro por Dios, Sheila, si citas a Thoreau una vez más, voy a—"

"Lao Tzu."

"Gesundheit."

Sheila se echó a reír. "Esa última cita fue de un antiguo filósofo chino. Está totalmente iluminada."

"No me importa. Twain, Thoreau, Tzu ¡NO ME IMPORTAN UNA MIERDA!"

"Hay una mente abierta en ti."

El plan de construcción de cabañas de Sheila y la transformación de regreso a la tierra, me estaban poniendo totalmente fuera de mí. Cuanto más hablábamos, más me agitaba. Y cuanto más me agitaba, más resentida y enojada me ponía. Esa voz racional dentro de mi cabeza que me decía que retrocediera, estaba siendo abofeteada por el sonido más fuerte y estúpido de mí.

"¿Qué pasa con la electricidad? ¿Eh? ¿Qué hay para alumbrar en la noche, para que puedas leer tus manuales de regreso a la tierra, tus libros de cómo alimentarse del bosque y *Apicultura para idiotas?*"

"Velas de cera de abejas. Además, Jonathan conoce a un tipo que hace energía solar. Podremos ejecutar algunas cosas con una batería cargada por el sol. Quiero decir, de verdad, ¿qué tan dulce es eso?"

"¿Unas pocas cosas? Sheila, tu habitación necesita su propia planta de energía para encender toda la basura que tienes."

"Eso era antes, esto es ahora. *'Una chica es rica en proporción a la cantidad de cosas que puede permitirse, al estar sola.'*"

"Basta, Sheila. Deja de citar a locos muertos. Me estas volviendo loca. ¡No eres Laura Ingalls en la casita de la maldita pradera! Tan enojada como estoy contigo ahora, todavía te amo—y me cuesta mucho imaginar cómo vas a mantenerte a salvo. ¿Cómo vas a mantenerte calefaccionada?"

"Acurrucarme. Jonathan y yo nos estamos volviendo bastante buenos en eso. Sencillez. Armonía con la naturaleza. Cualquier cosa menos *una vida de tranquila desesperación.*"

"Esto parece un acto de desesperación ruidoso. ¿Y yo, qué? ¿En serio me vas a abandonar en Boston?"

"¡Puedes vivir con nosotros!"

¿Contigo y Jonathan?

"¡Seguro! ¿Por qué no?"

¿Y Derek también? Podemos ser un pequeño cuarteto cómodo. ¿Por favor? Suficiente, por favor con un juramento por el meñique.

"No seas una perra, Meagan."

"¿Una perra? ¿en serio? No confundas *mi* cordura con *tú* hipocresía."

"Mira, cuando vine aquí por primera vez para rescatarte por los problemas de tu chico, pensé que todo este asunto ludita era una mierda. Al igual que esa estúpida jugada de segundo año en la que estaba. Pero he cambiado, Meagan. He cambiado totalmente. Estar rodeada de naturaleza, estar fuera de línea, sobre todo, e ir a tierra Amish. Ese es el verdadero negocio. Eso es todo lo que es. Nunca me he sentido mejor en mi vida."

"Sheila, estás viviendo la buena vida y te estás yendo a lo profundo. Realmente necesitas—"

"Lo siento. Me tengo que ir. Jonathan está en la otra línea."

Capítulo 42

Después del show de mierda de la llamada telefónica con Sheila, estaba en el jardín, tratando desesperadamente de darle sentido a lo que acababa de ocurrir, cuando, quien iba a imaginarlo, Derek pasando por el camino de entrada. ¿El momento perfecto o qué?

Habíamos hecho un plan ambicioso para intentar hacer la reestructuración una vez más, pero todo el asunto de la cabaña Thoreau me había asustado por completo. Había un ludita y había un ridículo. Sheila se estaba duplicando con lo último.

"Entonces," le dije a Derek, con las manos en las caderas y el ceño fruncido en mi cara. Tuve un recuerdo de mi madre parada en la puerta principal, con las manos en *sus* caderas y *su* ceño fruncido. "¿Creo que tienes algo que decirme?" Escupí mis palabras.

"Uh . . . ¿Yo?"

¡Será mejor que lo creas, amigo! Estoy muy enojada. No puedo creer que no me hayas contado sobre Sheila y Jonathan, y este loco plan para construir la cabaña Thoreau."

"Lo juro por Dios, Meagan, me acabo de enterar. Hace unas horas. Jonathan me envió un mensaje de texto."

"¿Te envió un mensaje de texto?"

"Lo sé, ¿verdad?" Arrugó la nariz y sacudió la cabeza.

Derek, a diferencia de Sheila, al menos parecía apreciar la ironía absurda de todo el asunto de los adictos a la tecnología. Una vez más, me sorprendió cuán a la ligera estos NA tomaron sus votos contra la tecnología. Parecía más un programa de trece pasos, con el decimotercero siendo: "Me sentiré libre de ignorar todos los doce pasos anteriores a mi conveniencia."

Derek se inclinó hacia mí con la intención de hacer algo. ¿Tomar mi mano? ¿Abrázame? ¿Besarme?

¿En serio? ¿Estaba bromeando? Ahora claramente no era el momento para nada de esa basura.

Apreté los puños y lo aparté.

"Retrocede, chico. Estoy de mal humor. Definitivamente tenemos algunas cosas de que hablar."

"Sé que debemos, Meagan, pero en este momento, no es el momento." La cara de Derek se puso seria. "Tenemos una emergencia en nuestras manos. ¿Estás preparada para una intervención?"

♥

The Roost (la cafetería), estaba haciendo su negocio enérgico habitual en las tardes más hermosas de todos los sábados de julio. Afuera brillaba el sol, los pájaros cantaban, las flores florecían y las nubes bailaban. Dentro estaba oscuro y mohoso, y nadie hablaba. Nadie estaba mirando a nadie. Todos estaban perdidos en su mundo en línea, acurrucados sobre sus celulares o computadoras portátiles, tocando y tecleando, ajenos al hecho de que el mundo natural existía.

¡Atención!
Se requiere que vigile su celular o su computadora portátil en todo momento.
Absolutamente ninguna comunicación fuera de línea será tolerada.
¡Los infractores se verán obligados a salir al aire libre!

"Míralos," susurró Derek. "Son como los Espectros del Anillo, los Nazgûl, los Jinetes Oscuros de *El Señor de los Anillos.*"

Oh Dios mío. Primero Sheila con todo sobre Thoreau. Ahora Derek se estaba volviendo todo un Hobbit.

"'*Invisible para todos los ojos en este mundo bajo el sol,*'" continuó. "Sumirlos en sus celulares por el anillo y tecnología de Sauron, y esto es lo que obtienes. ¿Puedes escucharlos? Las voces de la muerte."

Estaba Derek, una vez más siendo el purista anti-celular. Renunciando a todas y cada una de las tecnologías digitales.

Dejando a un lado la rareza de Geeky Tolkien, él tenía un punto. Junto con el *ping ping ping* de las llamadas, hubo un extraño sonido ronco proveniente de los futuros NA. Era como si los fantasmas del teléfono celular y las ilusiones de las computadoras portátiles estuvieran absorbiendo su fuerza vital, sumergiéndose en el reino de las sombras.

Buscando en el café finalmente la vimos, en la oscuridad de un asiento en la esquina. Estaba acurrucada sobre su computadora, celular en mano, ojos vidriosos y pulgares duros de trabajo, balanceándose hacia adelante y hacia atrás, raspando rítmicamente con el resto de ellos.

Derek tomó mi mano en la suya. "¡Hagamos esto!," Dijo.

"Hey," dijo Derek, sentándose al lado de los mensajes de Nazgûl, asustándola.

Era Karen, Karen la asesina de gatos, Karen la lanzadora. Ahora Karen, la recaída.

"¡Whoa!" Karen se enderezó, tirando su celular al piso y buscando a tientas. "¿Qué están haciendo ustedes dos aquí?"

"Peter me envió un mensaje," comenzó Derek. Dijo que te vio aquí ayer. Que has estado sentada aquí toda la tarde. Y ahora aquí otra vez."

Espera un momento—¿Peter le envía un mensaje de texto a Derek para delatar a Karen por enviar mensajes? ¿En serio?

"Wow," dijo ella. "Los espías están en todas partes. Mira, tal vez pueda sumarme a ustedes dos más tarde, ¿de acuerdo? No quiero ser grosera ni nada, pero en este momento tengo algunas cosas serias que hacer."

"¿En serio?," Preguntó Derek. "¿Como que?"

Karen le disparó el mal de ojo. No es exactamente el Ojo de Sauron, pero muy cerca. Los fantasmas y delirios del maligno ardían en esos ojos. Derek extendió la mano y la colocó suavemente sobre su hombro.

"¿Quieres salir con nosotros?," Preguntó en voz baja. "Es un hermoso día. Podríamos, no sé . . ." Me miró en busca de inspiración. "Ir al parque y jugar Scrabble o algo así."

Karen dejó escapar una risa sarcástica. "¿Scrabble?," Preguntó ella, con voz incrédula.

"Si. Suena totalmente aburrido, pero en realidad es bastante divertido—¿no es así, Meagan?" Derek una vez más me miró en busca de apoyo. "¿Meagan? ¿Estás bien?"

Congelada en mi lugar, dejé escapar un sonido despreciable.

Allí estaba. Justo en frente de mí en la mesa del café. A plena vista en su teléfono. Haciéndome señas. Atrayéndome.

Pasión. Mi sitio de citas! ¡Karen estaba en mi sitio de citas!

Mi precioussssss! ¡Mío!

"¿Me estás tomando el pelo?" La voz de Karen se hizo más fuerte. "¿Scrabble? ¡Te lo dije! Tengo algunas cosas importantes aquí."

"¿Mierda importante?," Preguntó Derek. "¿O solo mierda?"

Karen se levantó y miró fijamente a Derek sentado.

"¡No te atrevas a juzgarme! No es asunto tuyo lo que estoy haciendo aquí. ¡Si quiero estar en la red, estaré en la maldita red!"

"No estamos juzgando a nadie," continuó Derek con calma. "Estamos aquí para ayudar—¿verdad, Meagan? ¿Meagan?"

En ese mismo momento, ayuda era lo último que podía ofrecer.

Los Jinetes Oscuros, los Nazgûl, se habían establecido en la cafetería. *Ven a mí*, ellos estaban llamando. *Vuelve con tu preciosa*!

Apenas podía respirar. Todo mi cuerpo se sacudía involuntariamente.

Verla recaer en la red era una cosa, pero verla en *Pasión, mi Pasión*, era completamente otra.

"¿Ayuda?" Karen estaba prácticamente gritando ahora. "Te diré cómo ayudar. ¿Qué tal si salen de aquí y me dejan sola?"

Derek se puso de pie. "Estaremos en plaza Pulaski, por si quieres unirte a nosotros." Él sudaba amabilidad, calma y cordura, aparentemente ajeno al estado caótico alterado en el que Karen y yo habíamos descendido. "Seré yo quien le patee, a ella, el trasero en Scrabble."

Extendió la mano, tomó mi mano y me condujo (más bien me arrastró) fuera de la cafetería.

Capítulo 43

"Eso salió bien, ¿no crees?" Derek acababa de jugar la palabra MIERDA por 24 puntos.

Me estremecí al calor del sol de la tarde, protegiéndome los ojos del brillo. Las sombras se arrastraban por mi columna vertebral. Me estaba congelando y sudando al mismo tiempo, mi respiración era superficial y rápida. Todo eso más Derek, me estaba ganando 134 a 53.

"Habiendo tenido el despertar espiritual que tenemos, es nuestra obligación ayudar a Karen," continuó Derek. "Pero aún así, puedes llevar un caballo al agua, pero no puedes obligarlo a beber." Se necesita oscuridad para ver la luz, ya sabes. A veces tienes que tocar fondo antes de—"

"¡Derek!" "Si dices un cliché idiota de doce pasos más, voy a tener que estrangularte. Mantén la boca cerrada."

"Perdón por respirar."

"Respira todo lo que quieras," le dije, tratando desesperadamente de respirar. "Simplemente no hables."

"Mira, Meagan, sé que te estás siento triturada en este juego, pero podrías ser un mejor contrincante." Se acercó una vez más para tratar de consolarme.

Buena suerte con eso.

La oscuridad me había envuelto. El problema se estaba gestando. Eché un vistazo al futuro y supe que los siguientes minutos no iban a salir bien.

Me puse de pie, pisoteé y le tiré la letra I. I para imbécil.

"No me importa una *mierda* este juego, Derek. Lo que le acabamos de hacerle a Karen allá en The Roost estuvo mal. Nunca deberíamos haber entrado allí en primer lugar. ¿Por qué nos tuvimos que ir? ¿Por qué me hiciste ir? ¿Por qué?"

Derek parecía bastante alarmado por mi arrebato. "Pensé que estábamos siendo útiles," dijo en voz baja. "Apoyándonos unos a otros."

"¿Servicial? ¿Apoyándonos? ¿En serio? ¿Entramos y la avergonzamos, la humillamos en público, creamos un espectáculo nosotros mismos y luego huimos? ¿De verdad crees que eso es útil?"

"No. Quiero decir, si. Le mostramos que nos preocupamos por ella. Que estuvimos allí para ella. Ya sabes—el duodécimo paso de NA. Lleva este mensaje de—"

"¿Qué mensaje lleva? Por Dios, Derek, qué ingenuo puedes ser."

"Meagan. Que pasa ¿Por qué estás siendo tan perra?"

¡Oh Dios mío! Hable acerca de la palabra equivocada en el momento equivocado. Sheila llamándome perra era una cosa, pero ¿Derek? No lo creo.

"¿Quieres perra? ¡Te mostraré perra!"

Agarré el tablero y tiré el revoltijo de letras Scrabble en su regazo. Mi firma y movimiento. Cuando los tiempos se ponían difíciles, arrojar algo en el regazo de Derek era todo lo que parecía capaz de hacer.

"¿Que demonios? ¿Que te pasa? ¿En serio?"

Sabía lo que me había pasado. *Pasión.* Una sola mirada a mi sitio me había enviado una vez más al límite. De vuelta al lado oscuro. Una pequeña mirada fue todo lo que hizo falta. Mi adicción a la tecnología reprimida había vuelto a la vida.

"Todo esto de los adictos a la tecnología es una mierda. ¡Estúpida mierda de mierda! "Las palabras ni siquiera habían salido de mi boca antes de que supiera cuán ridículas sonaban."

"¿De qué estás hablando?" Derek estaba recogiendo las letras de Scrabble y volviéndolas a guardar en la bolsa, lo que me enfureció aún más.

"Es algo que dije?," Preguntó. "¿Algo que hice?"

"¿Por qué Karen no puede estar en su celular? ¿Eh? ¡Dime! ¿Qué hay de malo en eso?"

"¡Lo siento! Solo estábamos tratando de ayudar. Dios, Meagan, si no me gustaras tanto—"

"¿Gustar, yo? Dime, Derek—¿qué es exactamente lo que te gusta? Ilumíname. Por favor. Me muero por saber."

"¿Qué quieres decir con 'qué me gusta?'"

"¿Qué quieres *tú* decir con 'qué quiero decir?' ¡Dios, Derek! Es una pregunta simple. No puedes responderla, ¿verdad?"

"¡Por supuesto que puedo responder!"

"No, no puedes. Y déjame decirte por qué. Es porque no me conoces. No tienes ni idea de quién soy realmente." Estaba trabajando en un frenesí. Estaba prácticamente haciendo espuma por la boca. "Quien te gusta no soy yo. Quien te gusta es quien *quieres* que sea. Has creado esta elaborada imagen fantástica de cuento de hadas de tu novia ideal y me la has pegado. Está tan dolorosamente claro: quién te gusta es este campo-corto de apicultura, ludita de izquierda, fuera de línea, jugando Scrabble, la chica del jardín. ¿Y ahora todo este asunto de la cabaña Thoreau? ¿En serio?"

"¿De qué estás hablando?"

"Toda esta farsa que tú y Jonathan hicieron para que Sheila y yo nos quedáramos. La cabaña Thoreau. De vuelta a la tierra. Si solo me hubieras pedido que me pusieras los pantalones, habría sido una cosa. ¿Pero esto? ¿En serio?"

"Meagan! ¡Te lo dije! Acabo de enterarme de eso."

"Si. Claro."

"¡Es verdad! Solo estoy tratando de conectar los puntos aquí."

"¡No te he dado suficientes puntos para conectar, Derek! Vengo aquí por unas pocas semanas para ayudar a mis abuelos y me pruebo este nuevo atuendo sin tecno solo por diversión. Es como si estuviera hurgando en el sótano de la vida de Filene. Poniéndome esto, probándome aquello, solo para ver cómo me queda. ¿Y qué si parecía dulce por unos breves momentos? ¿Bueno para unas cuantas risas? Pero abre mi armario, Derek. Hurga alrededor. Echa un vistazo al verdadero yo que realmente encaja. Vivo en Boston, no en una granja loca de bosques. No crío abejas, escribo mensajes de texto. ¡No disfruto de la naturaleza, disfruto de citas en línea! Sin mi celular, ¿qué soy yo? ¿Eh? ¡Nadie!"

"Mira," dijo Derek, su voz también se elevó un poco. Hasta ahora había estado bastante tranquilo, lo que solo me había agitado más. "Lamento que no pienses que la intervención con Karen fue buena. Y lamento que no supieras lo de la cabaña Thoreau. Y lo siento si te sientes abandonada por Sheila."

"¡No me siento abandonada por Sheila!" Grité. ¡Cómo se atrevía a saber exactamente cómo me sentía!

"Puedo ver que estas confundida."

"¿Confundida? ¡Eso es lo primero que has hecho bien en todo el día! Pero déjame decirte una cosa sobre lo que no estoy confundida: esta mierda adicción a la tecnología. *Amo* estar conectada. Lo adoro totalmente. ¿La chica en la cafetería de la esquina con su celular y su computadora portátil? ¡Esa soy yo! ¡Eso es lo mío!"

Derek se sobresaltó. "¿Y a eso le llamas una conexión real?"

"Oh. ¿Ahora me estás diciendo qué es real o no? Estás empezando a hacerme enojar mucho."

En este momento mi voz se estaba volviendo demasiado fuerte. Si todavía estuviéramos en The Roost nos habrían pedido que nos fuéramos. Aquí en el parque, los curiosos cuellos de goma se acercaban cada vez más, para escuchar mejor mientras fingían no hacerlo. Estaba teniendo una de esas experiencias extracorporales: flotando en lo alto del parque, mirando a una chica ridícula que hacía un ridículo espectáculo de su ridículo yo.

"¿Te estoy poniendo de mal humor?" La voz de Derek era casi tan alta como la mía. "¡Tú eres la que me dice que todo para lo que soy bueno es hacer reír!"

"Eso no es lo que dije, Derek. No retuerzas mis palabras."

"En realidad, Meagan, realmente es *lo* que dijiste."

"Muy bien, entonces tal vez lo dije. ¿Pero no lo entiendes? Soy una mala noticia, Derek. Soy veneno. Si tienes algún sentido, ¡te levantarías ahora mismo y te irías! En realidad *correrías*. Dirígete a las colinas y nunca mires atrás."

"¿Qué estás tratando de decirme?"

"Solo esto: el chico se encuentra con la chica en la fiesta de disfraces. El chico se enamora de la chica. La chica vuelve a ser verdadera y el chico queda impresionado."

"Oh. Ahora lo entiendo." Derek se levantó y pateó las letras de Scrabble en el suelo. Aparte del juego de sóftbol, nunca lo había visto tan enojado. ¿Y para patear letras Scrabble? Realmente debo le haber tocado un nervio. "Que tonto de mi. Supongo que todo lo que has dicho y hecho desde que te conocí es una mierda total y completa. Estuviste disfrazada todo el tiempo. Todo ha sido una gran mentira."

"Bingo. Lo lograste."

"Estás tan llena de mierda, Meagan."

"Oh Dios mío, por favor perdóname el melodrama. Si comienzas con la mierda de 'conozco el verdadero tú,' entonces voy a vomitar. En serio. Por toda tu entrepierna. Algo que añadir a las manchas de café y las estúpidas letras de Scrabble."

"¿Y qué hay de mí?," Preguntó Derek. "¿Huh? ¿Qué soy yo para ti? ¿Nada? ¿Todo este asunto de ida y vuelta entre nosotros ha sido que solo te probaste atuendos? ¿Todo esto tomados de la mano, las cosas que hicimos, los manifiestos del Rey Ludd y las reuniones de scrabble han sido una gran broma?"

"¡Oh! Así que ahora se trata de ti, ¿eh? ¡Así se hace, Derek! Justo igual que un chico dando vuelta todo para hablar de él mismo. ¡Tan jodidamente típico!"

Pude ver la angustia en los ojos de Derek. Podía sentirlo en su voz. Pero toda el desastre de Caleb y la cosa de la cabaña Thoreau, y ahora el atractivo de *Pasión* habían logrado su magia retorcida y malvada sobre mí. Estaba delirando como una loca, haciendo todo lo posible para alejar al único chico que realmente me había entendido.

"¡Quizás soy Neterella!" Grité, un aullido malvado. "Cenicienta actualizada para la era digital. Y tú eres el Príncipe de la corrección política. Solo que esta vez, a Derek, el puesto no le queda bien. Ni siquiera está cerca."

"Mira, Meagan. Me gustas. De hecho, por más molesta que puedas ser, estoy totalmente de acuerdo contigo."

"¿Cómo puedes decir eso? ¡Por billonésima vez, ni siquiera me conoces!"

"¡Yo también! Sé que—"

"¡Alto!" Puse mis manos sobre mis oídos. "No quiero escucharlo."

"¿Por qué? ¿Por qué no quieres escuchar?"

"¡Porque es una mierda!"

"¡No, no lo es! ¿Y sabes qué más? No creo que seas un adicta a la tecnología en lo absoluto. Solo creo que les tienes miedo a los chicos. Asustada de mí. Y estás usando todo el asunto del adicto para justificarte de alguna manera."

Fue todo lo que pude hacer para no abofetearlo. "¡No te atrevas a ponerte todo un Udder psicoanalista con migo!"

"¿Por qué? ¿Por qué es solo otra cosa que no quieres escuchar?"

¡Oh Dios mío! ¿Por qué estaba siendo tan horrible con él? ¿Por qué no podría dejar de hablar? Cuanto más gritaba, más estúpida sonaba. La realidad de mi manera jodida de tratar con Derek —lidiar con chicos, lidiar con relaciones—me estaba golpeando en la cara. Estaba cayendo rápido, y golpear el fondo de piedra iba a doler como el infierno.

"Derek, escúchame con atención." Traté de sonar tranquila y razonable, pero mi voz temblaba. "Me mudaré a Boston pronto. Como te dije desde el principio, esto no va a funcionar. ¿Sabes lo mejor que podemos hacer ahora? Cortar esto. Detenernos aquí antes de que alguien salga lastimado."

Nunca se habían pronunciado palabras más estúpidas.

"¿Antes de que alguien salga lastimado?" Derek me miró con la boca abierta. "¿Realmente eres tan despistada? ¿Tienes alguna idea de cómo me siento ahora?" Pude ver lágrimas brotando de sus ojos. "¡Mírame! Mírame, Meagan."

Parecía como si toda la multitud en plaza Pulaski nos estuviera mirando, absortos en el drama de telenovelas de nuestra escena de lucha. Todos estaban callados, esperando expectantes para ver cómo terminaría este espectáculo de mierda.

No podría soportar mirarlo.

"Sabes que iré a la escuela en Boston en el otoño," dijo. "Eso significa que nuestra relación—"

"¡Que relación! Unas pocas semanas no hacen una relación. ¿Qué crees que he estado tratando de decirte?"

"¿Honestamente crees eso?"

"Cree en los cuentos de hadas todo lo que quieras, Derek. Estoy volviendo a la vida real."

"¿Vida real? ¿Neterella en Cyberland es la vida real? ¿No ves que no tienes absolutamente ningún sentido?"

"¿No lo ves, Derek? Ese es el problema. Nada tiene sentido. ¡Absolutamente nada!"

"Tal vez no se supone que tenga sentido, Meagan. Tal vez se supone que debemos ir con eso ."

"¿Ir con eso? ¿Ir con *qué*?"

"Sabes perfectamente bien qué. Es como la tercera vez que casi nos separamos y tengo que decirte que se está poniendo bonito—"

"¿Tercera vez? ¿De qué estás hablando, Derek? ¿De qué planeta eres? Tienes que hacer algo antes de poder romperlo. Todos saben eso. ¡Lo único que tú y yo hemos hecho es un gran desastre!"

Me eché a llorar y, casi como un zombi, me alejé, dejando a Derek solo, desplomado en el banco del parque.

Capítulo 44

Era un triste domingo por la mañana y la lluvia caía a cantaros. Bueno para el jardín pero terrible para mi estado de ánimo.

Había tomado prestado el auto y conduje como una loca hasta Northampton para encontrarme con el diablo cara a cara. No solo cayendo, sino saltando del vagón para un tórrido festival en línea.

Una mirada descuidada a las travesuras en línea de Karen, un pequeño vistazo a mi precioso sitio de citas, y fui arrastrada de nuevo a los brazos de la red que esperaban y estaban dispuestos.

Frodo tenía el Anillo único para gobernarlos a todos. Gran trato de mierda. ¡Deja que él lo tenga! Tuve *Pasión* ¡Toma eso, Sauron!

Esconderse en The Roost estaba fuera de discusión. ¿Qué pasa si Derek, o algún otro entrometido NA, me encontraba allí? ¡Lo último que necesitaba era a un loco pirado de ellos, intentara hacerme una intervención!

Caminé por la calle principal antes de instalarme en el sótano del Haymarket Café, la casa del crack de otro adicto a lo cibernético, con una bufanda alrededor del cabello y gafas de sol de color verde neón presionadas en mi cara—un débil intento de disfrazarme.

Al diablo con esta cosa del celibato, me dije. ¿Por qué no simplemente una conexión rápida en *Pasión*? ¡Sexo anónimo y caliente! Demonios, todos los demás lo estaban haciendo, así que ¿por qué no debería hacerlo? Y esta vez entraría todo, no me sacaría la mierda como había hecho con Caleb. Incluso hice una parada extremadamente incómoda y recogí un paquete de tres condones, solo para cubrir mis bases. O más bien la de él.

¿Por qué perder tu virginidad era tan importante? Sheila lo había hecho. ¿Por qué no podría? Sería un gran peso sobre mis hombros. Algo por lo que no tendría que preocuparme nunca más. Una forma segura de recuperar mi *feng shui* perdido, hacerme sentir mejor, volver a encarrilarme. ¿Qué podría salir mal con eso?

Recorrí locamente los perfiles de los chicos, agregue a todos los que parecían remotamente calientes y envié mensajes de texto hasta que mis pulgares se hincharon. Mis puntos en *Pasión* estaban llegando. *¡Ping! ¡Ping! ¡Ping!* Debe haber mil hombres en el Valle claramente mordisqueando un poco de conexión del domingo por la mañana.

Bebí mi peso en café, y luego bebí un poco más. ¿Y qué si mi ojo izquierdo hubiera desarrollado una contracción nerviosa? ¿A quién le importaba si hubiera masticado y dejado un agujero en la parte superior de mi bufanda?

Tal vez si hubiera regresado a Boston hubiera juntado suficiente coraje para enviarle un mensaje de texto a Caleb, pero no había tiempo para eso ahora. Tendría que conformarme con un local.

Ahhh! La belleza de *Pasión*! Ni siquiera había tenido tiempo de pedir otra taza de café y allí estaba, mi recogido del lugar de recogida, sonriéndome desde el otro lado de la mesa.

Miedo de los niños! *Humph!* Derek estaría comiendo sus palabras mientras yo me estaba comiendo a alguien más. Le mostraría quién tenía miedo a los niños.

"Te ves muy bien," me dijo este chico suavemente. "Y muchas gracias por invitarme aquí."

Bueno. Un comienzo un poco difícil, pero aún podría hacer que esto funcione. Tal vez el tipo no era tan bueno como Derek (¿quién era?), Pero era bastante cercano. Alto y de ojos centelleantes. Gran cabello. Hombros anchos. Labios impresionantes.

Me estremecí, tirando de mi bufanda con más fuerza alrededor de mi cuello y reajustando mis gafas de sol.

"¿Puedo comprarte otra taza de café?," Preguntó. "Tomo el mío con crema y azúcar. Soy una especie de peso ligero cuando se trata de cafeína. ¿Como te gusta el tuyo?"

Silencio de mi parte. Simplemente no podía hablar.

Estaba más que un poco nerviosa. Estaba completamente preparada para un perdedor de dientes enredados con cabello grasiento y una cara llena de tatuajes, un charco de baba cayendo en cascada por su barbilla sobre sus pantalones cortos completamente erectos. Un perdedor que estaba jugando conmigo y había publicado una foto de perfil falsa en *Pasión*, el truco más antiguo del libro. Pero no tanta suerte. Este chico se veía mejor en la vida real que en la red.

"Soy estudiante de sociología en la universidad Amherst," dijo, ajeno a mi incómodo silencio o tratando desesperadamente de aliviar la incomodidad al continuar parloteando. "Estoy realmente interesado en los derechos de los inmigrantes. Toda esta noción de Trump cerrando nuestras puertas a personas de otros países es realmente desconcertante. Necesitamos ser acogedores y aceptar la diversidad, no aislarnos del resto del mundo. Pero realmente, suficiente sobre mí. ¿Qué estás estudiando, Stephanie?"

¡Oh Dios mío! ¿Qué pasaba con este chico? Era ardiente, parecía inteligente, estaba siendo súper sensible y dulce.

Gracias a Dios estaba en un lugar público con la puerta a solo unos pasos de distancia. Si no tuviera una ruta de escape clara, habría tenido un ataque al corazón en el acto.

Aún sin obtener respuesta de mi parte, el chico continuó hablando.

"¿Qué tipo de actividades disfrutas hacer?," Preguntó. "¿Yo? Soy como una nuez de jardinería. Me encanta ensuciarme las manos cultivando vegetales. Eso y jugar sóftbol. Pero en una mañana lluviosa como hoy es más que probable que me encuentres adentro con un juego de mesa."

Eso hizo. ¡Ya fue suficiente! ¿Cuántos errores kármicos podía tener una chica en un verano? Confiando en mi superpotencia de vuelo, me llevó menos de cinco segundos volver a mi auto. Estremeciéndome y temblando con mis gafas de sol al revés y mi bufanda prácticamente estrangulándome, obsesivamente revisando mi espejo retrovisor cada pocos segundos para asegurarme de que no me seguían, de alguna manera logré volver a con Udder y Gramps en una sola pieza.

Capítulo 45

"¿Problemas con los chicos?," Preguntó Gramps. Estaba sentado en la mesa de la cocina mirando la lluvia seguir cayendo.

"No estoy hablando contigo," le dije.

"¿Por qué? ¿Que hice ahora?"

"¡Sabes exactamente lo que hiciste!" Moví mi dedo hacia él. "¿Toda esta cosa de la cabaña Thoreau? ¿En serio? ¿Qué estabas pensando? No puedo creer que hayas dejado que Sheila y Jonathan se muden contigo. ¡Es una locura!"

"¿De qué estás hablando?," Preguntó Gramps. "Nadie se mudará a ninguna parte. Si tus amigos quieren construir una cabaña en la parte de atrás y hacer algo de fin de semana fiesta ludita del amor, entonces eso está bien para mí. Pero nadie dijo una palabra sobre *vivir* allí."

"No son mis amigos," dije. "Al menos ya no. Pero según Sheila, ella y Jonathan establecerán una casa en tú patio trasero en poco tiempo."

"Meagan! ¡Cariño!" Gramps se acercó y puso su mano suavemente sobre mi brazo. "¿De verdad crees que tu abuelo y yo permitiríamos que Sheila, o cualquier otra persona, incluso tú, abandonara la escuela secundaria y se mudara a una cabaña con su novio? Quizás estamos locos pero no dementes."

"Eso no es lo que dijo Sheila."

"¿Sheila nos llamó dementes?"

"No. Por supuesto que no. Pero como te acabo de decir, ella dijo que se mudaría con Jonathan."

"Meagan. Nadie se está mudando a ninguna parte. Mira, entiendo lo que Sheila y Jonathan están tratando de hacer. Lo de volver a la tierra y todo. Más poder para ellos. *'La masa de hombres lleva vidas de . . .'*"

"*¡Tranquila desesperación!* ¡Por favor, no más orwelliana!"

"Thoreaulian."

"Lo que sea. Es suficiente va hacerme vomitar. Como sea, Sheila y Jonathan están lejos de estar desesperados. ¡Y nadie en su sano juicio se atrevería a describir a Sheila como tranquila!"

"Por cierto, hablando de desesperado. Derek llamó, de nuevo. El teléfono no ha dejado de sonar. Parecía más que desesperado.

"Tampoco estoy hablando con él."

"Oh. ¿Qué hay de Sheila? ¿Sigues hablando con ella?"

"¿Estás bromeando? ¡No! Por supuesto no. Ella es con la que más enojada estoy."

"No entiendo por qué estás tan molesta por esto," continuó Gramps, sirviéndose un tazón de cereal y volviendo a encender su porro. "¿No eres tú la que está trabajando para dejar de utilizar la tecnología? ¿Abrazando el mundo natural? Ahora que Sheila está a bordo, ¿por qué estás tan enojada con ella?"

"Existe *a*bordo y *a*bandonar. No puedes abandonar la escuela y construir una cabaña en el bosque."

"Meagan. Mírame." Gramps levantó su cuchara del cereal y la balanceó de lado a lado como el péndulo de un hipnotizador. "Escucha atentamente mis palabras. Espero que esta sea la última vez que tengo que decirte esto: nadie está abandonando nada. Quítate esa idea de la cabeza. No digo que Sheila no tenga razón. *Algunas personas reciben educación sin ir a la escuela. Y el resto lo entiende—*"

"¡Oh Dios mío! ¡Ya terminaste!"

"¿Deja de tener sentido?"

¡Detente con Thoreau o Mark Twain o los Talking Heads o quien sea! ¿Han sido programados usted y Sheila por la misma lavadora de cerebro? Me puse de pie y pisoteé el suelo. "Por billonésima vez, ¿cómo es que soy la única siendo adulta por aquí? ¿Por qué todos los demás actúan como si tuvieran trece años?"

"Estamos abrazando a nuestros niños internos," dijo Udder.

Gramps le dio otro mordisco a su cereal. "Escucha, cariño. Si Sheila y Jonathan, y tú y Derek quieren pasar parte de tus veranos aquí en los años venideros, sería un honor tenerte. Halagados. Nos encanta tenerte cerca. Incluso con toda la angustia, pena y el drama, tal vez incluso por eso, eres una chica maravillosa con quien estar. Estamos encantados de que estés aprendiendo lo que es cultivar una huerta y tener abejas, y no nos digas por un minuto que no te gusta. Hemos visto el cambio que ha hecho en ti. Todo ha sido bueno. Y ahora si Sheila quiere abrazarlo, ¿qué podría estar mal con eso?

"Simplemente no lo entiendes, ¿verdad?"

"¿Qué hay que entender, Meagan?," Dijo Gramps. "Más granjas, más chicas de granja."

"Esto no es una granja. Esto es un manicomio." Estaba en una buena racha. Primero enojada a Sheila, luego Derek, y ahora con mi abuelo. ¡Huzzah y hurra por mí! ¡Ahora había logrado alejar a todos!

"¡Meagan!," Udder me señaló con el dedo.

"Estoy desconcertado de por qué estás tan enojada y frustrada," dijo Gramps, rascándose la cabeza. "¿Estás celosa? ¿Es que Sheila te está pasando como una ludita nacida de nuevo y abrazada a un árbol? ¿Es que Sheila pensó primero en toda la idea de la choza de Thoreaulian? ¿Es que Sheila tiene un novio real fuera de línea con el que está enamorada? ¿Es eso lo que tiene tu cabra?"

"¡Basta, Gramps!" Estaba escupiendo palabras. "¡No te atrevas a traer a Jeremy a esto! No tengo una cabra. No estoy tan celosa de Sheila."

Pero me picaron sus críticas. Tenía la cara enrojecida y apenas podía respirar. ¿Quien le dio a Gramps el derecho de decirme cosas así? ¿Para insinuar que todo este tiempo había estado jugando al amor, al romance y el sexo con mi pasión *Pasión*? ¿Qué acababa de jugar a ser ludita con el grupo de NA? ¡Que acababa de jugar a la vida, no a *vivirla*!

¿Quien le dio a Gramps el derecho de saber mucho más sobre mí, de lo que yo sabía?

"Voy a desmalezar el jardín," dije, sin mirarlos a los ojos. "No voy a volver a hablar con ustedes dos ¡NUNCA MÁS!" Me levanté, pisoteé nuevamente mis pies y me alejé.

"Cuidado con el fantasma," gritó Gramps después de mí. "Se ha estado escondiendo en el calabacín últimamente."

¿Berta?

Eso podría manejarlo.

¿La verdad?

Estaba lejos de estar segura de eso.

Capítulo 46

"¿Trabajando en sus problemas?," Preguntó Gramps.

¡Oh Dios mío! ¿Qué parte de *no voy a hablar con usted* entendió este viejo? ¡Cambie de canal, por favor!

Estaba en el jardín matando escarabajos de frijol, montando totalmente mi ola de autocompasión, segura de que en este mismo momento nadie en el mundo entero estaba ni remotamente cerca de experimentar el grado de angustia que yo tenía.

Cuando te des cuenta de lo perfecto que es todo, inclinarás la cabeza hacia atrás y te reirás del cielo.

Esa fue la cita inscrita en la base del sonriente Buda sentado serenamente en la roca en el centro del jardín.

Si pudiéramos ver claramente el milagro de una sola flor, toda nuestra vida cambiaría.

Esa perla de la sabiduría budista estaba pegada a una botella de whisky al revés, una de las muchas que había en el jardín para atrapar a los espíritus malignos.

Cada vez más, el jardín parecía el único lugar que quedaba para encontrar algún grado de consuelo, algún refugio, de todos esos espíritus malignos tan decididos a arrastrarme hacia el infierno. Con mi último fracaso espectacular de *Pasión* en la entrega, el jardín fue mi última manta de seguridad restante, mucho más predecible y reconfortante que el resto de mi vida.

En un jardín, cuando plantabas frijoles, obtienes frijoles. Fertilizaste, mantuviste el mantillo, regaste, eliminaste los insectos y, con un poco de suerte, algunas oraciones al Buda en la roca, y algunas palabras de aliento por esas tuberías oxidadas para comunicarse con el bajo tierra, sucedían cosas increíbles.

En el resto de mi vida, cuando planté algo, ¿quién sabía qué demonios iba a suceder?

El milagro de un solo frijol en el jardín: empujaría sus hojas nuevas y brillantes a través del suelo y saludaría al mundo y toda mi vida cambiaría. ¿Qué podría ser mejor que eso?

Paz. Serenidad. Inclinando la cabeza hacia atrás y riéndome del cielo.

Pero todo eso, *si* alguna vez iba a suceder, era para otro día.

Hoy le di la espalda a Buda. Hoy fue un día para la muerte.

Por terrible que parezca, sin que los escarabajos soporten la peor parte de mi angustia, solo Dios sabe lo que habría hecho conmigo misma.

No solo estaba matando escarabajos. Estaba teniendo un placer sádico al idear formas nuevas e innovadoras de torturarlos antes de finalmente sacarlos de su miseria—y a mí de la mía. Vlad Empalador, él mismo habría estado tan orgulloso de mí. Podía escuchar a los escarabajos rogando que los aplastaran, rogándome que terminara allí mismo. Pero no, esa era una manera demasiado rápida y fácil para que esos bastardos murieran. Sé que esto no hizo nada para aumentar mi factor de simpatía, pero en ese lugar, en ese momento, al darme cuenta de lo imperfecto que era realmente mi mundo, parecía que era todo con lo que tenía que trabajar.

Sacrifiqué tres escarabajos en una roca improvisada. Empalé seis en un palo. Ahogué una docena en la regadera. Incluso fui tan lejos como para morder uno por la mitad. Sabía a pollo, o tal vez incluso a una cucaracha silbante de Madagascar, solo crujiente y aún retorciéndose. Me atragante y lo escupí.

Mis pulgares, todavía hinchados y con calambres por mi desastrosa recaída de mensajes de texto, ahora estaban manchados con tripas de insectos, mis uñas incrustadas con sus restos pegajosos. Incliné mi cabeza hacia el cielo y me reí como un maniaco y un vampírico "¡HE HE HE HAH HAH HAH!" Probablemente no es exactamente lo que el Buda tenía en mente.

Gramps se recostó en su silla de jardín, encendió un porro y me miró atentamente.

"Me alegro de no ser un escarabajo de frijol," dijo. "Tortura es una palabra demasiado amable para describir lo que le estás haciendo a los pobres."

"Tírame tu encendedor, ¿quieres?," Grité, olvidando que no hablaba con él. "Voy a quemar este en la hoguera. Que piensas: ¿es el fuego la forma más dolorosa de morir?

"No lo sé. Masticar a ese pequeño en dos fue bastante impresionante."

"Gracias. Esa fue una de las cosas más desagradables que he hecho en mi vida. Y, como bien saben, tengo mucho para elegir."

"Con un poco más de práctica, estoy seguro de que te puedes acostumbrar. Tal vez incluso podrías convertirte en un insectívoro. Gran proteína. Baja huella de carbono. Maravillosa manera de impresionar a tus amigos luditas."

"Te refieres a mis *ex*-amigos luditas."

Volvimos al silencio, viendo a una abeja que se acercaba a la flor, de una flor de calabacín, y comenzaba a polinizar locamente.

"Sin embargo, no comas abejas," dijo Gramps. "Insisto en que tengas un limite."

"¡Gramps! ¡Por favor! ¿Quién te crees que soy? Prometo que me quedaré con las cucarachas de Madagascar, y quien sabe, quizás me convierto en la primer cucaboro del mundo."

La abeja salió de una flor y se dirigió directamente hacia otra.

"Sabes," dije. "Quizás ser la abeja reina sea el camino a seguir. Tienes sexo una vez y luego el chico muere. Sin conexión emocional alguna. En serio, ¿qué tan maravilloso sería eso?"

"Bueno, hablando desde el punto de vista, para el zángano, no mucho."

"Pero es mucho más simple que estar en una relación. No tienes que preocuparte por los sentimientos o el compromiso, ni por lastimarse ni nada. Simplemente hacerlo y ya está."

"Hablado como una verdadera reina."

"¿Ves a lo que me refiero con esto, Gramps? ¿Ves? Tengo diecisiete años. Soy demasiado vieja para todo este drama de relaciones. De verdad. Estoy cansada."

Gramps fumo otra pitada y sopló el humo de la hierba hacia las flores de calabacín. Con cada bocanada en su dirección parecían duplicar su tamaño.

"Tienes toda la razón, Meagan. Es una idea brillante. Totalmente inspirado. Definitivamente deberías volver a hacer lo tuyo en *Pasión*. Solo imagina a cada chico como un zángano y estarás lista. Hazlo una vez y ya está. No hay forma posible de volver a verlo porque está muerto, muerto, *muerto*. Él estará fuera de tu vida para siempre. ¡*Maricón*! ¡Adiós chico! Tan sencillo. Tan fácil."

"Estás jugando conmigo, ¿verdad?" Lo miré de reojo.

"¿Molestándote? ¿*Moi*? ¡Cómo te atreves! Estoy totalmente apoyando este asunto de volver a Internet. ¡Estoy totalmente asombrado de lo que la tecnología ha logrado, que el humano sea mucho más simple! Sexo sin amor. Relaciones sin relaciones. Relaciones sexuales sin discurso. ¿Qué podría ser mejor que eso? Citando a mi maravillosa nieta: ¡*huzzah y hurra!*"

Tuve que darle la mano: Gramps podría criticarte con lo mejor.

"Si tan solo fuera así de fácil," murmuré.

"¿Fácil? Mírame, Meagan. Mírame a la derecha."

Miré fijamente esa cara vieja, gris y arrugada y vi el fuego ardiendo en sus ojos.

"Eres mi nieta," dijo con severidad. "Sencillo es la salida fácil. Fácil es para perdedores. Tú y yo sabemos que eres mejor que eso. Mucho mejor."

Gramps se levantó, se arrugó la espalda, dio un par de vueltas de hombros, soltó un pedo largo y cojeó de regreso a la casa, dejándome, una vez más, sola en el jardín.

Había matado a todos los escarabajos que pude encontrar en el parche de frijol. Sin más muertes, me acosté con la cabeza sobre un calabacín y, por asqueroso que fuera, me mordí las uñas. *Número seis en la Guía Ludita sobre las diez cosas más importantes que se pueden hacer con los pulgares (y los dedos) fuera de línea.*

Demasiado fácil.

Como si alguna vez existiera tal cosa.

Capítulo 47

"Voy a casa de mamá," les dije a Udder y Gramps. Por muy molestos que pudieran ser, era terriblemente difícil estar enojada con los dos por mucho tiempo. Además, ahora que estaba separada de todos los demás que me importaban, ¿con quién más tenía que hablar?

"¿Qué?," Preguntó Gramps. "¿De dónde demonios viene esto? Apenas has mencionado a tu madre todo el tiempo que has estado aquí. Estaba empezando a pensar que tal vez eras el único jodido adolescente en todo el mundo que no estaba preocupado por su madre."

"Gracias, Gramps. Lo tomaré como un cumplido."

"¿Por qué ir a visitarla ahora?"

"Es el cumpleaños de mamá el martes, y creo que probablemente debería estar allí. Sabes que está cumpliendo cincuenta, ¿verdad? Debe ser como el fin del mundo para ella. Puedo ver porque. ¡*Cincuenta*! ¡Oh Dios mío! ¡Hablando de viejo!

Gramps miró a Udder. Ambos suspiraron y sacudieron la cabeza.

"Probablemente no sea una mala idea si hago una aparición," continué.

Gramps nunca se habían llevado particularmente bien con mi madre. Mamá era su nuera, o más bien su ex nuera, ahora que mis padres estaban divorciados. Ella y Gramps se habían enfrentado desde el principio sobre casi todo—política, valores, dinero—lo que sea. Supongo que Gramps nunca pensó en ella como la elección correcta para mi padre, y probablemente tenía razón. Pero dado lo jodido que estaba mi padre, era difícil imaginar quién habría sido la elección correcta para él.

Dada la tenue relación de mamá con Gramps, fue sorprendente que hubiera estado tan entusiasmada con enviarme aquí el verano. Ella realmente debe haber pensado que estaba súper perturbada, al pensar que la influencia de Gramps realmente mejoraría mi carácter.

"¿Martes?," Preguntó Gramps. ¿Como en mañana? No te irás por mucho tiempo, espero."

"No lo sé." Di otro suspiro teatral. "Tal vez me he quedado más de la cuenta aquí."

"¿De qué estás hablando, cariño?" Udder parecía alarmado. "Tú nunca podrías hacer algo así."

"¿Fue algo que dije?," Preguntó Gramps, de repente parecía mucho más viejo. "Si es así, sea lo que sea, lo retiro."

"No, no, no," insistí, extendiendo la mano y tocando ligeramente su brazo. "No es eso. Quiero decir, tengo que salir de aquí. Al menos por un día o dos. Toda esta escena se ha vuelto demasiado extraña. Me refiero, con Derek y Sheila, y todo el espectáculo de mierda de cabaña Thoreau. Simplemente no está funcionando para mí."

"¿Qué quieres decir con 'no esta funcionando?'" Udder se levantó, se ajustó el cinturón y volvió a sentarse, como lo hacía cuando estaba agitado. "Justo como hemos estado diciendo, ¡estar aquí ha hecho maravillas por ti! ¡Mira todo el crecimiento personal que has experimentado en las últimas semanas!"

"¿Crecimiento personal? Todo lo que puedo ver es la contracción. Incluso mis tetas se han vuelto más pequeñas."

"Eso es porque has estado trabajando duro," dijo Gramps. "Con cortar el césped y podar la huerta, desmalezar el jardín y limpiar la casa, y estar a nuestra entera disposición día y noche, debes estar exhausta, pobrecita. Te hemos estado haciendo trabajar demasiado duro. Necesitas relajarte. Recular. Fúmate uno conmigo y tómate un tiempo libre para ti.

"No es eso, Gramps. Me tengo que ir. Lo necesito."

"¿Le has dicho a Derek que nos vas a dejar?"

"¿Qué tiene que ver Derek con esto? ¿Qué tiene que ver Derek con algo? No es como si fuera mi novio."

"Podría habernos engañado," dijo Udder.

"Detente. Por favor. No me digas mierda sobre esto ni me hagas cambiar de opinión. ¿Puedes llevarme mañana a la estación de autobuses?"

"¿Estación de autobuses? ¿Estás bromeando? No hay forma de que tomes un autobús. Te llevaremos a Boston. No he visto a tu madre en la edad de un mapache."

♥

"¿Recuerdas la vez que me sorprendió fumando hierba en tu graduación de primaria?," Preguntó Gramps. Habíamos girado hacia Massachusetts Turnpike y nos dirigíamos al este hacia Boston.

"Ese no fue tú mejor momento," hice una mueca, aferrándome fuertemente al cinturón de seguridad. Gramps conducía como lo hacía la gente en las películas—nunca miraban la carretera, siempre miraban a la persona con la que estaba hablando, con las manos constantemente desviadas del volante. Era mucho peor que incluso la conducción de Jonathan. Ya sentía náuseas y todavía nos quedaba más de una hora.

"¿Y cuando sus amigos los pretenciosos Brahmán de Boston nos atraparon a mi y a Udder jugando en la mesa de billar de la sala de juegos?," Continuó.

"A Udder y *a mi*," le dije.

"¿Qué? ¿No me digas que tú también estabas allí?"

"No seas ordinario, Gramps. Estaba corrigiendo tu gramática.

"Bueno, disculpe, señorita Mister quisquillosa. ¿Qué eres ahora, la policía de gramática?"

"Tiene razón, Curtis," dijo Udder desde el asiento trasero. "Deberías saberlo mejor. *La gramática mal ajustada es como los zapatos mal ajustados. Puedes acostumbrarte un poco, pero un día se te caen los dedos de los pies y no puedes caminar al baño.*'"

"¿Thoreau?" "¿Yogi Berra? ¿Martín Luther King hijo?"

"Jasper Fforde," respondió Udder.

Debería haberlo sabido. Puse los ojos en blanco. Este verano había escuchado citas de casi todos los filósofos que alguna vez habían filosofado.

"Es por eso que debemos tener nuestro mejor comportamiento," continuó Udder. "Nada travesuras, Curtis. Eso significa que no hay marihuana, mantén tus manos lejos de mi trasero y habla en oraciones gramaticalmente correctas. ¿Perfectamente claro?"

Gramps retiró las manos del volante y saludó. Agarré mi cinturón de seguridad aún más fuerte.

"Ella sabe que vamos, ¿verdad?," Preguntó Udder.

Me retorcí incómoda en el asiento delantero.

"¿No se lo dijiste?" Gramps estaba sonriendo.

"Oh Dios," gimió Udder..

Me di la vuelta y lo vi persignándose, con los ojos en alto hacia el cielo, realizando uno de esos extraños rituales que quedaban de sus días en la escuela católica.

"Esto seguramente será interesante," dijo, frunciendo el ceño y sacudiendo la cabeza.

♥

No tenía idea de que la fiesta de cumpleaños de mi madre iba a ser un asunto tan elaborado. Su nueva aventura, un abogado llamado Edwin Whipple, había hecho todo lo posible y había convertido a su cincuentenario en una extravagancia extraordinaria. La casa era el centro de la fiesta, con un servicio de catering y una barra libre. Con la incómoda excepción de Gramps, Udder y yo, todos llevaban un atuendo formal.

Como siempre, mis abuelos parecían peces fuera del agua. Udder llevaba bermudas y una camiseta con "Love Trumps Hate" con letras en rojo, blanco y azul. Los pantalones de Gramps estaban hechos para un hombre dos veces su talla, y tenía tirantes de arcoíris que lo hacían parecer una semilla de heno de Oklahoma. Una semilla de heno hippie gay, cierto, pero no obstante una semilla de heno. Por supuesto, no estaba exactamente a la altura de la moda, con mi suéter de zurdos luditas, que por alguna razón insondable todavía seguía usando, y mis pantalones cortos de jardinería manchados de suciedad, que había olvidado lavar, y un par de chanclas no coincidentes.

"Lo sentimos, lo siento mucho," susurró Udder.

Gramps se subió los tirantes, se echó a reír y le entregó un trago.

❤

"¡*Querida*! ¡Qué *placer* verte!"

Una de las amigas de mamá me había arrinconado fuera del baño. Era espeluznante que ella me llamara *querida*. Cuando Udder usó la palabra, pareció sincera y afectuosa. Con ella, solo sonaba pretenciosa y súper molesto.

La mujer apestaba a *Mademoiselle Eau de Parfum*, de Coco Chanel , que todavía estaba rociando generosamente en su amplio escote cuando salía del inodoro. No es de extrañar. El aroma de *Eau de Merde* que había dejado me dejó sin aliento. Pero, ¿quién era yo para quejarme? Todo mi cuerpo apestaba a *Eau de tripas de escarabajo de frijol*.

"¿Cómo *estás*?," Preguntó ella.

"Estoy genial," respondí. "¿Cómo está Sasha?"

Sasha era su maldita hija que había ido a un internado privado engreído en la costa norte. La había odiado desde el séptimo grado, cuando todavía iba a la misma escuela pública que yo. Una tarde, en el vestuario de las chicas, justo antes de la clase de gimnasia, se quitó la blusa y se jactó de cómo estaba entrando sus tetas y luego, mirándome con desdén, expresó su opinión de que las mías probablemente nunca crecerían. Fue uno de esos episodios sórdidos que me había marcado de por vida.

"¡*Magnifica*!," Dijo la madre de Sasha, dejando que su acento Brahmán de Boston fuera todo lo que valía la pena. "Ella está haciendo una pasantía para una compañía de tecnología en la ciudad este verano. Una que desarrolla aplicaciones y todo eso. Es bastante complejo. Muy por encima de mi cabeza. Ella es una gran sensación allí. Absolutamente enorme. No pueden creer que todavía esté en la escuela secundaria. Se *mueren* de ganas por mantenerla en la empresa."

"Estoy segura de que lo están," dije, muriendo de ganas por escapar de la combinación nauseabunda del perfume Chanel y los vapores tóxicos que aún salían de su puerta trasera.

"¿Y qué estas haciendo *tú* este verano, cariño?," Preguntó ella, leyendo mi camiseta. "¿Zurdos Luditas?" ¿Es esa la empresa para la que estás haciendo prácticas?"

"Uh, algo así". Había preguntado por Sasha solo por el bien de ser cortés. Lo último que quería hacer era conversar con la madre de esa perra.

"¿Y qué tipo de trabajo *haces* allí?"

"Oh, ya sabes, el tipo habitual de cosas. Jugando en el campo. Carreras de puntuación. O al menos intentarlo."

"Oh, ustedes, jóvenes con toda su jerga *tecnológica*. ¡Dios mío! Estoy tan impresionada por su experiencia en navegar este mundo de alta tecnología. No puedo *imaginar* cómo lo hacen."

"Tú y yo las dos," le dije. Me di vuelta para huir, pero ella me agarró el brazo.

"¿Puedo pedirte un *pequeño* favor? Si pudieras ayudarme con esta cosita tonta, estaría en deuda contigo *por siempre*." Metió la mano en su bolso y sacó su teléfono celular. "No puedo entender por mi *vida* cómo hacer que suene cuando alguien me llama. Es *muy* frustrante. ¿Podrías hacer tu magia post-millennial?"

¡Oh Dios mío! ¡Adultos! Eran tan incompetentes.

"Claro," dije. "¿Qué tipo de tono de llamada quieres?"

"Oh, ya sabes, algo relajante. Algo *clásico*. ¿Quizás Brahmán? ¿O tal vez Mozart? Absolutamente *adoro* su Sonata en piano número 11. ¿Conoces? Es *maravilloso*."

"Estoy segura de que es así." Jugueteé con su teléfono, elegí *Smells Like Teen Spirit* de Nirvana y luego, furtivamente, escapé por el pasillo hacia el otro baño con la esperanza de encontrar uno un poco menos apestoso.

♥

"¡*Querida!* ¡Qué *placer* verte!"

¡Maldición! Era otro de los malvados amigos de mamá. Eran como clones traviesos, saliendo de la carpintería para atormentarme. Se trataba de cuatro tazas de café, un viaje en auto de dos horas y la necesidad desesperada de orinar ¿qué no entendieron?

"Tu madre me dijo que estabas aquí. Ella está absolutamente *extasiada* de que hayas venido. ¡Absolutamente extasiada!"

En realidad, mamá me había dicho unas tres palabras desde que había llegado a la fiesta. Como siempre, estaba tan atrapada en su propio drama y causando una "buena impresión" con Edwin Whipple y el resto de sus amigos que apenas reconoció mi existencia.

"Me encontré con Dorothy, la madre de Sasha," dijo el clon. "Ella dice que eres un *prodigio* absoluto cuando se trata de tecnología."

Sonreí. Me habían llamado muchísimas cosas últimamente, pero *prodigio* ciertamente no había sido una de ellas. Claramente, la madre de Sasha aún no había recibido una llamada telefónica.

"¿Puedo molestarte con una pequeña pregunta rápida? Estoy *bastante* segura de que no tomará más de un momento."

Metió la mano en su bolso y sacó su mini iPad.

"Simplemente no entiendo *por qué*, cada vez que lo enciendo, el pequeño disco sigue girando y girando. Es suficiente para marearme. Por más que lo intenté, parece que no puedo hacer que la maldita cosa se detenga."

Con una mano presionando mi entrepierna, tratando desesperadamente de fortalecer la compuerta uretral contra el inminente maremoto de orina, utilicé la otra para solucionar rápidamente el problema de la cosita giratoria. Luego cambié su página de inicio de *Yahoo* a *Pornhub*.

"Eso debería ser una trampa," le dije, mirando con consternación cuando otro de los amigos de mamá me empujo hasta la puerta del baño.

Ambos baños ocupados. ¡Maldición! Las cosas se estaban poniendo desesperantes.

En ese momento, otro de los amigos clones de mamá apareció en la puerta.

"*¡Querida!*"

¡Santo cielo! ¿Qué era esto, una conspiración? Si una persona más, además de la Udder, se atrevía a llamarme querida, los puños iban a volar.

"Me preguntaba si tu pudieras—"

"¡Apágalo, y luego vuelve a encenderlo!" Grité, corriendo por la puerta del porche hacia los árboles en el patio trasero.

Estaba agachada detrás de dos arbustos de chokeberry con mis pantalones alrededor de mis rodillas, disfrutando de un alivio bendito, cuando olí a humo y escuché una tos directamente detrás de mí. Enloqueciendo, me subí los pantalones a mitad de camino.

"¡Santo infierno!," Grité.

"Lo siento mucho, cariño. ¡No miré, lo juro!"

"¿Qué estás haciendo aquí?"

Era Gramps, en cuclillas detrás de un roble blanco.

"¿Qué crees que estoy haciendo?"

"¿Meando?"

"No tonta. Fumando porro."

"Oh, Dios mío, Gramps. Me hiciste orinar sobre mí misma. ¿Y en serio? ¿Te estás drogando? Escuchaste lo que dijo Udder y sabes cómo se siente mamá con la marihuana. ¡Si descubre que estás drogado, va a enojarse!"

"Ella ya lo ha hecho, cariño. Ella ya lo ha hecho."

"¡Oh, no!" Estaba tratando desesperadamente de secarme los pantalones con mechones de hierba, pero solo estaba empeorando las cosas, dejándolos con un tono húmedo, viscoso y veteado de verde pipí. "¿Que hiciste ahora?"

"Confía en mí, cariño, no quieres saberlo." La voz era de Udder, uniéndose a nosotros en los arbustos. "Quizás sea mejor si nos vamos más temprano que tarde."

♥

Nos dirigíamos de regreso a casa de Udder y Gramps. Le había regalado por el cumple años a mamá (tres calabacines y media docena de pepinos), le di un beso de despedida y huí de la escena.

Yo estaba manejando. Gramps todavía estaba drogado y no había forma de pensar en subirme a un automóvil con Udder detrás del volante. Conducía cuarenta y cinco millas por hora en el carril de la izquierda en Mass Pike y nunca podía entender por qué todos tocaban la bocina y le mostraban el dedo.

Mis sentimientos estaban heridos. Había estado fuera de casa durante más de un mes, y todo lo que mi madre parecía querer saber era cómo me estaba yendo con mis supuestos problemas. Nada sobre mí, solo mis *problemas*. No sé qué esperaba, pero ciertamente fue más que eso.

Por supuesto, había planeado quedarme al menos un poco más en la fiesta, lo que me habría dado mucho más tiempo para hablar con ella. Pero, dado el desastre con la televisión, Udder, Gramps y yo tuvimos que correr prácticamente hasta el auto para escapar.

"Todavía no entiendo por qué tuviste que destruirlo," le pregunté a Gramps. "Lo digo en serio. ¿Viste la expresión de su cara? ¡Era su cumpleaños, por amor de Dios! Quiero decir, ella no es mi persona favorita en el mundo, pero aún así ."

"No exageres," dijo Gramps. "No destrocé su televisor. Simplemente estaba jugando."

"No estabas jugando," dijo Udder gruñonamente. ¡Intentabas derribarlo! ¿En qué estabas pensando, Curtis?

"Lo juro por Dios, eres peor que Sheila," le dije a Gramps. "Aquí estamos huyendo de la casa de mamá después de destruir su regalo de cumpleaños más preciado. ¡Pensé que iba a cagar en sus pantalones!"

"Ni siquiera está dañado." Gramps estaba sonriendo y no parecía molesto en lo más mínimo. "Si me preguntas, la maldita cosa debería ser. Ochenta y ocho pulgadas! Eso es obsceno."

Para su cumpleaños, Edwin Whipple le había comprado a mamá un televisor Samsung de alta definición de ochenta y ocho pulgadas, que, más temprano en el día, había montado en la pared de la sala para poder presumirlo a todos amigos. Ochenta y ocho pulgadas. Eso es más de siete pies de ancho. Mamá había quitado todas las fotos viejas mías de cuando era un bebé, cuando era pequeña y cuando era adolescente súper incómoda, y las reemplazó por la televisión.

Esto había molestado a Gramps.

"Espera hasta que le cuente a Sheila," le dije. "Ella se enojará. Robaste totalmente ese de su libro de jugadas. Ella va a demandar a tu trasero por plagio."

"Pensé que no estabas hablando con Sheila," dijo Gramps.

"Mejor cree que le estoy contando sobre esto. Esto es demasiado grande para guardarlo solo para mí."

"'¡Demasiado grande!' ¡Ese es exactamente mi punto! Grande no es mejor. Grande es una mierda. Esa televisión que recibió tu madre es una metáfora obscena de todo lo que salió mal en el mundo. La cultura del consumidor con esteroides. La incapacidad de los seres humanos para ejercer cualquier grado de autocontrol sobre su obsesiva necesidad de seguir aumentando, aumentando y luego discutiendo sobre quién es el que más ha aumentado."

"Suenas como el Lorax del Dr. Seuss," le dije, entrando en el carril de la derecha para dejar que un Hummer nos disparara a lo que debió haber sido al menos ochenta y ocho millas por hora.

"Lo hiciste mal, Curtis," dijo Udder, moviendo su dedo en la cara de Gramps. "Eres un niño muy, muy malo."

"No destruí nada," reiteró Gramps. "Simplemente estaba mirando detrás de el las fotos de mi maravillosa nieta, que se supone que tienen su lugar legítimo y respetuoso en esa misma pared, y la maldita televisión se desquició."

"Usted *es* el que está desquiciado," dijo Udder.

"¡Udder!" Lo regañé. "No seas grosero con mi abuelo."

Ambos se rieron.

"Y luego, para agregar insulto a la lesión, ¿tuviste que decirle a toda la fiesta sobre el tamaño de tu *pene*?" Udder todavía estaba moviendo su dedo hacia Gramps.

"¡Oh no!," Grité. "Por favor, dime que eso no sucedió. ¿Por favor?"

"Mira, simplemente estaba insistiendo en mi punto." Gramps se volvió y le sonrió a Udder en el asiento trasero. "Más grande no siempre es mejor. ¿Estoy en lo cierto?"

"Oh, Dios mío," le dije. "¡Paren! ¡No es seguro para mí conducir con las manos sobre las orejas!"

"Y déjame decirte algo más," continuó Gramps, ignorándome por completo. "Algunos de ellos estaban interesados." Levantó las cejas y sonrió de nuevo.

"¿En el tamaño de tu pene?," Pregunté incrédulamente.

"No claro que no. Todos estaban bastante horrorizados por eso. Sin embargo, Jonás, cualquiera que sea su apellido, sin duda llame su atención."

"No puedo creer que hayas traído a Jonás de nuevo," dijo Udder, sacudiendo la cabeza. "Es la tercera vez consecutivo que has puesto a ese hombre al frente y al centro. Es como si estuvieras obsesionado. Es completamente inapropiado."

"Oh Dios," dije, con las manos apretadas fuertemente sobre el volante. "No creo que quiera saber, pero tengo que preguntar . . . ¿quién es Jonás?"

"Es el caballero con el pene más grande del mundo. Trece pulgadas y media. Cuando está erecto."

Me deslicé dentro y luego fuera del carril.

"Por favor. ¡Paren de *hablar*!" Supliqué, encogiéndome.

"Y sentiste la necesidad de contarle a toda la impactada fiesta de cumpleaños de tu ex nuera este fascinante hecho . . . ¿por qué exactamente?," preguntó Udder.

"¡Por que refuerza el punto del que estaba tratando! Lo grande no siempre es bello. Grande es un problema para Jonás. Su relación romántica más larga solo ha sido un año. Lo apartaron para una revisión adicional en un aeropuerto, por amor de Dios, debido al bulto en sus pantalones. No es, repito, *no* es algo bueno. Al igual que la televisión.

"Espera un minuto," le dije. "¿Realmente estabas comparando el tamaño de la televisión de mamá con el tamaño del pene de algún tipo?" No podía creer que realmente estuviera teniendo esta conversación.

"¡No! ¡Por supuesto no! Aunque, ahora que lo mencionas, ¿te imaginas un pene de ochenta y ocho pulgadas?"

"No puedo imaginar uno de trece pulgadas y media." ¿Quién querría ser señalado por eso?

"'*¿Poink?*,'" Preguntó Gramps. "¿Es esa realmente una palabra?"

"Sólo en Scrabble," le dije. "Al igual que *yoink*."

"Elefantes africanos," dijo Gramps.

"No," le respondí. "Cerdos yídish."

"¿Y qué tan grandes son sus yoink?," Preguntó.

"¿De qué estamos hablando?" Había perdido totalmente el hilo de la conversación. Ya era bastante difícil conducir en Mass Pike, mucho más conducir mientras hablaba sobre el tamaño del pene y solo Dios sabe qué más con mis abuelos.

"Penes, cariño. ¿De qué más estaríamos hablando? ¿Sabías que los penes de los elefantes africanos son del tamaño de la televisión de tu madre?"

"¡Oh, Dios mío!" Estaba tratando desesperadamente de concentrarme en el camino y no en el tamaño de los penes de elefante. (¡O sobre los penes de cualquier otra persona!) "Por *supuesto* que no lo sé. ¿Cómo podría saber eso? ¿Por qué querría saberlo?"

"Los arrastran por el suelo cuando caminan," continuó Gramps.

"¡Curtis!," Dijo Udder. "Estás torturando a tu nieta. ¿No ves que la pobre querida está tratando de conducir?"

Gramps parecía ajeno a mi dolor y agonía. "Sorprendentemente, no sé nada sobre los penes de los ciervos," continuó, "pero sí sé que los miembros de las ballenas azules son incluso más grandes que de los elefantes. Tienen los penes más grandes de la tierra. Diez pies de largo. Y si crees que es malo, algunos animales tienen penes incluso más largos que sus propios cuerpos. Tomemos barnacles, por ejemplo."

"¡Barnacles!" Me estaba quejando ahora. "No quiero saber acerca de los barnacles. Por favor no me cuentes sobre los barnacles. ¡No quiero saber nada de esto!"

"¡Los penes de los barnacles son cuarenta veces más grandes que su propio cuerpo! ¡Cuarenta veces! ¡Eso sería como si Derek tuviera un pene de 240 pies de largo!"

"¡Oh, Dios mío, Gramps—por favor, *por favor*, POR FAVOR, mantén el pene de Derek fuera de esta conversación!"

Estaba a punto de hacer una vuelta en U en el peaje y dirigirme en dirección contraria al tráfico entrante. Cualquier cosa para llamar la atención de Gramps. Cualquier cosa que lo haga dejar de hablar.

"Dejaron que lo suyo se moviera solo alrededor del fondo del océano en busca de una hembra para actuar"

"¡No más barnacles!" Prácticamente estaba gritando. ¡No más ballenas, ni elefantes, ni muchachos! Particularmente muchachos. ¿Y cómo sabes todas estas cosas?

"¿Cómo piensas?" Gramps sonrió. "Gracias a dios por el Internet. ¡Al menos es bueno para algo!"

Capítulo 48

Estaba sentada en los escalones del Memorial Hall en Northampton, junto a un hombre sin hogar con una camiseta de Mickey Mouse. Tenía una taza de café en una mano y un matamoscas en la otra. Había liberado al matamoscas de la estatua de un soldado de la Guerra Civil que estaba de guardia junto a los escalones. Parecía incorrecto que una estatua tuviera un arma y un matamoscas, así que tomé el último. Si fuera por mí, habría tomado el arma, la había partido en dos y la había destrozado, pero era parte de la escultura. El matamoscas no.

Hacía calor infernal y mi humeante taza de café espresso de color marrón dorado no hacía nada para refrescarme. Simplemente no me gustaba el café helado. Me parecía feo. Se suponía que el café debía tomarse caliente, incluso si provocaba un golpe de calor.

Usé el matamoscas para abanicarme, lo que no tenía ningún sentido en absoluto, pero de alguna manera creó la ilusión de aire en movimiento. Cuando terminé con mi café, puse la taza vacía frente a mí, e inmediatamente una mujer con una chaqueta de cuero negro y zapatos de seis pulgadas dejó caer un par de centavos. Le di unos al hombre sin hogar y él sonrió. Sonrisa sin dientes.

Me senté, me abaniqué y vi como la gente pasaba. Todo tipo de personas. Niños universitarios con zuecos, muchachas risueñas con coletas, hombres con abrigos, corbatas y maletines, madres con cochecitos y padres con bebés a sus espaldas. Gente grande, gente pequeña, gorda, delgada, alta, baja—un quién es quién de etnias y edades. Desfilando por mi escalera, uno tras otro, una corriente interminable de humanidad a la que mirar.

Cada persona era diferente. Cada persona era única. Pero cada persona tenía una cosa en común. Una corbata que los unía a todos.

Todos estaban mirando sus teléfonos celulares.

Hacía calor afuera, pero era hermoso. Las nubes eran bolas de algodón blanco ondulante que formaban todo tipo de formas de animales bebés, desde puercoespines hasta ballenas (ninguna parecía un teléfono). Los comerciantes del centro habían regado minuciosamente sus jardineras durante la sequía de julio, y las zinnias, el cosmos y las caléndulas estaban llenas de color. Las vitrinas con exhibiciones creativas y cursis, llamaban a los compradores para que *por favor* entraran y echaran un vistazo.

Pero maldita sea, si no hubiera un solo defecto crucial: tenía que mirar hacia arriba para notar todo esto. Y aparte de los bebés, el hombre sin hogar y yo, nadie estaba mirando hacia arriba.

La gente seguía caminando. Autómatas. Enganchados a la máquina. Atados a sus celulares. Ausentes del libre albedrío. Sin saberlo. Indiferentes. Los muertos vivientes.

"Míralos," le dije al hombre sin hogar. "Da un poco de miedo, ¿no? Es como si el mundo fuera de su celular hubiera dejado de existir. Nada más importa. Podría haber un terremoto en este momento y están tan desorientados que caminarían directamente hacia la grieta, aún enviando mensajes de texto."

"¿De quién sería la culpa?," Preguntó el hombre sin hogar.

Me reí.

Otra pareja, sin siquiera mirar hacia arriba (Dios no quiera que establezcan contacto visual con nosotros sin celular), dejó caer más cambios en mi taza de café. Una vez más le di la mitad a mi nuevo mejor amigo.

"Tú y yo, hermano," le dije. "Tú y yo."

La bocina de un automóvil sonó cuando un peatón cruzó la calle por una concurrida intersección, con los ojos bajos y celular en mano. Me sorprendió que el conductor lo hubiera notado. Podía verlo, a centímetros de un accidente, aún enviando mensajes de texto.

"¿Dónde está el tuyo?," Preguntó el hombre sin hogar.

"¿Mi qué?"

"¿Tu celular?"

"Es una larga historia," le dije.

"Tengo tiempo," dijo, estirando sus largas piernas y arqueando la espalda. "Esa es la única cosa que no me falta."

♥

Hay oyentes y luego hay *oyentes*. Hay personas como Sheila que son muy buenas oyentes, pero se sienten obligadas a interrumpir cada quince segundos para hacer preguntas aclaratorias o poner sus propios dos centavos y, antes de que te des cuenta, el tren de pensamiento se ha salido de la pista y no tienes idea de dónde estabas o a dónde ibas, ni siquiera cuál era el punto de tu propia historia. No estoy criticando a Sheila. Como dije, ella era una buena oyente. Pero ¿el hombre sin hogar? Fue un *gran* oyente.

A medida que se desarrollaba la historia de mi vida, en todos los momentos correctos él asentía con la cabeza o gruñía o incluso gritaba "¡En serio!" O "¡No!" En una de las escenas de ruptura con Derek, me puse de pie y agarre el matamoscas mi mano, y golpeé al soldado de la Guerra Civil en el trasero.

Cuando terminé, mi taza de café estaba casi medio llena con cambio de repuesto. Con los ojos de los muertos vivientes pegados a sus celulares, fue sorprendente que nos hubieran notado. Conté la mitad, cerca de cinco dólares, y se lo di al hombre. Nos sentamos en silencio por unos minutos.

"¿Cuántos años tienes?," Finalmente preguntó.

"Diecisiete," respondí, evitando sus ojos.

"Diecisiete entrando en setenta," respondió.

"¡Oh Dios mío! ¡Por favor no digas eso! ¿Es realmente tan malo?"

"No no no. No me malinterpretes, cariño. Lo dije como un cumplido. La mayoría de los jóvenes de diecisiete años tienen mierda en el cerebro. Y tampoco una buena mierda. Tú, por otro lado, eres sabia más allá de tus años."

En una vida pasada, si un hombre sin hogar me hubiera robado el matamoscas y me llamara "cariño," me habría asustado tanto que no podría haber huido lo suficientemente rápido. Pero eso era antes y esto es ahora.

"Gracias," le dije, tocando ligeramente su brazo.

"Gracias. Por la historia y el cambio sobrante. Me hiciste el día."

Nos sentamos en silencio por un rato más. Dos niños de mi edad caminaron riéndose y acurrucándose, abrazándose, sin celulares a la vista, rompiendo el molde y dándome esperanza.

"¿Puedo darte un consejo?," Preguntó mi confidente sin hogar. "Más como comida para pensar. Algo para masticar."

"Por favor," dije. "Estoy famélica."

"Derek. Suena como un buen tipo."

"Lo es," estaba de acuerdo.

"No estoy tan seguro de dejar que se te escape. Chicos son . . . chicos. Y eso no siempre es algo bueno. Tómelo de alguien que sabe. Pero, por todo lo que me has contado sobre Derek, parece ser uno de los buenos."

"Lo sé," dije. "Pero no estoy aquí para entrar en una relación."

El vagabundo arqueó las cejas.

"¿Por qué?," Preguntó. "¿Qué más importa realmente aparte de las relaciones?"

Yo estaba en silencio.

"Sólo digo. Piénsalo. Eso es todo."

"Gracias," le dije.

"Durante el resto de tu vida, cada vez que quieras sentarte conmigo en los escalones del Memorial Hall, mendigar y volar moscas que no están aquí, eres más que bienvenida." Me sonrió con una gran sonrisa desdentada.

"Lo mismo para ti," le dije.

"¿Puedo mantener tu matamoscas?," Preguntó.

"Sería un honor."

Nos dimos la mano. Crucé en el cruce de peatones, me di la vuelta para verlo colocando cuidadosamente el matamoscas en los brazos del soldado de la Guerra Civil, y me pregunté qué iba a hacer con el resto de *su* vida.

Capítulo 49

Las abejas salieron con toda su fuerza, zumbando sus pequeñas alas. Estaba deprimida por las colmenas, hipnotizada por los entrantes y salientes sin parar. Eran las últimas horas de la tarde, tan calurosas y secas como llegaba, el mejor momento para preguntarse.

Y mucho de qué preguntarse. ¿Derek continuaría enterrándose en mi cerebro, masticando los restos refritos de mi materia gris restante, y nunca me dejaría en paz? ¿Seguirían Sheila y Jonathan en realidad con todo el asunto de la cabaña Thoreau? ¿La inminente erupción del grano del tamaño del Vesubio en mi frente me dejaría con cicatrices de por vida? ¿Fue una buena segunda taza de café una buena idea cuando mi pierna izquierda no dejaba de temblar?

"Cariño." Era Gramps, que bajaba para sentarse conmigo. Tenía una taza de café recién hecha, una mezcla de gama alta de Sumatra Mandheling que era una de mis favoritas, y dos tazas en su cesta de jardín.

"Excelente," dije, sirviéndome otra taza y suspirando un suspiro largo, prolongado y dolorosamente angustioso. "Más cafeína. La cura para el viejo cerebro de mono. Exactamente lo que el médico ordenó para los bucles de bucles de carrera mental.

"Te lo digo," dijo Gramps, encendiendo su porro. "Realmente deberías fumar de vez en cuando. Quita el estrés. Realmente puede ayudar con problemas de ansiedad. Es un hecho médico comprobado."

"Gramps. Tengo diecisiete años. Sin ofender, pero no estoy convencida de que 'simplemente drogarse' sea realmente el mejor consejo que un abuelo debería darle a su nieta adolescente."

"*Ahhhh* . . . "Gramps exhaló profundamente. "Probablemente no. Pero, de nuevo, no soy exactamente un abuelo común, ¿verdad?"

"Probablemente no," le respondí.

Tomé un gran trago de café, quemando la parte de atrás de mi garganta, suspiré nuevamente.

"¿Es un suspiro por Derek?," Preguntó Gramps. "¿O solo tu adolescente genérico y jodido, qué demonios voy a hacer con el resto de mi vida?"

"Ambos."

"No te preocupes." Gramps puso su mano suavemente sobre mi brazo. "Cuanto más viejo te vuelves, más confuso se vuelve todo."

"Guau. Gracias. Tan tranquilizador."

"Solo, menos hormonalmente impulsado. Lo cual, imagino, probablemente ayude."

"Es bueno saberlo." Suspiré una vez más.

Estuvimos en silencio por un rato, observando las abejas. Caótica como era la entrada a la colmena, todavía parecían tan concentradas. Tan seguras de sí mismas.

Finalmente hablé. "Sabes, he estado pensando."

"Aquí vamos de nuevo," dijo Gramps. "¿Cuántas veces te he dicho que pensar puede ser peligroso?"

"Pero me resulta tan difícil no pensar en estos días."

"La maldición de ser una joven inteligente."

"En general, he vuelto a abejas o no a abejas pensamiento."

"Eso te mantendrá activa por un tiempo. ¿Sigues fantaseando con ser reina por el día?"

"No lo sé. Se me están poniendo los pies fríos. La presión. La responsabilidad. ¿Poner huevo tras huevo, hora tras hora, día tras día? Simplemente parece demasiado estresante. Quiero decir, no me malinterpretes, ver a un chico caer en picada hasta su muerte después de que el sexo increíblemente caliente fuera dulce, pero, aparte de eso, no estoy segura de que este hecha para todo la actuación de la realeza."

"¿No me digas que quieres ser un zángano?"

"¡Para! No sabría qué hacer con un pene, y la idea de que explote, incluso a la altura del orgasmo, no suena demasiado atractiva."

"Estoy contigo en eso. Tan viejo como yo sigo atesorando la cosita marchita." Gramps se sirvió otra taza de café. "¿Entonces qué vas a hacer? ¿Renunciar totalmente a las abejas? ¿Convertirte en un gusano? ¿Una libélula? ¿Una luciérnaga?"

"De ninguna manera. Me estoy quedando con mis chicas, saliendo con mis abejas. ¿Pero qué pasa con una abeja obrera? Solo míralas. Son increíbles. Uno: puedes volar todo el día, lo que sería genial. Con mucho gusto cambiaría mis piernas por alas cualquier día, particularmente porque no las he afeitado en semanas."

"Te ves un poco peluda en el departamento de accesorios," dijo Gramps.

"Gracias. Dos: puedes beber jugo de flores. . . ."

"Néctar."

"Lo que sea. Todo el día. Volando de flor en flor, lamiendo ese dulce azucarado. ¿Y luego al final del día haciendo miel? ¿Qué tan dulce es eso?"

"Y piensa cuántas flores más habrá cuando Jonathan y Sheila comiencen a cultivar las suyas."

Dejé que ese comentario simplemente pasara.

"Sabes que la miel es el vómito de abejas, ¿verdad?," Preguntó Gramps.

"¡Tranquilo, tú! Estoy en una buena racha aquí. No me asustes. Tres: tienes un trabajo que hacer y simplemente lo haces. No hay angustia interminable por esta estúpida cosa o la otra. Conoces tu tarea y listo."

"Ahhh," suspiró Gramps. "La ausencia de libre albedrío. Un diente en una máquina viviente. En muchos niveles, muy atractivo."

"Tienes razón. No más despertar por la mañana y pensar para ti mismo, *Hmmm, ¿qué debería hacer hoy?*"

"Exactamente. Odio reventar tu burbuja, pero ¿has considerado la desventaja de todo esto? ¿Qué hay de esa tecnología que tanto amas? ¿Enviar mensajes de texto mientras vuelas? No lo creo. ¿Polinizando mientras estas en línea? Definitivamente abejas melíferas. Solo eres tú y las flores, cariño. Y sin *Pasión* para ayudarte a conectar. ¿Cómo se sentaría eso contigo?"

"Esa es la pregunta del millón, Gramps. Eso es lo que estoy tratando de resolver."

"En el lado positivo, piense en el servicio que está brindando a las plantas. Cuando están polinizando, las abejas son como trabajadoras sexuales, solo con flores como sus clientes. Es como la prostitución entre especies, y es totalmente legal."

"¡Guau! ¡Eso me hace querer ser una abeja obrera aún más! ¿Pero sabes cuál sería la mejor parte? ¿Lo que más envidio de las trabajadoras?"

"Dime," preguntó, tomando otro sorbo de su café humeante.

"No más preocupaciones por las relaciones. Quiero decir, tienes a la madre reina a quien adorar y a tus hermanas trabajadoras con las que pasar el rato, y a los zánganos perezosos y buenos para nada para quejarse, pero no a los serios. Sin citas. Y a diferencia de la reina, no hay sexo. Lo que significa que no hay drama. Para las chicas que trabajan, es casi despertar y sorber las flores. Todo el día todos los días. ¿Piensa en lo fácil que sería la vida?" Me agaché y tiré de un mechón de cabello particularmente largo que se retorcía de mi pantorrilla.

"Hmm. . . ," Dijo Gramps. "Tengo una idea que podría ayudar. ¿Viste el armario del pasillo de arriba que limpiaste el otro día? ¿El que tiene todo el equipo de campamento que no hemos usado en décadas?"

"¿Qué tiene eso que ver con algo?," Pregunté.

"Ahora que está limpio como un silbato, ¿por qué no te mudas? Está oscuro, como el interior de una colmena. Puedes salir todos los días, revolotear alrededor de las flores en el jardín, desmalezar y matar insectos, y luego regresar a tu armario. No interactuar con nadie. Ninguna de esas relaciones que te resultan tan molestas. Como dijiste, piensa en lo fácil que sería la vida."

"Esa es probablemente la mejor idea que hayas tenido. Deje tres comidas al día y café ilimitado fuera de la puerta y estaría lista."

"Algo me dice que no lo harías."

"Simplemente lo entiendo . . . No lo sé. Estoy cansada. Es como si ya no supiera qué hacer con nada. Es todo un desastre confuso."

"Un desastre glorioso y confuso. Tienes que dar un paso atrás y hacer lo de las abejas, cariño. No solo hueles las flores, sino que también bebes el néctar. Mírate a ti misma. Eres joven. Estás sana. Eres fuerte. Tienes hermosas piernas peludas. Eres inteligente como el infierno. Tienes casi todo para ti. El caos, la confusión, la duda y la angustia son parte del paquete glorioso, por desordenado que sea. Tienes que abrazarlo. Tienes que alegrarte en la lucha."

"Yo llamaría a mi caos más que un poco desordenado."

"Un uno por ciento, un problema de primera clase si alguna vez hubo uno."

"Lo sé, lo sé." Tenía los ojos llorosos. "No estoy huyendo de Siria y atrapada en un infierno de un campo de refugiados en la frontera turca. Soy una perra mimada. No tengo nada de qué quejarme. Me callaré."

"Eso no es lo que digo, cariño." Gramps acercó su silla a la mía y me pasó el brazo por los hombros. "Tienes diecisiete años. Tienes mucho de qué quejarte, y todo el derecho de hacerlo. Sé que estás teniendo dificultades para darle sentido a todo. De eso se trata ser adolescente. Ese es tu trabajo."

"Bueno, quiero renunciar."

"No, no puedes. Y de ninguna manera te dejaría aunque lo hicieras. Tienes que mirar la imagen más grande. Toma una perspectiva más amplia. Eso es lo que te da una vida rica y plena: lo bueno, lo malo y lo feo. Piensa en cuánto más dulce sabe la miel después de haber comido mierda."

"Entonces la moraleja de la historia es . . ."

"Que no hay moraleja. Eres como la abeja. Tienes que hacer lo que tienes que hacer, solo tienes muchas más opciones."

"De ahí la confusión y la angustia insoportable."

"Exactamente."

Me agaché y tiré del pelo de otra pierna.

"Desearía poder hacerle eso a todos mis defectos." Apoyé mi cabeza contra su hombro. "Solo extiéndete y sácalos."

"¿Defectos?" Gramps arqueó las cejas. "¿Mi nieta tiene defectos?"

Capítulo 50

"Hola. Me llamo Meagan . . ." Siguió una pausa extremadamente larga e incómoda. En un verano de tantas pausas, esta fue, por mucho, la más insoportable. Si hubiera un récord mundial de momentos incómodos en una sola temporada, estoy totalmente convencida de que lo habría destrozado en ese momento. Entonces el registro sería mío por la eternidad.

Todos los ojos estaban sobre mí. Estaba desnuda y expuesta. Me aclaré la garganta, respiré hondo y de alguna manera logré continuar. "Mi nombre es Meagan y soy adicta a la tecnología."

"Bienvenida Meagan," respondió el grupo en unísono.

♥

Está aterrorizada y luego había *terror*. ¡Estaba *ATERRADA!*

Una vez más, allí estaba: en el sótano húmedo y lúgubre de la iglesia unitaria en la calle principal, en una bochornosa noche de miércoles con un grupo de jodidos adictos a la tecnología. Pero esta vez fue diferente.

Esta vez el fenómeno de la semana fue . . . espéralo . . . ¡yo!

¿Qué me había poseído para hacer algo tan loco como esto? Había estado gruñendo sobre el grupo de NA durante semanas, poniendo a un lado la mayor parte de lo que sucedía como algo más que una mierda. ¿Y qué si Jonathan me hubiera pedido de esa manera tan dulce que me levantara y contara mi historia? ¿A quién le importaba, si mis abuelos habían sugerido que sería una experiencia de aprendizaje "positiva"(*broma*)?

¿Por qué había dicho que sí?

Después del desastre de "intervención" de Karen la asesina de gatos, había repetido la catástrofe que había vivido con Derek un millón de veces en mi cabeza. Una y otra vez, hasta la saciedad. Había diseccionado y analizado en exceso cada palabra de esa conversación hasta que mi cabeza estuvo lista para abrirse y arrojar partes de cerebros por todo el calabacín. Incluso había escrito algunos de los aspectos más destacados (¿o eran los menos destacado?) Para no olvidarlo. Mis gotas de lágrimas saladas manchan el papel.

Lo que más me sorprendió, fue cuando Derek me dijo que no creía que fuera una adicta a la tecnología. *Solo creo que le tienes miedo a los chicos*, había dicho. *Asustada de mí. Y estás usando todo el asunto del adicto para justificarlo de alguna manera.*

¡Guauu! ¿Qué tenía que hacer una chica con una línea como esa?

¿Qué tal no dormir en absoluto durante las últimas tres noches? Sacudir. Girar. Pensar. Repetir. Una y otra vez. Piense tanto que mis oídos estaban obstruidos, no con cera, sino con una sustancia pegajosa en el cerebro.

A las cuatro en punto de esta mañana, me puse de pie en la cama, por un fuerte dolor en el pecho.

Derek tenía razón. ¡*Tenía* miedo de los chicos! *Aterrorizada* es una descripción mucho más adecuada.

¡Pero, Dios mío! La verdadera sorpresa, la fría y dura verdad que me golpeó la cabeza mucho más fuerte de lo que cualquier pala podría, fue que Derek también estaba equivocado. Muy equivocado.

Yo *era* una adicta. Una adicta profundamente jodida. Una adicta por elección. Una adicta para evitar a los chicos de *verdad*. Para evitar relaciones *reales*. Para evitar a los *verdaderos* Derek.

Realmente tenía una historia que contar. Tan difícil como era, necesitaba dejar las cosas claras, ponerme de pie frente al grupo y arrojar mi cerebro sobre ellos. Y si no lo hiciera ahora, entonces, quién sabe, tal vez nunca lo haría.

Y ese era un pensamiento aún más aterrador que todos los demás combinados.

Entonces, ahí estaba yo. Al frente y en el centro. Los ojos del mundo sobre mí. Quizás no *del* mundo, sino *mi* mundo.

Hola, les había dicho, registrando un 9.8 en la Escala de Richter de Aterrorizados. *Mi nombre es Meagan.* Seguido de un acontecimiento inesperado:

"*Y soy adicta a la tecnología.*"

Nunca había pronunciado cuatro palabras tan aterradoras.

♥

Agité nerviosamente las puntas abiertas de mi cabello con mis dedos manchados de escarabajo y comencé.

"Cuando era niña, tenía ese pingüino rosado y melenudo, un animal de peluche que llevaba conmigo a todas partes. Me encantaba ese peluche. Recuerdo una vez que estuve en la feria del condado y quedo atrapado en la puerta del coche de la montaña rusa justo cuando salía. Fue horrible. La montaña rusa comenzó a moverse nuevamente, rodando por la pista, pero no había absolutamente ninguna manera de que soltara al señor pingüino. Estaba lista y dispuesta de ser arrastrada hacia mi muerte aún aferrada a sus alas flexibles. Afortunadamente, alguien presionó el botón de parada de emergencia, y aquí estoy, todavía viva para contarles al respecto.

"Como sea, cada vez que mis padres comenzaban a pelear, lo cual hacían todo el maldito tiempo, corría a mi habitación y me escondía debajo de las mantas en mi cama y abrazaba a ese pingüino hasta la muerte. Sé que suena trillado y cliché: una niña temblando debajo de sus sábanas, con el pulgar en la boca, aferrándose fuertemente a su peluche. Pero esa, era yo. Aferrarme a ese pingüino me hizo sentir mucho más segura. Mucho más a salvo.

"Cuando mis padres dejaban de gritarse el uno al otro, cuando el polvo se había asentado y la costa estaba despejada, al menos por el momento, me arrastraba, todavía agarrada del Señor P. Sinceramente, no sé cómo habría podido sobrevivir mi infancia sin ese pingüino.

"Todavía lo tengo debajo de mi cama en casa. Está hecho pedazos, estropeado y golpeado como la mierda, pero todavía es bonito y rosado. Y todavía lo amo.

"¿Por qué les estoy diciendo esto? ¡Deben pensar que estoy loca!"

Tomé una respiración profunda. Deseé tener ese pingüino en mis brazos en ese momento para abrazarlo y apretarlo, y darme el coraje para continuar. Excepto por algunas sillas chirriantes y tos sofocada, todo estaba en silencio. Mantuve mis ojos enfocados en la pared frente a mí.

"Cuando llegué a la pubertad, cambié al señor pingüino por mi celular. De una manera desordenada, sirvió para el mismo propósito. Quiero decir, podría esconderme en Internet cuando quisiera y salir cuando quisiera. Era como estar debajo de las sábanas con el señor pingüino. A salvo. Segura. ¿Qué podría estar mal con eso?

"Cuanto más vieja me hacía, más fácil era esconderme. Miré a mis padres. Miré a las chicas en la escuela. Vi cuán jodidas eran sus relaciones fuera de línea, así que pensé ¿por qué no debería intentarlo? Mientras permaneciera en mi capullo en línea, no me lastimarían como lo hicieron otras personas. Tenía mucho sentido, ¿verdad? Así que no salía. No iba a citas. Estaba interesada en los chicos—quiero decir, *estoy* interesada en los chicos. Súper interesada."

No pude evitar notar a Derek mirando hacia arriba y mirándome con esos grandes ojos marrones suyos.

"Simplemente no los conocía fuera de línea," continué, sin saber si debía hacer contacto visual o no. "Mi único intento desastroso de una juntada en la vida real se estrelló y se quemó por completo, eso solo reforzó mi decisión de que ese tipo de relaciones no eran para mí."

"Y entonces esto sucede. Vengo hasta el oeste de Massachusetts para ayudar a mis abuelos y se desata el infierno. Una vez más, estoy de vuelta en la feria del condado y el señor pingüino atrapado en la puerta de la montaña rusa, la maldita cosa comienza a moverse y me arrastra, solo que esta vez no hay nadie que presione el botón de parada de emergencia, a excepción de mí. Las alas del señor pingüino están tan apretadas a mí alrededor que apenas puedo respirar, mis brazos clavados a mis costados, no puedo alcanzar el botón y . . ." Hice una pausa larga y dramática, y solté un suspiro angustioso clásico. "Entienden la situación."

¿A dónde iba con todo esto? No tenía ni idea.

"Así que, aquí está el negocio: el mundo está lleno de montañas rusas en la vida real. Lo que digo es, están por todos lados. ¿Por qué correr el riesgo de ser arrastrado por una?

"Pero esto es totalmente lo mas loco de todo el asunto: hay algo realmente atractivo en una montaña rusa. Quiero decir, todavía dan miedo como el infierno, ¿verdad? Pero también son totalmente increíbles. ¡Los giros, las vueltas, las subidas—incluso las bajadas—son emocionantes! No suelo ser fanática de sentir que estoy a punto de vomitar, pero . . . sin los mínimos, los máximos no son tan intenso.

"¿Alguien ve a dónde quiero llegar? ¿Nadie? Porque estoy segura de que no."

Ahora miraba a Derek, esperando algún tipo de señal de apoyo de él. Alguna chispa de empatía. Algún brillo en sus ojos. Pero su cabeza estaba inclinada y sus ojos medio cerrados. ¿Estaba incluso escuchando? ¿Le importaba?

El yo del pasado apenas podía reconocer el yo del presente allá arriba parloteando. El yo del pasado habría muerto mil veces en lugar de hacer esta auto-revelación larga e incoherente, tan incómoda. Ya no me sentía como si tuviera trece años. Ahora me sentía de diecisiete alcanzando los setenta, después de haber envejecido media década en unas pocas semanas.

De alguna manera logré continuar. "Una vez más, a riesgo de sonar trillada y cliché, ¿no es la vida real como una montaña rusa? Altas y bajas, giros y vueltas. ¿Y el Internet? ¿Cuando estás en el, cuando estás totalmente metido en el? es como una montaña rusa también. Realmente lo es. No me digan que aquellos de ustedes que están fuera, no se perderían ni un minuto por la emoción del viaje.

"No me malinterpreten: sé que hay muchas cosas realmente jodidas acerca de estar en línea, particularmente tanto como he estado." Sé que no puedo seguir escondiéndome allí para siempre. Pero aún así, para ser totalmente honesta, me encanta tanto estar en línea. Sé que eso no es lo que se supone que debo decir aquí, pero maldita sea es la verdad. Soy un adolescente de pantalla. Lo admito. No puedo imaginar querer renunciar a subirme a esa montaña rusa.

"Pero hay una trampa, y es grande: Quiero *estar en* la red pero no *atrapada* en la red." Navegar por la web, pero no dejarme atrapar por su apestoso pozo negro. Me gustaría poder estar fuera de línea cuando quiera. Y luego volver a hacerlo cuando yo quiera. ¿Eso tiene algún sentido? ¿Lo tiene? Quiero ese botón de parada de emergencia justo en mi pequeña mano caliente en todo momento, para poder usarlo cuando lo necesite. Quiero ser quién tenga el control.

"Y, redoble de tambores por favor, ¿listo para la epifanía?" Hice un sonido *ran-rataplán – tantarán- tantarantán.* "Si he aprendido algo este verano, alguna cosa, es que realmente hay formas de obtener lo que quieres *fuera de línea.* No necesito Internet para todo. Estoy empezando a pensar que tal vez, solo tal vez, puedo bajar de esa montaña rusa en línea, sin ser empujada o arrastrada, y luego saltar directamente a una fuera de línea. Y tener un paseo igual de increíble. ¿Quién sabe? Quizás incluso mejor. No siempre necesito la red para encontrar lo que realmente estoy buscando."

Mientras decía esto, *realmente* estaba mirando a Derek. *Por lo tanto,* quería que él sepa cuánto de este monólogo accidentado tenía que ver con él. Pero su cabeza aún estaba inclinada y sus ojos apenas abiertos.

Pero entonces, solo por un breve momento, levantó la vista. ¡Allí estaba! El más mínimo indicio: una sonrisa en la cara de ese chico.

Por primera vez desde que comencé a hablar, sentí que realmente podía respirar.

"Tal vez estoy pidiendo demasiado, pero esto es lo que quiero. Quiero tener mi pastel y comerlo también. Subir a las dos montañas rusas. En línea y fuera de línea. ¿Es eso posible? ¿Puedes hacer eso y sobrevivir? No lo sé. No tengo ni idea. Pero maldita sea, si voy a intentarlo.

"Gracias de todos modos. Real y verdaderamente. Gracias por su atención."

Si mi vida fuera una película, entonces esta sería la escena en la que una persona comenzaría a aplaudir suavemente, y luego otra se uniría, y de repente todo el lugar estaría parado y pisando sus pies, rugiendo y gritando, "huzzah," "Hurra" y "brillante," y luego los créditos rodarían y . . .

La mayoría de la gente aplaudió. Incluidos Derek y Jonathan. Pero no gritaron huzzah y hurra. No me acosaron con abrazos y apretones de manos. Fueron corteses, aunque aplausos confusos.

Jonathan asintió y luego se levantó, presentó a otra chica, linda como podía ser, con el pelo de Rapunzel. Se llamaba Clara. A principios de verano, había roto su récord personal al pasar veintitrés días consecutivos sin salir de su sótano, registrando un total de 8.413 videos aleatorios en YouTube. Ella realmente mantuvo la cuenta.

Nos guste o no, es una montaña rusa bastante impresionante.

Capítulo 51

Por quincuagésima vez en el verano, me arrodillé en el jardín haciendo lo usual—recoger, desherbar y matar—cuando, he aquí los Tres Grandes llegaron: Sheila, Jonathan y Derek. En carne y hueso. Jonathan conducía un camión con una tonelada de madera en la parte trasera que sobresalía en todas direcciones. La cabaña Thoreau en forma de kit. Solo esperando ser armada.

Así que, no solo Sheila y Jonathan levantarían el techo. Derek también iba a ser parte de la locura.

Los tres estaban parados junto a la cerca del jardín.

Para mi gran crédito, no me zambullí en el calabacín, ni escapé y me escondí.

"Hey," dije suavemente.

"Hey," dijo Derek, aún más suave, mirando hacia el suelo y levantando tierra con el tacón de su zapato.

"Hola," dijeron Sheila y Jonathan. Jonathan me sonrió, pero Sheila apenas me miró.

En un verano de tantos *Hey* incómodos, este sin duda fue uno. No solo había establecido el récord de pausas incómodas, sino también de *hey* incómodos.

Había hecho las paces con los viejos, Udder y Gramps. ¿Pero con mis propios amigos? Todavía estaba revolcándome por la autocompasión, demasiado ocupada sintiendo pena de mi misma, como para llegar a alguien.

Había hablado brevemente con Sheila, pero el tiempo suficiente para contar las payasadas maníacas de Gramps en la fiesta de cumpleaños de mamá. Hablando en términos o no, *tuve* que decirle sobre eso. Pero esta vez, cuando había venido de Boston para el fin de semana, había ido directamente a la casa de Jonathan, sin siquiera pasar a saludarme.

La extrañé. Realmente.

¿Y a Derek? También lo extrañé.

Perder era una palabra demasiado débil para eso. Los últimos días habían sido de agonía. Por primera vez, realmente entendí por qué todas las canciones decentes sobre el desamor y el amor no correspondido, y las buenas relaciones terminando mal. En el pasado, pensaba que esas canciones eran excesivamente sentimental y sobreexcitadas, tontas y melodramáticas. Ahora cada palabra tenía sentido.

Después de haber descubierto mi alma a los NA, había huido (¡duh!) de la última reunión lo más rápido posible. Justo después de haberles dicho a todos cómo iba a montar ambas montañas rusas, tanto en línea como fuera de línea. Pero, una vez más, el fuera de línea había resultado demasiado difícil de afrontar.

La última vez que Sheila y yo estuvimos *shinrin-yokuing* mientras caminábamos por el bosque, había imágenes de mi celular en las nubes, en las cortezas, en los hongos y en los árboles. Pero ahora, después de que probablemente era demasiado tarde, era la cara de Derek allí afuera. En las colmenas. En el calabacín. En la cara sonriente del Buda. Aquí, allí y en todas partes.

Y ahora, aquí ellos estaban, aquí él estaba, parados frente a mí otra vez.

"La cabaña Thoreau, ¿eh?" Hice un gesto hacia la parte trasera del camión.

"El comienzo," dijo Jonathan. "Tenemos un largo camino por recorrer."

"Bueno, buena suerte con eso." Hice una medio burla, medio gruñido. "La necesitarán."

Qué perra soy, pensé para mí misma. *No es de extrañar que nadie me quiera cerca. No es de extrañar que no tenga amigos. No es de extrañar que todos me odien.*

♥

Pasé el resto de la mañana analizando sin cesar los matices del *hey,* de Derek. ¿Había escuchado *hey* de manera sarcástica? ¿De una manera como, no quiero hablar con tu estúpida cara de culo otra vez? ¿O por favor, por favor, POR FAVOR, no podemos volver a ser lo que, maldita sea éramos?

Hay un dicho bastante condescendiente: las chicas pasan mucho más tiempo pensando en lo que piensan los chicos que, los chicos en realidad pasan pensando.

Lo cual, ahora que lo pienso, es probablemente cierto.

♥

"Hey."

La voz en mi cabeza sonaba tan real. ¡Era como si Derek estuviera realmente aquí! Como si estuviera parado justo frente a mí. Como si él fuera . . .

"Hey," dijo de nuevo. ¡OH Dios mío! ¡Él *estaba* aquí! Apoyado contra la puerta del jardín, *saludándome,* de nuevo. Quién sabe cuánto tiempo me había estado observando, moliendo feroces escarabajos de frijol entre mis dedos, apretando los dientes y maldiciendo mi destino en voz alta.

"Has vuelto," dije, secándome el sudor de los ojos y metiéndome jugo de escarabajo (¿o era polvo de estrellas?) en ellos.

"Sí, ya sabes, tomando un descanso. *'La salud requiere de relajación, de vida sin rumbo. De vida en el presente.'*"

"Thoreau," dijo. "Un defensor temprano de la píldora para relajarse."

Tomé una respiración profunda. ¡Aquí estábamos, una vez más en el jardín, hablando de nuevo!

Udder me había dado una larga conferencia sobre el amor propio y el perdón de uno mismo, y como encontrar satisfacción consigo mismo en ausencia de otros, pero chico, oh chico, una vez que este muchacho comenzaba a hablar conmigo, sentía que *mi* ser se hacía más feliz de lo que había sido en toda la semana.

"¿Y cómo va eso con Sheila?," Le pregunté a Derek. "No era conciente de que *relajarse* era parte del vocabulario de ella."

"Cuéntame sobre eso," dijo Derek. "Estoy agotado solo de verla trabajar."

Tenía que estar de acuerdo. Había pasado una buena parte de la mañana escondiéndome detrás de un árbol en la huerta espiándolos a los tres mientras hacían lo suyo, y Sheila, sorpresa sorpresa, había sido bastante agresiva. Era como mirar a Keystone carpinteros, o Laurel y Hardy con un compañero aún más inepto. En un momento, Derek arrastro un trozo de madera, de dos por cuatro pulgadas, afuera del camión, golpeando accidentalmente a Sheila en el costado de la cabeza, y luego, uno o dos minutos después, Sheila recogió el mismo trozo de madera, golpeó a Derek a un lado de su cabeza, y lo arrastro de vuelta al camión. ¡No hay nada como una seria ineptitud!

Mordisqueando el rojo palpitante que se vuelve azulado de sangre bajo su uña, claramente el resultado de demasiados golpes de martillos perdidos, Derek parecía preocupado. "Algo me dice que, es posible que hayamos mordido un poco más de lo que podemos masticar," continuó.

Todavía arrodillada, me abaniqué con una hoja de calabacín. La emoción de ver, realmente, moverse los labios de Derek me estaba haciendo sudar.

"¿Solo nosotros tres construyendo una cabaña?" Continuó. "¿Qué estábamos pensando? No tengo ni idea de lo que está pasando, y Sheila, bueno, ella es solo . . ."

"Sheila," le dije, riendo a carcajadas. Ver a Sheila golpear un martillo había sido muy gracioso. Tuve que ponerme el puño en la boca, para evitar reír a carcajadas y revelar mi escondite.

"Exactamente. Y Jonathan tiene esta vaga idea de qué hacer, pero, para ser honesto . . . todo es un poco confuso. Nadie sabe exactamente qué final nos espera."

"¿De dónde sacaste los planos de construcción?," Le pregunté.

Derek se rascó la cabeza y volvió a mirar al suelo. El aserrín quedó atrapado en su cabello rizado, y cada vez que se rascaba, las motas de aserrín caían al suelo.

"¡No!," Dije, riendo como una niña. (Espera un minuto: ¡*soy* una niña!) "¡No lo hiciste! Eres travieso, chico travieso. ¡Obtener instrucciones *en línea* sobre, cómo construir la cabaña Thoreau! Eso me parece que sí . . ."

"¿Me equivoco?"

"Iba a decir 'jodido'. Pero jodido de una manera totalmente comprensible."

"Si. Correcto. Rodó los ojos. Como sea, tengo que volver a trabajar en la cabaña. Deséame suerte. El proyecto se veía mucho más fácil en línea que en la vida real."

"Cuéntame sobre eso," dije, haciendo mi mejor esfuerzo para mantener sus ojos en los míos. "¿No es ese el caso con todo?"

¡Oh Dios mío! Estaba de vuelta en la montaña rusa.

Capítulo 52

Era temprano en la noche. Los muchachos todavía estaban abajo en la huerta limpiando después de su día de construcción de la cabaña, pero Sheila había venido a la casa para sentarse conmigo en el porche. Estaba rebosante de entusiasmo y, lo mejor de todo, perdón total por mi sarcasmo y las duras palabras de la semana pasada.

Primero fue Derek hablando conmigo. ¡Ahora era Sheila!

¡Huzzah y hurra!

Tal vez, solo tal vez, había esperanza. Tal vez no era tan perra después de todo.

"¿Tienes alguna idea de cuánto te amo?," Preguntó Sheila.

"No tanto como yo te amo," le dije.

"Error," dijo, escabulléndose y me dejó sin aliento con un monstruoso abrazo. "Doble-triple-cuádruple error. Sin ti, nada de esto hubiera sucedido. Nada de nada. Sin ti todavía estaríamos atrapadas en nuestro repugnante en línea, ajenas a lo increíble que es todo esto." Hizo un amplio gesto de barrido con los brazos mirando el jardín, la huerta y los árboles distantes. "Naturaleza. La cabaña. Jonathan, Derek."

"Hmmm . . . ," Murmuré. "Derek. Qué hacer con Derek."

"¿Tienes alguna idea de cuánto le gustas a Derek?," Preguntó Sheila.

"Ni cerca de cuanto él me gusta," dije.

Sheila me dio un puñetazo en el brazo. "Incorrecto, incorrecto e incorrecto nuevamente. Ese chico está loco por ti, Meagan. Atrozmente loco. Lo juro por Dios, si no arreglas las cosas con él, será el mayor error de tu vida. Confía en mí esta vez."

Vimos cómo Jonathan y Derek subían la colina, con las herramientas en las manos, fuertemente.

"Míralos," dijo Sheila, sonriendo. "¿Alguna vez has visto dos bellezas más grandes en tu vida? Quiero decir, en serio, ¿qué suerte tenemos? ¿Quien lo hubiera pensado?"

"Quién lo hubiera pensado," repetí.

♥

"Geniales sillas," dijo Derek. Sheila y Jonathan se habían ido, para volver a casa de Jonathan. En realidad fue un alivio verlos partir. Sheila me había abrazado tantas veces que me dolían las tetas.

Sheila y yo mejores para siempre. ¿Qué podría ser mejor que eso?

Bueno, para ser honesta, podría pensar en algo que sería igual de bueno.

Derek y yo estábamos sentados en el porche de la casa, tomando café y haciendo todo lo posible para sacudir la incomodidad de nuestra relación complicada.

"Genial, ¿no?," dije. "Los recibimos ayer. Son auténticas sillas vibradoras."

"¿Sillas vibradoras? Pensé que esos eran los sillones reclinables de masajes que pruebas en el centro comercial. Estas son bastante simple."

"Si. Un verdadero especial ludita. Libre de tecno. Quieres vibrar, tienes que hacer el trabajo."

"Rock," dijo Derek, balanceándose.

"Sabes quiénes eran los Shakers, ¿verdad?," Le pregunté.

"Umm . . . ¿algún grupo de chicas de los años 1980?"

"Cerca," le dije. "Eran esta carismática secta religiosa pacifista del 1800. Enormemente exitoso por un tiempo. Todos vivían juntos en estas granjas comunales vendiendo semillas y cultivando hierbas medicinales, construyendo muebles y otras cosas."

Para no ser superados por el viaje de carretera de Sheila y Jonathan, Udder, Gramps y yo habíamos viajado el día anterior al pueblito Hancock Shaker, un pueblo histórico restaurado, a una hora al oeste de nosotros. Era el antiguo sitio de una de las comunidades Shaker más grandes del país. Ahí fue donde hemos comprado las sillas.

"¿Por qué se llamaron 'Shakers?," Preguntó Derek.

"Evidentemente, Dios les hablaría a través de la música. Entraban en ese éxtasis religioso y todos se alineaban, hombres por un lado y mujeres por el otro, y antes de que se dieran cuenta, estaban retorciéndose, sacudiéndose, gritando y temblando. Los amigos temblorosos."

"Así que tenía razón," dijo Derek, haciendo un pequeño movimiento de giro en el asiento de la mecedora. "Un grupo de los años 80. La década de 1880. ¿Qué les ha pasado?"

"Bueno, como suele ser el caso, hubo un desperfecto fatal."

"¡Ahhh!" Derek se golpeó el costado de la cabeza. "Malditos sean esos defectos fatales. ¿Cuál era el de ellos?"

"Abstinencia."

"¿Abstinencia? ¿A la tecnología? ¿También eran luditas? ¿Ninguna innovación en semillas o diseño de muebles, y todo se arruinó?"

"No. *Abstinencia* abstinencia. Como es: no sexo."

¿Qué tan extraño era eso? Aquí estaba nuevamente con Derek, una vez más hablando sobre sexo. Me pellizqué para asegurarme de que no estaba soñando.

"¿Qué?," Exclamó Derek. "¿Sin sexo?"

"A los Shakers no se les permitía tener relaciones sexuales. *Prohibido*. Todos tuvieron que renunciar a todas las 'gratificaciones lujuriosas'. . . . Levantar una cruz completa contra todas las obras dolorosas de la carne.'"

"Incluso las parejas casadas."

"¿Sin sexo?," Repitió Derek, con las cejas arqueadas.

"Me escuchaste bien," le dije. "Y no sexo significaba . . ."

"¿Sin diversión?"

Sacudí mi cabeza y le di la mirada. "Más bien, sin bebés. Y no bebés significaba que no hubiera nuevos Shakers, pequeños siguiendo sus pasos. Se dedicaron a la adopción de niños, pero el estado se torno muy raro y puso freno a eso. No pasó mucho tiempo antes de que toda la secta comenzara a extinguirse. No pequeños Shakers para reemplazar a los viejos, significaba que los números simplemente no cuadraban."

"Wow." Derek sacudió la cabeza. "Te habrías imaginado que alguien lo habría visto venir. De todos modos, ¿quién se uniría a una religión así?"

"No lo sé." Arrugué la nariz. "Como solía sentirme con respecto a los chicos, probablemente lo habría hecho."

"¿Cómo *solías* sentirte?"

Le di una sonrisa tímida.

Derek se meció en su silla aún más rápido.

"Hoy," continué, "todo el tiempo que ustedes estuvieron allá abajo haciendo lo de Thoreau, estuve aquí sola, sintiéndome triste y sola, y totalmente excluida, sin nada más que hacer que el jardín y la obsesión por el sexo, y los Shakers." Omití la parte de espiarlos en secreto.

Derek acercó su silla a la mía.

"Obsesiona," repetí. "No fantasear." Empujé su silla hacia donde había estado. "Piénsalo: no tener sexo significa no tener bebés, ¿verdad? Y sin bebés significaba ningún nuevo Shakers. Fue la abstinencia lo que los llevó a su ruina."

"Hay una moraleja para ti," dijo Derek, sonriendo.

Lo ignoré

"Pero aquí está mi epifanía."

"Oh mi. ¿Otra más? Son dos en menos de una semana."

"¡Ajá! Entonces *estabas* escuchando a mi confesionario de NA. Piénselo: el sexo es para Shakers como lo es la red . . ."

"Oh Dios mío. Odio estas cosas de asociación de palabras. Umm…
¿sóftbol?"

"¡No, idiota!" Agarre un calabacín e hice como si se lo arrojara. Se
cubrió la entrepierna y me reí. "Nomofóbicos Anónimos. Sin mensajes
de texto, sin tweets, sin Facebook, sin redes sociales—ninguna forma de
obtener nuevos conversos, significa el fin de NA. Al igual que los Shakers, la abstinencia los llevo a la ruina."

Derek parecía confundido. "No estoy seguro de seguirte," dijo.

"Escucha: Nomofóbicos Anónimos quiere reclutar gente nueva, ¿verdad? Difunde las buenas noticias sobre los males de la tecnología y las
alegrías de la vida fuera de línea. Bla, bla, bla. ¿Cómo lo hicieron? ¿Eh?
¿Cómo?"

"No lo sé. Tendrías que preguntarle a Jonathan. Él pone volantes,
como en The Roost y todo. Hay boca en boca. La gente le dice a sus
amigos."

"¿Volantes? ¿Tienes que estar bromeando? Eso es como las cosas del
siglo veinte. Nadie lee volantes. Nadie lee nada más que textos, tweets
o publicaciones en Facebook. ¿Y amigos? Los únicos amigos que la
mayoría de las personas tienen en estos días, son amigos de fantasía en
Facebook. Nadie tiene tiempo para *verdaderos* amigos. Están demasiado
ocupados enviando mensajes."

"Lo siento. ¿Estabas hablando conmigo?" Derek miraba hacia abajo,
moviendo los pulgares, fingiendo enviar un mensaje.

"¡Ja, ja!," Me reí fingiendo. "Muy divertido. ¿Quieres construir una
réplica de la cabaña Thoreau, verdad? Quiero decir, sin ofender, pero…¿En serio? ¿De verdad crees que Jonathan y Sheila realmente tienen
su mierda juntos para lograr esto?"

"¿Qué hay de mí?," Preguntó Derek. El aserrín todavía colgaba de su
cabello y sus cejas, y ahora algunas manchas habían caído en cascada por
su rostro, y estaban atrapadas en su barbilla.

Lo miré y me reí de verdad.

"Fue un poco desafiante," admitió. "Tengo que decirte—nunca antes
había usado una sierra de mano, y juro que estuve *tan* cerca de cortarme
el brazo. Gracias a Dios por las curitas. Usamos una caja entera de ellas.
Estoy sorprendido de que todavía me queden diez dedos." Extendió las
manos y me movió los dedos. Los pocos que no estaban vendados estaban cubiertos de cortes y rasguños.

"Oh, Dios mío," dije, ahuecando mis manos sobre las suyas y jadeando. "Has contado mal. ¡Solo te quedan siete! ¿Cómo vas a volver a
jugar sóftbol?"

Derek se río. "Gracias a Dios lo hicimos a la manera ludita. ¿Puedes
imaginarme con una sierra eléctrica?"

"¿Tú? ¡Piensa en Sheila!"

"Ella es lo suficientemente aterradora sin una," dijo Derek, haciendo una mueca. "Ella debe haberme golpeado con trozos de madera al menos una docena de veces."

"¿Qué? ¡Estoy tan celosa! ¡Ese es mi trabajo!"

Derek sonrió. "En serio. Mira la parte de atrás de mi cabeza."

Dejé a un lado otra capa de aserrín, le separé el cabello y encontré un bulto feo y púrpura de un moretón. Desagradable como era, necesitaba todo de mi autocontrol para no inclinarme y besarlo, tal como Udder y Gramps le habían hecho a mi moretón después del fiasco del fantasma/mapache.

"Pobre muchacho," suspiré. No es un suspiro falso, sino un verdadero suspiro. Incluso con todas las posibilidades de golpes y contusiones corporales, todavía sentía envidia de haber quedado afuera de crear un desorden destartalado tan glorioso.

"¿Y sabes lo peor?," Preguntó Derek.

"¿Quieres decir que hay más?"

"Me senté en un clavo. Jonathan tuvo que usar un par de alicates para sacarlo."

En serio. Puedo mostrarte el agujero en la parte trasera de mis pantalones si quieres.

"Gracias. Creo que paso. Pero, espera un minuto—¿eso te hace más o menos culo?"

"Muy simpática," dijo Derek, con los ojos brillantes. "Gracias a Dios que estoy al día con mis vacunas contra el tétanos. De lo contrario, estaría en Shitsville. Pero me hizo pensar: si tan solo pudiéramos encontrar a alguien que nos ayudara y que realmente supiera como terminarlo."

"Eso" dije, moviendo mi dedo hacia él, "es exactamente mi punto. Piensa en lo mucho mas fácil que sería teniendo mas personas que solo ustedes tres levantando la cabina, o como sea que lo llamen. ¿No tendría mucho más sentido compartir la fiebre de la cabaña? ¿Difundir el amor? Los luditas estarían totalmente locos con este proyecto. Incluso si en realidad nadie va a vivir allí."

"Nadie podría vivir allí. Ese lugar es lo suficientemente peligroso como para mirarlo. El primer soplo de viento y adiós cabaña."

"Pero aún así, con un poco de trabajo, este monumento conmemorativo del tributo a la extravagancia de Thoreau, podría convertirse en un lugar de reunión anti-tecnología. Un dulce punto focal simbólico para el activismo ludita. Un lugar sagrado para los adictos a la tecnología en recuperación. Algo así como cuando Sheila y Jonathan fueron al campo Amish. Es hora de llevarlo a un nivel superior. Y no tan lejos, en coche."

"¿Pensé que pensabas que todo el asunto de la cabaña Thoreau era ridículo?," Preguntó Derek.

"Ridículo o no, admitámoslo," dije, la emoción aumentó en mí. "Necesitas ayuda de otros hermanos y hermanas ansiosos por huir de sus vidas de silenciosa desesperación y comenzar a martillar clavos. Pero, ¿cómo vas a correr la voz? ¿Cómo vas a involucrar a la gente? La única forma de llegar a los verdaderos adictos a la tecnología es en la red, ¿verdad? Si vas a salvar a los caídos del diablo, entonces tienes que ir al infierno para hacerlo. No hay otra opción."

"¿Infierno?"

"¡Demonios, sí! Pero aquí está el problema: no se supone que las personas, adictas a la tecnología en recuperación, no usan la red, ¿verdad? No es que ninguno de ustedes se apegue a eso. Pero aún así, es como un captura - 22. Justo de lo que estábamos hablando. Si no hay red, entonces, no hay forma de que los adictos a la tecnología sepan acerca de la no-red."

"De ninguna manera."

"Sí, por supuesto. Sin Internet para señalar el camino hacia la libertad, los perdidos no se encontrarán y el castillo de naipes se derrumbará. Al igual que los Shakers.

"Y probablemente igual la cabaña." Derek se estaba meciendo, prácticamente temblando en su silla. Me di cuenta de que estaba tratando de entender a dónde estaba yendo con esto.

"Entonces, déjame aclarar," dijo. "¿Me estás diciendo que los Shakers nunca deberían haber dejado de hacer lo que sabes? ¿Y qué los miembros de NA tampoco deberían hacerlo?"

¡No te abstengas de tener sexo, tonto! Seamos razonables. Pero tampoco todos los NA deben abstenerse a Internet."

"Espera solo un minuto. ¿Qué pasa con los pasos uno y dos de Nomofóbicos Anónimos? ¿Qué la red ha hecho nuestras vidas inmanejables? ¿Qué solo dejar la red por completo nos devolverá la cordura?"

"Gran probabilidad de que eso suceda. Odio reventar tu burbuja, hermano, pero nada te devolverá la cordura. Así que déjame desglosarlo por ti: si quieres nuevos miembros de NA, no tendrás más remedio que usar la red para atraerlos. De lo contrario, completa el colapso. Adiós cabaña. Adiós grupo. Adiós reuniones. Quién sabe, incluso podría ser un adiós del equipo de sóftbol."

Derek dejó de balancearse y se levantó. "¡Dios mío!," Exclamó. "¿No más equipo de sóftbol?"

"Pero espera," le dije. Me levanté de la silla y comencé a caminar por el porche. Me puse las manos sobre los oídos para evitar que la avalancha de ideas, que me inundaba, se me escapara. Tomé otro trago de mi termo de café, una sacudida final de cafeína para impulsarme en dirección a la meta.

"¿Estás listo para el gran final? ¿Estás listo para la cura? todo, todo será una solución que resolverá todos los problemas del universo nomofóbico, en un golpe increíblemente brillante que sacudirá tu mundo y salvará todo el planeta."

Derek se había sentado de nuevo y ahora se balanceaba tan fuerte que pensé que el porche se derrumbaría.

"¡No me digas! ¿Volvemos al sexo otra vez?"

"Derek! ¡Enfócate!"

"Entonces dime. ¡El suspenso es insoportable!"

"Una persona designada a navegar en red, un 'Netter.'" Grité triunfante.

"¿Qué? ¿Como un bateador designado en el béisbol?"

"Más como un conductor designado. Piénsalo: todos los grupos de Nomofóbicos Anónimos tendrían un netter designado. Un jugador en línea cuyo trabajo sería atraer nuevos reclutas al redil. Configurando sitios web, twiter, haciendo lo de Facebook, respondiendo consultas en línea, publicando reuniones, enviando mensajes de texto a posibles conversos. Ellos serían los que se mantendrían al tanto de la última embestida de dulce mierda de las redes sociales, cayendo en picada, y se acercarían para transmitir el evangelio a las masas paganas. Piensa en eso como un sexador designado para los Shakers.

"¡Ahora tengo pensamiento!" Derek acercó su mecedora a la mía nuevamente. "Puede que estés haciendo algo."

"¡Por supuesto que sí!" Esta vez no aparté su silla. "Mira: en esta era de la tecnología, ¿por qué no hay más grupos luditas? Piensa en todas las personas desesperadas que están ansiosas por deshacerse de sus cadenas, listas para abstenerse—"

"Gesundheit."

"Gracias. Tecnología. Sin embargo, nadie sabe sobre los que saben porque son desconocidos ."

"¿Repítelo?"

"No. ¿No puedes ver? Se necesita tecnología para oponerse a la tecnología. Tienes que estar en la red para sacar a la gente de ella. ¿Cómo vas a aplastar a el estado si nadie sabe a dónde ir o a qué hora estar allí? ¿Y conoces el mayor obstáculo?"

"¿Por no tener sexo?"

"Oh, Dios mío, ¿eso es todo lo que puedes pensar?"

"No," dijo Derek, sonriendo. "Pienso mucho en tener sexo también."

Lo ignoré

"¿Me refería al mayor problema para los luditas para construir un movimiento? ¿Para reclutar compañeros de construcción de cabañas?"

"Dime."

"Encontrar un aliado antitecnológico que quiera ser el nerd tecnológico, para hacer el trabajo del diablo."

"Y la respuesta es . . . ?"

"¡YO!" Salté de mi silla en el aire.

"¿Tú?"

"¡Sí! *Yo*. Mírame, Derek. No había necesidad de decirle eso. Me había estado mirando todo el tiempo. Si sus ojos hubieran estado más abiertos, sus pestañas—aserrín y todo—se habrían caído de inmediato. "Estuviste allí en la última reunión de NA. Escuchaste lo que pasó."

"Lo sé. Bastante asombroso, ¿eh? ¿Ocho mil videos de YouTube en poco más de tres semanas? Eso es más que Tuberisimo."

"¡No, no Rapunzel, idiota! *Yo*."

"Oh, sí," dijo, inexpresivo. "Tú."

"En caso de que estuvieras totalmente desorientado," le dije, una vez más recogiendo un calabacín y sosteniéndolo amenazadoramente en mi mano, "te lo expliqué todo, tan claro como la nariz aserrada en tu cara. Cuando se trata de la red, soy un alma perdida, Derek. Las posibilidades de que salga totalmente limpia de la maldita cosa es, cero absoluto. Tal vez menos. Yo—*nosotros*—tenemos que enfrentar los hechos. Pero esto es a lo que me refiero: adicta a la tecnología es lo que sigo siendo, por alguna loca razón todavía estoy relajada con todo este asunto ludita. Entonces, ¿sabes lo que eso significa? ¡Seré el netter designado! Lo seré por el equipo. Iré al lado oscuro para dar luz a las masas, certificaré mi locura, mantendré mis defectos y fallas, y sacrificaré mi alma por el bien común. Juro que podría tener esta pequeña cosa tuya, para levantar la cabaña, en Internet en poco tiempo. Podríamos hacer que Jonathan se vista como Thoreau y ponerle a Sheila en un atuendo antiguo, con una falda de aro y un bonete, publicarlos en YouTube, en el sitio de la cabaña, y se volvería totalmente viral. Establecer una fecha de construcción y este lugar estará lleno de luditas. Las personas estarán en fila a lo largo de todo el camino esperando para golpear un martillo. Podríamos tener dieciséis cabañas construidas en poco tiempo. Demonios, vamos a tener que franquiarlos."

"'¿*Vamos* a tener que hacerlo?,'" Repitió Derek.

"¿Qué?"

"Acabas de decir '*vamos*' a tener que hacerlo."

Esta vez fui yo quien acercó mi mecedora aún más a la suya.

Capítulo 53

¡Atención! Atención! Achtung!

¡Luditas del mundo, unidos!

¡Vengan! ¡Vengan todos!

El rey Ludd, respectivamente, solicita el honor de su presencia en el siguiente evento enormemente moderno:

LEVANTAMIENTO DE LA CABINA THOREAU

¿Qué decir? Ayúdanos a enmarcar una réplica exacta (más o menos) de la cabaña que Henry David Thoreau (ya sabes, el tipo: filósofo, ambientalista, crítico del mundo moderno) construyó en Walden Pond en 1845.

¿Dónde estará sucediendo este impresionante evento? Granja Funny de Udder y Gramps, 253 Larch Row, Haydenville. Baja la colina hacia la huerta y allí estaremos.

¿Cuándo debo presentarme? Sábado 12 de agosto, 8:00 a. m. – ???????

¿Puedo llevar un amigo? ¡Por supuesto! Están todos invitados. No se necesita experiencia. Traigan su cuerpo, su cerebro, guantes de trabajo, cualquier herramienta *manual* al azar que encuentre por ahí (nada de herramientas eléctricas, por favor—¡somos luditas, maldita sea!), Comida, agua o bebidas para compartir, sombrero para el sol, instrumentos musicales, sentido del humor y cualquier otra cosa que se te ocurra.

Pero por favor, por favor, ¡POR FAVOR—¡dejen los teléfonos celulares en casa!

Definitivamente estaré allí, pero . . . ¿Por qué estoy yendo otra vez? La búsqueda espiritual de Thoreau por la simplicidad, la armonía con la naturaleza y el rechazo de una vida de "silenciosa desesperación" nos ha inspirado a seguir sus pasos. Estamos construyendo una réplica de la cabaña Thoreau que será un lugar de reunión para adictos a la tecnología en recuperación, luditas, aspirantes a luditas, amantes de la naturaleza y hipsters en general. ¡En serio! ¿Qué tan asombroso es eso?

¿A quién puedo contactar para obtener más información? Puede enviar un mensaje de texto (¡sin comentarios sarcásticos sobre esto, por favor!) O llamarnos al 413-586-3063 o visitar Thoreaucabañareplica.com #thoreaucabañareplica.

Capítulo 54

"¿Tienes tu tablero de Scrabble?," pregunte.

"¿Qué demonios es esa pregunta?," Preguntó Derek, arrugando y frunciéndome el ceño. "¡Por supuesto que tengo mi tablero Scrabble!"

"Raro. Muy raro. Eres un tipo extraño."

"Lo mismo tú cariño," dijo con astucia.

Hubo esa palabra de nuevo. Le di una mirada a Derek.

Había sido un largo día. Y ahora, con la oscuridad estableciéndose y las luciérnagas haciendo lo suyo, Derek y yo estábamos sentados—esperando—una réplica recién construida de la cabaña Thoreau. O al menos los comienzos, más o menos. Estaba casi enmarcado, sin revestimiento, ni techo, un extremo un poco torcido y cayendo precariamente hacia la huerta. Pero aún así, el contorno claro de una cabaña.

¡Milagro tras milagro, de alguna manera habíamos arrastrado todo el asunto de levantar la cabaña! ¡Huzzah y hurra! ¡La cabaña Thoreau estaba en funcionamiento!

Después de publicar en todos los sitios de redes sociales conocidos por la humanidad, incluido mi sitio web Thoreaucabañareplica.com, creado rápidamente (¡créanlo o no, podría hacer más que solo enviar mensajes de texto!), Un montón de personas se habían presentado para ayudar. Cientos. Miles. Cientos de miles. De acuerdo, unos treinta y tres, para ser exactos. Pero chico, ¡eran las treinta y tres personas más dulces de la *historia*! La mayoría del equipo de sóftbol había aparecido, además de un buen grupo de NA. Karen la asesina de gatos, Jeremy el cabrero, Peter el porno—todos estaban en buena forma. Pero otras personas también habían venido. Hippies de cola de caballo, hipsters geniales como el pepino, jóvenes y viejos, una madre con un bebé, luditas y curiosos luditas. Incluso Udder y Gramps, artríticos como eran, habían echado una mano y suministrado a la gente un flujo interminable de café bueno y fuerte.

Había sido bastante lo sucedido. ¿Y lo mejor de todo? Algunas personas mostraron, quién realmente sabía cómo golpear un martillo. A fin de cuentas, todo el kit y el contingente, había salido bastante bien. Nadie murió, ni resultó gravemente herido, aunque esta vez fui yo quien golpeó repetidamente a Derek en la cabeza con trozos de madera. No había forma de que dejara que Sheila golpeara a ese chico nunca más. Ese trabajo era solo para mí.

Todos pasamos un buen rato y todos coincidieron unánimemente en que fue claramente el evento del siglo. Tan fabuloso trabajo como el que hicimos nosotros, gracias a Dios nadie iba a vivir en la maldita cosa. Como símbolo del amor ludita, fue un éxito sorprendente. ¿Como un lugar real para residir? No lo creo.

Después de un último abrazo grupal y una fotografía en escena con mi celular, Sheila y Jonathan, ahora inseparables, se habían dirigido a su lugar. Estar de vuelta con, mi mejor amiga, Sheila fue un gran alivio. Tan loca como estaba esa chica, si ella no me respaldara, no sabría lo que haría.

Udder y Gramps se habían ido a la cama, mientras que Derek y yo estábamos sentados con las piernas cruzadas, cara a cara, en medio del piso de la cabaña, con la tabla Scrabble entre nosotros. Acababa de regresar de caminar por el sendero, en ese punto dulce donde podía obtener servicio, y publicar fotos de la construcción en Facebook y el sitio web. Enviar mensajes de texto con un montón de felicitaciones, hurrahs en línea, golpes de puño y emoticones con cara sonriente, a algunos de nuestros nuevos amigos constructores de cabañas Thoreau.

Lo sé, lo sé—¿publicar y enviar mensajes de texto justo después de levantar la cabaña Thoreau? ¿En serio? Brillante. El pobre rey Ludd estaría revolcándose en su tumba. Y solo Dios sabe lo que estaría haciendo Henry David. Casi esperaba ser derribado por un rayo ludita y luego frito hasta quedar crujiente en los furiosos fuegos del infierno tecnológico. Pero bueno, había hecho un pacto con el diablo y, en el infierno o en el apogeo, iba a mantener mi parte del trato.

Saqué la bolsa de Scrabble de la caja y les di una sacudida. "Si quieres jugar, tiene que ser por mis reglas," le dije severamente a Derek.

"Oh no," dijo. "¿No me digas que volvemos a los ilegales *yoinks* otra vez?"

Tomé una respiración profunda.

"Aun mejor. Scrabble de relación."

"¿Qué?"

"No puedes jugar una palabra hasta que la uses en una oración relacionada con nuestra relación."

Derek se frotó una de las numerosas protuberancias en su cabeza donde lo había golpeado.

"Pero pensé que no teníamos—"

Puse mi mano sobre su boca. "¡Tranquilo! No hables. Ni siquiera pienses. ¿Estas adentro o estas fuera?"

"Esto," dijo Derek, quitando mi mano pero aún sosteniéndola, "definitivamente será interesante."

♥

"BOBO!" Grité. "Dieciséis puntos. ¡Yeehaw! ¡Quién va a ganar! ¡Yo! ¡*Yo*!" Saqué la tarjeta de puntaje de la caja y escribí un gran "16" en negrita debajo de mi nombre seguido de dieciocho signos de exclamación, uno por cada año de mi vida más otro para la buena suerte.

Soplaba una brisa deliciosa desde la huerta, y el espectáculo de luces de luciérnaga estaba en pleno apogeo.

"BOBO no es una palabra," dijo Derek. "Es el nombre propio de un payaso. No cuenta."

"¿De qué estás hablando? Por supuesto que cuenta. Significa una persona tonta o estúpida. Como en: soy un BOBO por tratarte como lo he hecho. Y me siento muy, muy mal por eso. Dieciséis puntos. Tu turno."

Derek se removió y miró hacia el tablero, sus dedos jugueteando con sus letras. Estuvo en silencio por un minuto y luego jugó un SÍ vertical, que le dio un plus a mi palabra, BOBOS.

"SÍ," dijo Derek. "Ha habido uno, dos, posiblemente incluso tres episodios de extrema BOBES de tu parte. Pero seamos sinceros, no has tenido el monopolio total de hacerte la tonta. Voy a exagerar y sugerir que SÍ, en un momento u otro, ambos hemos sido BOBOS. Diez puntos."

"ZOO," jugué, apenas dudando y bajando de la Z con dos de mis O. Había obtenido cuatro en el comienzo del juego y estaba más que feliz de deshacerme de ellas. "Doce puntos."

"Oh Dios." Derek gimió. "¿Realmente quiero saber cómo esa palabra encaja en nuestra relación?"

"¿Qué tal esto? Ha habido ocasiones en las que he estado cerca de ti y me he sentido como un animal enjaulado. Caminando de un lado a otro. Todos mis defectos en exhibición para que tú y todos los demás puedan verlos. Cautiva en un ZOOlógico."

"Profundo." Derek me miró fijamente. "Muy profundo. Y aterrador como el infierno. ¿Un BOBO en el ZOO? Me hace pensar en una película de Slasher para adolescentes con motosierras y payasos, donde al final no todo sale bien. Y todo esto, de la chica que tanto me gusta."

Rubor, rubor, rubor.

"Por cierto," continuó. "Cuando te sonrojas, tus pecas sobresalen aún más."

"¿Es eso algo bueno?," Pregunté.

"Una cosa realmente buena. Tengo toda la intención de seguir siendo un adicto a las pecas certificado por el resto de mi vida. Ni siquiera trates de meterme en un programa de doce pasos por eso."

Me sonrojé aún más.

Derek bajó seis de sus fichas.

ILUSIÓN, jugó, funcionando con mi última O en BOBO.

"¿ILUSIÓN?" Dije. "Como tú, ILUSIÓN, ¿ de qué realmente no soy un BOBO EN UN ZOO?"

"Sin ofender, pero lo siento, creo que estas encerrada. En realidad, lo sé."

"Muchas gracias."

"De nada. Pero quise decir ILUSIÓN como en, ya sabes, realmente TENGO LA ILUSIÓN de que todo . . . Está bien entre nosotros. Más que bien. Que todo lo este . . ."

Larga pausa incómoda.

"Maravilloso," dijo finalmente. "De una manera ILUSIONADA-MENTE BOBA encerrada en un ZOO."

"¿No te parece un poco raro," le pregunté, "que ILUSIÓN sea solo diez puntos mientras BOBO dieciséis? Eso realmente no parece correcto, ¿verdad?"

"*Aprende a amar las espinas o no aceptes rosas.*"

¿Thoreau? ¿Yogi Berra? ¿MLK?

"El imán en mi refrigerador," dijo Derek sonriendo.

Era mi turno. Me tomó menos de un minuto encontrar la palabra perfecta, una utilizando la primera letra de su ILUSIÓN.

"YOINK!" Grité. "¡Oh si! Doble letras. Trece puntos."

"¡De ninguna manera!"

"Será mejor que lo creas, amigo."

"Bien entonces. Úselo en una oración. Una *verdadera* oración. Vamos. Hazlo." Me di cuenta de que el TAS (trastorno de ansiedad de Scrabble) de Derek estaba empezando a aparecer.

"Hace mucho tiempo, cuando jugué YOINK por primera vez, me besaste la mano. Recuerdo haber pensado, maldita sea, este tipo fuera de línea podria ser . . . interesante."

Esa fue una bola rápida justo en el medio del plato y tomó a Derek totalmente por sorpresa. Se calmó.

"¿Interesante?," Preguntó, sus cejas haciendo sus cosas arriba y abajo.

"De una manera, ILUSIONADAMENTE BOBA encerrando YO-INK en un ZOO."

"Eso todavía no hace que YOINK sea una palabra," dijo suavemente.

"¡Wahhh!" Se quejó Derek. "¿Por qué siempre recibes todas las buenas letras?"

"Porque soy especial. Vamos 66 a 30. Te estoy pateando el culo. Estás despierto."

"Muy bien, Sra. Especial. Toma esto. PINGÜINO. Usando la N en YOINK ."

"¿PINGÜINO? ¿En serio? ¿Por nuestra relación? Úselo en una oración."

"Desde su confesionario del miércoles por la noche en la reunión de adictos a la tecnología, he estado soñando con ser el señor PINGÜINO. Sabes de quién estoy hablando. Esa cosita debajo de tu cama en casa. Sin el que no podrías vivir."

Tomé otro trago grande de café, me sonrojé tanto que prácticamente podía sentir las pecas quemándose en mi cara, y busqué otra ronda de letras en la bolsa de tela.

♥

Se estaba haciendo tarde. Tan tarde que la mayoría de las especies de luciérnagas se habían acostado. Pero con la luna afuera y la luz de mi celular iluminando el tablero, podíamos ver más o menos y jugar. Además, los dos estábamos emitiendo el flash de luciérnaga como locos.

El juego casi había terminado, Derek y yo estábamos hasta el cuello. Me quedaban tres letras para jugar. Una M, una A y una R. Estaba a seis puntos de Derek. Seis miserables puntos. El tablero se había vuelto difícil y quedaba poco espacio para jugar. Si pudiera usar mis tres letras y salir, ganaría el juego. Tres pequeñas letras.

Miré fijamente el tablero.

"¡Vamos!," Dijo Derek. "No puedes tardar toda la noche."

"¡Tranquilo!" Lo regañé. "Déjame pensar. Genio, tcontrola tiempo."

De repente, tal como a veces parece suceder en Scrabble, una palabra apareció mágicamente. Podría usar mis tres letras más la letra A, parte de PARTIDO en la parte superior del tablero, y terminar.

¡Yo podría hacerlo! Podría ganar el juego con una palabra final de cuatro letras.

M-A-R-A.

¡MARA!

En la Patagonia Argentina habita un animal que parece una liebre, pero es en realidad un roedor de gran tamaño. MARA es, una especie endémica, monógama y herbívora que, al igual que los perros, suele sentarse sobre los cuartos traseros, con las extremidades anteriores estiradas! ¡Dulce, dulce victoria sería mía!

¿Pero cómo usarla en una oración? Hmm . . .

Si fueras una MARA en mi jardín, usaría una trampa para tener tú corazón y mantenerte como mascota.

Demasiado raro.

Si fueras una mara en mi jardín, me ahorraría la cortadora de césped y dejaría que hagas tu trabajo, y disfrutes de mi pasto.

¿Qué? Incluso más raro.

Entonces me golpeó, una epifanía como ninguna otra. Casi derribo el tablero de Scrabble.

M, A, R y A . Había otra palabra que podía jugar con esas cuatro letras.

Levanté la vista del tablero y miré fijamente a Derek. Entre los dos estábamos prácticamente iluminados por el cielo nocturno.

Pensé en todas las cosas que me habían sucedido en los últimos meses. Jardines y sóftbol, luditas e insectos, adictos a la tecnología y la cabaña Thoreau, Scrabble y . . . Derek

Y ahora todo se había reducido a una sola palabra de cuatro letras.

M, A, R y A. Reorganice esas cuatro letras y encajarían aún más bellamente que en un roedor de gran tamaño.

Miré a Derek una vez más, contuve el aliento y fui a por ello.

"Siete puntos," dije. "Estoy fuera. Eso haría al ganador: ¡YO! Me levanté e hice un pequeño giro, di vueltas y mi baile de la victoria del escuadrón Shaker.

Derek se quedó quieto y me miró con esos grandes ojos maravillados. Labios temblando a distancia.

"¿Qué?" "¡Acabo de ganar! ¡Fuerte y claro!"

Señaló la última palabra.

"¿Qué pasa con eso?"

"Tienes que usarla en una oración."

"¡Vamos!," Dije, evitando su mirada. "¡Yo gano y tú lo sabes! ¡La dulce victoria es mía!"

"Úselo en una oración." La voz de Derek, suave y gentil como era, todavía bastante contundente.

Una vez más contuve el aliento.

Muchas opciones aquí. DNPC—demasiados números para contar. Cómo usar la palabra más sorprendente, más mágica, más espectacular de todas las palabras en una oración. Hmm . . .

AMAR es, ver la expresión de tu cara cuando hago una triple jugada.

Eso era seguro.

AMAR es, que fueras un BOBO en las colmenas y cayeras en la cerca eléctrica.

Realmente me encantó eso.

AMAR es, que a pesar del hecho de que cuando caminé hacia aquí enviando mensajes de texto, no hiciste nada, ni me acusaste de ser un vendido o un perdedor o débil o un ser humano muy, muy malo o algo así, en absoluto. Solo te sentaste aquí y me esperaste, miraste las luciérnagas y me dejaste hacer lo mío.

Sin pensarlo demasiado, podría haber ideado todo tipo de oraciones razonablemente inocuas como esas.

Podría. Realmente podría haberlo hecho.

Pero había otra forma de usarla también.

Esto es, me dije a mi misma. *Todo el verano se ha reducido a esto.* ¿Quién sabe? Quizás toda mi vida. Una palabra de cuatro letras en un tablero de Scrabble.

Pero chico, qué palabra mágica era.

"¡Continúa!," Dijo Derek, todavía mirándome. Él se acercó y puso mi mano en la suya nuevamente. Nada en el mundo se había sentido tan bien como tomar la mano de Derek. "Tienes que usarla en una oración. De lo contrario, yo gano."

Tomé una respiración aún más profunda.

Me acerqué a él, me arrojé sobre su regazo y le rodeé el cuello con mis brazos.

"En realidad," dije, fijando mis ojos en los suyos, mirándolo con más fuerza de lo que había mirado antes a nadie. "Tenía la ilusión, realmente esperaba, que ambos ganáramos."

"Úselo en una oración," me dijo Derek por última vez. Su voz era apenas audible. Apenas un susurro.

"¿Qué tal si te muestro en su lugar?"

Acerqué su cabeza, sus labios y toda su boca hacia la mía.

Y esta vez, en este maravilloso y glorioso momento, huzzah y hurra, él me devolvió el beso.